死者だけが血を流す／淋しがりやのキング

生島治郎

第…発展していった日本のハードボイル…／私立探偵小説。その歴史の草創期に、大きな足跡を残した作家たちの作品を全七巻に集成する。第一巻は生島治郎の巻。地方都市の腐敗した選挙戦を冷徹に描ききる長編『死者だけが血を流す』に加え、港町・横浜にうごめく人々の悲哀を海のブローカー久須見健三の視点で切り取った「チャイナタウン・ブルース」「淋しがりやのキング」、世にあぶれた者を主役に人生の刹那を浮かび上がらせる「血が足りない」「夜も昼も」など珠玉の六短編を収録。エッセイ＝大沢在昌、解説＝北上次郎。

日本ハードボイルド全集1

死者だけが血を流す／淋しがりやのキング

生　島　治　郎

創元推理文庫

COLLECTION OF JAPANESE HARDBOILED STORIES

Vol. 1

by

Jiro Ikushima

目次

日本ハードボイルド全集1

死者だけが血を流す／淋しがりやのキング

死者だけが血を流す

目次

第一章　白い朝

北陸の京都と呼ばれるその古い街は、今、夜明けを迎えようとしていた。

夜露にしっとりと濡れた屋根瓦の列が、薄明の中に、黒い流れのように幾条も姿をあらわしてくる。それらは時代の年輪に洗いつくされた美しさを、見る人に訴えかけずにはおかない流れだった。

つい最近建てられたばかりのNホテルは、駅の広場のはずれに、これらの流れに背を向けて立っていた。その白い六階建てのビルは、スマートな様式のせいで、かえって、足許に押し寄せる黒い歴史の流れに立ちすくみ、心細げに爪先だっている少年を思わせる。

牧良一はNホテルの五階の窓から、はるか向うまで拡がる屋根瓦をじっとみつめていた。荒天の朝、舟出の準備にはげむ漁師たちが見せる、あのきむずかしい皺《しわ》が、彼の眉の間にもきざまれている。

みつめているうちに、黒い流れはふくれあがり、押し寄せ、無言のまま彼を圧倒してしまいそうだった。その低い家並みは、老人の列に似ていた。黒い頭巾をかぶり、雪国の身を凍らせる風に低く頭をたれ、しぶとく、頑固に、だまってうずくまっている老人の列。老人たちは、寒風に向かって無防備に立っている経験の浅い若者たちを心で嘲笑《わら》いながら、なにひとつ教えてやろうとはしないのだろう。

牧は窓から眼をはなすと、部屋の中をふりかえった。

目の前に、クリーム色の壁、緑色の絨毯《じゆうたん》、それから、二つの柔かいベッドがあった。それらの機能的でモダーンな調度が、なつかしく感じられた。彼は眉をひらくと、そのベッドのひとつに歩みよった。

右側のベッドの上で、オリーヴ色の毛布を腰までかけたきりの女が、枕に顎をうずめて、大柄な裸身を横たえていた。枕許のスタンドの灯りが脂肪ののった白い背中の肩甲骨のあたりに、ぼんやりと影をにじませている。牧は手をのばすと、かすかに汗ばんだ女の背中に指を走らせた。

「くすぐったいわ」

宮野小枝子は、身をよじらせて、身体の向きを変え、牧をあおぎ見た。

「窓のところで、なにをしてたの？」

牧はゆっくりとベッドの上にのぼり、小枝子と並んで腹ばいになった。

「瓦さ」

と彼は答えた。

「屋根瓦を見ていたんだ」

「瓦?」

「ああ、そうだよ」

小枝子は小さくふくみ笑いをもらして、牧のたくましい肩に手をのせた。

「瓦が好きなの?」

「その反対だよ。あんなものがなくなればいいと思っていたんだ。古くて美しいものを見ていると、おれは無性にいらだたしくなる。時代のせいで美しくなったものを見ると、と云うべきかな。おれは、新鮮で生き生きしていて、人間の手垢がまだべたべたついているようなものが好きなんだ」

(たとえば、きみの身体だ)

そう思いながら、牧は自分の肩におかれた小枝子の手をにぎった。

「あんな瓦なんか、戦災で焼ければよかったのよ」

小枝子は意地わるそうに唇をとがらせた。

「そうすれば、この街の人たちももっとしゃっきりしたはずだわ。なまじ、焼け残ったものだから、昔通りの陰気な家にとじこもって、みんな他人の足をすくうことばかりこそこそ考えている……」

「そんな街から出て、なぜきみは東京へ帰らなかったんだ?」

牧の問いに、小枝子は黙りこんだ。彼女は意味もなく、白い掌をスタンドの灯りにかざした。

「なぜかしらね、自分でもわからないわ」

と彼女は呟いた。

「あたしがここへ来たのが、終戦の年だから、もう二十年近くなるわけね。帰りたい、帰りたいと思いながら、二十年よ」

「おれが引きあげてここへ来たのは十三の時だった」

牧は眼をつぶった。

おびえた眼つきをし、栄養失調で蒼くむくんだ頬を寒さに鳥肌たてながら歩いてゆく少年の姿がありありと目に浮ぶ。

十三の時の牧自身の姿だった。

その頃、彼は中学一年生で、冬の朝を憎んでいた。雪が降り積むと、市電は動かず、学校までの一里近い道を歩いていくより仕様がなかった。ひもじさに眼がくらみそうになりながら、穴のあいた靴をいたわりいたわり、白い朝を歩きつづけた。

歩いていると、はじめはあてどない憤りが胸の中でくすぶりはじめ、やがて、その憤りさえ寒さに凍りついてしまうと、あとはただ一刻も早く学校へたどり着くことだけが願いだった。

しかし、着いてみても、凍った身体を暖めるものがなにひとつあるわけではなかった。窓ガラスは破れ、雪まじりの風が容赦《ようしゃ》なく吹きこむ教室には、ストーヴも火鉢もない。生徒たちは、ふるえながら、机にすわっているだけだった。

戦争も末期にちかく、教科書の配給がなかったから、机の上にはノートだけがひろげられてあった。地元の生徒たちは、それでも、先輩たちから教科書をもらったり、写したりできたが、彼らは、その教科書やノートを牧たちのような引揚げ者や疎開者たちに、貸そうとはしなかった。

小さなアウトサイダーたちは、周囲の意地悪い眼にとりまかれて、ただ教師の講義をノートにうつしとるだけなのだ。それもたいがいは、寒さとひもじさのために、あまり耳に入らず、しびれた手を股の間につっこんだり、はあはあ息を吹きかけたりしていた。

牧はその寒さと、この街と、学校と教師と学友を呪っていた。戦争を呪うべきだったのだろうが、国家に対する忠誠と、戦争に対する協力だけが、教科書も持たない牧たちに教えられたすべてだった。

うちひしがれながら、彼はひそかに思った。

(軍人になれば、腹いっぱいものが食えるだろうか)

牧は少年航空兵に志願して、二十《はたち》前に死んでしまうことを望んでいた。大陸にいる父母のもとを離れ、伯父のやっかいものになっている少年にとって、それはほとんど胸のしびれるほどうっとりする夢だった。伯父の家でこれ以上生きてゆくためには、常に自分自身のもっとも大切なものを売りつづけねばならない。プライドの高い少年には、それが耐えられなかった。

小きざみに身体をふるわせながら、牧は呟いた。

この教室にはストーヴもない、教科書も、友情も——およそ、おれを暖めてくれそうなものは、なにもない。けれどもまだここの方が、おれをみつめる伯父の目よりは暖かすぎるぐらいだ。
寒い冬、白い朝——それはいまだに、どこか凍傷に似た痛みを牧の心につたえる。真夏に豪華なホテルの一室で女の熱い肌にふれている時も、いやすことのできない痛みだった。

牧は小枝子の肌をまさぐった。小枝子はだまって眼を閉じる。その顔は能面のように無表情でそのくせ妙に官能的だった。伯父に抱かれる時、小枝子はどんな顔をするのだろうかと牧は思った。しかし、そう思っても嫉妬めいた心のさわぎは起らなかった。牧はむしろそのことに、うしろめたい感じさえした。凍傷にかかった部分は意外に大きいのかもしれなかった。

「東京も変ったでしょうねえ」

眼を閉じたまま、ふいに小枝子が云った。自分の生れ育った街筋を、頭の中で追っているのがはっきりとわかる声音だった。牧はそっと身体をはなした。明るい陽光にきらめくビルの群れと、その谷間を走るアスファルトの黒いベルトが牧の脳裏をかすめた。青や赤の原色に彩られた店舗、中国人のもの売りの姦しい声がよみがえってくる。それは牧が生れた大陸の街に欠かすことのできない風物だった。

(おれはいまだに引揚者なんだ)と牧は思った。(日本人のくせに、おれの故郷は中国のあの街しかない。日本のどの土地も、おれにとっては、流れてきた先のなじみのうすい土地でしかないんだ)

その故郷は、いつでも陽光に充ちた夏を思わせ、この北陸の街は暗い雲がたれこめた冬を思わせる。

「ねえ、どうしたの?」

ゆっくりと眼を開きながら、小枝子が訊いた。

「きみの邪魔をしたくなかっただけだ」

と牧は答えた。

「あたしの邪魔って?」

「いま、きみは自分が小さい時に遊んだ東京の街のことを考えていたんだろう?」

牧の言葉に、小枝子はどこか哀しげな笑みを浮かべた。

「あなたって、なんでもわかってしまうのね。こわいみたい……」

「わからないこともあるさ」

と牧は云った。

わからないことはたくさんある。たとえば、今小枝子となぜこうしているのか――それさえわかってはいないのだ。小枝子の過去について、牧が知っているのは、彼女が疎開者として終戦の前年にこの街へ来たこと、終戦後に父親を失い、そのせいで、東京へも帰れず、十六の時から芸者の下地ッ子になったこと、十八の時には東の新地から一本になって芸者に出て、その翌年には牧喜一郎に落籍《ひか》されたことぐらいだった。

小枝子の旦那の牧喜一郎については、もっとよく知っていた。市議会議長であり、民和党県連の長老であり、この市のあらゆる名誉職と、いくつかの会社の顧問とをひきうけている。そして、彼は牧自身の伯父でもあった。

牧はその伯父という言葉に、暖かさも親しみも感じなかった。その言葉を聞くと、むしろ、それとは逆のもの——ほとんど敵意としか云いようのない感情に動かされるのだ。

伯父の世話になっている小枝子に近づいたのは、その敵意のせいだったろうか？

それとも、この街を流れ者の眼でしか眺められない共通の傷を、おたがいになめ合うためだったのだろうか？

牧にはわからなかった。

なめ合うだけでは傷はふさがりはしない。それだけはわかっていた。しかし、そんな愛情に似たやさしささえ、自分にすぎたものだと牧は思った。

牧は小枝子の頬を両手で押さえ、静かに唇を吸った。小枝子はわずかに唇を開き、それにはげしく応えた。白い指先が、牧と自分を一刻も早く二人切りの世界に閉じこめようと追いたてるように、牧の首すじや背中をさまよっている。それが肩先の、深いくぼみのような三センチほどの傷あとにふれた時、牧は反射的に唇をはなした。

「いつでもそうなのね」

と小枝子は不満そうに云った。

「いつでも、あなたはそこにさわらせてくれないのね」

牧の顔に苦い笑いが浮かんだ。あおむけになり小枝子の指先をにぎると、ゆっくりそれを肩先の傷へ持っていった。

「さわれよ」

と彼は云った。

「なんでもありゃしない。ただの傷あとだ」

小枝子はしばらくそこを指先で愛撫し、それから身体を起こすと唇をあてた。唇の暖かみが牧の肩に伝わり、舌の先がそこをやさしくくすぐっているのがわかる。牧は眼をつぶり、小枝子の舌が心の凍えた部分を溶かしてくれるのを待った。しかし、それが無駄な期待であることもわかっていた。

「あなたはいつでも冷たいのね」

女の声がした。小枝子の声に似ていたが、そうではなかった。それは、彼が今までに交渉を持った女すべてに共通した声だった。

「どんなときでも、心の底から燃えるってことはないのね」

(そうではない)と牧はその声に答えた。(そんなことがあるはずがない。おれにだって、いつかはきっとなにか夢中になれるものができてくるはずだ)

小枝子がようやく唇をはなすと、牧は腹ばいになって、枕元から煙草をとった。片手で箱から一本ふりだして火を点けると深々と吸いこみ、かすかに眉をしかめる。肩口の傷がまだ痛んでいるような表情に見えた。

「おれが東京にいた頃の話をしようか」

と牧は云った。

「ええ、話して」

小枝子は牧の肩に頬を寄せながら甘い声で呟いた。

「あなたが常盤会にいた頃のこと？」

「やくざだった頃のことはあまり話したくない」

静かだがきっぱりした調子だった。

「東京へ行ったのは、もっとずっと前のことだ。その時はやくざになるなんて、思ってもみなかった……」


「おれが伯父貴の家をとびだしたのは、高校を卒業するとすぐだった」

と牧は話しはじめた。

「東京の大学を受験すると聞いて、伯父貴はどうしても許してくれなかったんだ。おれはおやじが遺した財産のことで、伯父貴とさんざん云い争ったあげく、十万円だけを持って、大学へ入るために上京した。当座はその金でなんとかなるとしても、その先の学資のあても、生活するあてもなかった……」

「それでも、あなたは東京へ行けたわ」

羨しそうに、小枝子は牧の顔をみつめた。

「男の人はいいわ。自分の思うことができるんですもの」

「そんなに羨しがることはない。東京での生活は自分で考えていたよりも、ひどいもんだった」

と牧はつづけた。

「学資かせぎに、ありとあらゆるアルバイトをやらなければならなかった。身体には自信があったから、ほとんどが肉体労働だった。スポーツなんかやる余裕はなかったよ。酒粕とビスケットばかり食って、一週間すごしたこともある。酒粕は家が造り酒屋の下宿の友人がくれたものだし、ビスケットは一山十円のクズを買ってきたんだ。しかし、それでも学生生活が楽しくなかったわけじゃない。学生でいるうちは、どんな仕事をやっていても、その中に自分を閉じこめないですむからな。卒業すれば、他の仕事をもった自分が現れるだろうと想像するのは自由だった。自分の未来について、どんなことも空想できたし、その可能性を信じることで自分を励ますこともできた。もし、学生に特権があるとすれば、それだけが特権なんだ」

「でも、大学を出てしまうと、そうじゃなくなるわね」

と小枝子が云った。

「おれたちが大学を出た時は昭和三十年だった。就職難のいちばんひどい時で、ほとんどの卒業生がコネでもなければ、職にありつけなかった年さ。わるいことに、おれは学生運動をやっていた。おれたちみたいなアルバイト学生が暗い情熱をもやせるのは、学生運動ぐらいしかなかったからな……」

宮城前広場の芝生が牧たちの青春を象徴《しょうちょう》する場所だった。それは、ふみにじられ、埃りに汚れ、血に染んだ芝生だった。青い訓練服を着た機動隊の警官たちと、白いシャツや黒い学生服の群衆が、その上でもみあいながらはげしい怒号をあびせあった。その背後に、のろしに似た煙りが、幾条も立ち上っていた。堀端に駐車してあったアメリカ人の自動車がひっくりかえされ、火をかけられているのだった。

血のメーデー事件が起り、つづいて早大事件が起った。朝鮮事変が日本に奇妙なカンフルの役目をし、好況に力を得た資本家側が、終戦以来失っていた自信を、ようやくとりもどしたところだった。牧たちがぶつかったのは、それまでのどことなくひ弱で、日和見《ひよりみ》的な組織ではなく、自分の力を充分に知り余裕をもってまき返しに転じた反動体制だった。

それに対する尖鋭化した学生たちの抵抗は、もはや、最後のうちあげ花火みたいに、華やかではあったが、はかないものだった。

牧自身のその運動の中での役割りは、もっとはかなかった。彼はその中を、ただめちゃくちゃに右往左往していただけだった。むくわれることのない熱っぽい体液にかりたてられるまま、徹夜で論争をくりかえし、罵り合い、ビラを張り、デモに加わり、火炎壜を投げ――これが青春だと自分自身に云いきかせていた。理論的な裏づけを身につけるのさえもどかしく、なにかに追われて走っているときだけが充実した瞬間だった。

こうした青いどろどろした体液を充満させた幼虫たちが蛹《さなぎ》にかえろうとする頃には、資本家側はすっかり強固な組織をかためてしまっていた。朝鮮事変の終結と同時に好況は去り、深刻な不況の波が押しよせてきた。幼虫たちが蛹にかえるためのマユを作る場所は、もうどこにもなかった。

「まったくひどい就職難だったよ。特に、おれみたいに学生運動のレッテルつきの卒業生はどこへ行ってもだめだった。たまに、就職口があると、そこでは、今までやってきた運動を心から悔いていることを誓わなければならなかった。おれは、就職できないまま、アルバイトの延長で土方をやっていた。ある飯場で常盤会の連中といざこざがあり、それに飯場の代表として口を利いたのがきっかけで、会に入るようになったんだ。やくざには右翼的な政治結社を名乗る組も多いが、中に入ってだまっていれば、左翼だろうが右翼だろうがかまわないというズボラさがあってね、その気楽さがおれには魅力だった。会でそんな風になんとなくやっているうちに、おれはいつの間にか若い者頭になっていた……」

「でも、なぜこの街へ来るようになったの？」

不審そうに、小枝子は牧の顔をみつめた。

「あなたはこの街をこんなにいやがっているくせに」

「今でこそ、大きなやくざの組織が地方のやくざを吸収してしまって、地元のやくざたちは大都市の組の下部組織みたいになっているがね、五、六年前は、大都会でのやくざ同志の縄張り争いがまだ盛んな頃で、地方へ手を伸ばそうとしていたのは常盤会ぐらいだった。会の幹部たちはまず手はじめに、関西からの足場のいいここに白羽の矢を立てたんだ。ここを根拠地にして、関西方面にもにらみをきかせようという計画もあったのさ。おれはここに住んでいたことがあるという理由から、何人かの連中といっしょに尖兵としてここへ送られた」

短くなった煙草を灰皿の中へもみけし、牧は両手を頭のうしろに組んで天井をあおいだ。

「地元の組織を吸収する下話は、組のおえら方と地元の親分との間でできていた。おれたちは地元の連中からかすりをごまかされないように監視する役目だった。そのためには地元のやくざたちがどこから資金を得ているのか、調べあげる必要があった」

「まるで、進駐軍みたいじゃないの」

そう云って小枝子が笑った。

「そうだ進駐軍みたいに、おれたちは地元のやくざをおどしたりすかしたりしながら、資金源を白状させたのさ。ここでのやつらの資金源はパチンコ連合会から絞る金だった。おれたちがそのことを東京の会へ報告すると、会の幹部がここへ乗りこんできて、パチンコ連合会のおえら方と話をつけにやってくることになった。その話し合いの席で、おれが誰に会ったと思う?」

牧の問いに、小枝子は小首をかしげ、しばらく考えてから答えた。

「牧……喜一郎でしょう」

「そうだ。よくわかったな」

小枝子の顔を見直すような牧の目つきに、彼女はいたずらっぽく微笑《ほほえ》み返した。

「わかるはずよ。あの人はいまでもパチンコ連合会の顧問ですもの。毎月、お手当てをもらっているのよ」

「なるほどな」

と牧も苦笑した。

「おれは伯父貴の顔を見たとたんに、その席をとびだしてしまった。おかげで、その晩、会の幹部の顔をつぶし組からぬけたという理由から、おれが一番可愛がっていた舎弟分にねらわれた」

「その時、刺された傷がこれなのね」

そう云いながら、小枝子は牧の肩にもう一度指を走らせた。つややかに光る浅黒い筋肉を横切って、その傷は深く鋭い翳《かげ》りをみせている。

牧はその翳に小枝子の指がふれた時、かすかな戦慄が背筋をかすめるのを感じた。ふいに白い天井があの夜の積った雪を想わせ、その一点からどす黒いものが次第にひろがってゆくような錯覚におそわれて、牧は身を起した。

「やくざの頃のことは話さないと言いながら、余計なことをずいぶんしゃべっちまったな」

苦い声で彼は呟いた。しゃべりすぎた後にいつでも訪れる、あの重苦しい悔恨が潮騒《しおさい》のように胸の中をさわがせている。

「あなたは、この傷のことにこだわりすぎるのよ」

急に不機嫌な顔つきになった牧を見て、小枝子はおびえた声音で云った。

「こだわらないわけにはいかないさ」

と牧は答えた。

「おれはその舎弟分を殺したんだからな」

「その人を殺さなければ、あなたが殺されていたんでしょう?」

「誰もがそう云ってくれた」

誰もが牧のその行為を正当防衛であることを認めてくれた。裁判官までもが……。

しかし、それでもそれらの言葉は舎弟分、梶村安吉が牧の内部でいまだに流しつづけている血を止めることはできない。

黒いトレンチ・コートのすそをひろげてつっぷした安吉の姿が、白い雪にくっきりと浮きあがって見える。そして、そこから周囲の雪にみるみるしみだしてゆく血汐の流れが、悔恨の紋章を描いていた。

牧自身が安吉から受けた傷はとうにふさがり、あとはよじれた傷痕を残すだけなのに、牧が安吉に与えた傷は永遠に血を流しつづけるのだろう。誰も、記憶の中の死者の血をとめることはできないのだ。

牧の横でベッドがきしんだ。小枝子が心配そうに牧の方へ手をさしのべてきた。汗に濡れたつややかな腋窩《えきか》の茂みがひろがり、かすかに甘ずっぱい匂いをただよわせる。男を哀しく衝動的にする匂いだった。

(この中に顔を埋めてみたら、あの血汐の流れを忘れることができるだろうか)

と牧は思った。

しかし、それもほんの束の間のことで、そのあとは、以前よりももっとはげしく、安吉は血を流しつづけるにちがいなかった。

行為が終ったあとの虚しい胸の中で、その悔恨の紋章が描かれるやりきれなさを予感しながら、牧は小枝子の肩を抱いた。しっとりとした肌は底光りがするほど、白く輝いている。

(雪国の女の肌だな)と牧は思った。

小枝子が故郷を思いつづけている間に、肌だけはその思いを裏切ってこの街になじんでしまったのだろう。牧はふと、そんな小枝子に哀れさを覚え、裏切った肌にはげしく唇を押しあてた。

「ああ、くすぐったいわ」

かすれた声でなじるようにそう云いながら、小枝子の両手はもう牧を迎え入れていた。牧は眼をつぶり、小枝子の全身にくちづけをくりかえした。この暗い街も、冷たい伯父も、血を流しつづける死者も、なにもかも忘れる恍惚《こうこつ》の瞬間めがけて、彼は走り出そうとしていた。

やがて、汗がふたたび二人の身体に伝わり、広い河を渡りきった獣のようにあえぎながら、牧は濡れた身体をそっと小枝子から離した。

カーテンを通して、もうすっかり朝靄を追い払った朝の光が、露骨に牧の胸を流れる汗の行方を追っている。

小枝子の右手が愛の名残りを確かめるように、そっと牧の指をにぎりにきたが、彼はさりげなくそれをはずすと、ベッドから起きあがった。

ふたたび流れはじめた死者の血を洗い流すためには、熱いシャワーが必要だった。タオルを腰に巻くと、彼は足早にバスルームへ急いだ。

「ひどいわ。まるであたしが汚いみたい」

小枝子の呟きが、バスルームの扉を開ける彼の背中に突き刺さった。ゆっくりとふりかえると、牧は云った。

「誤解しないでくれ。そんなわけじゃないんだ」

しかし、それはむりな注文だった。そう云っただけでは、小枝子が今の牧の行動を、素直に受けとることはできないことはわかっていた。

浴室へ入り、シャワーをひねりながら牧は思った。

（ベッドの上の小枝子は、この音を、二人の愛のしるしを洗い流す音としか聞けないだろう）

それでも、牧は自分の気持ちを小枝子にくだくだしく説明する気にはなれなかった。小枝子に対するうしろめたさをぬぐいとるように、彼は荒々しく身体を洗った。

浴槽を出ると、鏡に身勝手な男がうつっているのが見えた。彼は無表情にその顔をみつめ、事務的な手つきで鬚をそりはじめた。

小枝子はその間、じっとベッドの上にあおむけになったきり動かなかった。浴室を出てきた牧の眼に、それはなぎさに打ちあげられた屍体のように見えた。

ベッドのそばへ寄って、牧は小枝子のうつろな顔を見下ろした。

「すまない」

と彼は云った。

「いいのよ」

小枝子はゆがんだ微笑を見せた。

「こういうふうにされるのに、もう馴れてしまったわ」

牧はその抗議に答えず、だまって小枝子の顔をみつめつづけた。熱いシャワーのせいか、牧の頰はほんのりとあからんで、それが今剃《そ》ったばかりの顎の蒼さをきわだたせている。濡れた髪がひとふさ額に垂れさがり、しょっちゅうなにかに闘いをいどんでいるようなけわしく暗い眼に、一層深い翳《かげ》を与えていた。

小枝子はほっと溜息を吐いた。

「だめね。どんなに侮辱《ぶじょく》されても、あなたとは別れられそうもないわ」

「それは誤解だ」

と牧は云った。

「おれはきみを侮辱するつもりなんかなかった」

それだけ云って、ベッドから離れ、牧は洋服を身につけはじめた。ネクタイをしめ終り、上衣を着ると、彼はもう一度ベッドに近づいて小枝子に接吻した。

「悪いが、おれは一足先に行く。汽車の時間があるんでね」

「汽車の時間って、どこかへ行くの？」

「東京へ仕事で行かなくちゃならない」

「まあ、東京へ……」

小枝子は眼をみはり、牧をにらんだ。

「どうして、今まで黙っていたの？」

「きみが行きたがっていたところだから、なんだか悪い気がしてね」

牧はてれくさそうに笑ってから、急に真面目な表情にかえって云った。

「しかし、これだけは約束しよう。今度は一人だけで行くが、この次は必ずきみといっしょに東京へ行くことにする」

「ほんとう?」

小枝子は顔を輝かせ、それから、さびしげにつけ加えた。

「でも、ほんとうとは思えないわ。あたしは東京とはもう縁がないのよ」

「じゃあ、あてにしないで待っているさ」

牧は強いて明るい声で応じた。

「東京のお仕事って、進藤さんが立候補する準備ね。今度は国会なんでしょう?」

さりげなく訊いた小枝子の言葉に、牧はぴくりと眉をひきつらせた。

「いったい誰にそんなことを聞いた?」

小枝子は口を開きかけ、気まずそうに口ごもった。

「伯父貴からだな?」

と牧が訊き返した。

「ええ」

と小枝子はうなずいた。

「なんでも、進藤さんを公認候補にしないようにって意向が党内で強くなったって云ってたわ」

「伯父貴たちのやりそうなことだ」

牧は吐きだすように云った。

「進藤さんは、連中よりずっと政治力もあるし、才能にめぐまれているからな、じいさんたちは嫉《や》けてしようがないんだろうよ」

「あなたは進藤さんのことというとむきになるのね」

小枝子がからかうような口調で云った。

「女には点が辛いくせに、男には甘いのね。同性愛の気があるんじゃないの？」

「秘書という役目は、自分の親方に情がうつっていないぐらいじゃないとつとまらんのさ」

牧もそう応酬して、ベッドから立ちあがった。

「ちょっと待って」

小枝子も身を起し、サイドテーブルからハンドバッグをとると、中から何枚かの紙幣を探りだし、そっと牧の手に押しつけた。

「これはなんだ？」

牧は笑いを消し、無表情な眼でそれをみつめた。

「お願い、受けとって。旅行へ行くんですもの、お小遣いが要るわ」

「秘書の安給料じゃ、旅行の小遣いに事欠くだろうと云うのか？」

「そうじゃないわ」

小枝子は必死に首をふった。

「お小遣いの足しに、気軽につかってくれればいいのよ」

「気軽にというわけにはいかないな」

牧が押しもどした紙幣はベッドの上に散らばった。

「この金は伯父貴から出ているんだろう。そんな金を気軽におれが使えると思うかね?」

「わるかったわ」

小枝子は伏眼がちになり、唇を嚙んだ。

(おれはバカげたことを云っているな)と牧は自分自身を罵った。(この女を、こんなやり方でいじめてなにになると云うんだ。どうせ、分にすぎたホテル代も、女に払わせるんだろう? それには口をつぐんで、この金だけを潔癖ぶって突っ返すのか? 立派なことだな。ホテル代は伯父への復讐だから、かまわんとでも云う気なのか?)

いくら自分を罵っても、その金に手を出す気にはなれなかった。

「かんべんしてくれ」

それだけ云うと、牧は紙幣から顔をそむけ、足早に部屋から出ていった。

そのがっしりした肩をクリーム色の扉がかくしてしまうと、小枝子はもう一度、深い溜息を吐いた。ベッドの上に散らばっている紙幣が、見すてられた自分のように見える。彼女は放心した目つきでじっとそれをみつめた。

第二章　過去の傷痕

駅の地下食堂で軽い朝食をすませてから、発車時間ぎりぎりに、牧はホームへ上っていった。東京行きの列車は富沢駅が始発のせいか、乗客の姿はまばらだった。

牧はゆっくりと座席指定の一等車の方へ歩いていった。「東京行」と書いた札が、次々と牧の目の前を過ぎ去ってゆく。その文字がひどくなつかしく感じられた。この六年間、関西へは何度か行ったことはあったが、東京へ行ったことはなかった。

目的の車輛のわきで小柄な女性がさかんに自分に向って手をふっているのに気づくと、牧は足を早めた。

「早くゥ、発車するわよう」

遠慮のない明るい声がホームいっぱいにひろがった。

牧は女に近づくと、腕時計を示した。

「大げさだな。まだ発車までに一分ありますよ」

「だって、時間ぎりぎりなんだもの。気がもめちゃうわ」

女は白粉気のない健康そうな顔に、いたずらっぽい眼を輝かせながら牧をにらんだ。

「牧さんはいつだって、意地わるなんだから」

「おいおい、つまらんことを云ってないで、早くそれを牧君にわたしたらどうだ」

車輛の窓から男の声がした。

ふり向くと、進藤玲之介《れいのすけ》が大きな眼を和《なご》ませてこっちに微笑みかけていた。

「どうも遅くなりまして」と牧は進藤に挨拶した。

「いいんだよ」

よく響く低い声で進藤は応えた。

「なに、由美《ゆみ》が一人で興奮してるんだ。なんでもきみにプレゼントがあるらしいんだが、それを自分で渡すといってきみが来るのを待ってたんだ」

「そうよ。はい、これ」

由美は牧に大きな紙の函をわたした。

「なんですか、これは？」

「洋服よ。レディメードだけど、寸法は合うはずよ」

「しかし、なんだってぼくにプレゼントしてくれるんです」

「いや、今度は東京でいろいろなおえら方に会うからな。服装もなるべくきちんとした方がいい。それで、由美がえらんできたんだ。きみの身体に合っていれば奇蹟かもしれんがね」

由美のかわりに、進藤が答えた。

「奇蹟だなんて失礼だわ。ちゃんと寸法は調べてあるのよ」

由美は女学生みたいに無邪気な口調でそういうと、もう一度たしかめるように牧をじろじろと眺めた。

「そりゃどうもすみません。由美さんのプレゼントなら、どんな無理をしても、身体の方で合わせますよ」

牧も笑いながら、軽く頭を下げた。

「ほんとに牧さんって口がへらないわね。うちの旦つくといい勝負だわ」

由美が口をとがらした時に発車のベルが鳴り響いた。

牧はあわてて車輛に乗りこむと、荷物を網棚にのせた。

「いってらっしゃい」

由美の声が耳に入ると同時に、列車は動きはじめた。由美はあたりの眼を一向に気にしないふうに、大きく二人に手をふっていた。

牧が座席に落ちつくと、進藤が苦笑しながら云った。

「いつまでも、子供みたいなやつだよ。あんなふうじゃ、政治家の女房はつとまらんな」

「そこが由美さんの良いところですよ。六年前とちっとも変っていない」

と牧は答えた。耳には、「いってらっしゃい」というかん高い由美の声がまだ残っている。

「ほう、そうかね」

進藤は眼尻に皺《しわ》をきざみながら、牧の方をみつめた。

「しかし、きみとはじめて会ってから、もう六年にもなるのかな」

「そうですよ。六年になります」

と牧は答えた。

「あの晩のことは、忘れられませんよ。はじめて雪の降った晩でした」

無意識のうちに左手をあげ、牧はたしかめるように、洋服の上から傷痕《きずあと》の上を押えていた。

それはその年ではじめて雪が降り、積雪が一尺を越えた晩だった。

八時から音羽という料亭でやることになっているパチンコ連合会の会長と、常盤会の幹部との顔つなぎの会合までに、まだ二時間ほどあった。

あとからあとから、白い蛾のように地上に舞い降りてくる雪を眺めて、朝からなんとなく気が滅入っていた牧は、夕方になると、一人で宿をぬけだし、すぐそばの呑み屋ののれんをくぐった。

雪見酒というようなしゃれた気分ではなかった。中学生の時の寒さにいためつけられた記憶が、酒でも飲まずにはいられない気分に駆りたてていた。

呑み屋の中は、客が十人も並べばいっぱいになるほどのせまさで、入ると上衣をぬぎたくなるほどむし暑かった。

牧は、この地方の名産である粕漬けの河豚を肴に、熱燗の酒をゆっくり口に運んだ。ほどよく焼けた河豚は香ばしい匂いを放ち、酒の味をひきしめてくれる。これだけが、牧がこの街で気に入った唯一のものだった。

酒にようやく気分がまぎれてきた頃、ふいに隣の席の会話を、牧の耳が捕えた。

「それがいつもの牧のやり方や」

牧は聞き耳をたてた。

隣りの二人連れは、どちらも政治部の記者らしかった。一人は四十に近く、永年地方政界の裏側ばかりをのぞいたあげく、消すことのできなくなった疑い深い皺が唇のわきにきざまれていた。もう一人は、まだ東京の大学を出たての新人らしく、新聞記者の誇りと、飲みなれない酒をむりに呑んだせいで、もう真赤に頰を火照らせている。

「しかし、いくらここが田舎だからって、牧のやり方は泥くさすぎますよ」

と若い方が気負った口調で云った。

「田舎だから、そんな程度ですんどるがや」

ベテラン記者の方が、気を悪くしたように、わざとこの土地のなまりを強調してみせた。ここで生れた記者らしかった。

「東京ではもっとひどい金もうけを、政治家どもはやっとるやろが……」

「そりゃそうかもしれませんがね」

先輩が気を悪くした口調も、気負った青年には通じてはいなかった。

「それにしても、露骨すぎますよ。誰が見ても、牧が金を業者からもらった事実ははっきりしているのに、それを指摘した進藤の方が懲罰にかけられるというのはバカげている。市議会は市民をなめていますよ」

「ところがやな……」

ベテラン記者は、コップ酒を一口飲み、偽悪者ぶった笑みを浮かべて、後輩の方を見やった。

「その進藤自身が、かなりなくせものやさけ、一筋縄ではいかんぞね」

「どうして？」

「進藤いう男は、名家の出やし、金にも不自由せんから、おっとりかまえとる思たら、大変な間違いや。市議に当選した時から、自分を売りこむことにかけては、古手の議員も太刀うちできなんだ。たちまち、藤政会《とうせいかい》いう自分の支持団体は創りあげるし、ＰＲのうまさは抜群や」

「しかし、それは政治家にとって一種の才能だし、進藤は政策の点でも、保守の中では一番前向きの姿勢のとれる男でしょうが」

「そうやな、たしかにあの男は保守のくされかかった長老どもの持っとらん魅力を持っとる。政治理論も政治力も相当なもんや。まず成長株のナンバーワン云うところやろ。しかしやな……」

何物をも信じないといった顔つきでコップの中の酒をみつめ、ベテラン記者は首をふった。

「どうもその行動が票集めのＰＲの匂いがしすぎるのが、うさんくさいわ。とにかく、派手に宣伝されるようなことしかやらんさけな。地味な仕事は後まわしで、はったりくさい攻撃ばかりしよる。今度の牧に対する攻撃も、そのくちやから、市議会がさわぐんやろ……」

「しかし、市民にしてみれば、進藤の牧に対する糾弾は当然と思うでしょう。市の金が多額の水増しをした不正工事に流用されている。市議会議長の牧喜一郎とその一派がそれによって私腹を肥していることは、ほとんど公然の秘密ですよ。それを同じ党に属する進藤が攻撃したからといって、民和党議員たちが革新派より先に懲罰動議を出すといってさわぐのは、彼ら自身が同じ穴のむじなであることを証明したのも同然だ。そりゃあ、多少ははったりの気は強いかもしれんが、進藤はやるべきことをやったまでですよ」

「まあ、きみは若いから、ものごとの表面しか見えんのも無理はないがね、進藤はきれいな喧嘩も、きたない喧嘩も平気でやる男や。議会が終ったあとで、党の控え室にひきあげてきてから、同僚の議員たちに、吊しあげられると、彼は平然とうそぶいたそうや。この問題はいずれ、革新派が市政を攻撃する材料になることはわかっとる。どうせやられるぐらいなら、逆にわが党の誰かがこの問題を出し、自分たちの手でリードしながら問題を処理していった方がずっと有利やないか。それで、失われる民和党の損害は、牧喜一郎を失うだけに過ぎんが、このまま放っておけば、市民のリコールに持ちこまれるぞ。それを未然にふせぐのが政治やないか、とな。いかにも、進藤らしい云い草や。見ててみい、明日からの議会でこの問題はだんだんなしくずしにされ、いつの間にか、市民の興味もひかなくなってしまうがやぜ。そうなったら、はやもう、二番煎じになってしもて、労農党もこの問題は議会には持ち出さんやろ」

「なるほどねえ」

若い記者はうんざりしたように眉をくもらせ、コップ酒をあおった。

「政治いうもんは、きみたちみたいに若い連中には、想像もつかん化けもんやさけにな」

ベテラン記者はしょんぼりした若い記者を見返り、優越感をあらわにして、乾いた笑い声を立てた。

「まあ、裏の裏の裏まで見えんことには、政治はわからんわな。しかし、とにかく、これで牧喜一郎と進藤羚之介の間はお終いや。牧は進藤を眼の敵にする。面白くなるわな、これは……」

政治は、牧にとって興味のない話題だった。それはこの街の寒さと同じように、牧に不快な戦慄を感じさせる。保守政党には軽蔑と憎悪しか感じないし、革新政党には学生時代の名残りの、うしろめたさしか感じなかった。しかし、この場合はちがった。牧喜一郎という名が、彼の耳を捕えて離さなかった。一番耳に入れたくない名前だったが、聞き捨てにはできない名前だった。それと同時に、牧はもう一つの名前も覚えこんだ。

進藤羚之介——伯父にとっては手強い政敵であるその人物の名を、牧ははっきりと頭にきざみこんだ。

料亭『音羽』はこの街を二つに分断する天野川の河畔にあった。細い格子に紅殻を塗った同じような造りの料亭がその一角に並んでいる。どれも塗った紅殻が淡い朱のぼかしになっているほど古びて、通る人は陰気さと華やかさが入りまじった奇妙なふんい気に気圧されてしまう。ここがこの街でもっとも格式の高い料亭街東の新地である。新地という名がついてから、すでに百年が経っていた。

牧はタクシーをとめると、石畳みの細い露地をぬけて音羽の前まで歩いた。石畳みの上にはすでに雪が積り、短靴の足は足首まで埋まりそうだった。

(長靴がいるな)と牧は思った。

ここでは一年中のほとんどを長靴をはいて過すことになるのだ。しめっぽくむれた長靴の中、それがこの街を象徴しているように思えて牧は眉をしかめた。

部屋へ通ると、羽織袴に身を包み、青々と頭を剃りあげた常盤会大幹部の長田耕吉が、じろりと目を向けた。戦前は右翼団体に所属し政界にもにらみの利く存在だったらしいが、戦後は浪人して尾羽うちからしているところを、常盤会総長の大月利一に客分として拾われ、現在の常盤会の組織作りに大いに功労のあった男である。政界財界のかつてのコネを百パーセント利用し、政界財界関係の脅喝では右に出るものがないといわれたすご腕の長田だが、いつもは魁偉な容貌をしじゅうほころばせて人をそらさぬ愛想の良さがある。ただし、一銭の利益にもならぬ相手には笑顔を見せたことはなかった。

長田は肥満した身体を寒そうにちぢこまらせ、手あぶりに手をかざした。

「連中はおそいな」

と呟くように云う。

牧といっしょにこの街へやってきて、実際の段どりをつけた兄貴株の今村が、恐縮したように首をすくめた。

「へえ、間もなくと思いますが」

「たかが田舎のパチンコ屋のくせに、大層な勿体ぶりようじゃないか」

自分がわざわざこの寒い街に出向いてこなければならなかった不満を、不機嫌な声にありありとにじみ出させながら、長田は訊ねた。

「いったい、ここのパチンコ屋の連中はいくら寄越すと云っているんだい？」

「この市の盛り場を中心として、パチンコ連合会に入っているパチンコ屋は九十三軒です。これが毎月各一万ずつうちの組に出すような話がついているんですがね」

と牧が答えた。

「すると九十三万か……」

長田は細い目をしばたたきながら、身体をゆすった。

「半端な額だな……」と独りごちて、首をふり、

「どうも、半端な額だ。きりがよくない。ちょうど、百万ということにならないかな。そうしようじゃないか？」

一人でうなずくと、楽しそうにくすくす笑いだした。

「この寒いのに、大分待たされたんだ。それぐらいの余禄はあってもいいだろう」

その時、襖が開いて女中が顔を出した。

「お連れさまがお見えでございます」

女中の後ろには三人の男が立っていた。一番前には、パチンコ連合会の事務局長をしている河西という男だった。今度の交渉で顔なじみになっている河西と会釈《えしやく》をかわし、ふとその背後にいる男に目を移した時、牧の顔色が変った。

河西は小腰をかがめて、後ろにいる二人を案内しながら、床の間へ視線をうつし、その上座にすでに長田が坐っているのを見て、困惑した表情をつくった。

その表情を充分楽しむだけの間をとって、長田は自分のかたわらにあった座布団を二枚、床の間の前に無造作にすべらせた。

「さあ、こちらへどうぞ」

余裕のある態度で、河西たちを見返ると、自分はゆっくりと下座へ退り、ぴたりと畳に両手をついた。

「常盤会の長田と申します。以後お見知りおきを……」

魁偉な容貌に真面目くさった表情を浮べ、上眼づかいに刺すような視線で相手をにらむ。いきなり挨拶されてへどもどしている相手の様子を嘲《あざ》笑っている翳《かげ》が、その真面目くさった表情の上をちらと掠めるのを、牧は見逃さなかった。

「これはどうも、ごていねいなことで」

と河西は云った。

「ご紹介いたします。こちらがわれわれ連合会の会長後藤清介です。それから、こちらは連合会の顧問をなさっている、市議会議長の牧喜一郎先生……」

牧は伯父の顔をじっとみつめていた。

六年前と少しも変らぬ顔だった。禿げあがった頭までつやつやと光った血色の良い皮膚。はちきれそうに肥満した体軀。威厳を保つために鼻下にたくわえた髭はかえって幾分の卑俗さと幾分の滑稽さとを強調している。

伯父は長田に黙礼し、つづいて牧の方へ顔を向けた。驚きの色がありありと浮かび、それをかくそうとして伯父は不機嫌に顔をしかめてみせた。

「なんだ、お前か……」

呟くようにそう云うと、ぷいと顔をそむける。

「この牧君とは同姓だと思ったら、なにかご親戚のようなご関係ですか？」

長田が不興気な伯父甥《おい》の顔つきを面白そうに眺めながら訊ねた。

「わしの死んだ弟のせがれですがな」

と伯父は云った。

「せっかく養育してやったのに、勝手に家をとびだして行った不肖の甥ですわ」

「いや、若い時には、そういう不心得もありがちなもんじゃ。恥ずかしながら、わたしにも覚えがある。まあ、この牧君もうちの若いもんの中では仲々有望な男でして、わたしも目をかけておるんです。今日の席もこの今村君や牧君の肝入りで準備ができたようなわけだから、伯父さんもひとつ、わたしに免じて今までのことは水に流し、改めて勘気を解いてやっていただけませんかな？」

牧は気持ちの良さそうな長田のとりなしを苦々しく聞いていた。

「そういうことなら、わしもまあ、今さらとやかく云うつもりはありませんが……」

長田に対して鷹揚《おうよう》な印象を与えるつもりか、伯父は低い声でそう云った。しかし、不快さはかくしがたく、気に入らない玩具を前にした幼児のように眉をしかめていた。

（気の小さい男なのだ）と牧は思った。（気が小さいくせに見栄っぱりで物欲と権勢欲だけは

はげしい。この男の血がおれの体内にも流れているのだろうか)

ふいに恥ずかしさがこみあげ、牧は思わず云った。

「長田先生、ご無用に願います」

「え?」

長田は細い目をむりに押し開くようにして牧をみつめた。自分自身の演出通りに他人が動かぬとき、長田がいつも見せる表情だった。自分の意図を汲みとれぬ相手への憐みといらだたしさが入りまじった表情――

それを見たときに、牧はかえって腹をすえた。彼は伯父の方へ向き直ってゆっくりと云った。

「そっちで許すと云われても、ぼくはお断りします。今さらあなたと伯父甥の間柄にもどる必要は認めませんからね。あんたも、ぼくに対する仕うちを考えたら、許すなどという思いあがった言葉を吐けるはずはないでしょう」

「牧! きさま、なにを云うか!」

伯父が顔色を変える前に、長田の怒声がとんだ。腹にひびくような低いドスの利いた声だったが、冷えきった牧の心にはなんの響きも与えなかった。

「あんたはこの会合に顔を出し、また政治資金のツルにでもするつもりだろうが、そうはいきませんよ。あんたがこの話し合いにからんでいるなら、ぼくは手を退く」

伯父の顔がみるみる朱くなった。しかし、それをむりに押え、長田の方へ顔を向けた。

「あんた方との話し合いに、この若造はぜひとも必要ですかな。この男がこの席にいるかぎり、わしの方でも話し合いはごめんだ。すぐひきとらせていただこう」

長田は手をあげて伯父を制し、牧の方を見やった。しばらく牧の顔を突き刺すようににらみ、それからふいに顔色をやわらげた。

「牧君、今日はどうかしておるようだな。伯父さんに向って、たとえどんな理由があれ、そんなことは云うもんじゃない、まあ、いい。今夜のところは、このまま宿へ帰って反省していたまえ。伯父さんには、わたしからよくお詫びしておく。さあ、すぐ帰りたまえ」

牧は静かに立ち上った。

「長田さん」

と彼は云った。

「ぼくは宿へも帰らないし、常盤会へも帰らない。こんな男とつながりを持たなければやくざも成り立たないんだったら、ぼくはごめんをこうむります」

「そんな早まったことは云わん方がいい」

と長田は云った。

「昨日や今日この道へ入った三ン下じゃあるまいし、きみもそんな勝手が許されんことはわかっとるじゃろう。われわれから離れても、きみは行くところがないよ。他の組でも相手にせんし、ましてや堅気の商売に入れるわけがない」

「誰も相手にしない……」

牧は呟いて、伯父の顔を見た。

「そうかな？　相手にしてくれるところもあるかもしれませんよ。たとえば、市会議員の進藤羚之介……」

その一撃は利き目があった。ひざに置いた伯父の両手がぶるぶるとふるえてくるのを、牧ははっきりと認めた。

「き、きさま、進藤にこのことを通報する気か！」

うなるように、伯父は云った。

「牧！　よけいなことをすると後悔するぞ！」

長田の声もすぐそれにつづいた。

それにかまわず牧は襖を開け、廊下へ出た。

料亭を飛びだすと、川に沿って、雪の降りしきる中を、牧はどこまでも歩いていった。自分を追って、組の誰かがやってくるかと思ったが、誰も追ってくる気配はなかった。

（しかし、いずれは追ってくるだろう）

と牧は思った。

（どこへ行っても、全国のどんな土地へ行っても、ヤクザのいるところなら、おれはいつも背後に眼を配っていなければならない）

常盤会とそれにつながるヤクザの網の目のような組織がひしひしと自分のまわりにはりめぐらされているのを彼は感じた。

警察へ行ってもむだなことはよくわかっていた。たとえ、生命をねらわれていると訴えても、なんの証拠もないのだ。ヤクザたちは警告もせず、脅迫もしない。ただ、裏切者を見つけたら、その場で片輪にするか殺すだけだ。そして、警察が動くのは、牧が被害者になってからのことだ。

しかし、牧はふしぎに恐ろしいとは思わなかった。後悔の念も湧かなかった。いつか、伯父とまともに向い合い、こういうことを云い合うだろうということが、とうにわかっていたような気がしていた。むしろ、長い間果せなかった約束を、今やっと果したようなすがすがしささえ覚える。

雪は川面をかすめ、横なぐりに牧の身体をつつんだ。火照《ほて》った頬が心地よく雪に洗われている。歩きながら、河原に積った雪をほおばってみた。うまいと思う。はじめて、牧はこの街の雪に親しみを感じた。

橋を渡ると崩れかけた土塀のあたりに、武家屋敷の面影をそのまま残している家並みがひっそりと続いていた。牧はそこを通り過ぎて、そっけない映画のセットみたいに一皮だけきらびやかに飾りたてた表通りへ出た。

ここでは雪が往来する車のわだちに荒され溶けかかっていた。安っぽいネオンがそのチョコレート色の雪を赤や青に染めかえている。それを見ると、牧の気持ちは急速に現実にひきもどされた。

（どうしようか？）と彼は考えた。（東京へ行こうか？）

通りすがりのタクシーをつかまえ、乗りこむと、「駅へ」と云おうとして、ふと思いつき、運転手に訊ねてみた。

「進藤羚之介という市会議員の家を知っているかい？」

「進藤さんのお邸やったら、弓矢町やさけ、すぐ近くですわ」

その返事で、牧の心は決まった。進藤羚之介に会って伯父と常盤会のことを教えてやるのは、なにか告げ口めいて気が進まなかったが、とにかく、伯父の政敵だというそのはったりの強そうな男に会ってみるのは興味があった。

「そこへやってくれないか」

と牧は云った。

やがて、タクシーは市の中心から少し外れた邸街へ入り、その中でもひときわ広大な土塀をぐるっとまわした見あげるばかりに大きな門の前で停った。雪の積った武家屋敷風の門には青銅の定紋がうがたれ、入る人を気おくれさせるような尊大な威厳があった。

「ここですけど」

運転手はその黒い門をちらりと見あげ、牧に云った。

「ずいぶん大きな邸じゃないか、進藤という議員はなんの商売をしているんだね？」

そう訊ねると、訪問するくせになにも知らないのかと云いたげな顔をふり向けて、運転手は答えた。

「進藤家云うたら、代々ここの家老やった家柄ですわ。しかも先代が羽二重華族云われて、ものすごい金もうけのうまかった男爵さんやけに、この大きな家もよう手入れされてましたけど、今の進藤さんが政治に手を出してからは、大分左前や云う噂ですわ。それでも、この邸は文化財になってますし、骨とう品やなにや、美術品だけでも億いう値うちのもんがごろごろ転ってる云う話ですわ」

（なるほど）と牧は思った。（名家の御曹子ではったりやか、こいつはちょっと面白い男らしいな）

タクシーを降りると、門のわきのくぐりから、庭内へ入った。積雪のために白一色に塗りつぶされた庭内は、茂るにまかせた樹々のせいで、塀の外から見たほど広くは感じないが、それでも玄関までの敷石が五十メートルほども続いている。

玄関の格子戸を開け、中をのぞきこむと、邸の中は暗く、なんとなく荒涼とした気配がただよっている。格子戸を開けたとたんに鳴り響いた呼鈴の音が、その暗い邸内に空《うつ》ろな共鳴を起すような気がした。

「ハアーイ」

奥の方で澄んだ返事が聞え、若い女が広い廊下を小走りに玄関へやってきた。式台に腰をかがめると、上眼づかいにじっと牧の方を見て小首をかしげる。前髪の下からのぞいているその眼はいかにも勝気そうで、まだ少女らしさのぬけきれない愛くるしさがあった。

「わたしは牧喜一郎の甥で、牧良一と申しますが、先生はご在宅でしょうか？」

伯父の名を出すのは気が進まなかったが、そう云えば進藤にしても政敵の名には敏感なはずだから会ってくれるのではないかという気がした。あるいは、素気なく追い返されるか――

女の眼がちょっと不安そうにまたたいた。

「あの、どんなご用件でしょう?」

「それは先生にお目にかかってから申しあげたいんですが」

女を安心させるように、微笑しながら、牧は云った。

「ただ、決して先生に害意を持っているわけではありませんから、その点はご安心下さい」

牧の微笑につられて、女も微笑《ほほえ》んだ。微笑むと片頬にかすかな笑くぼが浮きあがり、それが一層女を子供っぽく見せる。

「それでは、しばらくお待ち下さい」

女はまた小走りに奥へ消えていった。

牧は煙草をとりだし、火を点けた。煙草は雪のためにすっかりしめっている。外套《がいとう》もズボンも靴もぐしょ濡れで、暗くひっそりした玄関にたたずんでいると、にわかに冷気が身にこたえた。

気をまぎらせるために、牧はさっきの女のことを考えた。

(あれは女中だろうか?)

女中にしては、あの女は鷹揚で大らかな感じがしすぎた。それも、旧家のような片くるしい家庭ではなく、現代的な明るく気ままな家庭で伸び伸びと育てられた少女という印象だった。

(しかし、進藤羚之介の女房にしては……)

若すぎるのだ。

市議で若手と云ってもおそらく進藤は四十は過ぎているにちがいない。それにくらべて、あの女はどう見ても二十《はたち》そこそこにしか見えなかった。

（いったいなにものなんだろう?）と考えて、牧は苦笑した。（なにものだろうがおれには関係のないことだ）

煙草を吸い終ったとき、女はもどってきた。

「どうぞおあがり下さい」

明るい声でそう云うと、牧が式台に上るのも待たずに、どんどん歩きはじめた。

廊下の中ほどで、牧は女に追いついた。

「仕様がないのよ」

といきなり女は云った。友人に対するような、なれなれしい口調だった。しかし、それはてれた感じではなく、いかにも無邪気な感じだった。

「今頃の時間になると、主人はいつもひとりで碁をやりはじめるの。そうすると、書斎にとじこもりきりでたいがいは誰にも会わないし、あたしにだってかまってくれなくなるの」

（主人?）牧は驚いた。（すると、この少女じみた女が、進藤の女房なのか……）

女は先に立って、廊下の奥へ進み、そのまま邸の裏手へ出てしまった。そこから渡り廊下につながれた洋館が見える。女はふりかえると、その小ぢんまりしたロッジ風の建物を指さしてみせた。

「あたしたち、あそこに住んでるの。こっちの母屋は文化財に指定されてるから、下手に造作もできないし、住みにくくて仕様がないのよ。知っている人はみんな母屋の玄関へは来ずに、離れへ直接見えるわ。これからあなたもそうなすってね。……」

「ずい分、気が早いな」

牧は笑いながら云った。

「だって、ぼくがここへもう一度来るかどうかはわからないじゃありませんか?」

「きっとくるわよ」

女は事もなげに云った。

「進藤のところへ来た人は、必らずもう一度来るのよ。あたしの口から云うのは変だけど、そんな妙な魅力があの人にはあるの。会ってごらんになればわかるわ」

「ほう、すると、あなたもその魅力に負けた一人なんですね?」

女はかすかに肩をすくめた。

「そうね、まあ、そんなところね。とにかく、一筋縄じゃいかないんだから。彼はね、政治家や文化人と公式に会うときには、母屋を使うのよ。その方がこちらのペースにまきこみやすいんですって。俗物は周囲のものに眼がくらんで、相手を正確に評価できないっていうのが持論なの。あたしも、その手でやられたのかな」

面白い女だと牧は思った。誰に対してでもこうなのだろうか。初対面の来訪者にこういうあけすけなことをしゃべる女を、平気で応対に出す進藤の気持ちが理解しかねた。

しかし、ひるがえって考えてみると、そこが進藤のねらいかもしれなかった。この少女じみた若妻は、妙に人の警戒心を解きほぐしてしまう大らかな魅力があった。敵意を抱いて来る者も、好意を抱いてくるものも、あるいは好奇心を抱いてくるものも、この女に最初に会えば、ひどくこだわりのない気分にまきこまれて、ひとつの感情に統一されてしまう。訪問者はその感情のまま進藤に会うのだ――いかつい書生風の玄関番や、通りいっぺんの女中の応対より、どのくらい演出効果があるかわからない。

(もし進藤がそこまで計算にいれているとすれば、これは大した策謀家だぞ)

牧はますます進藤という男に興味を感じてきた。

女はロッジ風の建物の中へ入ると、玄関わきの扉をノックした。

「おお……」

中からうめくような応答が聞え、女は牧に笑い顔を見せながら云った。

「どうぞ、入って下さいな」

牧は扉を開けた。

まず眼に入ったのは、おびただしい書籍の山だった。八畳ほどの広さの周囲の壁が全部書棚でふさがっているのだが、それでもまだ収りきれずに、書籍は茶色の絨毯の上にまであふれだしところかまわず積み重っていた。その書籍の山の真中にようやく二畳ほどの空き間があり、そこにすえられた碁盤に向かってかがみこんでいる男がいた。

入ってきた牧の方を見あげようともせずに、男は右手をあげて、ゆっくりと手招きし、碁盤の前に敷いてある座布団を指さした。

牧はオーバーをぬぎ、かたわらに押しやるとその座布団の上に坐った。

「きみは、碁をやるかね?」

相変らず盤面をにらんだまま、進藤は低い声でたずねた。

「いえ、やりません。丁半のサイコロなら自信がありますがね」

その答に、男はようやくちらと顔をあげ、牧をじっとみつめてから、また盤面に視線を戻した。

「なんにしても、自信があるというのはいいことだ」

と進藤は云って、黒石をとりあげ、パチリと盤面を鳴らした。

「おれは碁を習いはじめてから、もう二十年になるのに、一向にうまくならない」

別にそれを嘆いている風ではなく、淡々とした声音だった。

「しかし、やめる気にもなれないな。一日に一回、こうして盤面に向って棋譜をひもといてみるんだが、われながらあきれるくらい、上達しないようだ」

今度は白石をとりあげて打ちかけ、横にひろげてある棋譜を見て軽く舌打ちした。

「どうもいかんな。打ってしまってから棋譜を見るんだと幾度自分に云い聞かせても、自信がないときには、いつもつい先に棋譜をのぞいてしまう。……」

苦笑しながら、白石を打ち、牧をもう一度見た。

「もう最後のヨセなんだ。十分ほど待ってくれたまえ。すぐ終るよ」

そして、牧の返事も聞かずに、盤面の上をにらみはじめた。

牧は坐ったまま、どてらにくるまったこの市会議員をじっと観察した。

進藤は思ったより小柄だった。五尺四寸あるかなしかと云うところだろう。しかし、その体軀は、名門の血が流れているとは思えぬほどがっしりとしていて、骨太の感じだった。顔が大きく二重まぶたの眼に相手を威圧するような強さがあったが、その強さを愛嬌味たっぷりの団子鼻がたくみにやわらげている。唇は厚く、そのくせ卑しくならない程度にひきしまっていた。(おそらく、この顔は政壇に立った彼を、実際の背丈以上に大きく見せるだろう)と牧は思った。

進藤は石を並べ終って、腕を組み、しきりに棋譜を眺めてはうなっていた。

「なるほどなあ、餅は餅屋だ。急所と見せかけないで、実によく利くところへ打ってある。大したもんだよ、やっぱり」

そして、ざらざらと石を碁笥《ごけ》に入れ、牧の方を向き、陽に焼けた顔に笑み皺を浮かべながら、云った。

「さあ、やっと終った。棋譜というやつは、われわれみたいな大ポカがないんで、面白くない。運の働く余地が少なすぎるんだ。碁を人生の戦いの縮図だなんて云うやつもいるが、わたしは信じたくないな。そんなことを信じたら、わたしみたいに大ポカばかりやるやつはノイローゼになってしまう」

そこで、かたわらのピースの罐から一本とりだし、吸いつけるとうまそうに紫色の煙を吐いた。

「ところで、きみは牧議員の甥御さんだそうだが、わたしになんの用なんだね？」

「いえ、実は別に用件はないんです」と牧は答えた。

「失礼ですが、先生が伯父の政敵だと聞いて、どんな人物か拝見したかっただけなんです」

「ほう」

進藤は煙のせいか、心持ち眉をひそめて、牧をみつめ、それから急に笑いだした。

「それでは、碁を打ってるところなんぞ見せないで、もう少し威厳のあるところを見せればよかったな。碁を打っていると、どうもわたしは子供にかえったようになるらしい」

「いや、そういうところを拝見して、ぼくもなんとなくくつろぎました」

「くつろいだ？」

進藤は首をかしげた。

「きみは、ぼくが伯父さんの政敵だと聞いて、そんなに緊張して、ここへやってきたのかね？」

「いや、実を云うと、ぼくは伯父とは肌が合いません。ついさっきも、六年ぶりで会った伯父と衝突して、これから東京へ帰ろうかと思ったんですが、その前にある場所で、伯父とあなたの今度の市会でのいきさつを聞き、ちょっとあなたにお目にかかろうと思ったわけです」

「好奇心かね？」

そう訊かれて、牧は頭を下げた。

「まあ、そうです。すみません」

進藤は突然身体をそらせると、大声で笑いだした。

「アハハ……。好奇心はよかったな。しかし、他人に好奇心を持たれるのは、政治家として悪いことじゃない。別にあやまることはないよ、しかしな……」

そこで進藤は笑いを消し、ゆっくりと九谷の大きな灰皿の中に煙草を押しつぶした。

「残念ながら、わたしはきみの伯父さんの政敵ではないよ。きみの伯父さんは、この地方の政界で一生を終る人だ。まあ、せいぜい県会まではいくかもしれんが、そこで地方政界の長老として、小さな名誉といくらかの金に埋もれて満足してしまうだろう。しかし、このわたしは、地方政治にタッチするだけでは決して満足できない男だ。地方政治では、わたしの政治力の舞台としては小さすぎる。うぬぼれかもしれんが、わたしはそう思っている。そのわたしが、きみの伯父さんを自分の政敵だなどと思うものか」

牧は進藤の眼の中に生き生きとした光が輝きはじめるのを、羨望の思いで眺めていた。四十を過ぎたこの男が、なんの疑いもてらいもなく自分の未来について意気揚々と語っているのだ。なんという若さだろう、と彼は思った。それにひきかえ、その前に坐っている二十五歳の牧自身は未来のないひからびた老人にすぎなかった。

「だから、さっき女房がきみのことをやくざっぽい人と云ってきた時も、わたしは別に心配していなかった。きみの伯父さんは、たとえ、わたしを心の底から憎んでも、わたしに暴力を加えるほどの気力はない。あの人は裏面工作と妥協だけを政治だと思っている過去の人間だ。あの人にせいぜいできることは、握手するとみせかけて、相手の掌に爪をたてることぐらいだろう」

進藤は屈託のない笑い声をまた響かせた。

「やあ失敬、きみの伯父さんだったな」

「いや、ぼくもそう思います。伯父にできるのは、それぐらいのことでしょう。しかし、この暗いしめった街にふさわしい政治家だとは思いませんか？」

「おいおい、わたしもこの街で生れたんだよ」

進藤は眼を細めたまま、牧をみやった。

「しかし、大きな声では云えんが、わたしもこの街はあまり肌に合わない。きみは仲々気っぷのいい青年だが、東京生れかね？」

「いいえ、ちがいます。大陸生れです」

「そうか、引揚者か……」

進藤の顔にお義理とは思えない同情の色が漂った。

「それで、今の仕事は？」

「奥さんのおっしゃった通りです。やくざです。もっとも、それもついさっきクビになりましたがね」

「やくざ？　すると、東京から最近ここへ入りこんできた常盤会の身内かね、きみは？」

「そうです」

牧はいつの間にか、このゆったりとした書斎の居心地の良さにすっかり寛いでいた。さっきまで濡れていた洋服も、赤々と燃えているかたわらのガス・ストーヴのせいですっかり乾き、かえって頬が火照《ほて》ってくるくらいだった。

心の中でなにかが抵抗していたが、気がついてみると、彼はもうしゃべりだしていた。今までの自分の生い立ちと伯父との関係、それから常盤会へ入ったいきさつや、この街でのやくざの争い……。

しかし、しゃべったのはそこまでだった。さすがに、伯父と常盤会の関係までしゃべることはできなかった。それは、伯父よりも、牧自身の心にひそむなにかを裏切ることになりそうだった。

進藤は少しうつむきかげんになり、あぐらをかいた足を軽くゆすりながら、ふむふむと話に聞き入っていた。

「それで、きみは東京へ帰るというのかね？」

話が一段落すると彼は訊ねた。

「ええ、この街じゃ食えそうもないし、危険ですからね」

と牧は答えた。

「わたしの家へ寄ったりしては、なおさら危険だったろうに、向う見ずな男だな」

進藤はそう云って、しばらくなにかを考えていたが、やがて、うなずくと牧に云った。

「どうだね、きみ。わたしのところで働いてみないか？」

「え？」と牧は訊き返した。

「ぼくはやくざですよ」

「しかし、もうクビになったんだろう？」

進藤はにやりと笑った。

「それじゃあ、やくざでもいられまい。なにか仕事をみつけなくちゃ」

「いや、ぼくが先生のところへ居たんじゃ、政治家としての名にキズがつきゃしませんか？」

「バカバカしい」

進藤はこともなげに云った。

「そりゃ、なににつけても、なんのかんのと云うやつはいるさ。しかし、そんなことをいちいち気にしていたら、政治家は肥れやせんよ。むしろそいつを逆手にとって自分の肉にするぐらいじゃなくちゃいかんのだ。そんなことは、きみが心配せんでもいい。せっかく東京の大学を出て、一応左翼運動にも首をつっこんだ人間が、やくざでいることはない。わたしはきみが気に入ったんだ。大した給料は出せんが、わたしの仕事を手伝ってくれんかね？」

「ありがとうございます」

と牧は答え、進藤に向って微笑んだ。

「しかし、もう一晩考えさせて下さい」

「それは結構だ。しかし、わたしがあまり気に入らないかな？」

「いいや。それどころか、ここがあまり居心地が良さそうなんで、おびえているんです。今まで、あまり居心地のいいところを知らないからでしょうね」

「そうか、それじゃ、よく考えてみたまえ」

進藤はあっさりそう云うと、大きく手をたたいた。

しばらくして、扉が開き、進藤の妻が紅茶のカップをのせた盆をささげて入ってきた。その盆を支える手つきがいくらかぎごちなく、幼なくみえる。彼女はそれでも澄ました顔でその盆を、進藤と牧の間にある碁盤の上に載せた。

「おいおい、そんな所へのせるやつがあるか、下へ置きなさい」

進藤が子供に云いきかせる口調で云った。

「でも、下に置くとカップを口に持ってゆくまでが大変じゃないの。この方が便利だわ。それに、この方、そんなことを気にするほど年齢をとっていらっしゃらないもの」

「仕様がないやつだな」

進藤は苦笑しながら、妻を牧に紹介した。

「牧君、家内の由美《ゆみ》だ。こいつも東京生れだから、この街は性に合わんと云い暮している。まるで子供みたいなんだ。政治家の妻君としては一向に貫禄がなくて落第だが、これでも恋愛結婚だったんで、おれは弱い尻をこいつににぎられている。もう、離婚もできないのさ」

「あら、離婚してくれたら、東京へ帰れるのに……」

由美はけろりとした口調でそんなことを云った。

「こんな風なんだ」

そう云ってから、進藤は牧の方を指さした。

「この方は、牧良一君と云ってね、牧議員の甥御さんだそうだが、目下は勘当中で無職。あるいは気が向いたら、おれの秘書みたいな仕事をやってくれるようになるかもしれん」

「あら、よくお考えになった方がいいわよ」

と由美は云った。

「この人、とっても人使いが荒いのよ。でも、それでもよかったら、歓迎するわ。あたし、おじいちゃんは苦手だけど若い人ならすぐ友達になれるの」

「よろしくお願いします」

頭を下げながら、牧はもう進藤の秘書になることを八分通り決心している自分に気づいていた。

「では、これで失礼します」

ゆっくり紅茶を飲みほすと牧は立ちあがった。

「どっちにしても、明日またあらためてうかがいます」

「ああ、そうしてくれたまえ。しかし、常盤会の連中には気をつけるんだぜ」

進藤が常盤会と云った時、由美の顔に好奇心に似たものがちらとかすめたが、彼女はなにも云わなかった。この無邪気な細君も、訊いてはいけないことは、ちゃんと心得ているらしい。

牧は進藤と由美の二人に、離れの玄関まで送られて、表へ出た。母屋を通らなくても、離れの玄関の横から道路へ出られるような通用口が作られてあった。

外はもう雪が小降りになり、そのためにかえって冷えこみが厳しくなったように感じられた。牧は思わず身ぶるいをした。今出てきた進藤の書斎がなつかしかった。

（あそこが乾いて暖かったのは、ガス・ストーヴのせいだろうか……？）

しかし、どうもそうではなさそうだった。

艶のでたマントルピースの下で赤々と火が燃えている居間を牧は想い浮かべた。それに、少し古びてけば立ってはいるが、暖かい色をした絨毯や、ゆったりとしたソファ——それは彼が育った大陸の家の情景だった。父がふかしたパイプの煙りの匂いさえ、よみがえってくる。そして、その情景は彼が今出てきた書斎となんとなく似通ったものを持っているように感じられた。

雪は凍りつき、歩度を速める牧の足許でキシキシとささやいていた。邸街は暗くひっそり静まりかえって、時おり樹木からなだれ落ちる積雪の音が、遠くの砲声のように彼の耳をおびやかした。

牧は大またに表通りの方へ急いだ。白壁の土蔵の横を通りすぎ、灯りのもれる大通りへもう一息という所で、誰かが彼を呼びとめた。

「兄貴！」

低いが鋭い声だった。

牧はすっと足をとめ、ゆっくりと、しかし油断なくふりかえった。

土蔵の影から黒い影が出てくると、小走りに牧の方へ近寄ってきた。両手をポケットにつっこみ、黒のトレンチ・コートに黒のズボン、黒い靴をはいた男だった。男はコートの襟を立て、気むずかしく両眉をしかめていたが、寒さのせいで紅くなった頰がいかにも幼く、その殺し屋じみた服装が似合わなかった。

「安か……」

と牧は云った。

常盤会には軍隊の当番制のようなしきたりがあって、兄貴分と立てられるようになると三ン下の中からその男の身のまわりの世話をする直属の弟分が割りふられた。梶村安吉は牧の弟分として、この三年間一緒に暮した男だった。

安吉は常盤会でも珍しい私立の一流大学の出身である牧を盲目的に尊敬していた。十六の時にグレて家をとびだしたと称する安は、十六までどんなしつけを受けていたのかそれこそかゆい所に手が届くような世話の仕方をした。会の同じような三ン下仲間の間では結構やくざっぽくふるまっていたが、どことなくまだ生ぶな所がぬけきれず牧の前ではかしこまって、まめまめしく仕えた。

「どうしたんだ、こんなところで？」

牧が訊くと、安吉の顔がくしゃくしゃに崩れ、泣きそうな声で云った。

「兄貴、お願いだ。帰ってくださいよ」

「帰れ？　いったいなんの話だ」

「おれ、もう聞いたんです。兄貴が帰ってくれねえと、おれ、ほんとに困っちまうんだ。兄貴に帰ってもらおうと思って、ここで一時間以上も待ってたんです」

牧は安吉の顔をじっと見た。その顔はびっしょり濡れていた。それが雪のせいか涙のせいかわからなかった。

「聞いたんなら、わかっているだろう」

と牧は云った。

「おれは今さら会には帰れない。足を洗うんだ。おまえからもみんなにそう云っといてくれ」

安吉は信じられないものを見る眼つきで、牧を眺めた。やくざのしきたりを盲目的に愛しているこの若者は、尊敬する兄貴分が急に軽蔑すべき裏切者に変貌してしまったことが、どうにも信じられないらしかった。

「そんなことはできっこねえ」

と安吉は呟いた。

「兄貴だってわかっているはずだ。そんなことはできっこねえ。……」

「できてもできなくても、やるより仕様のないことだってあるんだよ」

牧はゆっくりと答えた。

「今にお前だってわかってくるさ」

「兄貴は会のしきたりをご存じのはずだ。それでも、帰って来ないんですか？」

そう訊いた安吉の声は、自分自身の中から湧き起こってくるなにかを、必死に押えているような調子があった。牧ははっとして訊き返した。

「おまえがおれを殺《や》れと云われたのか？」

「仕様がねえでしょう？」

自分に云い聞かせるように安吉が呟いた。低い、若者らしくない陰惨な声だった。

「それが会のしきたりなんだからな」

遊びに疲れた子供のように、安吉はのろのろと右手を内ポケットに入れた。牧はそれを見て、二、三歩後ろに退った。

「おい待て、待たないか」

安吉は首をふった。

「今村の兄貴から云われてるんです。兄貴が進藤って議員のところへ行ったら、必らず殺《や》らなくちゃいけねえって。会の秘密をバラすようなやつは、生かしちゃおけねえんだって……」

「しかし、おれを殺《や》ったら、おまえは刑務所《ムショ》入りだぞ。誰も身代りになっちゃくれないんだぞ」

「そんなことはわかってますよ。おれだって兄貴を殺《や》りたくねえや。でも、殺《や》らなきゃ仲間に顔向けできねえもの……」

安吉は白鞘の短刀をとりだし、左手に鞘《さや》をにぎると、急にすばやい動作でひきぬいて、右手にかまえた。定法通り、刃を上にして腰のあたりにひきつけている。

(こいつは真面目すぎるんだ)と牧はその様子を落着いてみつめながら考えていた。(やくざから足を洗わせることもできないほど真面目すぎる)

「おれとおまえがここでやり合って、どっちが死体《ロク》になっても、つまらねえじゃねえか」

牧は、わざと荒っぽい口調で云い聞かせた。

「おまえも、おれと一緒に足を洗ったらどうだ?」

「兄貴、自分が助かりたいからって、おれまで仲間にひきこむことはねえぜ。これでもおれはやくざのはしくれだ。どうせ、かないっこなくても、兄貴をここで刺さなくちゃ、弟分として会の仲間《ダチ》に顔を合わせられねえ」

安吉の頰から赤味が消え、蒼白くこわばった顔に眼だけがすわっていた。

（来るな）と牧は思った。

牧が身体をかわそうとする瞬間、安吉は身体ごとぶつかってきた。なんのケレン味もない若者らしいぶつかり方だった。腰の横に短刀をかまえ、身体をぶつけたら、左手で相手の身体をかかえこみ、腕で刺さずに腰で刺せ、刺したらえぐれ——誰かが教えた通りのやくざの喧嘩作法を、そのままなぞっているような安吉の身のこなしだった。

牧は身をひねり、右肩の一撃でとびこんできた安吉を土蔵の壁によろめかせ、同時に短刀を持った安吉の手を右手でつかんでいた。

（いけない！）

なにかが牧の心の中で激しく叫んだが、反射的に動いた身のこなしを止めるわけにはいかなかった。

牧はそのままぐいと右手をねじると、短刀の向きを変え、あっと言う間にそのまま安吉の腹の中につっこんだ。

「ウッ」と短くうなったまま、安吉は前にのめりこんだ。雪の積った暗い路地の上に、黒いものがみるみる滲みだしてきた。それは黒いトレンチ・コートが溶けて流れだしたように見えたが、そうではなかった。

牧は自分の右手に伝わった生々しい確かな手応えを呪った。血に染んだ短刀が安吉の身体のそばに落ちている。

牧はひざまずいて、安吉の身体の下に手を入れた。

「安、おい、安、歩けるか?」

「無理だよ。動かすといけねえ、このままにしておいてくれ」

歯をくいしばったまま、安吉はうめくように云った。

「でもよ、兄貴、腕はたしかだな……」

安吉は笑おうと必死に唇をゆがめたが、それは泣いているようにしか見えなかった。最後までやくざらしくふるまおうとする、この若者の律儀さに対して、牧はやりきれない腹立たしさを感じた。

(なぜ、泣けないんだ)と牧は思った。(若者らしく、苦しい時には大声で泣けばいいんだ)

しかし、牧自身も大声で泣いた記憶はなかった。

手をさし入れていると安吉の身体からみるみる体温がなくなってゆくのがわかるような気がして、牧はそっと腕をぬいた。安吉はうめき声もたてず、ぐったりと雪の上に横たわっている。もう手おくれなのは、牧にはよくわかっていた。

牧は身体の向きを変え、進藤の邸の方へ走りだした。通用口を駈けぬけ、ベルを押すと由美が鍵をあけてくれた。

由美は血まみれの牧の姿を見て、声もなく立ちすくんだ。

「今、そこで人を刺しました。医者と警察に連絡して下さい」

自分では落ち着いているつもりだったが、声は幾分上ずっていた。

「あなた、牧さんが大変よ！」

由美の声に奥からふところ手でゆっくり現れた進藤は、牧の姿を見ると、キラリと眼を光らせた。

「案の定、常盤会のやつに狙われたな。医者と警察にはすぐ連絡するが、その前にきみも手当てをした方がいい」

そう云われて、牧は自分の身体を見まわした。オーバーの右肩がなかば裂け、そこから血に濡れたワイシャツがのぞいていた。右の掌を見ると、肩から伝わった血が玄関の敷石へ垂れ、小さな染みをつくっている。右肩をぶつけたとき、切りさかれたのにちがいなかった。

急に痛みが腕のつけ根に走った。牧はその痛みがもっとはげしいものであればよいと願った。しかし、それは安吉を殺した痛みをまぎらすには、あまりにも軽すぎる痛みだった。


列車は湖水のふちを、ゆっくりカーヴしながら走っていた。湖水はどこまでも同じにぶい蒼さでつづいている。波一つ立たないその静かな表面だけをみつめていると、ふいに列車が同じところを堂々めぐりしているような錯覚におそわれる。過去から未来へ、未来から過去へ……。

目をしばたたくと、牧は視線を車内へとうつした。前の座席では、進藤が足を伸ばし、両手を前に組んで目を閉じている。生き生きと輝く大きな目も、眼尻の皺も消え、彼はやんちゃな子供のような寝顔をしていた。

「今のうちに眠っとかんと、東京へ着いたらいそがしいぞ」

眼を閉じたまま、ふいに進藤が云った。

牧は苦笑した。いつでも人を驚かしたがることの好きな男だ。しかし、常に演出効果を考えているのも政治家の才能のひとつにはちがいない。

一枚の写真が牧の脳裏に浮かんできた。

それが、進藤羚之介の政治的な勘と才能を牧に認識させた最初の記念品だった。進藤の行動は、はじめは思慮も分別もなく、ただがむしゃらに突進してゆくように見えるが、結局は計算しつくした結果へと帰納されてゆくのだ。

安吉を刺して牧が自首した後の行動もそうだった。進藤はすぐに一切の弁護費用の面倒を見ると云い、自分自身でも特別弁護人を買ってでた。彼の法廷戦術は、牧を暴力団にただ一人で立ち向う英雄に仕立てあげることだった。そのために、この街に入りこんできた組織暴力に対する大々的なキャンペーンを巻き起す必要があると彼は力説した。

以前から、市会議員として話題の多かった彼の行動は、すぐ新聞の紙面をにぎわせた。やがてその新聞はいつの間にか、このキャンペーンの一翼をになわずにはいられない立場に追いこまれ、その時には、市民全体がこのキャンペーンの行方を熱心に見守っていた。それは、この地味なひっそりした街に、いつになく派手な話題をまきちらすことになったのだ。

もちろん、常盤会は進藤に対して、脅迫と懐柔の二面作戦をしかけてきた。それに対して、進藤はたったひとつの手しか使わなかった。すべての交渉を拒否し、キャンペーンの火の手をあおることだけだった。常盤会がなんらかの形で圧力をかけると、彼は遠慮なくその事実を新聞社や警察に連絡し、法廷の中でも武器として使った。彼の行動は、なんでも火の中に放りこんでしまう放火狂に似ていた。しかし、放火狂の、火を燃やしたいという動機の純粋さを疑うものはいない。市民は、いつ暴力団に報復されるかわからないのに、ひたすらキャンペーンの火を燃やしつづける進藤を熱狂的に支持した。

常盤会が関東の暴力組織であり、進藤が土地の名家の出であることも、進藤に有利だった。この街では、他地者《よそ》は常に白眼視されるのだ。キャンペーンは牧の判決が下るまで赤々と燃えつづけた。

裁判官は牧の行動を正当防衛とみなし、無罪を云い渡した。判決の云い渡しがあった直後、進藤は牧のそばへ走り寄って、しっかりと手を握った。新聞社のカメラマンがそのシーンをすかさずカメラに捕えた。しかし、カメラマンの耳にはその時、進藤が牧の耳にささやいた言葉は捕えなかったにちがいない。

「牧君、うれしそうな顔をしたまえ」

と進藤は云ったのだ。

「今はきみ個人のちっぽけな罪の意識にとらわれているときではない。きみはもう市民の英雄なんだ。きみ自身がどう思おうと、市民の好意を無にしてはいけない。さあ、笑ってみせたまえ」

いつの間にか、牧は進藤の手をにぎっていた。フラッシュがそのまわりで、何度もきらめいた。

その写真の効果があらわれたのは、牧が進藤の奨めにしたがって秘書になってから、一年後のことだった。県議の改選があり、進藤は市議をやめて、県議に立候補したのだった。

選挙戦がはじまるとすぐ、牧はその写真を再び見ることになった。それは大きくひきのばされて、選挙用のトラックの横にはりつけてあった。あのキャンペーンの余燼はまだくすぶっているはずだった。当時の新聞に掲載された写真は、その余燼を身近な話題にとぼしい市民たちの胸に、かきたてるには有効な武器にちがいなかった。

進藤は県議に楽々と当選した。

(今度はあの写真をもう一度使うわけにはいくまい)進藤の寝顔をみつめながら、牧は思った。(しかし、いずれにしろ、この男は今度の国会の選挙も乗り切って、地方政界から中央政界に乗りだしてゆくにちがいない)

その予感はほとんど確信に近かった。

判決の日に、耳にささやかれた催眠術師のような進藤の言葉を牧は想いだした。あの催眠術的な効果を、今度の選挙でも進藤は存分に利用するつもりなのだろう。

それは、この男の持つ得体の知れない魅力のひとつだった。牧や牧たちの世代の人間は、いつでも行動する前に疑い躊躇《ちゅうちょ》するくせがついているのに、進藤には全然そういうところが見えなかった。複雑な性格にもかかわらず、行動だけを見ていると、単純で多血質で直線的な男に見える。それが選挙民たちに明快でさわやかな魅力を与えるらしかった。

いや、選挙民ばかりではなく、牧自身もそのたくましい行動力にあこがれに似たものを感じないわけにはいかない。牧が今まで進藤の秘書をつとめつづけてきたのも、大部分はその魅力にひかれてのことなのだ。

ふいに、列車がけたたましく警笛を鳴らした。

進藤はゆっくりと眼を開き、腕時計を眺めた。

「もう二時間ほどで上野だな」

大きく伸びをすると、進藤はその大きな眼をもう生き生きと輝かしはじめた。

第三章　にがいマティーニ

列車が上野駅に近づくにつれて、外の夕闇は次第に埃《ほこり》っぽさを増してゆくように思えた。沿線の家の屋根が長旅に疲れた眼に、ゆがんで見える。

（さあ、六年ぶりの東京だぞ）

牧は自分自身に云い聞かせたが、気分は一向にはずんでこなかった。東京は、久しぶりの彼をすれっからしの娼婦のようなざらついた肌で抱きしめるつもりらしい。

列車は止り、牧は自分と進藤の荷物を両手に下げてホームに降りた。進藤は疲れを見せぬ足どりで悠々と先に立って歩きながら云った。

「六年ぶりの東京を、きみも見物したいところだろうが、残念ながら今はそのひまがない。これからすぐにホテルへ行って着更えをすまし、十時には樫村さんに会う約束だからな」

二人は駅前でタクシーを停めると、いそいでそれに乗りこんだ。

「東京はやっぱり埃っぽいな」

進藤は中年の運転手に気軽に話しかける。

「お客さんたちは東京の方じゃないんですか。そう見えますがね」

むっつりした顔つきの運転手は意外に愛想がよかった。

「これでも夜はまだましですよ。昼間なんかの埃りはひでえもんでさ。スモッグで前が見えないこともありますよ」

都心に入るにつれて、窓外には、建築中のビルの鉄骨が次々と現れてくる。たしかに空気は埃っぽかったが、その中に都会のたくましい息《い》ぶきがはっきりと感じられて、牧はようやく久しぶりの東京を見直す気持ちになった。

ここでは、しょっちゅう古いものがこわされ、新しいものが生みだされている。それらは生れたての赤ん坊のように生々しく、血まみれで、醜くさえあったが、それでも、あの北陸の街のすがれた老女の美しさよりも、牧の肌に合っていた。

車が牧たちの予約したTホテルのある赤坂へ入ってゆくと、正面には湾曲した長い橋のような高速道路が入り乱れて見えてきた。その間からナイトクラブやレストランのネオンがまたたきかけ、はるか上にはテレビ塔が赤いイルミネーションを夜空に走らせている。それらを静かに見守っているのは高台にそびえる何十階もの豪華なホテルだった。

その光の洪水は、若々しいエネルギーの乱費を思わせる。

（とても老人たちには耐えられないエネルギーだな）と牧は思った。

しかし、ここにあるすべてのものが老人たちの旺盛な事業欲の結晶であり、そしてそれらの設備を存分に楽しめるのも、金をふんだんに持った老人たちであることに、牧は気づかなかった。

Tホテルは山王下にある小ぢんまりしたホテルだった。フロントに名前を通じると、二人はすぐにシングルの続き番号の部屋へ通された。公式の場所ではともかく、プライヴェイトな場合には、進藤はいつも自分と同じ部屋をとってくれるのだ。きみは秘書というより家族の一員だからというのが、その理由だった。

シャワーでざっと車中の汗と埃を落とし、新しいワイシャツをつけると、牧は由美から渡された函をあけてみた。薄茶色の背広の上下が入っていた。布地は涼しげなサマーウーステッドで、寸法がぴたりと合っているせいか着てみると、ほとんど身につけた感じがしないほど軽かった。

得意そうに、いたずらっぽい笑みを浮かべている由美の顔が、ちらと眼に浮かんだ。

その顔に向って、牧はそっと呟いた。

「こんな心づかいを見せて、ぼくがあなたに惚れたりしたら、どうするつもりなんです」

そして、神を冒瀆した牧師のように、うしろめたい顔つきをした。

身支度を終ると、彼はすぐに進藤の部屋に行った。進藤はもう身なりを整え、ソファに寛いで煙草をくゆらしていた。

その服装を見て、牧は眼をみはった。

ツイードの上衣にだぶだぶのズボンという、ついさっきまでの飾り気のない進藤とくらべると、見ちがえるような紳士ぶりだった。

濃紺にかすかなストライプの入った保守的な型の三ツ揃いに、淡いブルーのネクタイ、上着の襟と袖口から光り輝くばかりに真白なワイシャツがのぞいている。

進藤は顔をあげ、牧のあっけにとられた表情をみとめると、にやりと笑った。

「着なれないものを着ると窮屈でかなわんよ」

「いや、あんまりダンディなんで、お見それしましたよ」

牧も笑いながら云った。

「郷《ごう》に入れば郷に従えさ」

進藤は照れくさそうに顎をなぜた。

「故郷《くに》の連中は嫉妬ぶかくて、劣等感が強いから、下手に身だしなみをよくすると、気どった奴だと敬遠される。そういうコンプレックスをあまり刺激しないのが政治家の配慮さ。ところが、上野派の御大の上野啓明という男は、ネクタイをしていない新聞記者には木戸を突くという定評があるぐらい身だしなみのうるさいじいさんだ。今から会う樫村さんはその上野派の四天王の一人だからね。敬意を表する意味でかくは身を改めた次第さ」

ゆっくり立ちあがると、進藤は牧の前で芝居気たっぷりに両手をひろげてみせた。彼のいかつい顔に似合わぬ感傷的な香水の匂いが部屋いっぱいにただよった。

「どうだね、似合うかね?」

「ニューヨーク五番街のギャングというところですね」

と牧は答えた。

「ギャングはひどいな」

進藤は苦笑した。

「これでもずいぶん苦心したんだぜ。洋服の布地はもちろん英国製だし、ネクタイはフランス、靴はイタリヤだ」

「時計はパティック、ライターはデュポン、万年筆はペリカンですか」

と牧がつづけた。

「まるで万国博覧会だな。それとも、香までたきこめてあるところをみると、木村長門守の出陣の故智にちなみましたか」

「まったく口が悪い男だな。そうひやかされるとせっかくの苦心も台なしだ」

「いやいや、そういう服装も進藤さんにはよく似合いますよ」

牧はわざとらしく鼻を鳴らした。

「ははあ、これはヤードレイの男性用香水らしいな」

「わかった、わかった、もういい」

進藤は吹きだしながら手をふった。

「これ以上きみになにか云われると、だんだん自信がなくなってくる。ところで、自信がなくならないうちに、そろそろ出発するか」

「越路という料亭には、昨日、富沢から電話を入れておきましたが、念のために、もう一度、確かめておきましょうか」

「いやいや、越路ならおかみさんとは古いなじみだ。確かめる必要はないだろう」

「それでは、フロントに電話して車を呼びますから……」

牧が云いかけると、今度は進藤がからかうような視線を向けた。

「いやに有能な秘書ぶりを発揮するじゃないか……。そう気をつかわんでもいい。ここには故郷にいるような小うるさい連中はいないんだ。二人きりのときには、のんびり行こうじゃないか。車はホテルを出てからつかまえればいいよ」

それから、弟をみつめるような眼で牧に笑いかけた。


築地へ向う車の中で、進藤はゆったりと腰を下ろし、ライターで煙草に火を点けた。ライターはデュポンではなかったが、銀製のダンヒルだった。骨太の進藤の掌の中で、それはあざやかな音を響かせた。もう何十年も使いなれているような、さりげない手のこなしだった。さっきまでは、なんとなく板につかなかった洋服も今はすっかり進藤の身についてしまっている。

牧はひそかに舌を巻いた。進藤の姿にはもうどこにもわざとらしさは見えない。それは演技などというものではなかった。進藤の政治家としてのもうひとつの才能――いかなる周囲の状況にも、見事に順応してみせる才能を、牧は改めて発見した。

「今度はよっぽど腹を決めてかからんと、おれも苦戦することになるぞ」

ゆっくりと煙草の煙を吐きだしながら、一人言のように進藤は呟いた。

「国会ともなれば、県会の時とは金のかかり方もケタがちがうからな。そうかと云って、いつまでも地方政治のかけひきにばかり浮き身をやつしている連中の中にいたんじゃ、政治の勘が狂ってくる。県会議員なんて一期もやればたくさんさ。この辺が良い汐時だよ。しかし、問題は票と金だ。藤政会の連中は熱心だが、とてもそれだけの票をまとめる力はない。結局は、実弾で票を集めなきゃならんだろうな。そのスポンサー探しもひと苦労だぞ」

「しかし、富沢市のスポンサーというと、せいぜい織物業界ぐらいしかないでしょう。何人か束にしたスポンサーを探す必要がありますね」

見栄坊でケチくさく、そのくせ万事にぬけめのない富沢市の旦那衆のご機嫌をこれからとりむすぶのかと思うと、牧は気が遠くなるような思いがした。

「おいおい、そんな悠長なことをしているひまがあるもんか」

進藤はたしなめるように笑った。

「故郷《くに》の旦那なんか相手にしていちゃ、とても国会選挙の資金はできんよ。今までだって、国会の連中で旦那衆の金で当選したやつはおらんだろう。田舎の旦那ってものは、けっこう口うるさいが金は出さんもんだ。選挙のおこぼれを漁《あさ》りにくるぐらいがオチだよ。スポンサーをみつけるとすれば東京だ。国会議員はみんな東京の大事業家の金づるから栄養を補給してもらっているんだ」

「へえ、身銭をきって選挙をやる議員はいないんですか?」

「まず少いだろうな。せいぜい新人候補ぐらいだろう。いったん当選してしまえば、どんな陣笠にでもスポンサーがつくのさ。直接つかない場合は派閥の大ボスから金が流れてくる。どっちにしても地方の金で政治は動いちゃいない。東京の金で動いているんだ」

「ところで、その東京のスポンサーのあてはあるんですか?」

「うむ。この間上京した時にその相談は八分通りまとめた。今度ははっきりした打ち合わせをするつもりでいる」

進藤はひざの上にこぼれた煙草の灰を、指先で神経質にはじきとばした。

「由美の叔父にあたるのが、大村証券の監査役をやっておってね。そこがなんとかしてやろうと云ってくれている」

「しかし、証券会社は今暴落で大変なんでしょう。あんまりいいスポンサーじゃないんじゃないですか」

「それだから政治家に金を出すのさ」

含み笑いをしながら、進藤は牧をみやった。

「今のところ、たしかに証券界はどん底だ。大衆はもうすっかり株に魅力を失っている。こうなると、証券会社があてにできるのは、政策的なカンフル注射しかないわけだ。だから、景気のよかった時よりも、政治に関心を持たざるを得ないんだよ」

「なるほど」

と云ったものの、それは牧には遠い話にしか感じられなかった。おそらく、ほとんどの庶民にとっても、そういう裏のかけひきは興味のないことだろう。

「どうも興味がないと云った顔つきだな」

牧の反応を敏感に察して、進藤は云った。

「しかし、大衆が本当はこういうことに興味を持つべきなんだよ。株で大損をしたのは大衆投資家なんだからな。しかも、政治的な救いの手が証券界にさしのべられても、損をとりもどせるのは大衆じゃない。自分が何万円かの損をした時には血眼になったくせに、こういう点には、大衆はおよそ寛大に見過してしまう。だから、いつまでたっても、政治が大衆の手に帰ってきやしないんだ。まあ、それはともかく、大村証券の方では、どうせ金を出すんなら、なるべく確実な候補者に出したいのは人情だろう。そこで条件を出してきた。党の公認がとれれば金を出してやろうというのさ」

「しかし、県連の様子じゃ、進藤さんを公認にはしないでしょう」

「云いにくいことをはっきり云うじゃないか」

と進藤は笑った。

「おれは県連のにくまれっ子だからな。おれの方でも、あんな連中はあてにしていないさ。だから、この際、上野啓明を動かして、強引に公認をとろうというんだよ」

車は高速道路の上にかかった陸橋を渡り、築地へ入った。以前ここを通ったときは、高速道路はなく、そこには濁った川が流れていたはずだ。東京は皺を気にする有閑マダムのようにせっせと整形美容にはげんでいるらしい。やがて、車は黄褐色の塀の前で停る。軒灯に『越路』という文字が浮きだしていた。

二人が荒い白木の格子戸を開け、しっとりと水のうたれた玄関に入ると、奥からすぐに仲居が顔を出した。その白い小さな顔が、いかにも世話の行き届きそうな感じだった。

座敷に通り、樫村への手土産の包みを部屋の隅へ置くと、牧はそっと進藤にささやいた。

「じゃ、ぼくは下で待っていますから」

「まあいいよ。ここにいたまえ。樫村氏には顔を覚えてもらっておいた方がなにかと便利だろう」

進藤がそう云い終らぬうちに、襖が開き、小柄な色の黒い女が入ってきた。ねずみ色の鮫小紋の着物に細目の一本独鈷《ぼんどっこ》の帯をしめたその女は、染めたてらしい髪をつやつや光らせてはいたが、もう六十より若くは見えなかった。それでも、人怖じのしないその態度には、昔から美人として多くの男たちにかしずかれた自信のほどがうかがわれる。

「まあまあ、若さま。ほんとにお久しゅうございます」

入ってくるなり、老女はさもなつかしそうにはなやいだ声をあげた。

「やあ、おかみ、今度はなにかと面倒をかけちまって」

と進藤もなつかしそうに答えた。

「牧君、こちらが越路のおかみさんだよ。おやじの代から上京するたびにやっかいになっている」

「まあ、いやですよ、そんなことをおっしゃっちゃ。大変な古狸みたいで、若い方は気味わるがるじゃありませんか」

そう云いながら、おかみはそこだけは昔の残り香が充分に匂っている眼《まな》ざしで、牧をみつめた。

「こちら、若さまの?」

「ああ、これは牧良一君といってぼくの秘書なんだが、秘書というよりぼくが頼りにしている弟分だ。今後もよろしくたのむ」

「それは、それは」

おかみは深々と頭をさげ、それからもう一度、値ぶみをするような視線を牧に投げた。

「なかなか男ぶりのいい方でござんすね。若さまも昔から、セッキス・ピールとかがおあんなさったけど、この方も、女泣かせの人相ですよ」

「セッキス・ピールは驚いたな」

と進藤は笑った。

「いやいや、おれのセックス・アピールなんかこの男にくらべたら、ものの数ではないよ。なにしろ、郷里《くに》では、芸妓あがりのさる女性なんか、あつあつらしいからな」

いきなりそう云われて、牧はどきりとしながら、進藤の顔を見守った。

しかし、眼尻に幾重にも皺を寄せ、さばさばと笑っている進藤の表情からは、なにもうかがえなかった。

「しかし、ここのおかみにも用心した方がいいぜ、牧君。好いたらしい男を見ると、自分の恋愛経歴をめんめんと聞かせるくせがあるんでね……」

「それぐらい大目に見て下さいましよ」

おかみは進藤のひざをたたいた。

「もうこの年ですと、良い男ぶりの殿御とはそれぐらいのことしかできないんですから」

「ははあ、恋愛の代償行為か」

その時、仲居が入ってきて、おかみに耳うちをした。

「おや、カーさまがおつきのようですね。それじゃ古狸はこの辺でひきさがりましょう」

ごゆっくりと挨拶して、おかみは廊下へ消えた。

「実を云うと、あのおかみはおれのおやじとわけがあってね……」

進藤はにやりとして、牧にささやいた。

「それで、おれのこともなにくれと心配してくれるのさ。政界や財界にも顔が広いし、政治の裏の裏まで知りつくしているばあさんだよ」

『先代様お手植えの松』かと、牧は心の中で呟いた。こういう松が成長して、政界の裏側には、さぞかし立派な松並木ができていることだろう。

音もなく襖が開き、ひっそりと長身の男が入ってきた。金ぶちの眼鏡を光らせ、きれいに髪をなでつけたその男は、進藤の真前の席に静かにすわると、産婦人科の医者が患者を見るような眼つきで二人を眺めた。

進藤が挨拶をはじめると、男は軽く押しとどめる手ぶりをした。

「まあ、かた苦しいことはぬきにして、用件をうかがいましょう」

顔に似合わず押しの強いだみ声だった。

党人色の強い上野派では異色の存在であり、名参謀といわれるこの男を、牧はゆっくり観察した。

樫村は戦前からずっと内務省畑を歩いてきた官吏で、戦後に事務次官を経て衆院に当選した男だった。戦後派ながら上野のふところ刀として党内に勢力を張り、総選挙後の組閣では入閣の呼び声がもっとも高い一人である。

樫村はゆっくりとおしぼりで手をふいていた。自分を注視している牧の視線など知らぬげに、男にしてはひどく生白く細長い指の一本一本まで入念にふいている。

進藤が牧を紹介すると、はじめて、無表情な視線を牧の方へ向けた。相手の魂を吸いとるような視線をあてたまま、今度はまたたきもしない。

「ほう秘書ね」

興味のなさそうな呟きが、樫村の唇からもれた。

「県会議員で秘書を持っとるのは珍しいな。あんたのポケットマネーでやとっているのかね」

「そうです。若いがなかなかしっかりした男でして。以後、お見知りおきを……」

進藤の言葉にうなずくと、もう充分見あきたと云わんばかりの表情で、視線をはずした。

「どうも、わたしは若い人たちに興味がなくってね」

と彼は云った。

「若さなどというものはらちもないものだよ。政治家の中には、若い連中をおだてて、わかりの良い老人を装いたがるものもいるが、ばかげた話だ。若いということは不用意で未熟だということの代名詞さ。自分の若い時のことを考えて、顔が赤くならないやつは、よほど神経がふとく生れついている男だと思って間違いない」

にべもないその言葉に、座敷には鼻白んだ空気が流れたが、進藤のらいらくな高笑いがそれを破った。

「そうですかなあ」

と彼は云った。

「不用意で未熟だからこそ、若さに魅力があるんですよ。用意周到で円熟した若さなどは、気持ちが悪いだけでしょう。それに、不用意な若者たちは、大いに利用価値があるが、用意周到な若者たちには、われわれの方が足をすくわれる危険がある」

「どうやらあんたは、用意周到な中年男というところらしいな」

樫村は鼻のわきにかすかな皺を寄せて、そう切り返した。

「上野さんもそこに注目しておられるようだ」

「光栄です」

皮肉に気づかなかったように、進藤はあっさり答えた。

「ところで、あんたの今度の頼みは、党の公認問題だろう?」

「図星です。公認がとれなければ、大変なハンデを背負いこみますからな。ぜひ上野さんのご推薦をと思って上京したわけです」

「上野さんは野心家ではったり屋ぐらいの男の方がお気に入りなんだ。去年、富沢へ行って県議会をのぞかれた時は、あんたは派手な演説をぶって議会をかきまわしておったそうだな。なんでもゴルフ場の土地買収にからんでだそうだが……」

「いや、お恥しい次第です」

進藤は頭をかいた。

「あれは重山派の連中が不動産屋と結託して県の保有地をゴルフ場に開放しようとしたのをつっこんだんですわ。革新派の議員も二人抱きこまれていたのをつきとめて、いじめてたのを上野さんがごらんになったわけです。あとで会いたいとおっしゃるので、その晩宿でお目にかかりましたが……」

「うん、御大はよく覚えておるよ」

樫村は盃を口にふくみ、かすかに眉をしかめた。

「わしの若い時のようなやつがいると云っておった。じいさんも若い時は人の先頭に立って棒をふる方だったんだろうよ。しかし、あんたを気には入っても、公認ということになると仲々むずかしい問題があってな。県連の方に訊いたら、あんたは推薦がとれそうもないと云っておったぞ」

「党の県連は、わたしの名を聞いただけで身ぶるいしますよ。長老たちの痛いところをずい分えぐってやりましたからね。しかし、青年部は支持してくれるはずです」

「青年部はきみの出身校じゃないか」

皮肉な口調で樫村は云った。

「たしか、きみは初代の民和党の県連青年部長のはずだろう」

「ご存じでしたか」

わるびれずにそう云うと、進藤は銚子をとりあげて樫村にすすめた。

「あなたが、地方の歴代青年部長までご存じとは知らなかった」

「わたしは官吏を長い間やったくせでね、資料を集めて、検討するのが好きなんだ」

受けた盃をなめながら、樫村は遠い所をみつめる眼つきをした。

牧はその眼鏡に、書類や判のおかれた広い机がうつっているような気がした。

「あんたの地盤についても、早速資料を集めてみた。あんたの支持団体は、たしか藤政会と云うたかな？　その会員が約二百人ほどおるらしいが、いくら熱烈な支持者でも、何十万票の票を左右するのは無理なようだ。ここはどうしても、公認をとりたいというところだろう」

「お説の通りです」

進藤は大きな目をきらきら輝かせながらうなずいた。

「われわれの選挙区からは現在三名の保守派の議員がいますが、一人は現職大臣の金岩氏で現総理の直系、須賀野氏は重山派だし、国吉氏は河村派です。今度の選挙は次期総理の公選に直接つながるといわれている現在、今こそ上野派のくいこむチャンスではありませんか」

「なるほど、なかなかうまいところを突いてくるな」

苦笑いらしいものが、樫村の顔をかすめる。

「しかしだな、上野派をふやす方法は選挙による正攻法ばかりではないよ。重山派か河村派か、派全部を抱きこむ方法もあるし、公選前になってから個々に切りくずすこともできるからな」

「烏合の衆で頭数をそろえるだけなら、それでもいいでしょうな。しかし、それじゃ上野派は弱体すぎて、いつ空中分解するかわかりませんよ」

「これも官吏だった習慣かもしれませんが……」

樫村は細長い指で箸を器用にあやつりながら、塩焼きの鮎の身を一心にほぐしていた。

「有能な連中を集めるより、無能な連中を集めて、こっちの指示通りに動かす方がわたしは性に合っているんだ」

「上野さんの性にもですか?」

「じいさんは、わたしより役者が上だから、そんなことは云わんだろう。だがなによりも確実に当選しそうな男を望んでいる」

「それなら、わたしを公認するようにお考えになるはずですよ」

にこやかな笑みをたたえながら、進藤はさらりと云ってのけた。

「たとえ、公認されなくとも、当選してみせますがね」

まるで自分が歩いて行く方向に票が落ちていて、それを拾ってゆけば、いやおうなしに国会の赤い絨毯がふめるのだと云わんばかりの自信にあふれている。

樫村はじろりと進藤の顔を見た。

「よかろう。とにかく、上野さんと会えるようにしておこう。明日の朝、十一時に赤坂のHホテルの事務所へ来たまえ」

それだけ云うと、彼はもうすっかりきれいにむしってしまった鮎の眼の玉を、箸の先で未練たらしくつついた。

牧には、その鮎がなんとなく進藤のような気がした。すっかり中身をはがされ、骨をきれいにあらわにされたあげく、ようやくお許しが出たのだ。

さすがに進藤の顔にも気疲れの色が見えた。

樫村は進藤の礼の言葉を無感動な表情で聞きずてにしながら、しきりに鮎の目玉をねらっている。注意深くゆっくりと鋭い箸の先を目玉に突きさし、くるりとそれをひねった。その拍子に鮎の身体は皿の上で見事に一回転した。

その時だけ、樫村の頰には、誰にもわかる快心の笑みが浮かんだ。

翌朝十一時五分前に、進藤と牧はHホテルのロビイに入った。

烈しい陽射しがホテルの前庭をまぶしく照らしていたが、広いロビイの奥は夜の名残りをまだすてきれずにひっそりと沈んでいる。ロビイにいる客たちの会話は深々とした絨毯に吸いこまれていて、ほとんど聞えなかった。

腕時計を見ながら、進藤はソファに腰を下ろした。

「上野老はなにごとによらず几帳面な性質だそうだから、十一時きっかりにフロントから電話した方がよかろう。きみも一服したまえ」

「豪勢なもんですな。上野氏はここを事務所にしているんですか?」

あたりを見まわして、牧は云った。

「ああ、年中借りきっているんだそうだ。もっとも銭を払っとるかどうかはあやしいもんだ。

このホテルは東都コンツェルン系の経営だし、東都の御大の鍋山寛三は上野派の台所をまかなう公政会の中心メンバーだからな。ホテルの部屋を提供するぐらいお安い御用だろう」

「上野氏もその点ではぬけ目がないという評判ですね。瀬戸内海に豪華な別荘を買ってもらったという噂もあるし、汚職にはしょっちゅう名前が出るし……」

「それだけ正直ということかもしれんぜ」

進藤は意味深長な笑みを見せた。

「他の大物はもっと小ずるく立ちまわっているのさ。とにかく、上野のじいさんの政治力はほかの大物とはくらべものにならんよ。庶民に受けそうなタイミングのねらい方もずばぬけているな。たとえば、例の下水処理の問題でも、都民が困りきっていた時におみこしをあげて、ずばりと片づけたろう。新聞記者をやっていただけあって、その勘の良さは大したもんだ。もっとも庶民には人気があるが、それだけアクも強いから、敵も多いということになるな」

「誰かに似ていませんかね」

牧がにやりと笑って云った。

「あてこすりのつもりかね」

進藤は苦笑した。

「しかし、日本の政治はそういう能力がないとやっていけんのだよ。政治能力もないくせに金をばらまいて、代議士になるやつからみれば、まだましじゃないか」

(能なしと性悪が結婚して政治という赤ん坊を生みだしているわけか)

と牧は思った。そうだとしたら、税金でその子を養っている庶民はいい面の皮だ。

「そろそろ時間だな」

そう云って、進藤は立ちあがった。

牧がフロントへ通じると、すぐに面会するという返事だった。

六階へ上るエレベーターの中で、進藤はちょっと小首をかしげ、邪気のない笑みを浮かべていた。その微笑が嵐の前ぶれであることを牧は知っていた。全力を投入してなにかを行おうという時、進藤はいつもこんな笑みを浮かべるのだ。それは、試合の前に自分のコーナーによりかかって相手を観察しているボクサーの顔に似ていた。

六十二号室の扉をノックすると、しゃれた仕立ての地味なツーピースを着た女性が、扉を開けた。

部屋は続き部屋になっていて、奥の方が来客用に、手前の部屋が待合室に使われているらしい。

進藤だけが奥の部屋へ案内された。

進藤が奥へ入るとき、扉の間から、正面のソファにすわっている老人の姿が見えた。新聞でもおなじみの見事な白髪が、窓からさしこむ陽光にきらきら輝いている。冷房の利いた部屋で老人は日射しを心ゆくまで楽しんでいるらしい。しかし細められていた小さな眼は、進藤の入ってきた気配に鋭い光を放った。

さっきの女性が扉を閉め、牧にソファをすすめてくれた。

そのすき透るような肌を濃紺のスーツが、一層白くひきたてているが、どことなく粋な匂いがただよって、洋服よりも着物の方がさぞ似合うだろうと思わせる。

（上野老の秘書らしいが、秘書以上の役目もひきうけているのだろうか）と牧は思った。

秘書は奥の部屋に運んでから、牧の前のテーブルにもレモンティーを出してくれた。牧はその顔をじっとみつめた。みるみる女の透き通った肌がぼうっと赤らんでくる。

初々しいはじらいというよりも、内にこもった自然な色気がこぼれてくるような感じだった。

「結局、富沢を中心とする北陸A区では、何人立候補するにしても、保守の当選者の限界は三人です」

ふいに、隣の部屋から熱のこもった進藤の声が聞えてきた。どうやら、最初から進藤はラッシュを試みているらしい。見ると、奥から出てきたときに秘書が閉め忘れたとみえて、扉が細目にあいていた。

「その三人のうち、金岩氏は現職大臣の強みから云って当選は確実、河村派の国吉氏もまず大丈夫でしょう。ただ、重山派の須賀野氏が現在病気療養中ですので、この地盤が今度の選挙の焦点になるわけです。わたしはここの地盤の票を集める自信があります。ところで、この選挙は総理の後任問題に重要な役割りを果すということですが、そうなると、総理の有力候補は先生と現副総理の都田さん、それに、河村さんの三人にしぼられるというのがもっぱらの下馬評です」

「それで？」

進藤の低い声とは対照的なカン高い声がひびいた。

「現在は都田派の議員数は百十五名、河村派は四十七人、先生の傘下には八十九人と聞いております。しかし、今度の選挙の結果いかんでは都田派を抜くことも可能ではありませんか」

「つまり、きみの公認に尽力すれば、一票ふえるというわけだな」

そこで老人のしわぶきが、嘲笑うようにひびいた。

「まあ、きみの云うような数字がそのまま票に反映してくれれば、わしらも楽だがな。上野派の八十九人というやつは、これは過去の数字でね。実体はわかりゃせんのだ。昨日八十九人だったものが今日は百人にふえたかと思えば、明日は八十人にへっておったりする。そこがまた、政治の面白いところでもあるな。だから人数割で優勢だからといっても、にぎりきんたまでのうのうとしておるわけにはいかんのだ……」

牧は老人の品のわるいたとえにびっくりして、秘書の顔を見た。秘書は老人の声が聞えなかったのか、牧の方を見てにっこり笑った。

「そうは云うものの、わしも信頼のできる議員は一人でもふやしたい。しかしだな、選挙がこうせまってくると、種子をまき苗を育てるには、ちょっと時期が遅すぎるようだな。苗を育てて実をとるよりも、他人の実を買って数をそろえにゃならん」

老人の闘いぶりはなかなか巧妙だった。フックを受けてよろめいている進藤の姿が、牧の目に浮かんだ。

「すると、先生は間に合わせに他の議員を抱きこむことを考えておられるんですな」

進藤の声はさすがに沈んでいた。

「きみはさっき三派の数字をあげた。しかし、この三派の人数を合わせても、わが党の議員数とは一致しない。ということは、この三派以外にも、いろんな派閥があるということだ。たとえば重山派だが、この議員数は二十八名と云われておる。八十九名のわが派と重山派の人数を合わせれば百十七名、都田派より二名多くなるな」

「すると、先生は重山派と協同戦線をはるおつもりですか。だから、わたしを公認に推して重山派の地盤を荒させるわけにはいかないとおっしゃる？」

「残念ながら、一週間おそかったよ。もうすでに話は決っておるんだ。ちょうど一週間前に重山君が遠井弥三郎という男を連れてやってきた。須賀野君は病気だから立候補を断念させて、その男に地盤をゆずらせると云うんだな。遠井という男はトルコ風呂ばっかりつくっておる三流の土建屋ということだが、金は何十億と持っておるそうだ。いかにも下卑た男で、わしは気に入らんが、重山君の頼みではどうにもならん。一応、公認に推薦することを承知した」

老人のカン高い声が、鋭いストレートとなって進藤の顎の先を捕えたのがわかった。止めの《フィニッシュ・》一撃《ブロウ》というやつだ。

牧は立ちあがった。進藤をかかえださなくてはならないと思ったのだ。

しかし、その時、意外に明るい進藤の声が聞えた。

「残念ですなあ、まったく残念だ。しかし、いずれわたしはその遠井という男をぬいてみせますよ。議員として、先生にもう一度おめにかかりましょう」

「そうだろうとも。きみは、あの土建屋なんかよりも政治家として大成する素質を持っておる。公認なぞにこだわらずに、精一杯やってみたまえ」

それからしばらく間があって、ふたたび老人の声がした。

「まあ、役に立てなくて気の毒だった。その代りといってはなんだが、きみの当選の前祝いにこれをとっておいてくれたまえ。ほんのわずかでも、なにかの足しにはなるじゃろう」

(負けたボクサーにもファイトマネーが出たらしいな)と牧は思った。

部屋を出てきた進藤の顔はさすがに土気色だった。それでも、牧の顔を見ると、にやりと笑ってみせた。

「失礼しようか」

と彼はしわがれた声で云った。

秘書が入口の扉を開けてくれ、そのついでに牧に向って微笑んだ。今度は秘書同士で試合をしたそうな微笑だった。

「大分疲《つか》れたようですね。ホテルへ帰って休みますか?」

エレベーターの中で、牧は進藤の顔色をうかがいながら訊いてみた。

「そうしてはいられないんだ」

疲れた顔で進藤は答えた。

「大村証券の社長と会うのは何時だった?」

「二時です」

「それじゃ、ぐずぐずしてもいられんな。この地下のグリルでコーヒーでも飲んでからすぐ行こう」

二人はロビイから地下へ下りて、グリルの片隅に席をみつけた。コーヒーを飲むと、ようやく進藤の顔にも血の気がさしてきた。

「いや、くえないじいさんだよ。うまくあしらわれた」

「話はうかがってましたよ。扉が開いていたんでね」

と牧は云った。

「こう云っちゃなんですけど、進藤さんは自力でたたかうべきだと思いましたね。その方があなたらしい。いわば、今のラウンドは前哨戦で、メイン・エヴェントは選挙ですからね」

「無責任なことを云いやがる」

進藤は苦笑いした。

「しかし、こうなったら、そのつもりでやるほかはない。大村証券の方もおそらくだめだろう。公認が条件だったからな」

内ポケットから紙包みをとりだすと、進藤はそれをテーブルの上に置いた。

「じいさんが二百万くれたよ。これでおれを買ったつもりなんだろうな。この前の総裁公選の時には、議員の票が五千万についたというから、もしおれが当選すれば、安い投資だよ」

「これからの資金集めが思いやられますね」

牧もコーヒーが急に苦いものに感じられた。

「なんとかなるさ、なにもかもたたき売れば選挙資金ぐらいなんとかできるだろう。いっそそうして、ひものつかない選挙をやった方が、さっぱりして気持ちがいいかもしれん」

（進藤さん、政治なんかやめませんか）とふいに牧は云いたくなった。

しかし、そう云っても、進藤が思い直すとは思えなかった。この男はいったん目標を定めたら、それを自分の手でつかむまでやりぬくだろう。それが進藤の魅力でもあった。

二人はしばらく黙ったまま、コーヒーカップをみつめていた。昼食に来た人たちのざわめきや、暖かい料理の匂いが、この席の近くまで押し寄せてきて、急によそよそしい空気に変るのがわかった。

やがて、進藤が残りのコーヒーをのみほすと立ちあがった。

「いつまで考えていたって仕様がない。やるだけのことをやってみよう」

彼はテーブルの上の紙包みを牧の方へ押しやった。

「大村証券の社長には、おれだけで行ってこよう。きみはこれを持って一足先にホテルへ帰ってくれないか」

そう云いすてると、進藤はもう出口の方へさっさと歩きだした。

第四章　泥にまみれて

小さな黒いラウンド・テーブルの上には、三百万円がのっていた。現金二百万の紙包みと、百万の小切手だった。

大きな目でじろりとそれを一蔑《べつ》すると、進藤は低い笑いをもらした。

「大村証券では、全面的なスポンサーにはなれないが多少の授助をしましょうと云うことだったよ。それがこの小切手さ。上野のじいさんにしろ、大村証券の社長にしろ、甲羅に苔の生えた化物ぞろいだからな。これじゃ、空気銃をねだった子供を飴玉でごまかすようなものじゃないか」

牧はテーブルのそばに立ったまま、じっとそれを見下ろしていた。

およそ庶民には縁の遠い額の金が、そこに無造作に置かれてある。一人の大して有名でもない政治家が一日で集めてきた金だ。しかも、その男はそれを飴玉だとうそぶいているのだ。

(彼らが化物だとしたら、この男もやはりその仲間だ)と牧は思った。

「選挙資金はどれぐらい必要なんですか？」

と彼は訊いてみた。

「新人候補の場合、最低五千万要るな。つまり、あと四千五百万不足だというわけだ」

進藤はうなるように答えた。

「よしませんか」

と、牧ははっきり云った。

「なにを？」

進藤は驚いて牧をみつめた。

「そんなバカげた金を使って選挙をやることをですよ。あなたはそれで当選するかもしれない。しかし、結局はしばられるだけなんだ。それだけのモトをとり返すために、いろんな策謀をめぐらし、政治の裏側を走りまわり、あげくのはてに派閥の中でがんじがらめにされてしまう。そして、将来、あなたが政界の大物になったところで、あの上野みたいに政権の亡者になるのがオチですよ。ぼくはあなたが好きだ。だから、あなたが政権にすがりつき、右顧左眄《うこさべん》しながら老醜をさらすのを見ていられない」

「これは手きびしいな」

進藤は眼尻の皺をふかめながら、牧を見あげた。

「しかし、きみのように物事を最初から投げてしまっては、何もできやせんよ。たしかに、現在の情勢から見れば、きみの云う通りかもしれん。だが、このわたし自身が政治そのものを握る方法としてはこれしかないんだ。きみの云っている現在の政界のゆがみを正そうとするためには、まずその中心に自分自身が入りこんでからでなければなにもできないじゃないか。たとえ、手を泥に汚したとしてもだ、政治の汚臭に顔をしかめ、なにもしないで手をつかねているよりはずっとましだと、わたしは思うね」

「目的のためには、手段を選ばずですか？」

「あるいはな」

進藤の顔から笑いが消え、頰にかすかな赤味がさした。

「わたしは政治以外に生き甲斐を見出せない男だ。政治をやることが、わたしには一番向いておる。そしてまた、現在の政治家どもよりも、わたし自身が政権をにぎった方がより多くの実績をあげられるという自信がある。現代の政治はバラ色のヴィジョンだけでも、裏側の策略だけでも行えるもんじゃない。具体的な政策をかかげ、それを果敢に実行するものだけが行うべきだ」

「あなたは、まるで自分がヒトラーの生れ変りだと思っているみたいだ」

「ヒトラーではないな。現代の政治はヒトラーの時代みたいに、気狂いじみた純粋さと、バカげた妄想で性急にことを行いうるほど甘くはない。現代の要求にもっともぴったりした政治家は暗殺されたケネディだろうが、ケネディだって大統領になるまでには、ハーバードを卒業したての時と同じようなきれいな手をしていたわけではないだろうよ。ただ、彼には日本の政治家のように、自分の汚い尻をあからさまに民衆にさらしてみせるほど愚かでなかっただけだ」

「なるほど、あなたは政治の汚い尻を民衆に見せずに、パンツをはかせる自信があるというわけですか」

「どうも、きみは秘書にしては皮肉屋すぎるようだな」

進藤は苦笑すると、煙草に火を点けた。そして、そのマッチを吹き消すと、真顔になって牧をみつめた。

「しかし、きみももう三十一だ。皮肉ばかり云って世の中を渡れる年齢じゃあない。皮肉を呟いては顔をそむけてばかりいないで、世の中の汚い尻をじっくり見ておくことだな。そうしないと、いつまでたっても、自分でその尻をふいてやるチャンスなぞめったにないぞ」

そこで彼は額の汗をふき、また苦笑をもらした。

「どうも汚い話になったな。まあしかし、おれはどんなことをしても、今度の選挙には勝ってみせるぞ。なんといったって、政治にじかに手をふれられるのは国会議員だからな。四千五百万はおれの生命を賭けてもつくってみせるさ」

牧は進藤の生き生きと輝く眼、赤く燃えた頬を見て、心の中で溜息をついた。またしても自分が老人のように、この中年の男が少年のように感じられた。進藤の野望も政治論も単純で粗暴なものにしか思えなかったが、とにかく前進しようというエネルギーに充ちあふれていた。

進藤ははっきりと自分の将来の目的をみつけていた。具体的な、手でさわれれば、その形を感じることのできる目的だった。ところが、牧の未来にはなにもなかった。光りはほんの足許を照らすばかりで、その先はただぼんやりと乳色のヴェールに閉されていた。

「わかりました」

疲れた声で牧は云った。

「ぼくはあなたの秘書です。あなたがこうときめた通りに協力しますよ」

「よろしく頼む。本当のことを云って、おれも他の連中は信用していない。きみとそれから由美だけが、頼りなんだ」

そう云うと、進藤は底ぬけに明るい眼を牧へ向けた。

「さてと、これから郷里へ帰ってからの金策と、選挙対策を考えなきゃならん」

両手をふりあげ、それを元気よくふりおろすと、進藤はソファから立ちあがった。

「おれはここでその対策を練るから、一人にしてくれないか。きみはその間、東京の友人とでも会ってきたまえ。こうなったらとてもここにのんびりしておれん。明日の朝早く、飛行機で帰るから、その用意もたのむ」

机の上の札束から無造作に一万円札を三枚ぬくと、進藤は牧に手渡した。

「飛行機代の残りは、友人と飯でも食いたまえ」

牧はその三枚の札をみつめた。それは真新しく、政界の裏側を通ってきたとは思えないほど明るく清潔な匂いがしそうだった。

彼は黙ってそれを受けとった。


フロントで明朝八時十分発の飛行機の座席をとると、牧はホテルを出た。冷房の利いたロビイから外へ出たとたんに、むっとした空気が彼をとりまいた。しかし、しばらくするとその暑さにもなれ、彼は夕闇に目立ちはじめたネオンを眺めながら、通りへ出ていった。

舗道の匂い、埃りの匂い、自動車の排気ガスの匂い、それらの雑然とした都会の匂いがかえって牧の気持ちを落ちつかせてくれる。ここには彼が生れ育った大陸の都会と同じたたずまいがあった。

これからどうしようかと彼は考えた。このまま、一人きりで久しぶりの都会を味わってみるのも悪くない。しかし、いつまた逢えるかわからない友人たちの顔も見ておきたい気がした。六年のうちにどれだけ彼らが変貌しているだろうか。

時計を見ると、六時半だった。普通の勤め人はもう帰っている時刻だが、新聞記者ならまだ社にいるにちがいない。

牧は尾崎を呼びだしてみようと思った。尾崎は学生時代に左翼運動で知り合った仲間だった。シャープな理論家で集団行動の説得役にはなくてはならない存在だったが、そのくせリーダーのポストにつくのを嫌い、級委員がせいぜいで学連の役員にはどうしてもなろうとはしなかった。そのおかげで、警察にも挙げられず、ブラックリストにものらなかった男である。それを牧は彼の要領のよさだとは思わなかった。文科の学生らしく、神経質で照れ性の尾崎は一対一の議論では誰にも負けなかったが、大勢の学生を前にしてアジ演説をぶちまくるというような荒業には耐えられなかったのだと思っていた。

大学を出ると、尾崎はすぐに東都タイムズへ入社した。父親が東都タイムズの社友だというコネがあったと云っていたが、昭和三十年頃の就職難のどん底では、それでも異例の好運だった。

新人記者の彼は、どこにも就職ができずに暗い毎日を送っていた牧をよくひっぱりだしては、おでん屋で酒をおごってくれた。しかし、常盤会へ入ってからは、牧の方で尾崎に近づこうとはしなかった。

牧は舗道のふちにある電話ボックスへ入って、東都タイムズの番号をまわした。交換手に社会部の尾崎をと云うと、しばらくして、なつかしい声が聞えた。

「マキってあの牧か?」

尾崎の奇妙な訊き方に、牧は笑った。

永年の空白がいっぺんに消しとんだ想いだった。

「そうだ。その牧だよ」

「なんだ。どうしていたんだ?」

「いや、都落ちしていたんだが、久しぶりに東京へ出てきてね、明日の朝にはもう帰らなくちゃならんのだが、今から逢えないかね?」

「いいとも、おれももうしばらくすれば社を出られる。新宿のマリモってバーを覚えているだろう? ああ、今でも同じ場所でやっているよ。表側は大分変って高級になったがね。そこで七時半に逢おうじゃないか」

電話ボックスを出ると、牧はタクシーに乗った。車は牧が思いもかけぬ所を通って新宿へ向ってゆく。新しく広い道が続々とつくられ、整備されてゆくらしかった。アスファルトの上をうなるタイヤの音を聞きながら、牧はこの都会のめまぐるしく変るリズムを小気味よく思った。

しかし、そう思っているうちに車は新宿に近づき、トルコ風呂のネオンが無数に眼についてきた。それはストリップ劇場の絵看板のように俗悪で生々しく、そのくせ田舎じみたわびしさを感じさせる。牧はパチンコ屋が並んだ北陸の街の大通りを思い出し、自分の性急な東京礼讃に苦笑を感じた。

街中へ出ると、新宿はちっとも変っていなかった。いや変ってはいるのだろうが、あまりしょっちゅう変貌するので、かえって、以前と同じ一つの印象しか与えないのだ。この街はいつも活気に充ち、落ちつかず、人いきれと車の群れを呑みこんでいる。

牧は歌舞伎町に入り、すぐにマリモを探しあてた。以前は天井が低く小ぢんまりして、そのかわり落ち着けるふんい気だったが、今はずっと奥行きが深く、天井も高く、カウンターが長々と伸びてなんとなく間の抜けたそっけなさしか感じられなかった。

牧は尾崎がすぐわかるように、なるべくカウンターの端近いストゥールに腰を下ろした。髪を高く結いあげ、低い鼻のわきにべっとりと翳をつけたホステスがカウンター越しに訊ねた。

「なにをお飲みになる？」

女はウインクしたつもりだろうが、細い眼のまわりに塗ったアイシャドウのせいで、はっきりはわからなかった。この女がシェイクするのではないことを祈りながら、牧は答えた。

「マティーニを頼む」

牧の願いは空しかった。女は大猟を神に感謝するネアンデルタール人のように寸づまりの身体を身もだえさせながら、シェイカーをふりはじめた。

牧はできあがったマティーニを疑惑のこもった眼で眺め、それから決心して一口すすった。

マティーニはかすかに、にんにくの味がした。

その時、頭の禿げあがりかけた小肥りの男がせかせかと扉を開け、バーの中へ入ってきた。敏捷な身のこなしのわりには、生活の疲れが男の身体には立ちこめていた。男はつかつかと牧の傍へ近づき肩をたたいた。

「やあ、待たせてすまなかったな」

牧は驚いてその男をじっとみつめた。その鋭い眼つきと肉の薄い小鼻のあたりに、かすかに尾崎の面影がみとめられた。

「よお、尾崎か」

と云ったものの、牧はにわかには信じがたい想いだった。以前の尾崎は痩せこけて蒼白く、油気のないきれいな細い髪の毛がばさりと広い額にかぶさって神経質そうな風貌の男だった。

「ああ、おれは変ったろう?」

声だけは以前と同じ響きのあるバリトンで、尾崎は答えた。

「うむ。ずい分ふとったな」

牧は昔は突きささりそうに尖っていた顎《おとがい》が、くびれた脂肪の中へうずまりそうになっているのをみつめながら云った。

「ああ、ふとった、ふとった」

おしぼりで無造作に顔をふき、尾崎はなげやりに答えた。

「銭もないのに、身体だけは中年肥りさ」

「しかし、仕事は順調なんだろう？」

「可もなく不可もなしさ。ようやくデスクになったよ」

尾崎は例のホステスにハイボールをたのむと、牧の方をあらためてじっとみつめた。

「きみは相変らずだな。ちっとも変っていない。いや、眼つきが少し鋭くなったかな？　今でも、例の組にいるのかね？」

「いや、常盤会からは足を洗った。ちょっとごたごたがあってね、その事件から妙なひっかかりができて、今はある県会議員の秘書をやっている」

「きみが秘書を？　ほう、その議員は保守か革新か？」

「民和党だよ。今度は国会へ出るつもりらしいが、その件で東京へやってきたんだ」

「民和党か。しかし、常盤会より右寄りではないわけだ」

「常盤会より右寄りと云うと？」

「なんだ、きみは知らんのか。常盤会は今度政治結社の届け出をしたんだよ。もちろん、右翼政党としてだが、解散前に届け出たところを見ると、群小候補を乱立させていやがらせをやり、一稼ぎしようという腹らしいな。とにかく、きみが常盤会と縁を切ったと聞いて安心したよ。かねがね、きみにも云おうと思っていたんだが、忠告しようにも全然あれ以来、姿を見せてくれなかったじゃないか……」

「ああ、わるかった。おれも顔を出しにくくてね。そうかと云って、あの時には飯のたねが他になかったからな」

「まったく、ひでえもんだったな。どこでもおれたちをやっかい者あつかいにしやがって、よっぽどコネがなくちゃ、やとってくれやしなかった。だから見ろ、今ちょうどおれたちみたいな働ける中幹部がいなくて、どこの社でも困ってやがる」

「他の連中はどうしてるのかな？」

「ほとんどが学校の先生さ。デモシカ教師と云うが、おれたちの頃は、教師でもなんてぜいたくなことを云ってられなかったからな。教師にしかなれないようにしたのは世間の方さ」

尾崎は早いピッチでハイボールをあけ、二杯目を頼んだ。二杯目が来ると、それをようやく味うように飲みながら、旧友の消息をあれこれと教えてくれた。

「あの頃は教師にもなれなかった奴らは、暗い顔をしていたなあ。特に学生運動をしていたやつらはそうだった。どこからもシャットアウトだったからな。おれなんか、そんな連中と会うたびにかえって肩身がせまかったよ」

その中に青春の想い出がかくされているかのようにハイボールのグラスの中を、じっとのぞきこみながら、尾崎は云った。

「そうだった」

と牧も答えて、マティーニのグラスをあけた。もうあんまりにんにくの匂いは気にならなかった。

「山代を覚えているだろう。柔道三段で図体のでかいくせに気のやさしいやつさ」

「ああ、よく覚えている。いつもスクラムの真前へ押しだされ、困ったような顔をしてたっけ」

「あいつも就職口がなかったんだ。それで、あの気の弱い山代が、おれに云ったことがあったよ。学生時代には資本家に対する憎悪なんて、抽象的にしか感じなかったが、今じゃはっきりわかるってな。自分には、とても人なんか殺せないと思っていた。しかし、今革命が起ったらあの資本家どもの首をおれはこの手で喜んで絞め殺してやる。ヒューマニズムなんかクソくらえだと云うんだ。おれも同感だったよ」

尾崎のふとった頰が皮肉にぴくぴくとふるえていた。

「山代は今、電機器具の会社に勤めているよ。二流のメーカーだが、課長になって月給はまあまあらしい。この間会ったら、おれよりも肥っていてね、自分の子供と自動車の話しかしない。もう革命どころか、自分の女房をぶん殴ることだってできやしないだろう」

「誰もがそうなんだ。ふしぎなことにみんながどこかへ落ちついて、なんとかやっている。不満はあるだろうが、それも現在の場を投げだすほどのものじゃないし、それにそんなことをやる元気もないほどくたびれきっているのさ。資本家どもに、しょっちゅう尻を追いまくられてこき使われるからな。目の前に学生時代より具体的な相手がいるのに、もう歯をむくこともできない。そんなことをするほど子供っぽくないというのが、自分に対する云い訳でね」

「みんな家族があるからな」と牧は云った。

「そうだ。女房子のためなら、頭も下げるし、はいつくばっても見せる。うまい汁を吸われても、うすら笑いをしてみせるだけなんだ」

尾崎は三杯目のお代りをし、生酔いの声で毒づいていた。

「家庭の幸福は諸悪のモトさ。そうだろう？　おれにも二人餓鬼がいる。女房はこいつらの教育に夢中だ。こいつらを大学に入れるためには、おれはどんな我慢をしても、社にしがみつき出世しなくちゃならんのだよ。革命なんて、とんでもねえさ。しかしな、牧、こいつはくたびれるぞ。もう、いやんなるほどくたびれるよ」

尾崎はがくりとカウンターの上に突っぷし、なにかをなおもぶつぶつと呟いていた。

牧はそれに手をかけようともせず、真直ぐ前を見ていた。こいつはおれと同じだと牧は思った。灰色にとざされ、わけの分らない未来へ向って、仕様ことなしに足を運んでいる。革命も現在の政治にも絶望し、それに手をかすこともしない。なるようにしかならないということしか信じられないのだ。

その時、尾崎がかすかに頭をもたげ、カウンターの中にいる女に笑いかけた。唇もとはだらしなくゆがんでいたが、その眼は赤く濁って暗い光をたたえていた。

「革命だよ、セッちゃん。おれと生活革命をやろうぜ。今夜、おれと寝ようよ」

女は一瞬きょとんとした顔で、尾崎をみつめ、それからけたたましい笑い声をあげた。

「ちぇッ」と尾崎は呟いた。

「おれと寝ようといったことだけわかったらしいな」

尾崎の濁った眼は、牧に進藤の大きな生き生きとした眼を想いださせた。たとえどんな生き方をするにしろ、それはとにかく生きている人間の眼だった。

「牧、おまえはまだ結婚しないのか？」

ふいに、酔いがさめたような声で尾崎が訊ねた。

「ああ、まだおれは落ちついていないし、そんな身分じゃない」

「そうか、羨しいな。自由の身なんだな。結婚はよせよ。つまらんぞ。居心地がよすぎてな、くたびれてしまう。なにもする気がなくなってしまうよ。楽しみと云えば、目先のこと、パチンコ、麻雀、酒だ」

「結婚しなくたって、それは同じことさ」

と牧は答えた。

「おれたちはどうせ、同じ穴のむじななんだ」

「狩られて、射たれて、むじな汁か」

調子をつけて、自嘲するように尾崎は云った。

「学生時代はよかったな。学校を出ればなににでもなれると思っていた。可能性がいくらもあった。今じゃ一本道だからな」

「肥っているくせに愚痴を云うなよ」

笑いながら牧は尾崎の肩をたたいた。

「どうだ席を変えないか。今度はおれがおごるぜ」

「よかろう」

尾崎は急に元気よく立ちあがると、牧をせきたてて表へ出た。

表通りへ出る前に、尾崎が牧を呼びとめた。

「おい、ちょっと待て。小便をして行こうぜ」

二人は露地の隅へ行って、並んで小便をした。

「デモの帰りに、こうやって連れションをしたことがあったっけな」

尾崎の言葉に牧も思いだした。早稲田事件の抗議デモの帰りだった。あの時も、二人は新宿へ寄って議論しながら酒をのみ、並んで小便をした。小便をする間も、デモの効果について、議論の続きを烈しく闘わし合ったものだ。

しかし、今は二人とも疲れ切ったように、ただ黙りこくって並んでいる。小便はいたずらに長いだけだった。


翌朝、七時半に進藤と牧はホテルを出て、車に乗った。車は赤坂から高速道路へ入り、ノン・ストップで羽田へ向う。黒いアスファルトの高速道路が朝の光にきらめきながら、後へ流れてゆくのを、宿酔で少し頭の痛む牧はまぶしそうに眼を細めて見守った。

グレープ・フルーツにジャム・トースト、ベーコンエッグにコーヒーを二杯という朝食を、旺盛な食欲ですっかり平らげた進藤は、張り切った頰にもうっすらと精力的な脂を浮かせて、相変らず大きな眼を生き生きと輝かしていた。

「東京に未練はないほど楽しんだかね？」

上機嫌な声で、彼は牧に訊ねた。

「さあ、楽しんだかどうか。とにかく、昨夕は午前二時までつき合いましたよ」

「ほう。おれも十二時すぎまで起きていたが、それからはぐっすり眠ってしまって、きみが帰ってきた頃は白河夜船だったろうよ」

「よっぽど、ノックをしてみようと思ったんですが、遅かったんでやめたんです」

「ノックをしたって無駄さ」

進藤は明るい声で笑いだした。

「ところで、友達はどうだったね？」

「He is not what he was」と牧は答えた。

「彼は昔の彼ならず、か。そりゃあそうだろう。長い間会わなかったんだからな。しかし、不愉快だったわけではないんだろう？」

「ええ、不愉快ではありませんでしたよ。ただ、彼は変ったというだけですよ」

「どういうふうに？」

「革命派ではなくなったんです」

「革命派？　おいおい、冗談じゃないよ。学生時代からずっと今まで、革命を信じているやつがいたら化物だぜ」

「いや、革命というのは、政治革命という意味ではありませんよ。毎日の生活意識のことを云っているんです。前進も後退も、変革も、そういうことを一切願わず、やろうともせず、毎日を送っている人間たちの仲間にやつも入ってしまったということです。ぼく自身もそうですがね」

「そうすると……」

進藤はぎろりと大きな眼を牧に向け、からかうような調子で訊ねた。

「頭は革新で身体は保守というわけか？」

「まあそんなところでしょう。三十代の人間――つまり、会社からようやく責任のある地位を恵まれ、その代りどんな仕事でも一応やりこなせるベテランということで一番こき使われている人間はたいがいそうですね。保守の陣営に身を預け、頭だけはまだ完全に保守派になりきっていない。その点、あなたなんか、生粋の革命派ですよ。しょっちゅう前進を試み、新しい計画に身を投げようとしている」

「きみたちはそういう自分たちの状態を世代論でいつも片づけようとする。きみたちだけが戦争の被害者のような顔をしてね。しかし、はっきり云えば、戦争の影響を受けていない人間なんて現在の日本にはいやしないよ。戦後に生れた連中は別だがね。誰だって戦争の被害は受けているのだが、それを忘れて前向きの努力をしようとしているだけだ」

「たしかにそうかもしれませんね。ぼくらは戦争を忘れるわけにはいかないし、戦時中と戦後の教育があまりにも裏腹になってしまったのを身体で実感しているだけに、なにが前向きの姿勢かと云うこともわからなくなっているんです」

「きみはいつもぼくらと云う言葉を使うがね」

進藤は議論を楽しんでいるように、両手を軽くこすり合わせた。

「それはどうも抽象的すぎる発想だと思うね。大人はもっと具体的にものを考えるもんだ。ぼくとかきみとか――そういう個々のちがいをはっきりさせて考えないと、とかく論議が概念的になりやすい。わたしに云わせれば、きみのいわゆる革命派、非革命派の区別は、世代の相違ではなく、個々の性格の相違だよ。きみらの世代にだってぼくとそっくりの革命派はたくさんいるのさ。ただ、年齢的に、きみらの世代が危険な時期にさしかかっているということは云えるかもしれんな。三十代はまだいくらか自分の可能性の限界について夢が残っている年代だ。限界はほぼわかっているくせに夢が捨てきれないから絶望的になる。ところがわれわれの年齢になると、もう自分の可能性に夢はない。行くべき道を具体的に知ってしまっているからね。だから、その道について何も考えず、ただぼんやり歩いてゆくような老人になるか、それともすぐ目の前の具体的なものを目的として、それを摑むために実行できるプランを立て、しゃにむに進む頑固な老人になるか二つのタイプに分れるのさ」

「なるほど」

と牧は云ったが、進藤の説に心から納得したわけではなかった。もっとも傷つきやすい時期に、心を二つにひき裂かれねばならなかった世代があるということ、そしてその傷のせいで、自分たちが他の世代の人たちよりももっと深い連帯感で結ばれているという実感を消すことはできなかった。

(あなたはみんなが戦争の被害者だと云うがね)と牧は心の中で呟いた。(戦争中からずっとあなた方の世代は加害者の役目を果し、われわれの世代は被害者の立場に追いやられていたんだ)

車は新橋を抜け、大森海岸へとさしかかっていた。高速道路に沿って海のふちをモノレールが走っている。

「どうだい、いい眺めじゃないか」

進藤が窓の方へ手をふりながら云った。

「この高速道路も、できあがるまではなんのかんのと云われたが、出来てしまえば、われわれの生活にとけこんで、なくてはならぬものになってしまう。こうして少しずつ色んなことが便利になり進歩してゆくんだ。楽しいじゃないか」

そして、いかにも楽しそうに窓外の景色をみつめていた。牧は、自分の前途にあれだけの障害のあることを知っていながら、こんなにも楽天的な感想をもらすことのできるこの男に感嘆の念さえ覚えた。

「それはそうと、選挙資金のめどはついたんですか」

彼はわざと意地悪くそう質問してみた。

「いや、どこからもそんなものを出してもらうあてがない。しかし、家屋敷や道具類を売り払うか抵当に入れれば、なんとか捻出できるだろう。おれが裸になればいいのさ。そう考えたら、さっぱりしたよ。まあ、そのことは郷里へ帰ってから相談しよう。それよりきみ、今は海でも見たまえ、海を……」

しかし、車の横にひろがっている海は、どう見ても進藤が感激するほどのものではなく、土色に濁ってうす汚かった。

第五章　つめたい札束

飛行場から二人が車で富沢市に帰ってきた時は十二時を少し過ぎていた。

進藤邸に着き、正面玄関から中へ入ると、相変らず少女のような足どりで由美が走りだしてきた。

「お帰んなさい」

と二人に笑いかけると、急に声をひそめて由美は進藤にささやいた。

「前島さんと田辺さんがもうお待ちになっているのよ。二人ともとても深刻な顔つきで、まるでお通夜みたい。あたしどうしていいかわからなかったわ」

「よしよし、すぐに行こう」

進藤は子供に甘い父親のような眼つきで由美を眺め、相好をくずした。

由美はそのそばをすりぬけ、牧の方へやってくると身をそらせ、ぽんと彼の肩をたたいた。

「牧クン、似合うじゃないか、その洋服。やっぱりあたしのお見立て通り、寸法はきっちりね」

その言葉を聞いて、邸の中へ入りかけた進藤が立ち止った。

「そうだそうだ。こんなしゃれた服を着とったんじゃ、あの二人がさぞかし面くらうだろう。いつものどてらを出してくれんか。牧君、きみも普段の服に着かえ給え」

そのまま邸には入らず、離れの方へまわる進藤のあとについて行きながら、由美はちろりと舌をのぞかせ、牧にささやいた。

「うちのおやじさん、相変らず芸が細《こまか》いわね。特に選挙だもんだから、神経質になってるのね」

牧はそれには答えず、さっきから由美の顔を見て疑問に思っていたことを口に出した。

「由美さん、どうしたんです。いつの間にかすっかり陽に焼けましたね」

「そうなのよ。行く前におやじさんの云いつけでね。藤政会の田辺さんにこの二日間さんざん田舎をひっぱりまわされたわ。それでお辞儀のしっぱなしよ、腰が痛いったらありゃしない。でもね、田舎をまわってね、おいしいお漬物をうんともらってきちゃった。あとで、あんたにもご馳走するわね」

「おいおい、なにを下らんことを云ってるんだ。早く着更えを出してくれんか」

前を歩いていた進藤がふりかえって云った。

「ハアーイ」

いつものカン高い声をあげると、由美はばたばたと駈けだした。

どてらにへこ帯を無造作に巻きつけながら、進藤はこれも着古した背広に着かえた牧とともに、客の待っている本邸の書院へずかずかと入っていった。

床の間には鎧兜が据えられ、違い棚の刀架けには蠟鞘の大小、なげしには槍と武家の書院そのままにしつらえた部屋で、二人の客は陰気な顔をして黙りこんでいた。

「やあやあ、お待たせしました」

と進藤は陽気に声をかけた。

「どうです、一杯やりながらゆっくり話をしましょうや」

「酒どころではないぞね、進藤さん」

色が黒く頬のこけた市会議員の前島が、しゃがれ声でそう云った。

「ほんに、こう出遅れちゃ、どうにもならん云うて、今も前島さんと話してたとこや。先生が陣頭指揮してくれなければ、われわれにはどうしていいかさっぱりや」

藤政会の幹事であり、進藤の熱狂的な崇拝者である田辺も、もう禿げあがりかけた額を押えて弱りきった声をだした。

「どうも、二人とも、意気があがらんようやな。それなら、まず一杯やるこっちゃ。牧君、由美に云うて、運ばしてくれ」

進藤だけが威勢よく北陸なまりで二人をはげまし、牧に眼配せした。

牧が台所から戻ってくると、進藤はあぐらをかいて二人の話にさかんに合槌をうっているところだった。

「ふむふむ、そうすると、やっぱり県連ではぼくの公認推薦はしないという意向やね？」

「もうその点は話になりません」

前島は貧相なチョビ髭をなでながら早口にしゃべった。

「公認どころやない。立候補を辞退しろ云う強硬意見さえ上層部にありますわ。とても、青年部のつきあげぐらいでは、今度ばかりはてこでも動かんでしょう。それと云うのも、遠井弥三郎たらいう男が東京から帰ってきよって、ここから立候補する云うんですわ。なにしてた男か知らんが、こいつがものすごい金持ちらしくて、党の上層部から県議市議、町議にまで派手に金をばらまいて金縛りにしておる。しかも、河村代議士からの強い圧力もあって、まあこれが公認の第一候補ですな」

「その遠井という男は、トルコ風呂の建築でもうけた男やそうな。そんなやつにひっかきまわされるとは党の連中もあきれたもんやな」

進藤が冷笑を浮かべて云った。

「しかし、とにかく大した鼻息ですわ。こうなったら、やっぱり、うちの方も上野さんのお墨つきでももらわんといけません」

「ところが、その上野さんにあっさり断られてね」

進藤は頭をかいた。

「河村派と連繋する都合上、その遠井を推す云うんや」

「なんですって?」

前島の黒い顔がさっと蒼ざめた。

「それなら公認は絶望や。まさか、公認なしで戦うつもりやないでしょう?」

「いや、公認なんかしてもらわんでも、わしは戦うよ。むしろ、そんなもんがない方が戦いやすい」

「そんな無茶な!」

「無茶やない。その方がわしらしいスローガン戦術がとりやすい」

進藤はきらりと眼を光らせ、熱のこもった口調でしゃべり始めた。

「選挙民云うもんは、もういいかげんな公約は聞きあきとるさけエ、きれい事には耳をかしてくれんのや。公認されれば、党の公約をお題目みたいに唱えるより仕様がないが、公認されなければ、もっと選挙民の胸にこたえるようなことを大っぴらに云えるやないか」

「たとえば、どんなことを?」

「もっと具体的なことや。政治の腐敗をえぐりだすんだよ。今、前島さん、あんたがしゃべったことを、そのまま云ってやればいい。トルコ風呂をつくってもうけた金でやな、党の連中を買収して公認を買いとる。そんなことを許しておけるかと選挙民にアピールするんや。遠井は公認泥棒やとな」

「しかし、そうなると党が……」

不安そうに眼をしばたたきながら、前島は口ごもった。

「党がどう思おうと、公認されんこっちは屁でもないわね。わしの云うことは事実やから、やつらはとびあがってさわぐやろ。そうすれば、選挙民は案外そういうことに耳ざといもんやから、ますます、このスローガンが生きてくる云うわけや」

そこで進藤は、にやりと笑い、前にのりだすと前島のひざをたたいた。

「選挙は勝てば官軍よ、前島さん。当選すれば、党の連中と手をにぎるぐらい訳はない。また、ここの連中がどうさわごうと、当選してからのわしの身柄は上野さんが預ってくれる。その話合いはついとるんや、その証拠に……」

と云って、進藤が牧の方へふりかえり合図をすると、牧は手許にひき寄せたボストンバッグから紙包みを出して、進藤に渡した。進藤は紙包みをやぶり、札束を畳の上へ投げだした。

「これは上野さんからの差し入れや。これであんたたちも後のことは心配ないやろ」

しかし、前島はまだ不安の色をかくさなかった。

「まあ、その戦術は効果があると思いますわ。けれども、選挙はこれだけの金《タマ》ではやれんでしょう。公認がとれなければ、金《タマ》を出してくれる人もおらんし、とても、あの遠井には太刀討ちできんぞね」

「そうです。この二日ばかり、市の在の方へ由美さんと一緒に歩いてみたんやけど、遠井はもうずい分派手な手をうってますわ。やれ温泉旅行だ、お祭りの寄附だ云うて、金をばらまいとる。この辺の農家じゃ、みんなが遠井が配った手ぬぐいをぶらさげて畑へでとるぐらいですわ。先生、これはよっぽど腹をすえてかからんと、えらいことになりますぞね」

田辺も額に汗をにじませながら強調した。

「そうか、やっぱり由美がまわったんじゃ効果なしかね」

進藤が云うと、田辺はあわてて手をふった。

「そんなことを云うと、先生、バチがあたるぞね。奥さんはほんとにようやった。男のわしがへばるぐらいなのに、ちっともいやな顔せんと、ニコニコして挨拶しとったわ。それに、あの人はふしぎな人や、田舎のじいさん、ばあさんともすぐ気さくに話し合うし、若い連中にも人気がある。どういうわけかしらんが苦労なしに仲ようなる。すっかり在の人に気に入られて、漬物をしこたまお土産にもらってきたぞね。あの由美さんは、選挙にうってつけの奥さんや」

そこへ、由美が女中と共に酒の膳を運んできた。進藤がそれを見返って笑いながら云った。

「きみの点数は大したもんだぜ。今、田辺さんがほめちぎっていたところさ」

「あら、そうお。それなら、あたしお酌しなくちゃ」

由美はすぐに田辺の前へ膳を置き、すました顔で銚子をとりあげた。

「どうぞ。田辺さんみたいな真面目な方にほめられて、うれしいわ」

田辺は、いかつい身体をかたくすると、ぽっと頬をそめ、坐り直した。

「こ、これは、どうも恐縮です」

ひと通り酒がまわると、進藤は二人の顔を眺め、寛いだ口調で云った。

「ところで、選挙資金のことだが、もし外部から出してもらえなければ、自分で出すよりほかはない。そうすると、この邸やわしが持っている書画骨董の類を始末することになる。前島くん、この邸は一体いくらで売れると思うね?」

前島は、盃を置き、ちょび髭を押えながらあたりを見まわした。

「さあて、どうもそういうことを云われても、専門家じゃないから、はっきりはわからないが、ここは何坪ありますかね?」

「そう、全部で千坪ちょっとかな?」

「千坪として、ここはアパートを建てるにもってこいの土地やから、坪十万ぐらいやろね。そうすると、一億かいね。それと、この邸は重要文化財になるぐらいやから、安くふんで五千万いうところか」

「それで一億五千万。書画の類もかなりあるから、これが約三千万、一億八千万の資金はあるということだよ。これだけあれば、まあまあじゃないか」

「しかし、先生、これを全部処分するのは、いくらなんでも勿体ないぞね」

田辺が眉をひそめて反対した。

「いいんだよ、田辺君。こういうものは誰かが持っていればいいんだ。わし一人が独占しているのは間違いさ。それに、そんなものをいじるより、わしは生きた政治の方が興味があるのさ」

進藤は平然としてそう云うと、盃を干した。

「資金の方はそれでめどがついた。それでは、選挙参謀を決めて早速、運動に乗り出さんと間に合わんことになりますな」

酒で赤黒くなった顔をなぜて、前島が進藤の顔をうかがった。

「遠井の方の資金は、それこそ、何億という金《タマ》を使って切り崩しにくるに決まっているんやさけ、参謀はよっぽどの人物やないと、収りがつきませんぞね」

「その腹案も考えてある」

二人の盃に酒を充してやりながら、進藤はゆっくりと云った。

「選挙参謀は加倉井弘之さんに頼むつもりだよ」

「加倉井弘之！」

「加倉井に？」

前島と田辺は異口同音に云って、盃を置いた。牧も驚いて進藤の顔を見守った。

加倉井弘之は民和党の前身といわれる民友会の院外団から市会議員、県会議員になった男で、一時は県会議長をつとめ、戦後、国会議員に当選二回、生粋の党人派といわれる都田副総裁とも院外団時代の僚友として親交が厚かったと云われている。しかし、三回めの国会選挙で落選すると、どういうわけか、ぷっつり政治の表街道を歩くことをやめ、もっぱら選挙参謀として活躍しはじめた。選挙屋としての彼は金に汚いという噂だったが、そのカンとタイミングの良い戦術は定評があり、彼のついた候補者は必らず当選するという輝かしい戦歴を誇っている。口のわるい政治記者が、「もし加倉井があの落選した時に、自分を選挙参謀にやとっていれば、当選は間違いなかったのに」と評したぐらいだった。

「そりゃ加倉井なら申し分はないけれど……」

前島は云いにくそうに口ごもりながら云った。

「でも、あれは余ほど金を積まんと動かん云う噂やぞね。それに、近頃はじいさん妙に気むずかしくなって、金だけでも動かん云うこっちゃ。遠井が一千万持って頼みに行った時も、木で鼻くくるみたいな返事で追い帰されたそうな」

「そんなことは、わしも百も承知だ。まあ、あのじいさんはわしに任しといてもらおうか……」

進藤は事もなげに、そう云うと、庭の方へ視線を向けた。

「まだ大分陽が高いわな。夕方まで飲んで、それから久しぶりに街でさわごうかと思ったが、それまでここにしばりつけてはかえってあんたたちも迷惑やろ。明日からは大いにふんばってもらわなならんことやし、今日はこれでお開きにしようか。まあ、待ちまっし。わしがつきあえん代りに、これで、今日のところはあんたたちに鋭気をつけてもらうさけ」

畳の上にある紙幣から、十万円の束をひきぬくと、進藤は前島と田辺のひざの上へ置いた。

「先生、わしはこないなもんもらうわけには……」

田辺があわてて押し返そうとするのを、進藤の太い腕が押えた。

「まあまあ、かたいことを云わんと。田舎まわりのお礼や。これからもひとつよろしく頼んます」

前島はちょっと頭を下げ、あっさりと札束をしまい、田辺はもじもじしながら、それでもうれしそうに内ポケットへ入れた。

二人が帰ると、進藤は牧の肩を両手でぐいと押えつけて云った。

「さあ、二人でゆっくり飲み直そうぜ」

書院から離れの書斎へ座をうつして、二人はまた膳をはさんだ。

「まったく酒というのは気分のもんだな。こうして気楽にやるのが一番だ」

由美の田舎まわりのお土産だというもろみ漬けをつまみながら、進藤はうまそうに盃を傾けた。

「やっぱり、あの二人でも気が張りますかね?」

と牧が訊ねた。

大きな眼を動かし、進藤はあきれたように牧をみつめた。

「なにを云っているんだい。選挙がはじまれば、どんな相手にだって気を許すわけにはいかんよ。特に、前島の方はいつどこへ転ぶかわからん男だ。おそらく、遠井の方からだっていくらかもらっているんじゃないかな。どっちみち金があって、票の集めやすい方へなびくだろうさ。その方が今後の自分の選挙に有利だからな。だから、こっちも利用するだけ利用して、まず信用はせんことだ」

「なるほど、そんな男だとわかっていても、金をくれてやるんだから、選挙には金がかかるのももっともですな。しかし、あの田辺氏は先生の熱烈な崇拝者だから大丈夫でしょう？」

「ああ、あの男はバカ正直だと云ってもいい男だから、大丈夫だろう」

そう云って、進藤はニヤリとした。

「それに、あの男、由美にホレておるよ」

牧は由美に銚子をさされた時、ぽっと頰をそめた田辺の顔を想いだした。

「由美さんは不思議な魅力があるからな」

「きみまで、田辺みたいなことを云ってちゃ困るね」

進藤はにやにやしながら、牧に盃をさした。

「きみも明日から忙しくなるぜ。まず第一の仕事は加倉井に会うことだ。手土産には現金を二百万と雪舟の絵でも持っていってもらおうか。現金で面をたたくより、あのじいさんにはこの両立ての方が効果があるだろう。あのじいさんはきっときみが気に入るよ。そうして、きみが瀬ぶみをしておいてくれれば、あとはおれが乗りだす。あのじいさんさえ攻め落せば、選挙はもうこっちのものさ。町の選挙屋や小ボスどもはじいさんの云いなりだからな」

「わかりました。しかし、元来ぼくは寝業などのできる器用な男ではありませんからね、じいさんをうまく口説き落せるかどうか……」

「心配するなよ。きみも由美と同じように不思議な魅力があるんだよ。しかも、その魅力は男にも女にも通用するらしいじゃないか」

進藤は大声で笑いだすと、牧の肩をもう一度ぐっとつかんだ。


翌朝、六時に牧は仏法町のせまい通りを大またに歩いていた。もうすっかり明るくはなっていたが、人通りは少なかった。もっとも、仏壇や仏具や花輪を売る店ばかりが並んでいるこの陰気な通りは、真昼間でも人通りが少いのだった。

朝の空気はまだ幾分冷たく、さわやかな微風が頬をかすめていく。牧は澄み切った空気を大きく吸って、寝不足を追い払おうとした。

(気に入らない街だが、この朝の空気はわるくないな)と彼は思った。高速道路から見渡した東京の朝は、もうスモッグが立ちこめて、どんより曇ってみえたのだった。

昨日と今日と二日続けて早起きしたわけだが、こんなことは何年来もないことだった。しかし、加倉井という老人にとっては、毎日の日課なのだろう。昨夜、電話をした時の老人の声を、牧は思いだした。かすかに関西なまりのあるカン高い声だった。

「朝早くならいくらでも会うわ。六時半に自宅へ来てくれまへんか。そのあとだと、わしも忙しくてとても時間がない」

仏法町のはずれに加倉井の邸はあった。明治時代の異人館を思わせる古びた赤レンガの洋館の玄関には『加倉井寓』と筆太に書かれた表札がでている。ベルを押すと、中から「ホイ、ホイ、ホイ」と奇妙なかけ声をかけながら、汚い作業ズボンにちぢみのシャツを着た貧相な老人が、ほうきを片手に顔を出した。

「わたしは進藤の秘書で牧と申しますが、先生はご在宅でしょうか」

と、牧は訊ねた。

「あんたが昨夕《よんべ》電話してきた人やな」

老人は牧の顔を見て、奇妙な笑い声をあげた。

「気の毒に、眠そうな顔をしとる。わしが加倉井や、まあ、あがんなさい」

ひょいひょいとおどるような足どりで、老人は先に立ち、広い階段を上っていった。

牧の通された部屋は壁一面に黒いがっしりした本棚があり、そこには近づくとぷんとかびの匂いのしそうな革表紙の本が、うすれかけた金文字を光らせていた。床の上には絨毯の代りに、熊の皮が三枚ひろげてあり、黒革ばかりの時代物らしいソファとディヴァンがそれを囲んでいる。

天井はむやみに高く、しっくい塗りのその表面は一面にいろんな染めで彩られていて、そこからぎょうぎょうしい飾りのついたシャンデリヤが下っていた。

それらの大時代なたたずまいと対照的に部屋の隅には、モダーンな型のガス・レンジが白く光っていた。その横には小さな流しがついていて、棚にはあまり良く洗ってあるとは思えない茶器がつみ重ねてある。

部屋の中はきちんと掃除されてあったが、一人住いの男が発散するあの匂いがかすかに漂っていた。

老人は牧にソファへかけるようにすすめると、自分はガス・レンジの方へ行ってヤカンを火にかけた。

「ここはまあ、わしの書斎兼居間というところでな、食事の仕度まではできんが、お茶ぐらいいつでも出せるようになっとる。まだ、家のもんが起きんうちに、こうして掃除をすまし、お茶を一服するのが楽しみなんや」

しかし、それにしては老人の入れてくれたお茶は生ぬるく、出がらしのような味しかしなかった。

老人は茶托なしで、大きな茶碗をかかえこみ、牧の前にすわると、そのお茶をうまそうにすすった。

窓から射しこんでくる朝陽に目を細め、しきりにお茶をすすりこんでいる老人は、日なたにのんびりうずくまっている毛の抜けた老犬のように見える。

大理石を張ったテーブルの上に茶碗を置くと、牧は風呂敷包みを解いて、中のものをとりだした。

「まあまあ、そうあわてんこっちゃ」

老人は身を起し両手をふった。

「せっかく、こんな気分の良い朝に、のっけから仕事の話も愛嬌がない。若い人と話をするのはわしも久しぶりやから、のんびりしようやないか」

そう云って、老人は牧の顔をじっとみつめた。

「ところで、あんたはここの生れやないやろ？」

牧がそうではないと答えると、老人は意地のわるそうな顔つきでしきりにうなずいた。

「そうやろ、そうやろ。この辺に、あんたみたいな男らしい顔つきのものが生れるわけがない。この辺の連中の眼エは奥の方にひっこんで、そこから上眼使いに、キョロリと人を見よる。そんなふうに、正面から堂々と相手を見ようとはせんのや。いつでも、相手の足もとを見てから顔を見よる」

「しかし、先生はたしかこの土地の生れではなかったんですか？」

と牧は訊いてみた。

「そうや。しかし、この土地の人間ぐらいいやなやつはないぜ。わしは幼い時に貧乏やったから、ようわかっとる。それで十五の時にとびだして東京へ行き苦学をした。お定まりの新聞配達しながら夜学へ通ったわけやが、それでも東京の人は親切だったから、いろいろと世話をしてくれる人がいて、なんとかやっていけたんや。東京の人はな、わしが新聞配達をしとると、ああ感心な小僧やと云ってくれた。ところが、ここで新聞配達をやってみい、みんな鼻もひっかけよらんわ。その頃東京は生き馬の眼をぬくと云われていたが、わしは思うたもんや。この富沢の人間は生き馬の眼もようぬかんと、こそこそ人のかげ口ばかり云いよる」

「先生がこの土地から立候補しなくなったのは、そのせいなんですか?」

なるべく自分の用件の方へ老人の話をたぐりよせようと、牧はそう訊ねてみた。

「まあ、それもある。けたくそわるい連中に頭を下げるのは真平やからな。しかし、わしが立候補を断念したのは、自分の欠点に気づいたからや」

老人は皮肉に笑うと、作業ズボンのポケットからくしゃくしゃの煙草の袋をとりだし、大切そうに一本とりだして火を点けた。

「わしはどうも金が大好きでな。これは政治家としては、致命的な欠点やとわしは思う。いや、今の政治家は知らんぜ。今の連中は、政治はもうかるものと決めておる。だから、眼の色変えてお手盛りで歳費の値上げなんか企むんや。わしらの頃はな、政治をやるもんは持ちだしと相場が決まっとった。政治をやれば井戸と塀しか残らん。それが常識じゃ。サービス業やからな政治は。まあ、時代遅れな考えかもしれんが、書生から院外団に入り、それから党人として生きてきたわしには、政治で金をもうけるなという信念が身体の中に滲みておる。ところがやな、どういうわけか、わしは金が大好きや。立候補するたびに金が出てゆくのが、なんとも無念やし、当選すればそれをとり戻そうというあさましい気持ちが押えきれん。その度に、わしは大いに煩悶した。いや、笑ってはいかんよ。わしにだって神様は宿っておる。その神様とうまいことやっていこうと思ったら、政治家から足を洗うより仕様がない。その代り、わしは神様に妥協案を出した。政治家にはならんかわり、政治でもうけさせて下さいとな」

「神様はその妥協案をのみましたか？」

牧の問いに加倉井は真面目な顔つきで答えた。

「大いにやれ云うて、励ましてくれたよ。現在の腐りきった政治家どもから、うんと巻きあげてやれ云うてな。まあ、おかげで大分もうけさせてもらったわ」

歯のぬけた口を開け、老人はしなびた身体を反らせながら笑った。

「わたしが参ったのも、実はその件で先生のお力ぞえをと思ったんですが」

「いやわかっておる。わしも商売やから、その辺のことは一通り調べてあるがね、今度の選挙でわしの所へやってきそうなのは、遠井と進藤やと思うておった。金岩義造は現職大臣の強みがあるから、わしに頼むまでもないし、国吉も地盤が富沢を離れるからわしの手に負えない。あとは、常盤会の息のかかったのが出るそうだが、これはいやがらせをやって金をもうけようというところだろうから、わしのところへはまず来んわな」

「常盤会がまたそういうことを企んでいるというのは、やっぱり本当なんですか？」

牧は肩の傷痕がひきつるような不快感に襲われた。

「ははあ、進藤が以前、選挙に暴力団狩りをうたったときの立役者は、あんたかいな」

加倉井は好奇心をむきだしにした無遠慮な視線を牧に投げた。

「こうなると、今度の選挙はまたひともめして面白うなるかもしれんな。近頃、暴力団が右翼政治団体として名乗りをあげておるのは知っているだろうが、常盤会もそのくちでね。ところが、この関東の常盤会に対して、やはり政治結社の届出をしている関西の張間組がここに支部を置きはじめとるんや。今のところは、常盤会がパチンコ屋の上りをにぎり、張間組はここの興行権を押えて一応にらみ合ったまま派手な争いも起しておらんが、今度の選挙あたりから、そろそろ火がつきそうやな。案外、おたくの先生あたりがまた暴力団追放のスローガンでもおったてて、火つけ役をやるんやないかいな」

「いや、進藤先生は今度は別の戦術を考えているらしいんですが……」

牧はわざと気をひくような云い方をして、口ごもってみせた。

「ほう、あの先生は仲々食えんお人やから、面白い戦術があるんやろ。今度はどの手でいくつもりや?」

老人は身をのりだし、声をひそめ、まるで子供みたいな無邪気さを見せてそう訊ねた。

「それは……。一応、選挙参謀をお引き受け願うということを承諾いただだかなければ」

「あんたも若いに似ず、かけひきのうまいこっちゃ。しかしな、そううかつには引き受けられんわな。今度の選挙は事前運動のすべり出しが早かった。もう中盤戦はすぎて、解散の声がかかったら終盤戦や。解散はおそらく一週間以内やろ。遠井はすっかり地盤をかため、金をばらまいとる。それにひきかえおたくの先生はのんびりしたもんや。まあ、県議の地盤があるから、多少出遅れたにしろ、今からでも間に合わんこともないが、いったいどういう戦法でいくか、資金はどれぐらいか、ある程度手のうちを見せてもらわんと、危くてひきうけられんやないか」

「それでは正直に申しあげます」

牧は心を決めた。このどこといって摑みどころのない老人に対して、策を下手に弄すれば話がこんがらがるだけだと思ったのだ。彼は公認が絶望であること、資金は進藤がすべてを売り払うか抵当に入れてつくることを、加倉井に打ちあけた。

「なるほど、それだけ正直にあらいざらい云ってくれれば、こっちも決心がつけやすいわ。その話を聞いた上で、遠井の方へ身を売れば、あんたの顔をつぶすことになるしな」

老人の言葉を聞いて、牧はほっと肩の荷が下りたような気がした。

「それでは、引き受けて下さいますか」

「あんたは若いに似ず、仲々しっかりしとるわ。この辺の連中と、眼の光り方がちがうのが気に入った。そういうあんたが先生というくらいやから、進藤君にもええところがあるのやろ。県議としての彼の活躍ぶりは、わしも注目しとったが、あれは大物になる素質を持っておる。この間ここへやってきた土建屋とは大分ちがうようやな」

老人は機嫌の良い声で、のんびりとそんなことを云った。

「それでは、これを」

牧はテーブルの上に札束と木箱に入れた軸を置いた。老人のしみのでた指が、まず札束をつかみ、ざっと数えて、それから、ゆっくりと木箱を開けた。

「ほう、雪舟か。これは結構なもんや」

掛軸をするすると解き、しばらくそれに見入っていた老人は、木箱に記された箱書きを確めると満足そうにうなずいた。

「進藤家は名家やから、まだまだこういうもんがたくさんあるやろ。これをどうせ売るなら、わしに先に見せてくれと伝えてくれんか。売る先も心当りがあるし、相談に乗ると云ってな」

「お気に入ってなによりでした。そう聞けば、先生もきっと安心するでしょう。お忙しいところを永い間、お邪魔いたしました。わたしはこれで失礼します」

牧が立ち上りかけると、老人が呼びとめた。

「ああ、あんた。今晩にでも、わしはあんたの先生のところへ打ち合わせをするつもりやがな。あんたは、今度の選挙にはあんまり立ち入らん方がいいよ。これからは狐と狸が寄り集っての皮算用や。あんたは、選挙に首をつっこむには正直すぎる。せっかくきれいな身体を汚すこともないからな。それに、政治で身体を汚したら、一生その汚れから足をぬけんようになる。わしやおたくの先生がええ見本や。やくざから足を洗うより、よっぽど大変やで」

そう云うと、老人は牧の前に置いてあった茶碗をひょいととりあげ、自分の茶碗といっしょに流しの方へ持ってゆくと、もう牧の方をふりかえりもせず、せっせと洗いはじめた。

それから八日後に、議会は現総理の不信任案を決議し、解散が宣せられた。議員たちはやけくその塩辛声を張りあげて万歳を叫び、とるものもとり合えず、自分の選挙区へ馳せかえっていった。すでに、事前運動は公然の秘密だったが、それでも、ひそやかに選挙民にささやくだけだった自分の名前を、今こそ、警察に気兼ねなく大声にわめけるチャンスがきたわけだった。

富沢市およびその周辺を含む、北陸A区は選挙通たちが取沙汰していた通り、解散後五日以内に七名の立候補者が届出をすませた。民和党は現職大臣の金岩義造をはじめとして、国吉信吾、遠井弥三郎の三人を公認し、革新党は前原邦雄、伊丹務の二人、無所属は進藤羚之介と日やとい労務者であらゆる選挙に立候補する桑島公平だった。

この七人の候補者のうち金岩、国吉、前原の三人の当選はかたく、残りの議席をめぐって、遠井と進藤がはげしい票争いを展開するだろうというのがどの下馬評でも一致していた。

しかし、それまでの事前運動では、進藤は遠井にはげしく水をあけられていた。遠井派は市の盛り場に置いた選挙事務所を中心として、各町内に支部をつくり、ほとんど公然と戸別訪問をくりかえし、あらゆる階層の選挙民たちを満載したバスを連ねて、毎日のように温泉招待をくりかえしていた。久しぶりに帰郷した遠井弥三郎が郷里のみなさまにご挨拶をするのだというのが、その口実だったが、県警当局もすでにその内偵をはじめ、近いうちに何人かが検挙されるだろうという噂が流れていた。

それにひきかえ、進藤はじっと沈黙を守っていた。藤政会の若手の連中には、遠井のやり方に憤激し、さかんに巻き返しを主張するものもいたが、参謀の加倉井がそれを押えて、全員をパンフレットづくりに専念させた。それらは県の民和党上層部の腐敗ぶりをあばき、トルコ風呂の建築をやってもうけた遠井の前歴をあばき、さらに公認問題の内幕を詳しく記して、遠井を公認泥棒と決めつけたさまざまな印刷物だった。加倉井はそれらを各町村の選挙ボスたちにくまなく配布していたが、遠井の公認が決るまで選挙民にばらまくことは許さなかった。

「これだけが今度の選挙の決め手やからな」

と加倉井は云った。

「こいつを読めば、遠井に金をもらったり招待を受けたりした連中ほど、遠井のやり方に疑問をもつようになってくる。おまけに、他の連中はもっと遠井からうまい汁を吸ったにちがいないという疑心暗鬼にかられるようあんじょうできたあるんや。つまり、これは遠井のツバのついた人間が多ければ多いほど効果のある手榴弾《てりゅうだん》やから、やつの公認がはっきりするまで安全ピンをぬくんやないで」

それまでに、加倉井は進藤派の全員を三隊に分けて構成していた。第一隊は進藤自身を中心とする機動部隊であり、トラックによる各地の遊説《ゆうぜい》や連呼、立会演説会や選挙規定にしたがった印刷物、ポスター、立看板の配布という公然の選挙運動をする。第二隊は藤政会の田辺を中心として、藤政会の組織はもちろん、あらゆる手づるをつかんで、直接の票を依頼して歩く。他の一隊は加倉井をかなめとするゲリラ部隊であり、例のパンフレットで敵の後方を撹乱《かくらん》すると同時に現金をばらまく等々、裏業《うらわざ》の秘術をつくす忍者部隊だったが、隊員には各町村のボスがふくまれ、進藤さえその構成人員の正確なデータはわからなかった。

加倉井は選挙違反が進藤の身に及ぶことをおそれて、他の二隊が第一隊とはなんのかかわりもないように見える行動をとることを指示し、万一の場合でも、警察の手が届くのは田辺と自分自身までという細心の配慮を忘れなかったのである。

こうして、解散と同時に、今までの沈黙を破って、進藤派は果敢な選挙運動を開始した。

まず手はじめに、例の紙製の手榴弾がゲリラ部隊の手によって、恐ろしい勢いで流れだし、疑い深い北陸の住民の胸に疑惑の火をつけた。さすがに、名参謀とうたわれただけあって、どこに火をつければ、どの方面にどれほど燃えひろがるかという加倉井の読みは正確だった。

火の手が弱まったり、火つきが悪い地区には進藤自身の出馬をうながした。

『選挙民による、きれいな政治を。腐敗した政治は選挙で葬ろう』と大書した幕をはりめぐらしたトラックは、敵前上陸をする戦車のようにその地区を駈けめぐり、マイクにのった進藤の若々しい声が、機関銃のように選挙民をなぎ倒した。

それと同時に、各町村の青年会、婦人会、農業組合の有志会や商店連合には、田辺に伴われた由美が明るい笑顔で挨拶をして歩き、運動会や旅行会や同窓会、結婚式や葬式、人が何人か集る場所では藤政会の名によって進藤の名がさりげなくささやかれていた。

しかし、遠井側の反撃も予想以上に烈しかった。遠井は市議会議長の牧喜一郎を中心に市議を抱きこみ、その地盤のほとんどを手中に収めようと計っていた。同時に、進藤派の選挙事務員まで買収にはかり、その戦術を嗅《か》ぎとっては警察に密告するという手段を弄《ろう》する一方、街の愚連隊をやとって目につくかぎりの進藤のポスターをはぎとらせた。

解散後一週間までで、遠井側のつかった金は億を越したと云われ、進藤派から遠井派に寝返ったのは市会議員の前島をはじめ、五人にのぼった。

この泥試合の渦中から比較的離れたところに牧は置かれていた。始めて会った時に加倉井が云ったように、牧はすべての作戦からはずされ、進藤邸にある書画骨董品のリストを作りあげ、進藤と加倉井の指示どおりに、それらを売却して資金づくりをすることに専念していた。それは、周囲とはうらはらの、静かで平穏な毎日だった。

きらびやかな蒔絵の手箱や、素朴な味いのある高麗茶碗、鎌倉武士の腰間を飾るにふさわしい剛刀や、元禄の華やかさを伝える金細工を施した小さ刀、さまざまな書や絵画、それらくさぐさの古びた芸術品に埋もれながら終日ひっそりとリストづくりにはげんでいるうちに、その作業を楽しんでいる自分を発見して、牧は時おり、静かな午後の光の中でふいに嵐の予感におびえる小鳥のようにいわれのない不安といらだたしさを感じた。それはこの座敷の静けさを乱して聞えてくる、選挙戦のマイクのせいかもしれなかった。

その合間に、牧はよく出張を命ぜられた。買い手がみつかるたびに、東京へ、大阪へ、京都へ——ある時は九州まで飛行機で飛んだりもした。とは云え、それらの旅も、進藤や加倉井の命じた通りに品物を運び、代金を受けとってくるだけで、繁雑な売買のかけひきにわずらわされるほどのこともなく、至極、のんびりした旅行だった。

解散の日からちょうど二週間めで、しかし、その牧の平穏な日々も終りを告げたらしかった。その日、牧は大阪から帰ったその足で、進藤の邸へ向った。もう時間は十一時に近かったが、遊説から帰った進藤と加倉井が離れの書斎で彼を待っていた。

牧はボストンバッグから、大阪のある財界人から受けとってきた代金を出すと、進藤の前にあるテーブルの上に置いた。

進藤の横で腕組みをしながら牧の報告を聞いていた加倉井が、無造作にそれをつかむとくたびれたポーラ地の夏服の内ポケットへねじこんだ。

「三百四十万、たしかにお預りします」

表情も動かさず、加倉井は云った。

「ああ、よろしくお願いします」

進藤もごく普通の顔つきでそう答え、

「ところで、もうそろそろ品物もなくなってきたろう?」

と牧の方へ微笑を見せた。

「ええ、これで大体、処分は終りました。あとは箱書きのないものや、無銘の刀が数点。それと、お二人から指示されて売る予定から除外したものばかりです」

「うむ。そいつもいよいよとなれば、売りに出すより仕方があるまいが、どうです、加倉井さん、先の見通しは?」

「まあ、今までに費《つか》った金が約三千万、これでも遠井の十分の一や。これから選挙当日までの二十五日の投票日まで、この五倍や六倍は要るやろな」

加倉井はしみの浮いた額を骨ばった手でもみながら、こともなげに答えた。

「そうすると、この間ご相談したように、いよいよ邸の方をなんとか売るように手はずをつけていただけますか?」

と進藤が訊く。

「そうやな。早いとこ手を打とう。せっかく遅れをとりもどして、遠井と五分にわたり合ったところや、これで金《タマ》がつづかんかったら目もあてられん」

「どうですか、例の公認泥棒のスローガンは今のところなかなか効果的ですがね、投票日に近くなれば、もうひとつパンチの利いたやつをぶつける必要がありゃしませんかね？」

「そうそう、わしもそれを考えておった。ここらで市民の興味をひくような、ぱっとしたもんが欲しいわな」

加倉井はテーブルの上にあった菓子鉢から饅頭をつまみあげ、歯のぬけた口でほおばりながら、しきりに頭を左右に動かしていた。牧はそんな老人を見ていると、老人がアイデアを練っているのか、饅頭を賞味しているのかわからなくなるのだった。

しかし、進藤は厚い唇の端におだやかな微笑をたたえながら、じっと加倉井をみつめていた。ようやく饅頭を呑みこむと、派手な舌打ちを鳴らして、老人は茶を飲んだ。

「こう泥試合がつづくと、選挙民もどっちが正義派か迷ってくるやろ。そこで、進藤鈴之介は正義の味方なり云うことを証明するスローガンが欲しいわけや」

老人はそこで牧の顔をじろりと見た。

「なにがおかしい？　ほんまやで。選挙民いうもんは、疑い深いからこそ、単純な事実を判定の規準にしたがるもんや」

「それじゃあ、もう一度暴力追放のキャンペーンでもやりますか、今度は張間組の追放もあわせて」

皮肉な口調で云った牧の言葉に、老人はしきりにうなずいてみせた。

「それもわるくない。なにか事件さえ起ればもってこいのスローガンや。ところが、常盤会からはいまだに、立候補の届け出がないのはおかしいな。常盤会さえ立候補すれば、それを細工してスローガンをでっちあげられんこともないのやが……」

その時、書斎の扉が開き、いつに似ず蒼ざめた顔をした由美が顔を出した。

「あなた、今、この方が面会したいとおっしゃってるんだけど……」

進藤は由美が渡した名刺に眼を注ぐと、眼もとに不敵な笑いを見せながら、加倉井と牧がそれを読めるようにテーブルの上に置いた。

それには、『常盤会幹事長、長田耕吉』と印刷されてあった。

「これはまた、えらい間の良いこっちゃ」

老人がひょうきんな声をあげ、進藤をあおるような手つきをした。

「あんた、すぐ会いなはれ。こういう席にはわしは出ん方がいい。わしは遠慮するから、牧君と二人で会ってみなはれ。相手の出方しだいで、こっちも良いスローガンができるわ」

牧はその名刺を見たとたんに、長田の青々と剃りあげた坊主頭と、魁偉な容貌をありありと思いだした。無意識のうちに肩の傷痕をなでながら、牧は進藤に云った。

「すぐに会いましょう、進藤さん」

「いけないわ！」

横から由美が叫ぶように云うのが聞えた。

「牧さんは前のこともあるんですもの、もしものことでもあったらどうします」

「おいおい、おれのことは心配してくれないのかね？」

進藤が笑いながら云った。

「おれだって危険なことは同じだぜ」

「奥さんが刺されてもかまわんと思っとる人間はわしだけだろうが、こればかりは二人にやってもらわんとこっちの作戦がうまくいかんのや」

加倉井はにやにやしながら、由美の肩をたたいた。

「まあ、心配はいらん。常盤会も今は理由もなくそんな手荒なまねをできる場合やない。おそらく、立候補届出の前に、いくらか金を稼ごういう腹なんやろ。大事《だん》ない。応接間へ通しなはれ」

進藤と牧が応接間へ入ってみると、長田は連れの男に、しきりになにか云い聞かせているところだった。その男は頬がこけ肩がとがり、病み上りのような貧弱な身体つきで、着ている羽織り袴はどうみても借り着にしか見えなかった。

二人の姿を見ると、長田はゆっくりと肥満した身体をソファから離した。

「お噂はかねがね承っておりますが、お初にお目にかかります。わたしが常盤会の長田と申します」

くそ丁寧に自己紹介をして、それから牧の方へ鋭い目を光らせる。

「牧君も久しぶりだな、壮健でなにより」

「まったく、この男が壮健でいられるのは、わたしもなによりだと思いますよ」

進藤はかすかに皮肉をこめて、そう応酬すると、長田の前のソファに腰を下ろした。その斜めうしろの席に、牧も静かに腰を下ろして、じっと長田の顔を見守った。

「いやあの当時は、うちの若いものの中で相当にいきり立っておったのもおりましてな」

長田はつい昨日のことを、世間話のついでに話すといった調子で、ものやわらかに云った。

「まあ、牧君はもとよりあなたにまで手だししかねない勢いで、われわれもなだめるには骨が折れました」

「ははあ」

進藤は大きな眼をさらに大きく見開いて微笑をふくんだ。

「そうすると、われわれはあなたに大恩があるわけだ」

「わたしはこういう稼業をしているせいか短気な方で、そんな皮肉をのんびり聞いているのはどうも性に合わない」

相変らず大時代にドスを利かせた声だったが、そのわりに長田の表情は変らず、退屈そうな視線を進藤と牧にかわるがわる投げかけていた。

「賛成ですな。わたしも今は選挙運動中の忙しい身の上ですからな、余計なやりとりよりもずばり用件をうかがった方がありがたい」

と進藤は答えた。

牧は長田よりも、その連れの男に注目していた。永年戸外で労働してきたことを示すように、男の顔は毛穴の底から黒光りがしていたし、ひざの上にのせているふしくれだった両手は、指先が平たくひろがり爪が割れてそこから土の匂いがしてきそうだった。どうみても、やくざの指ではなかった。眼もやくざのように注意深くけわしい光り方をせず、どんよりと濁って百姓特有の人の良さと狡猾さの入りまじった表情を示している。

（こいつは用心棒ではなさそうだ）と牧は思った。（どうみても組の人間ではないらしい）

しかし、万一の場合にそなえて、表面はさりげない様子を示しながら、牧はいつでも進藤の前に飛びだせるよう、ひそかに自分の筋肉に云い聞かせていた。

「いや、実は、その選挙のことですがな」

長田は絽の羽織りのたもとから葉巻きをとりだすと、端をかみきり、それを丁寧に灰皿に落とした。

「わたしの組でも、この度、政治結社として届け出をした以上、ぜひ立候補者をと考えていたんですが、その前に先生に一応ご相談申しあげようと思って参上した次第です」

「それはご丁寧に。しかし、そんな気兼ねはご無用に願いましょう。あなた方とわたしとは政治感覚が大分ちがうようだ。相談されてもなにも申しあげることはない」

「しかし、今度の選挙は大激戦で、あなたも大分苦戦だとうかがっておる。どうですかな、この際、政治感覚などと固苦しいことは云わず、おたがいに協力し合おうではないですか。この一票でも貴重な時に、うちから対立候補が出ることはお宅としても、あまり喜ばしいことではないでしょう。わたしの方も保守の票が割れて、革新派が当選するようなことがあっては困る。そこで、話し合いさえつけば、わたしの方は候補の届出をしなくてもよいと考えておるのだが……」

「つまり、立候補しないから金をよこせと云うことですか？」

進藤が苦笑しながら訊いた。

「さよう。そうまともに切りだされては、身もふたもないが、結局はそういうことになりますかな」

長田はけろりとした顔でそう答えた。紫色の葉巻きの煙りが、そのふてぶてしい頬のまわりでうずまき、ゆっくりと天井へ昇ってゆく。

その葉巻きがひどい悪臭でも放っているように、太い眉をしかめ、進藤はにべもなく云い放った。

「お断りしましょう。あなた方と手をにぎるほど、わたしは困っていない」

「どうやら、わたしよりあなたの方がよっぽど短気なようだ」

と長田は云った。

「もう一度考え直されてはいかがです。わたしも無理なことは申しあげない。われわれ政治結社の主旨にご賛同下さった援助金と、選挙運動費を兼ねて応分のご寄付を願えれば、それで結構だ」

「バカなことを云っちゃ困るね。どこの世界に政見の異る他の政治家に献金をする政治家がありますか。それに、はっきり云えば、あなた方に協力してもらうと、他の候補者は知らず、わたしの方はマイナスの面が多い。選挙民というものは、意外に耳ざといものですからな。かつて、暴力団追放のキャンペーンをやった当人が、常盤会と手をにぎったことが知れてごらんなさい。わたしの政治生命は終りだ」

「そうですか」

長田は葉巻きを口から離し、その吸い口をじっとみつめた。

「しかし、そうなると、わたしの方も、明朝すぐに立候補の届出をしなければならない。そうそう、すっかり忘れていた。われわれの候補者をご紹介しておきましょう。先生、ここにいるのが、今回立候補する進藤実君です」

長田の横で黙りこんでいた例の男が、その言葉でのろのろと立ち上り、あいまいな微笑を浮かべながらぺこりと頭を下げた。

進藤の太い眉がはげしく動いた。

「長田さん、卑怯じゃないかね。あんたはわたしと同姓の人間を使って選挙妨害をするつもりか！」

「おや、そう云えば、先生と同じ名前ですな」

長田は驚いたように二人の進藤を見くらべてみせた。

「しかし、この人物は富沢の生れで、生れてこの方、ずっとこの名前を使っておるんだから、今更変えるわけにもいきますまい。それとも、もう一度考え直して下さいますか？　そうすればわたしがこの男を説得して、なんとか立候補を断念させてみせますがな」

「帰りたまえ」

進藤は大声で怒鳴った。

「そんな卑怯な申し出に応じられると思っているのか、帰りたまえ！」

「やむを得ません。それでは、われわれも明朝すぐ立候補の届け出をすませ、正々堂々と、戦うことにしましょう。先生のご健闘を祈ります」

長田は人を小馬鹿にした顔つきで丁寧に頭を下げ、男をうながすと立ち上った。

「ところで先生、もう少し政治家たるものは腹を太くしなきゃいけませんな」

扉口に向いながら、長田は云った。

「元の総理も云っておったでしょうが、寛容と忍耐、寛容と忍耐……」

その声が廊下に消えると同時に、進藤は身体をゆすって笑いはじめた。

「寛容と忍耐はよかったな。さぞ元の総理も本望だろう」

彼は涙を流し笑いつづけた。

「まったく、長田というのは食えない男らしいな。やくざにしておくのは勿体ない。あのまま、政調会長でもつとまりそうだ」

「昔からああでしたよ」

と牧は云った。

「やんわりおどしをかけて、金を巻きあげる名人でした」

扉があき、加倉井が背をすぼめて入ってくると、今まで長田が坐っていたソファに腰を下ろした。長田が坐ったときは窮屈そうにみえたそのソファも、老人が坐るとひどく大きく見える。

「隣りでおおかたの話は聞いとったよ」

と老人は云った。

「また、えらい勢いで怒鳴りつけたもんやないか」

「いけませんでしたか」

と進藤が訊ねる。

「いや結構結構、上出来や。さすがに恐喝《かつあげ》になれとるだけあって、長田いうやつ、金額ははっきり云わなんだな。金額を云えば警察沙汰になったとき困る云うことを心得とるんやろ。あんなやつと手えにぎったら最後やで、始めは百万もにぎらせればええやろけど、そのうちに運動資金や云うてなんぼでもねだりに来よる。出ししぶれば、相手側に寝返りをうつし、とにかく最初に銭だしたもんの負けや。あの連中が候補者だしたかて、とれるのはせいぜい二、三千票やろ。そんなもんに何百万も銭出せるかいな」

「わたしもそう思ったから、強気に出たんですがね」

と進藤が口をはさんだ。

「しかし、同姓だというのはちょっと参りましたな」

「うむ。それもあんたの鈴之介いう字は、向うの名よりもむずかしい字やさかいな。投票者がきっと混乱しよるやろうし、姓だけの投票は二者に分割てなことになったら大変や」

「どうしますかね?」

「有権者に名前まではっきり書いてもらうよう、ＰＲすることやな。それと、このことを公正な選挙をという点を強調して、新聞に書いてもらうようにしよう。まあうまくいけば、かえってさっき話していた恰好のスローガンになるかもしれん。ついでに、常盤会は遠井派と手をにぎるにきまっとるから、なんとかその事実をつきとめて、またパンフレットで流すんやな。会合している写真でも手に入れれば好都合やけど……」

「その写真はぼくに任せていただけませんか」

ふいに牧が横から口を出した。

「ほう、君は写真を手に入れられるかね？」

と老人が訊ねた。

「おい、まさか無茶をやるんじゃないだろうな。常盤会とまたごたごたを起すと、今度はきみの身が危いぞ」

と進藤も不安そうに口をそえる。

「いや、ぼく自身が乗りこむわけじゃないんです。うまくいくかどうかはわかりませんが、その写真はなんとか手に入れられそうな気がするんです」

牧の答に、進藤はにやりとした。

「ははあ、きみの性的魅力を大いに発揮するつもりだな。あの線なら、しかしうまくいくかもしれん」

老人はきょとんとして二人の顔を見守り、

「なんやしらんが、大分高級な戦術らしいな。とにかく、その写真を手に入れてくれればなんでもよろしいわ。牧君、しっかり頼むで」

牧はそれからすぐ廊下へ出ると、そこに置いてある電話のダイヤルを廻した。鳴っているコール・サインに期待と不安の入りまじった気持でじっと耳をすませる。小枝子のところへ電話する時はいつもそうだった。昼間かける時でも、コール・サインは暗闇の中で鳴りつづけているような気がした。やがてその暗闇の中から手が伸びて受話器を持ちあげる。伯父の手か、それとも小枝子の……

「もしもし」

聞えてきたのは小枝子の声だった。牧はつめていた息をほっと吐きだした。

「ああ、ぼくだ」

とぶっきら棒に云う。

「そこにいるのはきみだけ？」

「ええそうよ。今はあたしだけ、誰もいないわ」

そのやりとりからいつも二人の会話が始るのだ。このきまった会話をかわすたびに牧の胸にかすかな痛みが走った。その痛みを押えて、牧は一気にしゃべった。

「よく聞いてくれよ、きみに頼みがあるんだ。いつかきみは、なにか人に知られたくない会合をする時に、伯父貴はいつもきみのところを使うと云っていたね？」

「そうよ」

「遠井派の連中と打ち合わせる時もそうかね？」

「ええ、お金のやりとりや、田舎の選挙ボスに会うときには、選挙事務所ではまずいんでしょう。いつでも家に呼んでくるわ」

「よしわかった。最近、常盤会の長田と伯父貴は会わなかったかね？」

「ああ、長田さんなら昨晩おいでになったわ。どうして？」

「長田はきっともう一度伯父貴と会うだろう。その時、できたらその写真を盗みどりしてほしいんだ」

「あたしに？」

　小枝子の驚いている顔が眼に浮ぶようだった。驚くのはむりもないと牧は思った。今まで小枝子の口から伯父の裏側の生活について、いろいろ聞いたことはあっても、牧の方から小枝子に伯父の秘密を探るよう頼んだことはなかった。それは伯父に対するうしろめたさよりも、伯父を裏切らせた女に対するいたわりからだった。

「そう、きみにだ」

　牧は苦い声でつづけた。

「最初で最後のお願いだ。聞いてほしい」

「いいわ。あまり自信がないけどやってみるわ」

　と小枝子は答えた。

「写真がとれたら、進藤さんの家に電話してくれ。ぼくが居なければ、何日何時にとだけ言《こと》づけしておいてくれればいい。その時間にぼくは必ず例の家へ行く」

「わかったわ。それじゃなるべく早く連絡するわ」

牧は電話を切った。暗い廊下にたたずんだまま、ゆっくりと額の汗をぬぐう。べっとりと掌についたその汗がまた彼にあの雪の日の血の感触を想い出させた。

小枝子が電話をかけてきたのは、その翌々日の昼すぎだった。

ポスターをとりに進藤の邸へ寄った牧は、玄関で由美に呼びとめられた。

「牧さん」

「え?」

とふりかえった牧に、由美はいきなり云った。

「今日の午後五時」

「え?」

ともう一度訊き返しそうになり、牧はようやく気づいた。

「ああ、由美さんが電話をとってくれたんですか」

奥さんと呼ばなければと思いながら、牧は今だに女学生じみた由美の顔を目のあたりにすると、つい由美さんと呼んでしまうのだった。

「若い女の人の声だったわ」

と由美は呟くように云った。

「わかっています。今日の五時ですね」

「ねえ」

幾分甘えをみせながら、由美は牧の顔をあおいだ。

「今日の五時ってなんなの？」

「それは教えられないな。秘密の仕事でね」

「ねえ、教えて？」

「だめです」

「若い女の人の声だったわ」

由美はあどけない口調でもう一度呟いた。そして、いきなりきっと牧の顔をみつめた。

「牧さんて不潔ね」

「驚いたな。なにが不潔なんです？」

と牧は訊き返した。

「あら、なぜかしら？」

と由美も云い、急に吹きだした。

「変ね、なんとなく不潔だと思ったわ」

「ぼくが若い女性とデイトすると思ったからですか？」

「そう、そうだわ。午後の五時に女の人と会って、それからどうするの？　ねえ、教えて？

わたしも連れてって？」

「冗談じゃない。それがちゃんとした人妻の云うことですか？」

「じゃ、こんなことは誰が云えばふさわしいの？」

由美は、くりくりした眼を輝かせて、牧の顔をじっとみつめた。

「まあ、好奇心の強い女学生なら云いそうなことですがね」

「女学生ですって、まあ失礼な」

怒った顔つきで向うへ行きかけ、それからまたふいにこっちへ戻ってくると、由美は背伸びをして牧の耳にささやいた。

「きっとふられるわよ、その女《ひと》に。良い気味だわ」

それだけ云うと、さっさと邸内へ入ってゆく。

牧は彼女の小麦色に焼けたくるぶしやふくらはぎが、午後の光にきらめきながら遠去かってゆくのをじっとみつめた。

タクシーに乗ってからも、しばらくはその小麦色の脚が彼の頭の中を歩きまわっていた。牧はふいに大らかな性の衝動を感じた。それは、あの陽光に輝く大陸の街に感ずるあこがれに似ている気がした。驚いたことに、彼はあの女学生じみた女に、母親に対するのと同じあこがれを感じているのだった。

タクシーは市の盛り場を通り抜け、新聞社の横を入って、そこから今は公園になっている城跡に出た。その裏手から道は登りになり、中腹にはぎっしりと住宅が並んでいる。牧はそこでタクシーから降りると、二百メートルほど登って、一軒の家の玄関の鍵を開けた。

そこが例の家だった。

牧と小枝子は、伯父の顔の売れている市内の旅館をさけ、土地の人間があまり顔を見せない

Nホテルを逢いびきの場所として利用してきたのだが、選挙が始ると同時に、Nホテルも土地の人間がさかんに出入りするようになったので、ここに家を一軒借りることにしたのだ。その方が結局経済的でもあったし、人の目にもつかなかった。

中へ入ると、人間が住んでいない家特有のカビくさい匂いが鼻をつく。二人はこの家の二階の六畳だけを掃除して使っていた。

牧が二階へ上り、襖を開けると、小枝子はもう洋服をブルーのナイト・ガウンに着かえ、小さな手鏡で化粧を直しているところだった。

その部屋だけは畳も新しく、カビ臭い匂いもしない。しかし、そこには部屋の半分を占めるダブル・ベッドと小さな扇風機が目立つきりで、他には家具らしい家具は見当らなかった。

牧は静かに小枝子に近づくと、いきなり後ろから抱きすくめた。小枝子は牧のたくましい腕にすがるように、白い指先をからませ、うなじを反らせて唇を求めた。

ゆっくり小枝子の舌をまさぐりながら、牧はそっと眼をあけて、小枝子の顔を見た。切れ長の一重瞼の眼をつむり、かすかに眉を寄せたその顔はすき透るように白く、その底にぽっと紅みを灯らせている。

いつの間にか牧の手がナイト・ガウンの襟元からすべりこみ、豊かなふくらみをさぐりあてていた。掌にずっしりとした重味と、ぬめるような冷たい肌の感触が伝わってくる。ふいに、頭の中を、由美の小麦色の脚が通りすぎ、牧は手をとめた。しかし、かすかに頭をふって、すぐにそれを追い払うと、彼はいきなり小枝子の身体を抱きあげてベッドへ運んだ。

いつになくひたむきで荒々しい牧の愛撫から小枝子がさめた時、牧は暗い眼つきで煙草をくわえていた。小枝子はベッドに滲みた二人の汗が急に冷え冷えと感じられた。

小枝子も煙草をくわえ、二人は戦い終って傷つき合った二匹の蛇のように、ベッドの上に腹ばいになった。

「この部屋も、もう少しなんとかしなくちゃね」

とやがて小枝子が云った。いつも、行為のあとではそう云うのだった。ダブル・ベッドと扇風機しかないこの部屋は、二人が性だけでしか結ばれていない象徴のように思えて、小枝子は自分の中を砂嵐が吹きぬけてゆくのを感じた。

しかし、彼女にはその言葉に対する牧の答もわかっていた。

「その必要はないだろう」

いつもそれだけだった。しかし、それだけで、彼女には、彼が小ぢんまりした家具や夫婦茶碗、さまざまな電気器具やレースのカーテンで象徴される二人の関係を拒否していることもわかるのだった。

(この人は、あたしが自分の伯父の女だから抱く気になったのかしら?)

小枝子はおびえながら、そう思う。そしてまた、彼女が伯父の女であるかぎり、二人の関係は、カビ臭い家、ダブル・ベッド、小さな扇風機――以上のものになりそうもなかった。

彼女はそっと溜息をついた。その時、いつもとはちがう牧の返事が聞えた。

「ああ、もう少し住みやすくしなくちゃな」

「え?」

と彼女は訊き返した。

「あなた、今、なんと云ったの?」

「もう少し、ここを手入れして、きみが住めるようにしなくちゃと云ったんだ」

「それはどういう意味?」

「きみが伯父貴の家を出るという意味さ」

と牧は云った。

「そしてあとのことは、ぼくが面倒をみる」

「ほんとう? ほんとうにそうしてもいいのね?」

信じられない思いで、小枝子の声はふるえた。

「きみが写真をとったことは、すぐに伯父貴にも常盤会にもわかるだろう。きみが伯父貴の家にいては危いんだ」

「それじゃあ、やっぱりあなたはここへ来ないのね。ただ仕事の都合上、あたしをここへ住まわせるだけなのね?」

「そうじゃないさ」

牧は煙草を捨て、小枝子の方を向くと、彼女の肩に手をかけた。

「きみはしばらくここにいて、伯父貴の目につかないようにしているんだ。そのうちに選挙が終れば、ぼくの仕事も終る。そうしたら、きみと二人で東京へ行こう」

小枝子はじっと牧の顔をみつめたまま黙っていた。唇がふるえ、大粒の涙がゆっくりと、白い頰を伝わっていく。牧はその顔を自分の胸に抱きよせた。

「同情はいやよ。あたしに同情してそんなことをなさるのはいやよ」

牧の胸に頰をあてたまま、くぐもった声で小枝子は云った。

「同情からじゃない」

と牧は云った。自分自身に確めているような声音だった。

「ぼくがきみを好きだからだ」

「あたしが」

と云って、小枝子はおそるおそる牧の顔をふりあおいだ。

「あたしが、伯父さんの世話になった女でも……?」

牧は眼をつぶった。

「おそらくそのことは忘れられないだろう。しかし、それが忘れられなくても、きみと一緒に暮してゆく自信はある」

牧は自分の胸に小枝子の涙が伝わるのを感じた。彼は両手でその頰をはさみ、唇をあてて静かに涙を吸いとった。

「さあ、泣くのはやめて、写真を渡してくれないか」

小枝子は涙をふくと、ベッドから下りて、ハンドバッグの中からフィルムをとりだしてきた。

「長田さんが来たのは、昨日の二時頃だったわ。ちょうど、立候補の届出をすました帰りだとか云って、あの人と二時間ばかり話して帰ったの」

「どういう話をしていたかはわからなかったかい？」

「ええ、あの長田さんという人はとても用心深くて、あたしがお茶やお酒を出す時には、決って話をやめるんですもの。それで、隣りの部屋の出窓からカメラのレンズだけのぞかせて、そっと撮ったの。あまり、良い気持ちじゃなかったわ」

「わかっている」

と牧はうなずいた。

「でも、こんなことももう終りね」

小枝子の白い顔に寂しげな微笑が浮んだ。

「あたし、あなたのためならなんでもするつもりだけど、何も知らないあの人をこの上裏切るのは、やはり辛かったわ」

小枝子のその言葉には、牧のうかがい知らぬ彼女と伯父の歴史がかくされていそうだった。そして、女にとって、自分の身体に打ちこまれた歴史の楔《くさび》を忘れることは、いつの場合でも、容易なことではないはずだった。

牧は小枝子をひき寄せると、もう一度強く抱きしめ接吻した。小枝子はそれに応え、うっとりと眼を閉じながら、牧の唇を嚙んだ。その反応が、自分自身だけに対するものか、それとも、伯父に対する時もそうなのか、牧にはわからなかった。

牧は苦笑した。伯父に対する復讐の気持ちから小枝子をうばった自分が、今、その伯父に復讐されているのだった。

（これがずっと続くんだぞ）と牧は自分に訊ねてみた。（この不安がずっと続くんだ。それでも、この女と暮してゆける自信があるのかね？）

その答はわからなかった。しかし、今の彼が手に入れられるのは、いずれにしてもそんな不安な愛情しかなかった。彼はそれに賭けてみようと心に決めた。

牧は小枝子の身体をそっとベッドに横たえると起き上って服を着はじめた。

「あなた、もう帰るの？」

心細そうに小枝子が訊ねた。

「ああ、こいつをすぐに現像しなくちゃならない。きみもすぐ家へ帰って、身のまわりをまとめ、伯父貴に勘づかれないよう家を出たまえ。余計なものは、持って出るなよ。必要なものだけ持ってくるんだ。指輪やなんかも伯父貴にもらったものは残してくるんだ」

「カイザーのものはカイザーに返せ、ね」

小枝子はかすかにゆがんだ笑いを見せた。

「その方がさっぱりするだろう」

牧も微笑み返した。

「ぼくも明日の晩までには必ずここへ来る。その後のことはその時ゆっくり相談しよう」

「きっとね、きっとくるわね」

ナイト・ガウンの襟をかき合わせ、小枝子は牧に近よると、牧が自分で結びかけたネクタイをほどいて、もう一度結び直した。

「ほんとうはね」

結び終ると牧の手をにぎって、彼女は云った。

「そのフィルム、今ここで破って下さるとうれしいんだけど」

牧は、一瞬いぶかるような視線を小枝子に投げかけたが、やがてうなずいた。

「ああ、ぼくもそうできればと思うよ。しかし、これぱかりはそう云うわけにはいかないんだ」

彼は彼女の手をにぎり返すと、小枝子からゆっくり身体を離した。


写真の大部分は、ピントが呆けていたり、目的の被写体がズれていたりしていたが、五枚だけ役に立ちそうなのがあった。

特に、その一枚は畳みの上に置かれた札束に手をかける長田と、それを笑いながら見守っている牧喜一郎の顔を鮮明にとらえていた。

「うん、こりゃあいい。こいつをバラまけば大変なことになるわ」

加倉井は、何度もそう云っては、満足そうにそれを手にとった。

「お役に立ちそうですか?」

と牧は訊ねた。

「役に立つどころじゃない。こいつは原爆ぐらいの値うちがあるさ。ご苦労だったな」

進藤もうれしそうに笑いながら、牧をねぎらった。

「そうですか。それがお役に立つとすれば、ぼくはお二人におり入ってお願いしたいことがあるんです」

牧は進藤の顔をじっとみつめて云った。

「なんだい、あらたまって」

進藤は眼尻の皺を深くして、牧をみつめ返した。

「実は、この写真を撮ってきたのはある女なんですが、これが選挙戦に使われるとすると、その女の立場がなくなります。写真を撮ったのがその女であることが、遠井側にすぐわかってしまうからです。従って、女にはそれ相応の保障をしてやりたいと思うのですが……」

「なるほど」

と進藤はうなずいた。

「それでいったいいくらぐらい保障してやればいいのかな?」

「ぼくの心積りとしては、当座の生活費や、常盤会の連中から身をかくす費用として、五十万あればと思います」

「よかろう」

進藤はあっさり云って、加倉井を見返った。

「出してやっていただけますな?」

加倉井は黙って立ち上ると、床の間に置いてある金庫の中から、五十万の札束を出してきて、牧の前に置いた。

「牧君、云わでものことを云うが、まあ勘弁してや」

老人は牧に向って、枯れた声で云った。

「たしかに、きみの持ってきたこの写真はわが方にとっては、強力な武器や。しかし、きみも知っての通り、選挙戦はこれからや云うのに資金が底をつきかけとる。今、わしと進藤さんはそのことで四苦八苦や。なんとか、資金面でも妙策をと血の汗をしぼっとる。なんや、恩きせがましゅうて、えらいすまんけど、この金がどんなに貴重かは、きみもわかってほしい。進藤さんの気持ちも汲んであげてくれ云うのが、わしの頼みや」

「まあまあ、牧君だってわかってくれていますよ」

進藤が横から口を出した。

「ほんとうは、きみ自身にも今度のことについては、ボーナスを出さなきゃならんところだが、そういうわけで、勘弁してくれたまえ。そのかわり、おれが当選でもしたら、その時にはきみにも充分のことはするつもりだ」

牧は頭を下げると、その札束をポケットにしまった。一人の女の運命を変えてしまう金にしては、その札の手ざわりは、あまりにも冷たすぎる気がした。

第六章　暗い炎

　翌日から、例の写真を巻頭に飾った薄いパンフレットが、新聞社をはじめとして、市のインテリ層の自宅にまで流れこんできた。

『遠井弥三郎氏の優雅な背景』と題するそのパンフレットは、牧喜一郎をはじめとして遠井を後援する市議や県議の金づるについて詳しい情報を載せ、さらにこれらの議員の腐敗ぶりにつけこんで、暴力組織が地方政治にまで手を伸ばしている実態をあばいていた。そして、その極端な例が、常盤会の立候補であり、遠井派から金をもらった常盤会は進藤派の追い落しを策して、進藤実という政治的関心の全くない男を立候補させたのだと断じていた。

　これに対して、遠井側も『進藤羚之介の色道政治』というパンフレットを配布したが、これは東京と大阪に進藤が女を囲っているというもので、素人が見ても、ごく他愛のないことに、赤本的な想像をまぶしつけたのだということはすぐにわかるいかにも怪文書じみたパンフレットだった。

　新聞は選挙中のことなので、選挙妨害になることを恐れ、あからさまに書くことはしなかったが、この両派の泥試合をトピックという形でとりあげた。その記事はなるべく公平にという配慮がうかがわれたが、常盤会の立候補届出や、金銭授受の写真、それに市議や県議の暗い噂についての記者自身の知識とパンフレットの指摘した事実の一致という、動かしがたい裏づけが記者の筆に影響していたことは否めなかった。

やがて、『遠井弥三郎氏の優雅な背景』は学生層を中心として一種のベストセラーめいた勢いで、市の隅々にまで浸透していった。

しかし、遠井側はこの劣勢を大物政治家の応援で巻きかえしてきた。大臣級の有名な政治家たちが次々と訪れ、無邪気な市民たちの拍手を受けながら、遠井弥三郎は将来、この地に莫大な政治的利益をもたらすことを保障した。

上野啓明の応援さえ得られなかった進藤派はこの間、沈黙を守るより仕方がなかった。わずかに、進藤の後輩にあたるこの市出身の流行作家が応援に駈けつけてくれたが、作家の選挙演説に耳を傾けるほど、選挙民は甘くなかった。

こうして、選挙戦は一進一退をつづけながら、あと一週間後にせまった投票日を迎えようとしていた。

その日、牧は進藤の邸で売り払った骨董類のリストの最後の整理にかかっていた。朝の九時頃からはじめたその仕事が一段落したのは、もう正午近かった。

床の間の甲冑も、なげしの槍も、めぼしい置物はなにひとつなくなってしまった書院の畳に、縁側から強すぎる午後の陽射しが照りつけていた。その光の輪がかえって、この部屋の空しさをひきたてている。

邸の中は、誰もが選挙に駆りだされて、残っているのは彼一人だった。

彼はペンを置き、軽く伸びをして、煙草をくわえた。ゆっくりとマッチをすり、最初の一服を味わおうとした時に、背後から明るい声が聞えた。

「あら、またサボってる」

ふりかえらなくとも、由美の声だということはわかった。

「ひどいな。サボってやしませんよ、ようやく一段落して、一服つけたところですよ。正確に云えば、まだ最初の一服が肺の中に届いていない」

「どれどれ、灰皿を検査してやろう」

そう云いながら、由美は牧の机の前にすわった。

「ほんとだ。まだ吸殻のないところを見ると、最初の一服らしいわね」

由美の顔は真赤に陽やけして、眼のまわりには無数のソバカスが浮かんでいた。それが彼女の顔を一層子供っぽくみせている。

「ずい分、陽にやけたな」

と牧は云った。

「今日はどこを廻ってきたんです?」

「あたしはどうせドサ廻りよ」

そう云いながら、由美の声は楽しそうだった。

「田辺さんが貴女は農村にウケるなんて、妙なほめ方するもんだから、あたしは農村専門の演説屋になっちゃった。お百姓さんて朝が早いでしょう。だから、七時頃から小型トラックでまわるのよ。それも、こっちの田んぼからあっちの田んぼへ、がたごと揺れて行っちゃお願いしまアーすよ。身体中がガタガタだわ」

「しかし、ぼくも田辺氏の肩を持つわけじゃないが、貴女はおそらく純朴な農村の人たちに……」

と牧が云いかけると、由美は大声で笑いだした。

「牧さんらしくもないわね。純朴な農村の人たちなんて、今どきいやしないわよ。あたしたちは行くたびに、どっちが得になるかって顔つきで、疑い深そうに見つめられるわ。もっとはっきり、遠井はいくらいくら出したけど、そっちはいくらくれるつもりだって、訊く人もいるぐらいよ。もっとも、お金が欲しいのに、欲しくない顔をしている町方の人たちより、それが純朴な証拠かもしれないわね」

そう云われると、牧も戦時中買出しに行くたびに見せられた、百姓たちのあのこすっからい駆けひきを思いださないわけにはいかなかった。血を吐く思いで持っていった残り少い純毛の洋服を、わずかの米で恩着せがましく強奪していった、泥だらけの手。

「まったく選挙なんて汚らしいわね」

鼻の先に皺を寄せながら、由美は云った。

「この前の県会のときより、国会の方がずっといやだわ」

「政治の中心に近づくほど、戦いも深刻になりますからね。しかし、こんなことに驚いていちゃ、政治家の奥さんとしては失格だな。進藤さんが将来総裁候補にでもなれば、もっと醜いかけひきにも馴れなくちゃならなくなりますよ」

「そんなお説教をする牧さんだって、そういうことを云ってるようじゃ、立派な政治家にはなれないわよ。政治家になろうと思ったら、平気で自分の手を汚さなくちゃ」

「ぼくが政治家に？」

そう訊き返して、牧は愕然とした。自分が政治家になることなどは、一度も想像したことはなかった。今のこの選挙戦も、その只中にいながら、自分とは直接に関係のない騒ぎとして気楽な傍観者の立場から眺めているだけだった。結局、何をやるにも積極的ではなく、将来の具体的な設計も持っていない自分を、改めて思い知らされた気がした。

「手を汚さなければ、か……」

と牧は呟いた。自分の手がそれほど綺麗だとは思えなかった。少くとも、彼の両手は安吉の血によって汚されている。しかし、それによって彼が得たものは、ぬぐってもぬぐっても消えない悔恨だけだった。進藤のように、自分の道を切り拓いてゆくというはっきりした目的を持っていない男にとって、それは当然の報酬かもしれなかった。

「奥さんでもおもらいになれば」

とふいに由美が云った。

「え？」

「奥さんでももらって、家庭をつくれば牧さんも欲が出てくるんじゃないかしら？」

「なるほど、家庭のためには手を汚しても悔いないという、不退転の決意でも生れますか」

そう云いながら、牧は小枝子の白い顔をちらと思い浮べた。しかし、小枝子と一緒に生活することが、そういう家庭を築くことになるとは思えなかった。小枝子を愛していればいるほど、そういう安定した場から遠ざかってゆく自分を、小枝子はあきらめながら哀しみに充ちた眼で見守ることになるだろう。

「牧さんは悲劇的な生活にあこがれすぎるんだわ」

と由美は云った。

「家庭生活って、もっと平凡で、つまらないことの連続なのよ。そして、そのなんでもないささいな日常生活に喜びを見出し合うのが、幸福な家庭よ。そういう意味では、進藤だって失格だわ。あたし、ときどき思うの。進藤が今度落選してくれないかなあって……。あたし、いけない奥さんかしら?」

由美に顔をのぞきこまれて、牧は思わず眼をそらした。その時だけ、由美の顔から子供っぽい表情が消え、巣を守る雌鶏のような健気さが感じられた。牧は進藤にいわれのない嫉妬を感じた。

その時、玄関の方で誰かの訪れる声がした。

「ハアーイ」

明るい声で返事をした由美はもういつもの子供っぽさをとりもどしていた。

由美が玄関へ出て行くと、牧はもう一度リストに眼をやった。リストのほとんどが売却済の赤いチェックで埋められている。これらの品々を売り払った総額は、選挙にさえ費されなければ、由美の云う幸福な家庭を一生安泰に守っていけるはずの金額だった。

しかし、そういう安定した生活の中に溶けこんでいる進藤を想像するのはむずかしかった。彼のエネルギーは、そこではほとんど費されるあてもなく、檻の中に閉じこめられた白熊のように、進藤は遠い寒い国に――激しいブリザードが身を突き刺す時の興奮や、氷原でおっとせいを追う時のスリルにあこがれながら、うつうつと毎日を過すことだろう。

そして、それは牧自身についても同じことなのだ。彼ら男たちはいつでも安全な巣に還ることと、巣から冒険へ旅立つことと、この二つの間を右往左往している。

牧がそのリストを下に置いて立ち上ろうとした時、由美が玄関から急ぎ足で戻ってきた。心持ち蒼ざめたその表情を見て、牧は訊ねた。

「どうしたんです？　誰が来たんです？」

「それが変な人なの、進藤に会わせろって云うの。今留守だといったら、帰るまで待たせてもらうと云って、式台の上へあがりこんだわ」

「よし、ぼくが会って見ましょう」

そう云って歩きだした牧の背に、由美がささやくように注意した。

「気をつけてね。なんだか様子が変よ。三人連れで、なんとなくやくざみたいな人たち」

うなずいて、牧は玄関に出ていった。

式台の上であぐらをかいているのは、黒いつめ襟の服を着た、五十歳ぐらいのがっしりした身体つきの男だった。五分刈りにした白髪を右手でなでつけると、緊張のあまり血走った眼で、男は牧をじろりと眺めあげた。顎が横に張りだしていて、自分の信念をあくまで人に押しつけようとする強情さを示していたが、そのわりに頬の肉がうすく、その強情さが世に受け入れられない不幸な運命を暗示していた。

「進藤はおらんのか？」

下士官が当番兵に対するような横柄さで、男は牧に訊ねた。

「今、先生は選挙演説中で外出しておりますが、留守中のことは秘書のわたしが、一応うかがうことになっております。どういうご用件でしょうか」

式台にひざをついてそう云いながら、牧の眼は玄関に立っている二人の男に鋭く注がれていた。一人は三十代、もう一人は二十にもならぬ若者だったが、内心の不安を押しかくすようなふてぶてしい表情と、気だるそうな身のこなしは共通していた。どこかの組に所属するやくざであることはすぐにわかった。若い男の足もとに、石油カンらしいものが二つ置いてあるのを見て、不気味な予感が牧の背すじを走った。

「ふん」

と鼻を鳴らすとつめ襟服の男は横を向き、かたわらに置いてあった雑誌を、ぽんと前へ投げだした。

「こいつをきみ知っておるか。進藤が怪しからんことを書いておる雑誌だ」

牧は雑誌を手にとった。それは『時流』という総合雑誌の去年の七月号で、『地方政治の焦点』という特集が赤い文字で表紙に印刷されてあった。目次を見るまでもなく、牧はその雑誌に書いた進藤の論文を覚えていた。それは『地方政治の後進性』と題するもので、北陸のある選挙区から立候補した元参謀が最高点で国会議員に当選した事実をとりあげ、この地方に残る右翼的な組織と後進性を分析したものだった。各地方の現職の議員たちが筆をとる企画であることから、進藤はこの論文を例の後輩の流行作家を通じて依頼され、止むを得ず承知したのだ。

「これに書いた先生の論文は承知しておりますが、それがなにか？」

と牧は雑誌を下に置いて訊ねた。

「秘書じゃ話がわからん。本人が帰ってくるまで待たせてもらおう」

「お断りします」

と牧は静かな声で云った。

「先生の帰りは遅くなります。それまで、ここで待たれるのは迷惑です。お名前とご用件をうかがっておきますから、お帰り下さい」

みるみる男の顔に血がのぼった。

「秘書の分際で生意気な。ようし、名前と用件を教えてやる。おれは皇道報国連盟の岩淵宗源だ。進藤という男は、わが国本来の姿をゆがめようとする怪しからん男だから、叱ってやろうと思ってやってきた。すぐにここへ進藤を出せ」

「わかりました。先生にそのことは伝えておきましょう。しかし、今も申しあげた通り、先生は留守ですから……」

牧の言葉をみなまで聞かずに、岩淵と名乗った男はいきなり立ち上ると、ポケットから拳銃をとりだして牧につきつけた。

「留守かどうかは、自分で確かめる」

牧もゆっくり立ち上ると、その拳銃をじっと眺めた。かつて、常盤会の若い者頭として喧嘩の場にのぞんだ時の興奮が静かに身内によみがえってきた。

「そうですか、信用できないなら、どうぞご勝手に」

拳銃から眼を放さずに、牧は答えた。

岩淵があごをしゃくると、玄関にいた男たちは靴もぬがずに式台に上ってきた。そのまま奥へ行こうとする二人を、牧はさえぎった。

「おい、待たないか、靴ぐらい脱いで上ったらどうだ」

ハイティーンらしい若者の方がふりかえり、にやりと笑った。

「そんなことを気にすることはねえぜ。もうすぐ靴の跡なんかわからなくならあ」

そのまま、二人は奥へ消えて行った。

牧はつめ襟服の男の顔に視線をすえた。

「あいつの云ったのはどういう意味だ?」

男は牧の視線を受けとめ兼ねて、自分の手をみつめた。そこにある拳銃で、自分の優位を確かめているような眼つきだった。

「だまっていろ、今にわかる」

しゃがれた声で男は云った。

しばらくすると、二人の男は由美を連れて玄関に戻ってきた。ハイティーンの方が、にやにやしながら、由美の肩を押している。

「進藤はいませんぜ。この女のほかは、向うの離れにも人はいないようだ」

低い声で三十ぐらいの男が岩淵にささやいた。

「運の良いやつだ。よし、こうなったら予定通り家の方だけ始末をつけよう」

岩淵は血走った眼で、玄関に置いてあるカンをみつめた。

三十代の男は無表情な顔でうなずくと、玄関に降りていき、そのカンを両手に下げてきた。

牧の横で、由美の小さな悲鳴が聞えた。ふりむくと、ハイティーンの男が由美の右腕をねじりあげていた。牧は岩淵の拳銃を無視して、若者に近づき、その腰を蹴りあげた。

若者は式台の上につんのめり、四つん這いになったが、立ち上った時には、右手にナイフをひらめかしていた。由美を後ろにかばって自分の前に立ちはだかった牧を見あげ、その小柄な若者はうれしそうに唇をゆがめた。

「しゃれた真似をしやがって、調子の良い野郎だ。今、その喉笛を切っぱらってやるからな」

しかし、そのナイフがきらめく前に、岩淵が怒鳴った。

「おい、藤岡！　つまらんことはやめて、清水の手伝いをしろ！」

若者はその声に首をすくめると、けろりとした顔でナイフをしまい、カンを開けている清水と呼ばれた男のそばへ行った。

岩淵は牧の横腹にぴたりと銃口を押しつけた。

「今度、へたに動いたら容赦はせんぞ。わしたちの仕事が終るまで、二人とも静かにしていろ」

カンのふたを開け終った男たちは、その中身を玄関わきや式台の羽目板にぶちまきはじめた。さらに、その残りをぶらさげて奥の部屋へ入って行く。ぷーんとガソリンの匂いが鼻をついた。

「ガソリンなんかまいて、どうする気だ？」

牧が岩淵の方をふりかえって鋭く訊ねた。

「天誅だ」

と重々しい声で、岩淵は答えた。

「ここを焼き払えば、進藤をはじめ、くさりきった政治家どももいくらか思い知るだろう」

「バカげたことだ」

と牧は云った。

「そんなことをしたぐらいで、政治の流れが変るもんか。ここを焼けば、あんたが刑務所に入れられるだけだ」

「そんなことは覚悟の上だ。わし自身のことなんか考えてはおらん。自分を犠牲にして大義を守るという精神を、世の中の人間に知ってもらえればそれでいいんじゃ」

五分刈りにした白髪を、切れ目ごとにうなずかせながら、自分の言葉に酔い痴れたように、岩淵はふるえ声で呟いた。

「この邸は文化財に指定されている。日本の伝統を守る側にいる人間が、ここを焼き払うとは皮肉なことだな」

岩淵の興奮を逸《そ》らせようと、牧は静かな声で云った。しかし、効果はなさそうだった。

「黙れ！」

岩淵は叫ぶと、奥へ向って訊いた。

「用意はできたか」

そのすきに、今まで黙っていた由美がぱっと牧の背後から離れると、玄関へ走り降りた。

「危い！」

はっとした牧は、岩淵の拳銃の前へ飛びだそうとしたが、もう遅かった。

岩淵の拳銃が二度続けざまに火を吹き、格子戸に手をかけた由美の身体はよじれながら、玄関の石の上にはねとばされた。

牧は拳銃を持った岩淵の右手を左手でつかみ、銃口を逸らせると、右の拳を岩淵の咽喉にたたきこんだ。咽喉の奥で嘔吐のような声をもらすと、岩淵はがくりとひざをつく。

その頭めがけて右足を飛ばそうとした時、牧は後頭部に烈しいショックを受けて、前のめりになった。ふりかえると、空になった石油カンを右手に持って、あの藤岡というハイティーンがにやにや笑っていた。

牧はすぐに身体をたて直し、藤岡と向いあった。藤岡は後ずさりすると、右手の石油カンを牧に投げつけ、ポケットからナイフをとりだした。

背後にいる岩淵が気になったが、藤岡のナイフから眼をそらすことはできない。牧は刺されることを覚悟の上で一歩ふみだし、藤岡の腹部《ボデー》に右をたたきこんだ。同時に、背後から岩淵がせまってくる気配を感じ、ふりむこうとしたが、もう手遅れだった。さっき石油カンで殴られた同じ個所が衝撃でしびれ、牧はうつぶせに長々と伸びてしまった。起き上らなければと気はあせるが、手足がなえたように動かない。奥の方からこっちへ駈けてくる足音が聞え、「点けたぞ、逃げろ！」という声がぼんやり耳に響いた。

「こいつはどうする？」

「放っとけ、しばらくは動けんだろう」

それから、男たちの乱れた足音と、玄関の格子戸が乱暴にひき開けられる音が続いた。奥の方ではパチパチと物のはぜる音——牧は力をふりしぼって両手で身体を支え、眼を開けた。廊下の上を薄紫の煙がこちらへ這い寄ってくる。

ようやく上体を起して立とうとした時、玄関からつむじ風のように黒っぽい影が舞いこんできた。

「この野郎、思った通りしぶとい野郎だ」

その影は藤岡の声でそう云った。視点のさだまらぬ牧の眼の前に、にやにやうれしそうに笑っているハイティーンの若者の蒼白い顔があった。

「もっと寝てなよ」

そう云うと同時に、若者の鋭い靴の先が牧の頭にとんでくる。もう一度、牧の頭の中でなにかが破裂した。がくりと頭を下げ、牧は眼の前の暗闇の中へ身をしずめた。

暗い海を、牧は一人で泳いでいた。つい鼻の先に黒いボートの影がゆれているのだが、泳いでも泳いでもそこへ手が届かなかった。牧はもうすべてがめんどうになり、このまま暗い海に身を沈めようと思った。その時、ボートから手がのびて、彼の右手をしっかりつかんだ。

「ああ……」

と牧はうめき、身を乗りだした誰かの手がそれを押える。

牧はその顔を見きわめようと、眼をこらした。急にあたりが明るくなり、眼の前の白衣をつけた女が見えた。彼女は牧の両肩を押さえ、やさしくベッドに入れようとしていた。はげしい痛みが後頭部を襲い、牧はもう一度うなった。

「もう大丈夫ですわ、気がおつきになりました」

と看護婦が誰かに云っていた。

「後頭部に裂傷があるだけで、内出血もなさそうですから、明日にでも退院できるでしょう」

その言葉を聞いているうちに、牧はようやくあたりを見まわす余裕がでてきた。

そこは六畳ほどの病室で、もうほとんど灰色に汚れた白い壁がベッドをとりまいていた。部屋の隅には、折りたたみ式の椅子が置いてあり、それに壁の色と同じようにすすけた顔をした進藤がすわっていた。

看護婦が医者を呼びに病室を出てゆくと、進藤は椅子から立ちあがって、ベッドのそばへやってきた。

「牧君、由美は死んだよ」

沈んだ声音で進藤は云った。牧をじっとみつめる大きな眼から、静かに涙があふれだした。

「すみません、ぼくがそばにいながら……」

牧は眼をつぶった。その眼の裏を、陽光をきらめかせながら、小麦色の脚がゆっくりと通っていった。

「いや、きみのせいじゃない。不可抗力だよ。きみはよくやってくれた」

進藤はしめりがちの声でそう云いながら、毛布をしずかにたたいた。

「それで、邸の方はどうなりました?」

「焼けたよ。丸焼けだ」

疲れ切った声音でそう云うと、進藤はベッドの端に腰を下ろした。

「しかし、おれはあきらめんぞ。幸い、焼けても土地だけは残っている。これと保険金を全部たたきこんで、遠井のやつとあくまで戦ってやる」

「これはやはり、遠井派のさし金だとお考えですか?」

と牧は訊ねた。

進藤はキラリと眼を光らせて、牧を見やった。

「現場付近で岩淵という男が捕り、自分が主犯だと自供したそうだ。この男は皇道報国連盟というちゃちな右翼団体の主宰者と名乗ったきりで何もしゃべっていない。しかし、こういうあいまいな団体にはえてして、どこかから金が出ているもんだ」

「岩淵の他に、清水という男と藤岡というハイティーンやくざがいたはずですが、その二人はどうしました？」

「清水という男は、自動車で逃走中にバス・ストップにぶつけ、重傷を負って入院中だと警察では云っている。もう一人の男は、警察でも知らないんじゃないかな」

「岩淵という男を責めてみても、なにもひきだせないという気がしますよ」

牧は岩淵の強情そうな顎を思いだしながら云った。

「それよりも、そのハイティーンを追うことですね。あいつなら紋めあげれば、その背後関係がわかるでしょう」

「そのことで、県警の三輪という警部補がきみに会いたいと云っている。気分さえよかったら、ここへ通そうと思うんだが……」

「ええ、ぼくなら大丈夫です。すぐお通しして下さい」

進藤は牧の枕もとにある電話をとって、受付に警部補を病室に通すよう云いつけた。

受話器を置くと、進藤は放心したようにしばらく壁のしみを眺めていた。

「可哀そうなことをした」

疲れ切った声音で彼は呟いた。

「由美は子供が欲しいと云い続けていたが、おれは仕事に夢中で子供なんか患わしいばかりだと云って反対してきた。今度の選挙が終ったら、当選しても落選しても子供をつくるのよと由美はどうしても云い張っていたんだ。子供をつくらしてくれないなら、浮気してやるってね……」

牧の方をふりかえった進藤の顔には、苦い微笑が浮かんでいた。

「こうなってみると、おれも由美に子供を生ませておくべきだったと思うよ」

その沈んだ声が、汚れた壁に吸いこまれて、二人の間に暗い沈黙が落ちた。二人はおたがいの胸の中にいる由美の面影をのぞきこむような眼つきで、視線をかわし合った。

ふいにノックの音が聞え、二人ははっとして扉に眼を向けた。一瞬、そこから由美の姿が現れるのではないかと牧は思ったが、扉を開けて入ってきたのは、すっかり頭の禿げあがった大男だった。

大男の後から、これも背丈のあまりちがわぬごつい身体つきの男がつづいている。

大男はベッドの傍へ寄ってくると、自分の大きな身体を恥じている男に特有の、やさしい眼つきで牧をみつめた。

「わたしは県警一課の三輪警部補。これは安田部長刑事です」

三輪は低いくぐもった声で自己紹介をすませると、軽い溜息をもらし、それから今度はうってかわったてきぱきした調子で話しだした。

「どうもお怪我なのに申し訳ありません。先ほどは進藤先生にも、一応お話はうかがいましたが、現場の状況を知るには、こう云っちゃなんですが、目撃者の牧さんのお話をうかがうのが一番近道だ。そこでこうしてうかがったわけです。ひとつ、今日の事件の状況を最初から話していただけませんか……」

そして、牧の返事も待たずに、ポケットから手帳をとりだし、その背から細い鉛筆をぬきだすと、分厚い大きな舌でその先をなめた。

　牧は痛む頭の中を整理し、順序よく最初から事件のあらましを語っていった。時おり、その場の状況が大ざっぱな説明になりすぎると、三輪は子犬のようにうるんだ眼つきで牧をみつめ、質問をはさんだ。

　藤岡に後頭部を殴られたところまで話すと、牧の頭はそのことを想いだしたようにずきずきと脈うった。話し終り、牧は頭を枕に横たえて冷汗をぬぐった。

「おかげさまで大体現場の状況はわかりました」

　牧の頭の痛むことなど知らぬ気に、三輪は晴れ晴れした声で云った。

「岩淵という男は、まだなにもしゃべらんのかね？」

　と横から進藤が口をはさむ。

「それが、当人はすっかり興奮しておりましてな。天誅だとわめくばかりで、一向にらちがあきません」

「もう一人の男はどうなんだ？」

「ええ、清水の方も目下危篤状態で、まだ話ができる段階ではないようです」

　そののんびりした声に、進藤の太い眉がぴくりと動いた。

「それじゃあ、当局はまだなにも背後関係はつかめんと云うのかね。いったいこれからの捜査方針はどうなっておるんだ？」

「現在の段階では、岩淵が放火殺人の主犯であることは、今の牧さんの証言でもはっきりしております。明朝から早速、皇道報国連盟を洗いながら、背後関係を追及することになりましょう。清水の方も、意識を快復次第、訊問致します。それから、牧さんのお話にあった藤岡という男ですが、この男は現場に落ちていた石油カンの指紋から、われわれの方も前科者のリストを逆にたぐって身許をつきとめたところです」

三輪は手帳をめくり、その個所を探りあてると太い指をあてがいながら読みあげた。

「藤岡正勝、十九歳、住所不定、傷害前科一犯——警察庁からの報告によりますと、この男は東京の千代田区の生れで、一時は、池袋付近を根城にするゴールド・クラブという愚連隊の頭領だったそうですが、現在はそのクラブは解散しているそうです。富沢市へやってきたのは、今年になってからと云われております」

「そういう公式の発表のほかに、きみ自身が岩淵を訊問した時のカンで、背後関係の見当がつかんものかね？」

「いや、その点がどうも、まだはっきりしないのです」

三輪は熊のような手で、禿げあがった頭をかいた。

「とにかく、今度の事件は右翼暴力団関係の捜査官との合同捜査をやることになっているんですが、その合同捜査会議が今晩行われる予定でして、その際の情報交換を基にしないと、はっきりした線がでてこないわけです。とりあえず、藤岡の緊急指名手配だけは行いました」

「ついでに、暴力団関係と選挙違反関係の捜査官も会議に加えるんだな」

進藤の言葉に、三輪は進藤の顔をじっとみつめた。

「先生、なにかそういう事実をご存じなんですか?」

「いや、事実は知らん。しかし、きみらが岩淵の逮捕だけで満足しないで、背後関係にまでメスを入れる勇気があれば、そういう事実も出てくるだろう」

進藤は吐きだすように云った。

「それでは、これで失礼します。お大切に」

三輪は進藤の言葉の中にある棘に気づかなかったように、丁重に頭を下げると、部屋から出ていった。

「どうせ、この事件も、岩淵が起訴されるだけで終りだろう」

閉る扉をにらみながら、進藤は呟いた。

「選挙妨害になることを怖れて、岩淵が遠井につながっているという決定的な証拠がでるまでは、警察も遠井派を直接調べはしないでしょう」

と牧が云った。

「そうだ。その証拠さえつかめれば、遠井の落選は間違いないんだが……」

その眼は、妻の死をいたんでいる者とはちがった光りを帯びていた。自分のチャンスを目前にして、ノック・アウトのすきをねらう挑戦者の眼つきだった。

「いやいずれにしても、選挙民たちはこの事件を見て興奮するだろう。興奮した民衆にはヒントさえ与えてやればいい。事実でなくてもいい、ヒントだけでいいんだ。彼らは事件の当事者であるおれに同情し、その代り、遠井に疑惑の眼を向けるだろう。これで、選挙資金さえうまく調達できれば、おれはきっと当選できるぞ」

憑《つ》かれたように病室を歩きまわっていた進藤は牧の視線にはっと気づき、苦笑をもらした。

「あさましいと思うかね、牧君。妻が死んだというのに、おれはそれを選挙に利用しようと云うんだからな。しかし、由美だって、おれが当選すれば喜んでくれるだろう。遠井を徹底的にたたきのめすのは、いわば、由美のとむらい合戦のようなものだ。そうだろう、牧君」

そうだろうか、と牧は思った。

『家庭生活って、もっと平凡で、つまらないことの連続なのよ。そして、そのなんでもないささいな日常生活に喜びを見出し合うのが、幸福な家庭よ。そういう意味では、進藤だって失格だわ。あたし、ときどき思うの。進藤が今度落選してくれないかなあって……』

由美の言葉が痛いほど胸につきささっている。あれが、最後の言葉になってしまったのだ。しかし、今、その願いを聞かせたところで、進藤の胸に響くほどの力を持っているかどうかは疑わしかった。

「由美の葬式を今すぐやろうとは思わないよ」

と進藤はつづけた。

「今は密葬にして、おれが当選した時に、それこそ盛大にやってやろうと思ってるんだ」

牧は明日の朝刊が目に浮かんだ。選挙の最中に妻を不慮の事故で亡くした良人。その良人はこう語るのだ。自分は政治家として、まず最初に自分の仕事を考えなければならない。最愛の妻をなくしたことは痛手だが、自分を支持してくれる選挙民の期待に応えるために、今こそ戦い続けねばならない。妻もわたしの当選をなによりも願っていた。当選することが、妻へのなによりの供養だと思っている。

それはなににもまして強力な選挙演説になるだろう。進藤は由美の写真を黒いリボンで飾って、トラックにつけて走りまわることさえしかねなかった。

その想像は牧の身体に不快な戦慄を伝えた。

「進藤さん」

と牧は呼びかけた。

進藤はふとわれにかえったように歩みをとめた。

「ぼくは別のやり方で由美さんの敵をみつけたいんです」

と牧は云った。

「結局は、同じことになるのかもしれないが、ぼくは一人で岩淵たちの背後関係をみつけるつもりです。そのためには、あなたの秘書であっては動きにくい。今ここで、秘書を辞任させていただけませんか?」

「藪から棒になにを云いだすんだ」

進藤は大きな眼をみはって、牧を正視した。相手に自分の魅力を十二分に意識させ、しゃにむに説得してしまおうとする時に、進藤がいつも見せる表情だった。それから、相手の緊張を解きほぐす寛大な笑みが、ゆっくりと彼の眼尻にきざまれる。

「いいか、牧君。いつかきみに、おれが心から信頼できるのは、由美ときみの二人だけだと云ったことがあったね。その気持ちは、今でも変っておらんよ。今、その由美はいなくなった。おれが頼れるのはきみだけなんだ。邸を焼かれ、選挙も苦境に追いこまれたおれを、きみは見すてるつもりはないだろう?」

牧はじっと進藤の顔を見返した。

「進藤さん。あなたは誰にも頼らなくても充分にやっていける人だ。口ではそう云うが、あなたは誰も信じていないし、誰の助けをかりなくとも、自分の目的をやりとげられる自信を持っている。それにひきかえ、このぼくは、なにひとつ自信を持って行動できない男です。おそらく、あなたが具体的な目標をつねに確立しながら、それに向ってまっしぐらに突き進んでいるのに、ぼくには、なんの目標もなかったせいでしょう。しかし、今ようやくぼくも目標をみつけましたよ。由美さんを殺した本当の犯人をみつけることです。これほど具体的ではっきりした目標をみつけたのは、生れてはじめてのことですよ」

「しかし、だからといって、おれから離れることはないじゃないか。この事件の背後をつきとめることは、おれのためになることなんだから……」

「それはそうかもしれません。しかし、これだけは覚えておいて下さい。ぼくはあなたやあなたの選挙のために犯人をみつけるんじゃない。由美さんのために、由美さんが願っていたものをぶちこわしてしまった連中をみつけるために、秘書をやめるんです」

「わかった」

進藤は大きくうなずき、しばらく考えてから、云った。

「しかし、由美が生きていたら、おそらくこう忠告するだろうな。きみは今怪我をしている。そんな身体で歩きまわるのは危険だ。それから、常盤会は六年前のあの事件も、この間、おれから断られたことも忘れてはいない。この事件に暴力団がからんでいるとすれば、きみぐらいあぶない立場にいる人間はいないんだぞ。藤岡は黙っていても警察がみつけてくれる。それから、おれの方から警察に働きかけて背後関係を探ることの方が、危険も少いし確実だ。きみはゆっくり傷の手当てをしたまえ」

その時、扉が開き、医者が看護婦を連れて病室へ入ってきた。

「やあ先生」

と進藤は笑いながら云った。

「傷が痛むと見えて、患者が駄々をこねて困ります。鎮静剤でも打っていただけませんか」

「そうですか、それは弱りましたな。先生の秘書だけあって、馬力が強いんでしょう。大した傷じゃないから、鎮静剤も強いやつを打たんと、またすぐ駄々をこねるかもしれませんよ」

進藤と顔見知りらしいその医者は、冗談を云いながら、手早く傷の手当てをはじめた。

「それじゃあ、牧君、今云ったことはわかったね。あとのことは心配いらんから、早まったことをするんじゃないぞ」

もう一度、牧の顔をじっとみてから、確かめるようにうなずいてみせた。

「おれは、加倉井さんとも、今後のことをいろいろ相談する必要がある。これで失礼するよ」

軽くベッドの端をたたくと、進藤は医者に挨拶して病室を出ていった。

「本当のところ、ぼくの傷はどうなんですか?」

と牧は医者に訊ねてみた。

「本当も嘘もないぞね」

医者は北陸弁でぶっきら棒に答えた。

「この頑丈な身体なら、明日いっぱい寝ていれば大丈夫や」

しかし、牧は明日まで寝ているつもりはなかった。

その夜、十時の消灯後、三十分ほど待ってから、牧はそっとベッドから抜けだした。起きると同時に、ぐらぐらっとめまいがしたが、しばらくじっとしていると、なんとかそれも収まった。

病室の隅にある、つくりつけの洋服だんすから洋服をとりだし、ゆっくりと着かえる。ワイシャツだけ新しいのが揃えてあったが、洋服は昼間着ていたままのもので、ガソリンとススの匂いがしみついていた。

牧は扉の裏にとりつけてある鏡に自分の顔をうつしてみた。眼が血走り、顔全体が少しむくんでいる他は、ふだんと変りのない顔つきをしていた。頭に巻いてある繃帯を無造作にとくと、ベッドの上に投げすてる。それから、後頭部をうつしてみた。よくは見えなかったが、髪の毛が刈られ、そのはれあがった真中に傷の端がのぞいていた。

牧はそれを見てにやりと笑いかけたが、途中で傷の痛みに顔をしかめた。

扉を開け、廊下をのぞくと人影はなかった。音のしないように扉を閉め、ゆっくりと階段を降りる。階段の先には正面の入口が見えていた。そこまで行けば、外来の患者か見舞い客のふりができるだろう。そう思ったとたんに、下から看護婦がのぼってきた。すれちがいながら、牧はウインクした。もうすっかり病院なれした不良患者が消灯後に病院をぬけだすところを演じたつもりだったが、うまくいく自信はなかった。

看護婦は牧のウインクに微笑を返した。

「早く帰ってこなくちゃだめよ」

若いくせに、母親のような声音だった。

牧は女の母性本能に感謝しながら、階段を降り表へ出た。

小枝子は、黒いソフトをかぶり、サングラスをかけた大柄な男が、いきなり襖を開けて入ってきたので、身をすくめた。

しかし、悲鳴をあげる前に、聞きなれたなつかしい男の声が聞えた。

「心配するな、おれだよ」

牧はサングラスをはずし、黒いソフトを痛そうに頭からそっとぬいだ。

「ああ、あなた……」

小枝子はあえぐようにそう呟き、牧の胸にすがりついた。

「さっき、テレビでニュースを見て、どうしようかと思っていたのよ。進藤さんのお邸が大変だったのね。奥さんが殺されて、あなたが怪我したこともそれで知って、何度も進藤さんの所へ電話したけど、通じないの。これから選挙事務所の方へ行こうかと思っていたところよ」

「そんなことをしちゃ、だめじゃないか。常盤会の連中はきみをねらっているにちがいない。ふらふらそんなところまで出かけていって、もしやつらに見つかったら、とり返しのつかないことになる」

「あたしだって、あなたに云いつけられた通り、なるべく外出しないように、ここでじっとしていたわ。でも、あなたはあんまり来てくれないし、一人で家に閉じこもっていると心細くて死にそう。その上、あのニュースでしょう。で、怪我の様子は？」

「心配はない。この通りだ」

牧は後ろを向いて、小枝子に傷をみせた。火照ったその個所に、小枝子の冷たい指先がそっとふれるのを感じた。

「ひどいわ、こんなにして……」

殴られた牧自身をうらんでいるような声音だった。

「それで、もう退院してもかまわないの？」

「いや、病院をぬけだしてきた。仕事ができたんでね」

「それで、サングラスをかけたり、黒いソフトをかぶったりしているのね。いやだわ、まるで街のチンピラみたい」

「もう一度、街のチンピラにもどるんだ」

牧は小枝子の手をとって、畳の上にあぐらをかいた。

「いいか、よく聞いてくれよ。おれはさっき進藤さんの秘書を辞職した。これから自由にこの事件の原因をつきとめるためだ。そのためには、多少の危険はともなうかもしれないが、これさえ終れば、おれは心残りなくきみと東京へ行けるだろう」

「危険って、まさか常盤会の連中といざこざを起すつもりじゃないんでしょうね」

「正直に云おう。おれはこれから常盤会に探りを入れるつもりなんだ。あるいは、万一ということもあるかもしれんが、もしそうなったら、きみはすぐ東京へ出発するんだぞ」

いきなり、小枝子は牧のひざに身を投げかけた。

「いやよ、そんなのいや、もうたくさん」

身をもみながら、子供のように泣きじゃくる小枝子の白いうなじを、牧はだまってみつめた。

「あたし一人で東京へ行けなんて、あんまりだわ。約束がちがうわ。それなら、今すぐ東京へ行きましょう。このまま、東京へ行ってしまえば、誰にもみつからないのに……」

小枝子の涙まじりの声が、とぎれとぎれに牧の耳を打った。彼はその背中に手をかけながら、ぼんやりと部屋の中を見まわした。

部屋にあるのはダブル・ベッドだけではなかった。壁際には小さな整理箪笥と三面鏡がちんまりと陣どり、窓には明るい花模様のカーテンが下っていた。隅にはデコラ張りの卓袱台《ちゃぶだい》が二人用のコーヒー・セットをのせている。この家のどこからも、もうカビ臭い匂いはしなかった。匂ってくるのは、暖い巣の匂いだけだった。そのどれにも、貧しいながら、小枝子の祈りがこめられている。

東京へ行くまでのわずかな仮の宿を、こうして飾らずにはいられない小枝子の祈りがこめられていた。

牧は眼をそむけた。

「今すぐ東京へ行くわけにはいかないんだ」

しわがれた声で、牧は云った。

「きみにいつか話したことがあるだろう。おれの中には今だに血を流しつづけている者がいる。今ここで、なにもかも中途半端のまま、東京へ行ってしまえば、おれの中で血を流す人間がもう一人ふえるだけだ。そんなおれと一緒になったところで、きみが願っている生活ができるわけはないんだぜ」

小枝子を押しのけると、牧は静かに立ちあがった。

「もうひとつ、きみに頼みたいことがある。この間、進藤さんからもらった金のうち、二十万だけ、おれにくれないか。むしのいい頼みだが、今度の仕事でどうしても必要なんだ」

小枝子は畳につっ伏していた顔をゆっくりとあげた。埋められた墓の中から、ようやくはいだしてきた死人のように、その顔は蒼白かった。牧に向って口を開きかけたが、なにも云わず、簞笥《たんす》の抽斗《ひきだし》の底から札束をとりだすと、牧の方へさしだした。

彼はその中から、二十万円だけ数えると、あとは小枝子の手にもどした。小枝子はその札束を空ろな眼でみつめた。

「あなたが死んでしまったら、こんなものなんの役にも立たないわ」

彼女の手から紙幣が音もなくすべり落ち、畳の上に散らばった。小枝子は牧の首に手をまわし、もう一度胸に顔をうずめた。牧はその顔をあおむけにし、唇を重ねた。重ねあった唇にいつものような陶酔は訪れてこなかったが、それでも、小枝子はいつまでも唇を放そうとはしなかった。

やがて、牧は小枝子の身体をひきはがし、サングラスと黒いソフトをとりあげると、玄関の方へ歩いていった。

第七章　胸に凶器を

常盤会北陸支部の事務所は、六年前と同じように、せま苦しい露地の中にあった。その建物《ビル》の、盛り場の大通りに面した表側が、キャバレーになっていることも、六年前と変っていない。ただ、キャバレーの入口できらびやかな光を放っているネオンの文字が、ブラックキャットからブルーバードに変っているのが、唯一の変化だった。あこぎな商売をしたあげく、警察ににらまれれば、黒猫を青い鳥にさっさと変身させるぐらい、やくざどもにとってはたやすいことだったにちがいない。

露地に近づいただけで、饐《す》えた匂いが鼻をついた。ここには、キャバレー、バー、料理屋、パチンコ屋の裏口がひしめいて、華やかに装った表の顔とはうらはらに、絶えず排泄物を流しつづけている。牧はそのしめった腐敗臭に嘔吐感を覚えて、思わず苦笑した。かつてはその匂いがなんでもなかったのだ。それは、彼自身の過去の体臭だった。

露地の入口にある喫茶店へ入り、彼は窓際に席をとった。時計は十一時半を示していた。十時半にはパチンコ屋が閉店し、買人《ばいにん》たちは客の景品を買い漁《あさ》ってから、それをまた店に還元する。そして、その上りを事務所に届けるのが十一時すぎ。もうそろそろ、ちんぴらどもが今夜の割りをもらって、事務所から出てくる頃だった。

何人かの男たちが喫茶店の前を通りすぎて行ったが、牧は動かなかった。自分の知りたいことを訊きだすのにふさわしい男が出てくるまで待たなければいけない。用心深く機敏な勘が、六年前と同じように彼を支配していた。

コーヒーをゆっくり飲み干し、三本目の煙草に火を点けた時、また一人、露地の入口から男がでてきた。遠眼では髪を短く刈り、細いズボンに黄色いジャンパーという姿が、十代の若者のように見えたが、近づいてくるにつれて、かさかさに乾いた顔の皮膚に、もう皺がめだちはじめているのがわかった。

その男が店の前を通りすぎると、牧はすっと席を立ち、勘定を払って表へ出た。男は心持ちびっこをひきひき、表通りへ曲るところだった。十メートルほど離れて、その後を尾《つ》けながら、牧はじっとその男の顔を見守った。

その男を仲間たちは、グズモグラと呼んでいた。口が尖り、顔つきもモグラに似ていたが、好奇心が強く、仲間うちの噂に首をつっこんでは、あらゆる情報をかき集めるのが得意だったからだ。しかし、彼のとり得はそれだけで、金に汚い上に度胸もなく、任せられた仕事はトチるばかりで、組ではもうずいぶん分の古株のくせに、三ン下からもバカにされていた。

男はあたりをきょろきょろ眺めながら、表通りを下ってゆき、そのはずれにかかっている橋を渡りだした。周囲にやくざらしい男のいないことを確めると、牧は足を速めて男に追いついた。

「おい、モグラ……」

橋の中ほどで声をかけると、モグラの尖った肩がぴくりと動いた。いつも他人から怒鳴られつけているおびえた眼が、肩先からこっちをうかがう。

「おれだ、牧だよ。忘れちまったのか?」

牧はサングラスをはずすと、顔を近づけた。

「あ、兄貴。ずい分久しぶりじゃねえか。どうしたんだよ」

いつでも逃げ出せるように中腰にかまえながら、モグラは云った。牧はその腕をしっかり捕えると、耳に口を寄せてささやいた。

「ちょっとおまえに聞きたいことがあるんだ。手間はとらせない。そこらで一杯つきあってくれないか」

「わ、わかったよ。つきあうよ。兄貴に云われて断ったことなんか、なかったじゃねえか。けど、おれを危《ヤバ》いめに合わせるんじゃねえだろうな?」

「なにを云ってやがる」

牧は安心させるように笑ってみせた。

「おめえをぶったたいたって、ハエも利益《タレ》はねえ。安心してつきあってくれ」

二人はそのまま橋を渡り、川に面した小料理屋の門をくぐった。二階に上り、川を見わたせる窓際に向い合いになって、盃をあげると、ようやくモグラの顔からも疑い深い表情が消えた。

「兄貴は堅気になったって話だったけど、いつまたやくざにもどったんだい」

好奇心に充ちた金壺眼《かなつぼまなこ》を光らせながら、モグラは訊いた。

「もう堅気はあきあきした。これからまた昔の仲間たちに顔だししようと思ってるんだが、どうにも恰好がつかねえんで弱っているんだ」

「そりゃそうだろう。おれっちにはこの稼業が一番身に合っててらあな」

モグラは尖った口を歪につけて、わけ知りめいて首をふってみせた。

「だがよ、兄貴、組にもどるのは、とてもじゃねえが、考えもんだぜ。とにかく、組の連中は牧って云うと、青筋たてやがんからな。安を殺ったこともそうだが、それよりも、ついこの間、長田先生の顔をつぶすような真似をしただろう。兄貴とそれから、進藤って議員がよ、あれがまずかったよ。組の中では進藤と牧は生かしちゃおけねえってことになってるんだ。そこへ首を出して見なよ、まあ、指をつめるぐらいじゃすまねえぜ」

「なるほど、それで岩淵たちをそそのかしたわけか？」

牧は相手の様子をうかがいながら、さりげなくそう訊ねてきた。

「岩淵？」

モグラはキョトンとした顔で小首をかしげた。

「岩淵なんて野郎は知らねえぜ」

「それじゃあ、清水とか藤岡という名前はどうだ？」

「清水って、どんなやつだい？」

「年齢が三十ぐらいで、四角いむっつりした顔つきの男だ。ボクサーだったのかもしれんな。鼻と眼のあたりがはれぼったい感じだった」

「知らねえ」

自分の知らない男がこの世にいることがいまいましくてならないように、モグラは不機嫌な顔つきで酒を飲んだ。

「藤岡はどうだ？」

と牧はもう一度訊ねた。

「ずっと前に、池袋《ブクロ》でゴールド・クラブとかいう愚連隊の頭領《バンチョウ》だったとかいうチンピラだが……」

モグラの顔が急に生き生きと輝いてきた。

「痩せっこけた野郎で、しょっちゅう人を小馬鹿にしたように笑ってる……？」

「そうだ」

「その藤岡ってやつなら知ってる。池袋《ブクロ》のちんぴらどもが、二、三年前にごたごたを起しやがってよ、愚連隊同士の喧嘩《でいり》があったときにうちの組が仲に入ってまとめたことがあったんだ。その時に、ゴールド・クラブの連中が全部うちの組の盃をもらうことになってね、頭領《バンチョウ》の藤岡もうちの若い衆になった」

「ふーん、するとやっぱり、藤岡は常盤会の身内か……」

牧が口をはさむと、モグラは飲みかけた盃を置いて、手をふった。

「ま、兄貴、待ちなよ。まだそのあとの話があるんだからよ」

赤くなった額をなで、彼は得意そうに一層口を尖らせた。

「今年になってから、やつはおれたちと一緒に北陸くんだりまでやってこなくちゃならない破目になったんだが面白くなかったんだね。東京へ帰りてえなんてしょっちゅうぶうぶう云ってたっけが、しまいに、とんでもねえことをやっちまったんだ。おれたちはこの土地で南部組の縄張り《シマ》をこっちへゆずるよう、話《ナシ》をつけていたんだが、野郎、こともあろうに、その南部組の親分《オヤジ》の女房《バシタ》にちょっかいを出しやがった。それも、きれいにふられたっていうからサマにならねえ話さ。けれども、向うは黙っちゃいねえやな、あやうく、せっかくまとまりかけた相談もおじゃんになりかけて、泡くった長田先生が藤岡の野郎に指をつめさせて、会からたたきだした。そういうわけで、やつはもう常盤会《うち》の人間じゃねえはずだ……」

「しかし、長田さんのことだ。会から追いだした形になっているやつに一仕事させて、あとで消してしまうってことも考えられねえことはないな」

「そりゃ、そういうことも考えられないことはない。現に、兄貴も知っている通り……」

と云いかけて、モグラは金壺眼を疑い深く光らせ、牧の顔をうかがった。

「兄貴、なんのことを云ってるんだ？」

「火事だよ。進藤さんの邸に火をつけたやつがいることは、早耳のおめえのことだ。よく知っているだろう」

「そりゃあ、知っているが、あれが常盤会《うち》と……」

モグラは眼を宙にすえて、しばらく考えてから、うなずいた。

「そう云やあ、そうかもしれねえ。長田先生のやりそうなこった」

「ところで、その長田先生はどこにいる?」

「まさか、兄貴、先生を……」

酒が一時にさめ果てた顔つきで、モグラは居心地がわるそうに尻をもじもじさせた。

「いや、そうじゃない。会って訊いてみたいことがあるだけだ。おまえのことは誰にもしゃべりやしねえから、知っているなら居場所を教えてくれ」

牧は内ポケットから五千円札を一枚ぬきだすと、モグラの前へすべらせた。モグラは牧の顔を見、それから紙幣の方を見、また牧の顔を見た。湧き起ってくる恐怖と五千円札の重みとを、必死に計りにかけているのがありありとわかる眼つきだった。彼の額に冷や汗が浮かび、それが玉となってテーブルの上に落ちる。と同時に、モグラの爪の伸びた手が、ゆっくりと紙幣の方へ這いよっていった。

「先生は今、青沼温泉にいる……」

かすれた声が部屋の中の沈黙をやぶり、自分の声におびえたように、モグラはぴくりと肩をふるわせた。

「青沼温泉のどこだ?」

「遊泉閣って旅館に……」

と云いかけて、モグラは咴がからんだらしく、はげしく咳こんだ。しかし、咴が吹っ切れると、恐怖もどこかへいったらしく、五千円札をポケットにしまいこんだ彼は、急に持ち前の饒舌をとりもどした。

「実はよ、ここんところ、関西の張間組がこっちへ縄張り《シマ》をひろげてきやがって、うちとしょっちゅうごたごたが絶えねえんだ。それで、一昨日《おととい》の晩も青沼のストリップ劇場《ごや》で、うちの若い衆と張間組の野郎とが嚙み合ってよ、うちのやつが相手を刺したんだよ。刺した野郎は警察に検挙《あげ》られたが、張間組の方じゃそれでおさまりがつくわけがない。関西の方からも助っ人《すけっと》が来て、こっちへ殴りこみをかけにくるってことになった。いつもならこっちも、さあいらっしゃいってなもんだが、今度ばかりは、ほら、うちは選挙にからんでるだろう。下手に喧嘩《ゴロ》もまけねえってんで、長田先生が向うへ飛んで話をつけたってわけさ。なんでも、昨日の晩、手打ちがすんだってことだが、先生はまだ帰ってこねえ。明日までは、その遊泉閣にいるだろうよ」

「なるほど、そうなると、温泉場でものんびりできねえってわけだ」

牧はモグラの顔を見て笑いながら頭を下げた。

「モグラ、もうひとつ頼まれてくれねえか」

「勘弁してくんねえかな。今しゃべったことだって、仲間《ダチ》に知られりゃこれですまねえからな」

指を庖丁でつめる手ぶりをしながら、モグラは首をふった。

「そんなことばれりゃしねえよ。しかし、おまえの心配代は別に払おうじゃないか」

牧はもう一枚五千円札をテーブルの上にすべらせた。

モグラはごくりと咽喉を鳴らしたが、手を出そうとはしなかった。

「た、頼みってなんだよ?」

「拳銃《ハジキ》を一挺都合してきてくれないか」

「拳銃《ハジキ》を？　拳銃をどうするんだよ、兄貴」

「どうもしやしねえさ。ただ、先生のとこへ顔を出すについちゃ、今のおまえの話だと、おれも大分危《ヤバ》いことになりそうだからよ。まあ、護身用だよ」

「し、しかしなあ。拳銃はなあ」

もう盃にも手を出さず、モグラは考えこんでしまった。

「おまえぐらい顔が広くても、拳銃となるとやっぱりむりか……」

牧が冷やかすように云うと、モグラはプライドを傷つけられて、むっとした顔をした。

「むりじゃねえけどね。拳銃は今、この辺で一番うるせえんだよ。なにしろ、例のSRCってフィリピンの拳銃《ハジキ》が一番最初に警察《サツ》に押収されたのが、北陸だって云うんでよ、この辺はにらまれてるからな。でも、一丁ぐらいなら手に入らねえこともねえ。ただし、高いぜ兄貴」

「いくらだ？」

「まあ、これぐらい」

モグラは指を四本たてかけて、思い直し、五本たてた。その薬指の先が欠けている。

「四万五千円か？」と牧は訊いた。

「冗談云っちゃいけねえ、五万だよ」

「いや、おれはまた指が一本、半分しかねえから四万五千かと思ったよ」

牧はモグラがふくれるのを見て、笑いながら云った。

「わかった、五万だそう」

その返事を聞くと、モグラはしばらくここで待ってくれと云いおいて、そそくさと席をたった。

モグラを待っている間、三十分ばかりがひどく永く感じられた。今にも、常盤会の連中がここへふみこんで来そうな気がする。しかし、それならそれでもいいと牧は覚悟を決めていた。どんな場合にも、冷静で用心深く、しかし、いったん覚悟が決まれば、あっさり身体を投げだしてしまうやくざ度胸が、また彼の中に舞い戻っていた。

彼はゆっくりと銚子を空にしていった。

ちょうど銚子のお代りに手をつけた頃、モグラが戻ってきた。彼はあたりの様子をうかがい、そっとジャンパーの中へ手をつっこむと汚れた布につつんだものをテーブルの上に置いた。

牧はその布をとり、中の拳銃をとりだした。銃身が短く、護身用としてはうってつけのリヴォルバーだった。ぷんと鉄とオイルの匂いが鼻をつき、ずっしりとした重味が、頼りがいのある兇器にふさわしい。二、三度にぎり具合をためしてから、牧は銃口をモグラに向けた。

「あぶねえよ、兄貴。弾丸が入ってるんだぜ」

蒼くなって手をふりながら、モグラは尻ごみをした。

「こいつは何連発だ?」

と牧は訊いた。

「なんだ。兄貴はこの拳銃《ハジキ》を知らねえのか」

鼻のわきに皺を寄せ、モグラは笑った。

「こいつは日本製でね、五連発さ。ニュー・ナンブM60というやつで、私服の刑事《デカ》がよく持ってんだが、それがどうして流れてきたんだかはわからねえ。どこかの野郎が賭博《バクチ》のカタに置いてったのを、おれが手に入れたんだ」

「とにかく、恩に着るぜ」

牧はそれを内ポケットに入れると、かわりに五枚の紙幣をとりだした。その手つきをじっと見守っていたモグラが、舌なめずりをした。

「なあ兄貴、弾丸代を別にくんねえか。一発千円のわりでよ」

牧はもう五枚の千円札をモグラの方へ放ってやった。モグラはそれらをかき集めると、入念にかぞえ、ジャンパーのポケットに入れて上から押えた。にわかに転りこんだこの金がすぐに出て行かないよう、祈りをこめた手つきだった。

「ねえ、兄貴」

と彼は云った。

「兄貴は拳銃を使ったことはあるのかい？」

「いや、使ったことはない」

牧は静かに笑った。

「しかし、こいつを使うときは、相手の腹に銃口を押しつけてぶっぱなすつもりだ。そうすりゃ、いくら使ったことがなくとも、外れっこないだろう」

モグラは自分の腹に弾丸をぶちこまれたように顔をしかめた。

「兄貴は昔っから度胸があったからな。しかしよ、だからと云って、長田先生や常盤会《うち》の連中に顔を見せるのだけは止めた方がいいぜ。悪いことは云わねえ。やくざにもどるんなら、張間組に行くといいや。兄貴の顔は張間組にだって通ってるし、向うは今、常盤会《うち》とはり合っているところだから、喜んで盃《ズキサカ》をくれるにちげえねえ……」

その忠告はもうけさせてもらったモグラの心からのサービスらしかった。

「ああ、考えてみよう」

うなずくと、牧は立ち上った。相当酒が入っているはずなのに、足もとはしっかりしている。ゆっくり階段を降りる牧の胸に、内ポケットに入れた拳銃が硬い感触を伝えた。そこから冷たいものが身体中に流れだし、彼の酔いをみるみる冷ましていった。


青沼温泉へ入った時は、もう午前一時をまわっていた。市内からタクシーで小一時間ほどかかったのだ。

ここは地元の人間よりも、関西方面からの観光客でにぎわう温泉地として知られていた。温泉につかり、日頃の疲れをいやす客よりも、酒を飲み女を抱き、日頃感じたことのない疲労を背負って帰る客たちの方が歓迎されるらしい。

町の入口のアーチに、毒々しく輝いている『青沼温泉郷』という赤いネオンがその象徴のように見えた。町の真中を貫いて湖へ通ずるメイン・ストリートの両側には、土産物屋とパチンコ屋とバーが軒を並べ、そのところどころにヌード・スタジオの絵看板が旅の恥の捨て場所を知らせている。数十軒の旅館やホテルが集っているのは湖の周辺だった。

遊泉閣はメイン・ストリートから外れて、五十メートルほど湖のふちにそって走ったところにあった。半分はホテル風、半分は旅館風の建物で、湖に面した部分が湖上に突きだしている。

タクシーを降りると、牧は人造大理石の柱の間を通って中へ入った。玄関の灯りはすでに暗く、ただ一人フロントにいた番頭風の男が傍へ寄ってきて訊ねた。

「お一人でございますか？　ご予約は？」

この深夜に女も連れず、荷物も持たない男のふところを見通すのは、自分の役目だと云わんばかりの疑い深い眼つきで牧を見る。

「一人だし、予約もしてないんだ」

牧は千円札を出して、番頭の手ににぎらせた。

「ここならば、大丈夫だと思ったんだが」

番頭は千円札をみつめ、これならだまされても損はないと決心をしたらしく、牧をロビーの方へ案内した。

ソファにすわると、料金表をうやうやしくさしだして、押しつけがましい微笑を顔一面にただよわせる。

「実は長田さんがここに泊っていると聞いたんだが……」

料金表に目もくれず、牧はさりげなく云った。

「さようでございます。長田先生のお知り合いと申しますと、常盤会の方で……」

「いや、そうじゃないが、まあ似たようなものさ」

「それでは、長田先生のお部屋にお電話でも……」

「そうだな、しかし、もう時間が遅いから明日の朝でも改めて挨拶することにするよ。長田さんの部屋の近くが空いていれば、好都合だがね……」

「かしこまりました」

番頭は奥へひっこむと、眠そうな顔つきをした女中を連れて来て、牧の案内をさせた。女中は先へ立ってロビーの横から階段を下り、石室のような感じがする地下の廊下を抜けると、本館という札の出ている建物の方へ案内していった。そこは日本庭園の中庭をコの字型にとり囲んだ古びた和風の建物だった。

『菊の間』と表札の出ている部屋の前までくると、その格子戸を女中は開けた。

眠いのか、それとも、世の中に受け入れられない自分の若さに腹を立てているのか、女中は一言ものを云わず、着更えを押し入れから出すと、さっさと布団を敷きはじめた。

「ここは風呂もトイレもついていないね」

と牧は云った。

「新館の方はホテル風で、トイレ、バスつきやけど、こっちは旧館やさけ、ついとらんぞね」

女中はなまりの強い言葉でぶっきら棒に答えた。

「長田さんの部屋は、どこだい？」

牧の問いに、女中は黙って開いている戸から向うを指さした。どうやら中庭を越えた向うという意味らしい。

「部屋の名前は?」

「楓の間」

あまり清潔とは云えない枕を、じっとみつめながら女中は答えた。枕カバーをとりかえようかと考えたあげく、とりかえないことに決めたらしかった。

ふいに、窓の外で牛の鳴くような声が聞えた。牧はぎょっとして訊ねた。

「なんだ、あれは?」

牧の驚いた顔を見て、女中ははじめて笑い声を立てた。もう一度ぎょっとしたくなるような、しわがれた笑い声だった。

「食用蛙や。いっぱいいるぞね」

そう云うと、彼女は彼女自身食用蛙の化身ではないかと疑いたくなる後ろ姿を見せて、部屋から出ていった。

女中が行ってしまうと、牧はバルコニーに置いてあるソファに腰を下ろし、煙草に火を点けた。窓の下から真黒な湖がひろがっている。食用蛙の鳴き声にまざって、時おり鋭い水音が聞えてきた。蛙に追われた鮒が苦しまぎれに水を打った音かもしれなかった。

自分は追っている蛙なのか、それとも、追われて苦しまぎれに水を打っている鮒なのか——

牧は暗い水面に視線を落した。その水面と同じ暗さを持った疲労が、彼の身体を這い上ってきた。

ふりかえると、座敷の中央に敷いてある布団が眼に入った。この、まだ焦げ臭い匂いのする洋服をぬぎすてて浴衣に着かえ、一風呂浴びてから、布団の中へもぐりこむ。その耐えがたい誘惑を、牧は必死に押えつけた。風呂へ入るかわりに、部屋に備えつけてある洗面台で顔だけ洗い、彼はそっと部屋をぬけだした。

裸足のまま、中庭に下りるとそこから湖の方へ出られる庭木戸のありかをたしかめ、それから縁側のそばにある灯籠のかげへ身をひそめる。そのまま、ともすればくっつきそうになる瞼を懸命に押し開き、『楓の間』の格子戸をじっとにらんだ。

単身で長田の部屋へふみこむのは危険だった。張間組との手打ちのあとだとすれば、おそらく、組の若い者が何人かは同室に泊っているはずだし、護身用の武器も身近に置いてあるにちがいない。長田が一人で部屋の外へ出てくるのを待った方が無難だった。

部屋の造りが同じだとすれば、長田の部屋にもトイレはついていない。長田が一人で出てくる可能性もないわけではなかった。

(あまりあてにはならないな)と牧は思った。(とにかく、待つだけ待ってみよう。もし無駄なら、明日、もう一度チャンスをねらうだけだ)

しかし、そう自分に云い聞かしたとたんに、『楓の間』の格子戸がぼうっとかすんできた。頭をふってみたが、なんの効果もなかった。周囲の闇がだんだん濃さを増し、それが容赦なく牧の内部にも入りこんでくる。ビロードのように手ざわりの良い暗闇だった。牧はいつしかその暗闇にすっぽりととりかこまれて意識を失った。

格子戸の鳴る音にはっと目を覚まし、牧はあわてて廊下を見た。廊下のつき当りにあるトイレの方へゆっくり歩いてゆく後ろ姿がぼんやり眼にとまる。綺麗に剃りあげた後頭部が浴衣の襟から突きだしていた。

内ポケットの拳銃をにぎると、牧はそっと身を起した。長田がトイレの中に消えるのを待ってから、廊下へ上りその後を追う。トイレの戸をあけると、眼を半眼に閉じ、悠々と小用を足している長田に近づきその横腹にぴたりと拳銃をつきつけた。

長田は眼を開き、じろりと牧をみあげた。

「牧君か……」

驚いた様子もなく、まだ眠気のとれない声で彼は呟いた。

「おれになんの用だね？」

「それはここから出てから教える。おれの云う通りにしてもらおう。中庭へ出て庭木戸から湖の方を散歩しようじゃないか。静かについてきてくれ、大声をだせば、おれも遠慮しないで大きな音をたてるぜ」

牧はささやきにちかい低い声で云った。

長田はうなずくとゆっくり小用を足し、牧の方をふりむいた。

「年齢をとると、どうも小便が近くなっていかん。がまんしさえすれば、夜中に散歩などしなくてもよかったのにな」

ぶつぶつ愚痴をこぼしながら、それでも、牧の銃口に押されるまま、中庭へ出て、木戸を通り湖の方へ歩いていった。

百メートルほど歩くと桟橋があり、その上に何隻かのボートが腹を返して並べられてあった。月の光がそのペンキのはげた腹を巨大な魚のように蒼白く染めかえている。牧はそのひとつを拳銃で示した。

「そこへ坐って話をしようじゃないか」

二人は婚約したてのアベックのように、並んでボートの上に腰を下ろした。

「わしの方がきみにこういうことをする理由なら、いくらでもあるが、きみにこういうことをされる理由はないはずだよ」

小さなあくびをひとつもらすと、退屈な世間話でもする調子で長田は云った。

「ぼくと進藤さんにああいうことをしたお返しだとは考えられませんかね」

牧は長田のどんよりした眼をみつめながら訊ねた。

「ははあ、きみはあの火事さわぎが、われわれの仕組んだことだと思っているのか。しかし、それは誤解というもんだ。あの事件にはわしも常盤会もなんの関係もない」

「すると、岩淵という男も、清水も藤岡も全然あなたは面識がないとおっしゃる?」

「そうは云わんさ」

長田は剃りあげた頭をつるりとなぜ、湖の方へ視線をなげた。ぶよぶよと脂肪がのりきった白い肉体と剃りあげた頭が、ある種の爬虫類を思わせる。牧は、今にも彼が浴衣をぬぎすて、暗い湖の中へするりと身を入れるのではないかという奇妙な感じに襲われた。

　しかし、長田は視線をすぐに牧の方へ戻した。

「岩淵という男は、あまりに狂信的で、右翼の連中からも敬遠されている人物だ。たしか戦時中は憲兵の下士官だったという話だが、指導力もなく、金もないせいで、誰も彼の云うことに耳を傾けるやつはいない。皇道報国連盟は、彼一人が党首であり党員である政治結社さ」

「あまりに狂信的な男を刺激してやれば、どういう行動を起すか、それをあなたはよく知っていたんじゃありませんか。その男の協力者として清水という流れ者と、藤岡という常盤会から追いだされた男を配してやれば、世間はあなたや常盤会とこの事件とは、なんの関係もないと思ってくれる」

「たしかに、その推理は筋が通っているな。自分で云うのもなんだが、わしはそれぐらいの術策を弄しそうな男に見えるだろう。しかしな、今度ばかりは、きみの眼利きちがいだよ、牧君」

「とあなたが云っても、信用する気にはなれないな。進藤さんはあなたの申し出を拒絶した上に、遠井派とあなたが手をにぎったという事実を選挙民に知らせた。あなたがこんな男をそのままにしておくほど寛大な心の持主だと信じられますか？」

「きみはなかなか頭の良い男だが、惜しいかな、視野がせますぎる。進藤君はたしかにわしの申し出を断った。しかし、そのおかげで、われわれはスムーズに遠井派と手を結ぶことができたとも云えるんだ。また、進藤君は選挙妨害をしたときみは云う。遠井派にとっては、たしかに手痛い反撃だったろう。しかし、われわれは遠井弥三郎が当選しようがしまいが、そんなことはどうでもいいことだ。むしろ、進藤君と遠井君が嚙み合えば嚙み合うほど、なにかと銭をひきだす口実になるのさ」

「なるほど。名を捨てて実をとるというわけですか。しかし、遠井派が進藤を消すために莫大な金をあなたに渡したとしたら?」

「遠井もそれほどのバカではないさ」

長田は苦笑しながら云った。

「進藤が殺られれば、まず第一に疑われるのは、遠井とわしだ。なんの証拠があがらなくとも、世間は疑惑の眼で見るだろう。そうなったら、進藤がいなくなっても、票は他の候補者に流れるに決っとる。わりの合わない話じゃないかね? それに、選挙も終盤戦ともなれば、いくら金権候補でも金ぐりが苦しくなってくる。遠井はもう、進藤を始末する金が出せるような状態じゃないのさ」

「進藤の方はもっと資金が苦しくなっている。もう邸を売るしか方法はない。それを知っての上で邸を焼かせたんじゃないんですか?」

「疑い深い男だな」

あきれたように、長田は牧をみやった。

「遠井もわしも、今度の事件は知らんと云っているじゃないか。それが信用できんならどうとも勝手にするがいい」

牧はその言葉ににやりと笑うと、右手の拳銃を長田のこめかみへ押しつけた。

「これでも白を切るつもりですか？」

長田のたるんだ頰の肉がぴくりとひきつったが、それだけで表情は動かなかった。

「きみは真相が知りたいのじゃないのか？　それとも、わしを殺したいだけなのか？」

「真相はあなたが知っている」

「いや、わしは知らん。しかし、そのヒントなら教えてやれるかもしれん」

牧は拳銃を下ろした。

「ヒントというのは？」

「この事件の鍵をにぎっておるのは藤岡だろう。やつをつかまえてゆすぶれば、誰に頼まれたのかすぐに吐くんじゃないのかな」

「藤岡はどこにいます」

「現在、どこにかくれているかは正確には知らん。しかし、張間組となんらかの関係があることはたしかだ。実は、昨日の晩、張間組と手打ちの会があってな。それが無事に終った挨拶に今日の午後、わしは張間組に挨拶に行った。張間組の北陸支部長は田所喜作という男だが、彼もこの事件で青沼へやってきて、その先の青雲荘というホテルに泊っておる。わしはやつの部屋で二人きりで話をした。ちょうどやつが中座した時に電話があった。電話は富沢市内からのもので、ひどくうわずった若い男の声が田所かと訊ねた。わしがしばらく待てと云ったところへ田所が部屋へ戻ってきた。田所はひどい権幕で相手を怒鳴りつけ、三十分後にもう一度かけろと云って電話を切った……」

「その若い男の声が藤岡だったんですか?」

と牧は訊ねた。

「そうだと断定はできない」

長田はゆっくり答えた。

「しかし、わしも人間相手の商売を永年やってきた男だ。一度聞いた声を聞きわける自信はある」

牧は拳銃を内ポケットにしまった。

「つまり、藤岡は張間組の指し金で焼き打ちをやったと云うわけですな。まさか、張間組とはり合っているからといって、そんなデマをとばすわけではないでしょうな?」

「ばかばかしい」

長田の唇の端を冷笑がよぎった。

「きみにそれを教えたところで、張間組がどうなるというものでもあるまい。きみ一人がどうあがいたところで、張間組は関西指折りの組織だ。はえがとまったほどにも感じないだろうよ」

「張間組はともかく、その田所という男がどういう風に感じるか、いずれわかるでしょう。ところで、もうひとつ、その田所という男はいつもはどこにいるんです」

「市内の西前町にあるラ・ロンドというナイト・クラブの中がやつの事務所だ。しかし、そこへきみ一人で乗りこむつもりかね?」

「とにかく、その男に藤岡のことを訊かないわけにはいかない……」

「これからすぐかね?」

と長田が訊ねる。

「これからすぐ」

と牧は答えた。

「それは、むりだな」

長田は首をふり、悲しそうに云った。

「今すぐはむりだ。きみはしばらく、病院のやっかいにならなければなるまい」

牧がその言葉から不気味な気配を感じた時はもう遅かった。背骨にかたいものが押しつけられ、緊張した男の声が首すじにかかった。

「静かに手をあげろ」

牧は長田をにらみながら、立ちあがると手を上にあげた。

「わしが云った通りだ」

長田は自分をにらみつけている牧の顔を見あげ、くすくす笑った。

「きみは視野がせますぎる。自分の見えるものだけがすべてだと信じ切るのは、若いもののわるいくせだ。しかも、きみは拳銃を早くしまいすぎた。勇気だけでは勝負に勝てない。こういうめに会うのは自業自得というものだよ」

長田は浴衣のすそを払うと、よいしょと小さなかけ声をかけながら、腰をあげた。

「来るのがずい分遅かったな」

と牧の背後の男に声をかける。

「すみません。寝こんじまってたもんですから」

と男は答えた。

「それでよく用心棒がつとまるな」

と牧が嘲笑った。

「この野郎……」

背後の男はうなるような声をだし、牧を自分の方にふりむかせると、拳銃をふりあげた。

「待て」

長田がドスの利いた声でさえぎった。

「牧君の云う通りだ。それでよく用心棒がつとまるな。おまえに殴らせて銃口がはずれたすきに、牧君はポケットから自分の拳銃をひっぱりだすつもりなんだ。殴るんなら、拳銃をとりあげてからにしろ」

彼は牧のそばに寄ると、まるまっちい手を内ポケットに入れて、拳銃をぬきだした。それを右手にかまえ、牧にねらいをつける。

「さあ、いいぞ、思う存分やれ。ただし、息の根は止めるなよ。せっかく良い気持ちで眠ろうと思っていたわしを、むりやりに散歩に連れだした罰として、二、三日動けないようにしてやるだけでいい」

声が終ると同時に、用心棒の拳銃が風を切って飛んできた。牧は頭をうしろに逸らしあやうくそれをはずしたが、銃身の先が頬にあたった。湖から吹いてくる風が急に生臭く感じられる。生臭いのは風のせいではなかった。銃身で頬の内側が切れ、舌の上に血があふれだしたのだった。

牧は相手の両腕を押え、ひざで蹴りあげた。用心棒は食用蛙のような声をもらし、うずくまった。

背後で長田が舌打ちをすると、無造作に拳銃を牧の後頭部にふりおろした。それは、縫ったばかりの傷の上に、正確にあたった。眼の前がふいに真暗になり、牧はがくりとひざをついた。その上へもう一度拳銃がふり下ろされた。

意識がもどると同時に、耐えがたい吐気に襲われた。牧は桟橋のふちへ這いよって、思い切り吐いた。後頭部が奇怪なきのこに変ってしまったような感じだった。そのきのこは間断なく増殖をはじめ、そのたびに激痛が背骨まで走った。胃の中のものをすっかり吐いてしまうと、牧はぐったりと横たわった。

あたりはまだ暗かった。食用蛙は相変らずのんびりと合唱を続けている。牧は食用蛙にはげしい嫉妬を感じながら、よろよろと立ちあがった。どれぐらい意識を失っていたかはわからない。時計は二時十三分を示したまま止っていた。

遊泉閣の方へ歩きだそうとして、牧は思い直し、通りの方へ向った。通りにはさすがに人影はなかった。この時間では、タクシーもみつかりそうもなかった。身体がよろけ、靴下のままの足では、ひどく歩きにくかった。

ふと上を見あげると、『鹿内外科』という看板が電柱に下っているのが見えた。赤い矢印しが、その横の露地の奥を示している。牧はふらつく足をふみしめて、そこへ入っていった。

露地の入口から白く塗った外科医院の門が見えていたが、そこへ行くまでのほんのわずかな距離が、牧には遠い天国への道のように感じられた。汗を流し、息をあえがせながら、ようやく、扉についている呼鈴まで足を運んだ。バーベルを持ちあげるように、全身の力をふりしぼって右腕をあげ、その呼鈴に指を押しつける。こもった響きが医院の内部から聞えると同時に、牧の頭の中で別の呼鈴が鳴りはじめた。眠りを覚ますはずの呼鈴が、牧を深い眠りに誘うような気がした。自分の身体が傾き、ずるずると玄関のコンクリートの上に崩折れてゆくのがわかっていたが、もうどうすることもできなかった。牧はゆっくりと眼を閉じた。

気がついた時は、窓際のベッドに寝かされていた。窓の外は薄暗く、空には紫色の雲が一面にたなびいている。思わず身体を起そうとすると、毛むくじゃらな手が牧の胸を押えた。毛むくじゃらな手の主は、ベッドの横に立っている白衣の男だった。白衣から出ているところはすべて毛でおおわれているのではないかと思われるほど毛深い男だった。

男は濃い眉の下から、意外にやさしそうな瞳で牧をみつめた。

「気の早い男だな。気がついたかと思うと、もう起きようとする」

「あなたがここのお医者さんですか?」

と牧は訊ねた。われながら力のない弱々しい声だった。

「そう。わたしがここの院長の鹿内だ。もっとも、医者はわたし一人だがね」

男はにこりともせずに答えた。

「しかし、心配することはない。きみぐらいの怪我なら、立派に直してみせる。まああわてないで、注射ぐらい大人しくさせたらどうだ」

「注射は喜んでしていただきますがね、それが終ったら、すぐ退院させていただけませんか。ぐずぐずしてはいられない。夜が明けてしまう」

「まったく、きみはそそっかしい男だな」

手早く牧の左腕に注射をしながら、院長は不精髭に埋まった唇をほころばせた。

「どんな急用があるか知らんが、まだきみは動ける身体じゃない。それに、今は、夜明けじゃないよ。夕方だ。きみは今日の暁方、うちの玄関で気絶したきり、まる一日眠っていたのさ」

「なんですって?」

牧は身を起しかけ、また毛むくじゃらの手で押しとどめられた。

「わからん男だな。身体が弱っているうちは医者の云うことを聞くもんだ」

「いったい、ぼくの怪我はどの程度なんです?」

「全身にかなりひどい打撲傷があるが、なんといっても感心しないのは後頭部の裂傷だ。せっかく、医者が縫ってくれたところがみんな切れて、その上傷がひろがり、深くなっている。おまけに傷口が泥だらけだった。下手をすると破傷風になるぞ。一体なにをやらかしたんだ?」

「いや、湖のふちですべって転んだだけです」

「おいおい、素人を相手にしてものを云っているんじゃないんだぞ。すべって転んだ傷か殴られた傷かわからないと思っているのか。きみは靴もはかないで倒れていた。なにかわけがあったんだろう?」

「傷の手当てをするのに、そのわけを知る必要がありますか?」

牧は冷たく訊き返した。

「よかろう。話したくないなら訊くのは止そう。しかし、これは医者として云っておくが、おれの玄関の前で倒れていたからにはきみはおれに自分の身体をあずけるつもりだったのだろう。おれの患者はおれの云いつけ通りにしてもらおう。きみはこれから三日間絶対安静だ」

「それはむりだ。ぼくは今すぐとりかからなければならない仕事がある」

「緊急の連絡は、連絡先を教えてくれれば、きみの容態を先方に伝えてやろう。それ以上のことは絶対許さん」

「もし、ぼくがそれでも出てゆくと云ったら?」

「警察へ連絡する。やくざ風の怪我人が脱走したと云ってな」

牧は毛むくじゃらな医者を見上げて苦笑した。

「わかりましたよ。こんなのんびりした土地に、あんたみたいなハードボイルド・タッチの医者がいるとは思わなかったな」

医者もにやりと笑い返した。

「強情なのはおたがいさまだ。それに、ここはのんびりした温泉町じゃない。ヌード・スタジオと売春宿の権利を争って、やくざどもが騒ぎばかり起している。おかげで、インターン時代に習った外科手術のおさらいがすっかりできたよ」

「断っておきますがね、先生。ぼくは常盤会にも張間組にも関係はありませんよ」

「そんなことはどうでもいい」

医者は注射器をしまって立ち上った。

「きみはおれの患者だ。云う通りに大人しくしていさえすればいいんだ」

そして、ふり向きもせず、病室から出ていった。

牧はそっと身体を起し、窓から外を眺めた。繃帯でしめつけられているせいか、頭が宙に浮きそのまま窓からふわふわと飛んで行きそうな気がした。窓の向うには湖がどんよりと夕陽を浴びて光っていた。湖というより、大きな沼という感じである。いかにも、食用蛙が喜びそうな濁った水だった。いずれ、この町の空気までが濁り、食用蛙のかわりに、やくざたちがいやな声を立てて、わがもの顔にふるまうことになるのだろう。

(しかし、どんな町にも取りえはあるものだな)

と牧は思った。

毛むくじゃらな顔の中で光っている、人なつっこい眼を想いだすと、自然に微笑が浮かんでくる。あの医者に身をゆだね、なにもかも忘れて、休養してみるのもわるくない考えだった。

窓から眼を離すと、牧はゆったりとベッドの上に横になった。

たしかに、その三日間はすばらしい休日だった。病室はせまく、ベニヤ板にペンキを塗っただけの周囲の壁は、この医院内のさまざまな歴史をもの語るしみでいっぱいだったが、牧には静かな安息を約束してくれた。

静かな——といっても、通りから聞えてくるけたたましい流行歌や、選挙の連呼は、薄い壁を通して聞えてくる。しかし、それは牧にとって、遠い国の雑音でしかなかった。

窓は通りには面していず、遠くに濁った湖とその背景の山々が見えるだけだった。湖の周辺にちらばっている旅館も、遠くから見ると、ひなびた点景と見えないこともない。

牧は終日、うつらうつらして過した。こうしていると、選挙も進藤も、常盤会も、焼き打ち事件も自分にかかわりのないことに思えてくる。ただ、由美のことだけが、ときおり牧の胸にかすかな痛みを伝えた。

医者は牧に対して、傷のこと以外はなんの関心も見せなかった。警察に届け出た様子もなく、牧が治療代を払ってくれるかどうか心配している気配も示さなかった。

一日に二度、病室を訪れて、傷の手当てをすますと、彼はさっさと病室を後にする。その三日間で、牧が顔を見たのは、医者と、食事を運んでくれる医者の妹と、通いの看護婦だけだった。そして、それがこの医院の構成人員のすべてらしかった。

三日目の夕方、夕食をすませた牧は窓の外を眺めながら、煙草を吸っていた。見るともなく下を見ると、せまい裏道を苦労しながら小型トラックが通ってゆく。トラックはひどい田舎道に身をゆすり、そのたびに拡声器の声を吐き散らしていた。

「選挙民の皆様、投票日はあと三日にせまりました。進藤羚之介は不慮の事件によって苦戦しております。どうか絶大なるご支援を……」

牧はじっとトラックを見下ろした。黒枠にふちどられた由美の写真が、トラックの横にはりつけてある。由美は田舎道の泥と埃りにまみれ、哀しそうに微笑していた。その上に、真黒に陽にやけた顔をほころばせ、大きく手をふっている進藤の姿が見えた。その大きな眼と眼尻に寄せた皺と、白く輝く歯が眼に見えるようだった。

「やっぱり、仕事が気になるかね?」

背後から声が聞え、牧はふりかえった。白衣の袖をまくりあげ、毛むくじゃらな手に新聞をもった鹿内医師が、扉口に立っていた。彼はゆっくり窓際に寄ってくると、トラックの方をあごでしゃくった。

「あれがきみの親分《ボス》なんだろう、牧君」

「ぼくは自分の仕事について、なにも云わなかったはずですがね」

と牧は答えた。

「これでも新聞ぐらい読むのさ」

と医者は云った。

「あの焼きうち事件は、近来にない大事件だったからね。加害者の一人である藤岡というちんぴらの行方がわからないことも、被害者の一人がその夜、病院からぬけだしたことも知っている。新聞によると、その秘書は藤岡の行方を探すために、病院をぬけだしたらしく、進藤氏はひどく心配しているそうだ。その秘書の名がきみと同じで、後頭部の裂傷も同じだとすれば、いくら浮世ばなれしたおれでも、察しがつこうと云うもんじゃないか……」

「なるほど、それでも警察や進藤氏のところへ連絡しなかったんですか？」

「きみの様子がどうも、自分の居場所を知られたくないようだったんでね。知らせる必要があれば、傷が治ってから、きみが自分で知らせるさ」

医者は牧の顔を見ず、田舎道を通って視界から遠ざかるトラックをじっと眼で追っていた。

「選挙もあと三日でお終いか……」

「先生はどうやら、政治には無関心な様子ですね」

と牧が訊ねた。

「ああ、あまり熱意を感じている方ではないな」

濃い眉毛の下の眼をしばたたかせながら、医者は答えた。

「投票するのは革新政党だが、それも大した期待を持ってではない。いわば、若い時の郷愁みたいなものさ。これでも、終戦直後は、日本にもすばらしい政治が生れるという期待に燃えたこともあったんだがな……」

自分の過去の姿をまさぐるように、彼は不精髭をなでた。

「この年齢になると、具体的な政策も持たず、ただ政府のやることに反対ばかりしている万年野党のマンネリズムに情熱を感じることはできなくなった。そうかと云って、うす汚い派閥争いを眼のあたりにしては、保守派に票を入れる気はしない」

「あなたみたいな人に愛想をつかされては、政治もおしまいだな」

「みんな愛想をつかしているのさ。政治はわれわれの手を離れて、専門家の手にうつされてしまったんだ。われわれが政治にタッチできる時代はもう永久に来やしないだろう」

トラックはもう見えなかった。拡声器の声だけがかすかに耳に残った。選挙が終れば誰も政治の姿を直接見ることはできない。ただ政治家たちがわめき散らした公約だけが、かすかにかすかに選挙民たちの耳の底に残っているだけだ。

遠井派と進藤の激しい争いも、もうすぐ噂する人間はいなくなるだろう、と牧は思った。そのために、血を流した人間のいたことなど、誰もがすぐ忘れてしまうのだ。

「ここにいると、政治など必要じゃない気がしますね」

と牧は呟いた。

「患者として、病室に閉じこもっている限りはな」

と医者は云った。

「しかし、ここで生活すれば、いろんな意味で政治が必要になってくる」

「明日からは、ぼくも患者ではなくなるわけですからね」

牧が笑いながら云うと、医者はかすかに眉をしかめた。

「退院の予定を少し早めなければならんようだな」

手に持っていた新聞をひろげて、医者はベッドの上に置いた。

『行方不明の放火犯、死体で発見』という見出しが、牧の眼に入った。新聞を手にとると、むさぼるように牧は読みはじめた。

藤岡の死体は、富沢市の真中を流れる、天野川の下流で発見されたのだった。現場は切りたった石堤の真下で、藤岡は胸部を後ろから刺された上に、石堤から突き落されたらしい。通行人が発見したのは午前六時と新聞は報じていた。

『当局はやくざだった藤岡の身辺を洗うと同時に、焼き打ち事件の当夜失踪した牧良一さん(三十一歳)を重要参考人として、その行方を……』

「こうなっては、きみも警察へ顔を出さないわけにはいかんだろう」

医者の静かな声が聞えた。

「そうですね。ぼくがのんびりしている間、世間は待ってくれなかったらしい」

「三日間の静養を命じたおれがわるかったかな。しかし、そのおかげで、きみのアリバイははっきり証明できるんだぜ」

「先生をうらんじゃいませんよ」

牧は医者を見あげて、微笑した。

「おかげで、事件のことを冷静にみつめることができましたからね」

「止むを得ず退院を許可するんだからな、あんまり無茶をして、縫ったところがまたほころびても知らんぞ」

医者は牧をにらんでから、毛むくじゃらな手で牧の肩をたたいた。

第八章　砕かれたもの

三輪警部補は眠ったような顔つきで牧の話を聞き終った。禿げあがった額の上に、大粒の汗がにじみ出てきたきりで、最初から最後まで、ほとんど表情を変えなかった。

その額の汗をあまり清潔ではないハンカチでぬぐいとり、彼はほっと溜息を吐いた。

「わかりました。早速、その鹿内医院の方に問い合わせてみましょう」

警官を呼び、何事か低声で命じると、牧の方を向いて、ポケットからくしゃくしゃの煙草をとりだした。

「まあ、一服やりませんか」

牧は、頭を下げて一本ぬきとった。煙草は警部補の汗で少ししめっているような感じだった。

煙を吐きだしながら、牧は訊ねた。

「岩淵からその後なにか訊き出せましたか？」

「いいや、あの男には手こずっていますよ」

警部補は折れかかった煙草を、太い指先で真直ぐに直そうと苦心していた。おそろしく不器用な男らしく、ようやく真直ぐになった煙草は、力強い指のせいでほとんど中身がテーブルの上にこぼれてしまっていた。

おそらく、この男は容疑者を訊問する時にも汗を流し、さんざん手こずるのだろうと牧は思った。

「何度訊問してみても、堂々めぐりでね。結局、進藤は怪しからん男だから、自分の意志で天誅を加えた、誰の命令も受けておらん、とこうですわ。一種の気狂いだから、手のつけようもない」

「それで、警察もそっとしておくわけですか?」

牧は皮肉に訊ねた。

警部補は、その皮肉が通じた様子もなく、真直ぐにした煙草を満足そうに見つめ、火を点けた。

「あの男がヒントを受けた総合雑誌ですがね……」と警部補はのんびりと煙を吐いた。「あんな高級なもんを、しかも、かなり古い号の雑誌を岩淵が今更とりあげたのは妙だと思って、どこから手に入れたと問いつめてみましたよ」

「どこから手に入れたんです?」

「はじめは、自分で買ったんだと云ってましたが、そのうちに白状しました。あれは彼の家へ郵送されてきたらしいですな。送り主の名は不明だし、その包装紙もみつからんが、事件の一週間ほど前に送られてきた」

「ほう、すると、それにヒントを得て、岩淵が焼き打ちの計画を立て、清水と藤岡を誘いこんだ……」

「いやいや」

警部補は首をふった。

「その雑誌が着いて二、三日すると、清水と藤岡が皇道報国連盟の本部——といっても、岩淵の自宅ですがね、そこへたずねてきて、進藤の邸を焼き打ちしようと持ちかけた」

「と云うと、岩淵が主犯ではないんですか」

「彼自身は自分が主犯だと云い張っているが、つまらん見栄でね、実際は藤岡たちに利用されたんですよ」

警部補はもう一度、吹きでた額の汗をぬぐい、そのついでに、禿げあがった具合いを手で確かめて、いたましそうな顔をした。

「バカな男ですよ。いい年齢をして、自分が一番つまらない役割をやっていることに気づいてもいない……」

牧はそう呟いている警部補の顔を改めて見直した。その顔は相変らず無表情だったが、その中に人間らしい感情が流れているのが、今度ははっきりわかった。しかも、警部補は流した汗を決して無駄にしないだけの実績を着々とあげているらしい。

「清水と藤岡が岩淵に持ちかけたのだとすると、その二人を背後からあやつったやつがいそうですね」

牧の問いに、警部補の細い眼がキラリと光った。

「あなたは、それを知りたくて、病院をぬけだしたんじゃないんですか？　おかげでわれわれは捜査上、非常に迷惑した」

と云って、眼の光を消し、にこりと笑ってみせる。

「と云うほど迷惑したわけじゃありませんがね。一応、あなたの話は聞いてしまった後だったし、面通しをしてもらうはずの清水は死んでしまったからね」

「清水はやっぱり助からなかったんですか？」

警部補はうなずいた。

「頭蓋骨骨折と脳内出血じゃ、医者も手のうちようがありませんや。おかげで、ひと言も手がかりがつかめなかった」

「しかも、藤岡も死んでしまった。こうなると、捜査も行きづまりでしょうな」

「正直に云うと、現在のところ、ちょっと手づまりというところです。病院をぬけだしてから、なにか手がかりがつかめなかったか、あなたにお訊きしたいぐらいだ」

警部補は笑いながらそう云ったのだが、牧は鋭い視線がじっと自分に注がれているのを感じた。

「いや、こっちは素人ですからね。そんな大望を抱きやしません。ちょっと青沼まで傷養生にいっただけですよ」

「傷養生にね」

警部補は煙草を灰皿の中に押しつぶした。

「傷養生に行くのに秘書を辞めなければならんのですか」

「そのために秘書を辞めたわけじゃない。あの事件に責任を感じたから辞めたんですよ」

「しかし、青沼では傷養生にならんかったようですな。鹿内医院へ入院したところをみると」

「どうもそそっかしいたちで、桟橋のところで転びましてね」

牧もポケットからハンカチをとりだして、額の汗をぬぐった。

「暑いですか。窓でもあけましょうか」

警部補は立ちあがって、調べ室の窓を開けた。

「実際、こう残暑がきつくちゃかなわん。われわれの商売も楽じゃないですよ。のらりくらりと云い抜けをする容疑者を相手にしていると、余計に汗が出てくる」

それが牧に対する皮肉なのかどうかは、その汗のしみ出た大きな背中から読みとる術はなかった。

扉が開き、私服の刑事が入ってきて、警部補の耳になにかをささやいた。警部補はうなずき、「ちょっと失礼」と牧に云い置いて部屋を出ていった。

牧は自分の煙草に火を点けると、立ち上って窓際へ寄った。窓から吹きこむ夕風はかすかに秋の気配を感じさせ、冷たく心地よかった。風に吹かれながら、牧は今警部補から聞いたことと、自分で集めた情報とを整理し直してみた。岩淵に雑誌を送ってきたものと、藤岡たちを背後からあやつっていたものとは同一人物にちがいなかった。そして、その人物は、常盤会の長田から聞いたところによれば、張間組の田所ということになる。

しかし、張間組はなんのために、進藤の邸を焼かなければならなかったのか？　そんなことをして、どんな利益があるというのか？

　遠井派から頼まれたという推理も成り立ったが、常盤会と張間組の両方をあやつる危険を遠井が犯すとは思えなかった。

（どうしても、張間組の田所と会ってみる必要があるな）と牧は心に決めた。

「やあ、お待たせしました」

　警部補がそう声をかけながら、部屋へ戻ってきた。

「鹿内医院の方とも連絡がつきましてね、あなたのアリバイの証明ができましたよ」

「ほう、それじゃあ、ぼくはようやく容疑者ではなくなったわけですか？」

「実を云うと、あなたのアリバイは必要でなくなったんです」

　警部補は大きな手で、照れくさそうにあごをなでまわした。

「それはまた、どうして？」

「藤岡殺しの犯人が自首してきたんですよ。河原組という地元のやくざの三ン下でね、伊藤敬次郎というやつですが、なんでも、藤岡にばくちの貸しがあって、それをいつまでも返さないものだから、昨日の晩、『りんどう』というバーで顔を合わせた時に催促して、口論になり、やっちまったんだそうです。ついさっき、河原組の若い者頭と一緒に自首してきましたよ」

「河原組が……？」

　と呟いた牧を、警部補がじっとみつめた。獲物の気配に利き耳をたてる大きな猟犬の顔に似ていた。

「河原組だとなにかおかしなことでもありますか?」

「え?　いや……」

牧は口を濁した。

「ぼくはまた、例の事件の黒幕が藤岡の口を閉すためにやったのかと思っていたものだから……」

「うん、わたしもそう思ってましたがね、『りんどう』のマダムの所へ行って裏をとってきた連中の話でも、そこで藤岡と伊藤が口論したことは事実らしいですな」

そこで、警部補は首をひねった。

「しかし、どうもわたしの勘では、まだその奥になにかある気がして仕様がない。伊藤ってやつを洗ってみたら、その辺がわかるかもしれませんがね。それとも、永年、この商売をやってきたせいで、疑い深くなっているのかな?」

牧はそれ以上、警部補の猟犬のような眼で見られるのはごめんだった。ここで張間組のことをもらせば、この警部補はたちまち真犯人を嗅ぎだすかもしれない。しかし、それではこの事件の真相を自分の納得のゆくまで手中にしてみる機会は永久にやってこないだろう。

「それじゃ、ぼくはこのまま失礼してもよろしいでしょうな」

なるべくさりげない声が出るようにと祈りながら、牧は云った。

「ああ、結構です。どうもご苦労さまでした」

警部補は大きな身体を窮屈そうにかがめて、丁重に一礼した。

県警本部の玄関から出ると、牧は軽く深呼吸した。手強い相手と徹夜で丁半を争ったあとのように、身体の底に疲労が沈んでいる。

舗道を歩きながら、ふりかえって見ると、県庁の窓はすっかり灯が消えていたが、その横の県警本部では、まだほとんどが灯をともしていた。その窓のひとつから、警部補がじっと自分を見下ろしているような気がして、牧は足を速めた。

市電の線路に沿って、百メートルばかり歩くと、盛り場の灯が見えた。三日間を青沼の小さな病室で過した牧の眼には、それがひどく華やかに感じられた。まだ九時を過ぎたばかりで、盛り場はかなりなにぎわいを見せている。

牧はしばらく盛り場を歩いてから、喫茶店に入った。そこは新聞社に近く、記者たちがたまりにしている喫茶店だった。ほとんど満員に近く、牧はようやく隅の方に席をみつけた。

運ばれてきたコーヒーは舌に沁みるほどうまかった。久しぶりのその味を、牧はゆっくりと楽しみながら味わった。

しかし、隣りにすわっていた男たちの会話が、聞くともなしに耳に入り、牧はカップをテーブルに置いた。

「なんや、カーやんは本部かいな」

「そうや、藤岡殺しの犯人《ホシ》が自首しよったそうな」

「チェッ、今晩はゆっくりもんでやろう思ったのに」

「犯人が検挙《あが》ったとなれば麻雀どころやないわ」

男たちは、社会部の記者らしかった。

「河原組のもんやて、それなら焼きうちと関係なしか」

「まず、関係なしやな。とにかく、焼きうちした三人がこれで片づいたわけやさけ、死んだ進藤のおかみさんも浮かばれるやろ」

「浮かばれるのは進藤羚之介の方やろ」

一人が冷笑を含みながら云った。

「とにかく、あの事件で同情票がごまんと入るさけな」

「まあ、かあちゃんが死んどるんや、それぐらいのことがなくちゃ、ワリに合わんやないか」

「しかし、黒枠つきの写真を利用するのは、いくらPR好きの進藤でもあくどすぎるぞね」

「選挙民いうもんは、それぐらいあくどくやらにゃ、ピンと来んのや。とにかく、そのPRのおかげで、遠井と進藤の勝負はついたようなもんや」

牧は眼をつぶって、その会話を聞いていた。それから、静かにコーヒーを飲みほすと、すぐに喫茶店を出た。

店の前に、青く塗ったボックス型の公衆電話がある。その中へすべりこむと、牧は進藤の選挙事務所へ電話をかけた。

進藤はさいわい、事務所にいたらしく、すぐに響きのある太い声が受話器から流れてきた。

「やあ、牧君か。どうしておったんだ」

と進藤は云った。

「怪我も治らんうちに出ていったりして、心配するじゃないか」

「心配をおかけしてすみません。しかし、病院でも申しあげた通り、あの事件をつきとめるまでは、どうしても自分の気がすまないものですから……」

「その気持ちはわからんでもないが、しかし、今県警の方から連絡があって、藤岡殺しの犯人が捕ったと云ってきた。これで、一応、事件は終ったも同然だ。それ以上、きみがやることはない。そんなことは警察に任せて、もう一度、おれのところへ帰ってこないかね」

「いや、申し訳ありませんが、もう少し自由にしておいてくれませんか。ぼく自身でもう少しつきとめてみたいことがあるんです」

「強情なやつだな」

進藤の声に苦笑がこもっていた。

「まあ、仕様がないだろう。しかし、気がすんだら帰って来いよ」

「選挙の方はいかがですか?」

と牧は訊ねた。

「ああ、その方は心配ない。資金の方も加倉井さんの骨折りで売り手のめどがついたしな。あの事件がかえって幸いして、遠井派を大分ひきはなしたようだ」

「そうですか、それはよかった」

そう云って、牧はしばらく黙った。それから、ゆっくりと云った。

「進藤さん、お願いがあるんですが、聞いていただけますか？」

「なんだね、改って。云って見たまえ」

機嫌の良い声で進藤は答えた。

「実は、由美さんの写真のことですがね。もう大勢がこちらに有利だと決った以上、トラックに貼っておく必要はないでしょう。下ろしていただくわけにはいきませんか」

怒った返事を予想していたのだが、受話器から流れてきたのは、意外に沈んだ声音だった。

「そうか、牧君、おれがわるかった」

と進藤は云った。

「いくら苦戦しても、由美の写真を持ちだすべきじゃなかった。きみに云われて、はじめて気がついたよ。早速、明日からとり外させることにしよう」

「ありがとうございます」

そう云いながら、進藤に対するなつかしさが、牧の胸にこみあげてきた。

「礼を云うのはこっちだよ。やっぱり、きみはおれにとって、なくてはならん人間らしいな。帰ってきてくれるのを待ってるよ」

「あと二、三日待って下さい。あなたの当選が決まる頃には、ぼくも良い報せを持ってゆけるでしょう」

牧は電話を切った。ボックスから出ると、いきなり手をつないだアベックにぶつかった。二人だけの幸福を突然絶ち切られた男女は、非難の眼ざしで牧を眺めた。日頃はなんでもないそんな眼つきが、今はひどくこたえた。

「失礼」

ぶっきらぼうにあやまると、牧は大またで舗道を歩いていった。ふいに、自分が群を離れた家畜のように感じられた。自分自身の意志で群をはなれながら、またその群に還りたがっている家畜だ。

通りがかりのタクシーをとめると、牧は小枝子の家の方角を運転手に告げた。

食卓の上には、あり合わせではあったが、家庭の匂いがする小枝子の手料理が並べられてあった。

小枝子はうれしそうに、もう一杯、ビールを注いだ。

「ほんとにひどい人ね」

と彼女は云った。

「青沼で三日間も病院にいたくせに、わたしのことを忘れているなんて」

「忘れていたわけじゃないさ、ただ連絡の方法がなかっただけだ」

牧は一気にビールを飲みほした。ビールは旨かった。しかし、一日の勤務を終り、食卓に寛いで一杯のビールを飲むことができるのは、遠い未来のことにちがいなかった。

会社であった出来事を話すサラリーマンのように、牧はすべてのことを小枝子に話した。小枝子は時おり、細い眉をひそめながら、一言も口をはさまず聞き入っていた。この男のことならどんなことでも興味があり、どんなささいなことでも聞き逃すまいという真剣な表情だった。

藤岡が伊藤と口論したあげく殺されたことを話した時、はじめて小枝子は口をはさんだ。

「その『りんどう』ってバー、お艶さんのところじゃないかしら……」

「きみはバーのマダムを知っているのか？」

「ええ、東新地から出ていた時に、しょっちゅう一緒だったもの」

「ふむ、それで、誰の世話でひかされたんだい？」

そう牧が訊くと、小枝子はふいにおびえた眼つきで牧をみつめた。

「いや」

と彼女は云った。

「教えない」

「どうして？」

「それを聞けば、あなたはまた危いところへ一人で行ってしまうでしょう。だから、教えたくないの」

「そうすると、そういう男にひかされたわけか」

牧は小枝子の手をとって、力まかせにひきよせた。小枝子は上体をくずし、牧のひざの上にしなだれかかった。

「常盤会の長田か？」

あおむいた白い顔がいやいやをするようにかすかにゆれた。眼をつぶり、唇はなにかを待っているように息づいている。

「ちゃんと教えてくれるまで、キスはおあずけだぜ」

牧が云うと、その閉じられたまつ毛の下からみるみる涙があふれだし、頬を伝わった。それは、どう見ても、男に仕えることしか知らない女の顔だった。旦那の眼を盗み、恋人とホテルで大胆な逢いびきを楽しんだ女の面影は、もうどこにもなかった。ただひたすら巣を守り、良人の帰りを待ちわびている可愛い女の顔がそこにあった。

牧は小枝子の変貌ぶりに眼をみはった。演技ではなく、見事に変身してみせる女の性《さが》が羨しくもあった。

「心配するなよ」

と牧は云った。

「おれだって、また頭を縫い直すのはぞっとしないからな。今度はちゃんと気をつけるよ」

小枝子は眼を開いて、牧をみつめ、やっと唇をほころばした。

「ほんとう?」

「ああ、ほんとうだ」

「じゃ、教えるわ。田所さんよ」

「張間組の田所か……」

牧の背すじを不気味な戦慄が走った。

「いやよ」

小枝子は起きあがると、両手で牧の顔をおさえ、自分の方を向かせた。

「ほら、すぐに、どこかへ行ってしまいそうな顔をする」

牧は小枝子の手をはずすと、そのまま抱き寄せ、接吻した。すぐに熱い舌が唇の中に忍びこみ、それで牧をつなぎとめようとするかのように、彼の舌をまさぐった。

「わかったよ」

唇を放して云った。

「今夜はきみのことだけ考えることにしよう」

「今夜だけなのね。明日はまたあたしから離れてどこかへ行ってしまう気なのね」

小枝子は不満そうに呟いた。

「残念ながら、まだきみに縛りつけられるわけにはいかないんだ」

牧はわざと硬い口調で云った。

「東京へ行く日までは、そういう約束じゃなかったのか?」

「ごめんなさいね」

その言葉にうちのめされたように、小枝子は顔を伏せた。

「あたし、いい気になりすぎたわね。奥さんでもないのに奥さん気どりになったりして」

沈んだ声が牧の胸に突き刺さった。

都合のよい時にだけ、小枝子の巣に暖まりに来る自分が、ひどく汚らしく感じられた。牧は小枝子をもう一度抱きよせた。偽りの情熱でもよいから、そんな自分を忘れさせてくれるものが欲しかった。

豊満な乳房に顔を埋め、右手でなめらかな小枝子の腿をさぐった。小枝子は小さな叫びをあげ、身体をぴったりと押しつけてきた。牧は自分も小さな叫びをあげ、身体をふるわせることができたらと思った。汚らしい自分を忘れられるような情熱は、なかなかやって来なかった。

もっと深い自己嫌悪がおそってくることを予想しながら、牧は小枝子をダブル・ベッドへ運んだ。小枝子は牧の心の中に閉ざされた部分があるのを見抜いたように、はげしく彼を求めた。閉ざされた部分を溶かすのには、自分の身体を使うしかないと思いつめているような動作だった。牧はそんな小枝子を可愛いと思った。はじめて、彼女のすべてを自分のものにしたいという衝動が、牧の身体を突きぬけていった。

二人があえぎをとめたとき、牧は意外にも自分が安らかな疲労の中に身をゆだねているのを感じた。母親の腕の中に抱かれているような、甘い安心が彼をくすぐっている。

小枝子の巣の中で、ようやくおれも眠れるようになったのかと牧は思った。

翌日の午過ぎまで存分に眠ってから、牧は街へ出ていった。もうすぐ投票日を迎える街は、選挙の拡声器の声がどこでも候補者の名をがなり立てていた。

タクシーを拾うと、牧は進藤の邸の方へ行ってくれと命じた。

「進藤さんも、今度はえらい目に会ったもんやね」

初老に近い運転手は車を走らせながら、話しかけてきた。

「実際、遠井もひどいことをやるもんや」

「焼き打ちをしたのが遠井派だということがわかったのかね？」

牧は驚いて訊ねた。

「いや、そんな証拠はないけんど、遠井派がやったんやろ云うことは、みんなが云ってますわ。第一、遠井いう男は、昔は鍋町の米屋の丁稚やった男で、東京へ行ってどれだけもうけたかしらんが、進藤さんと生れがちがうさけ、やることがあくどいわ。進藤さんはずっとこの街においでた人やし、遠井は他国者《よそ》同然の男や。なにやるかわかったもんやない。あんなもんを、国会議員にならせて、威張りくさられてはかなわんわ」

「いったい、そんなことをどこで知ったんだい？」

牧が訊くと、運転手はちらとバックミラーで牧の方をみやった。

「われわれはこういう商売やさけ、そういう町の情報はいくらでも入ってくるわ。若い連中は組合の云うとおりに、革新党へ入れるやろけど、わしらはやっぱり、この土地の人間に投票しますわな。特に、今度みたいなめにあった進藤さんが落ちるようやったら、ここももうおしまいや。なんでも、警察も遠井の金でまるめられとるいう話で、それであの事件もうやむやになってしまったんやそうな」

牧は今さらながら、進藤と加倉井の選挙戦術の巧みさに驚嘆した。彼らはこの土地の人間の偏狭な愛郷心と、あの焼き打ち事件を結びつけて、適確に同情票をかせいでいるのだ。

車は弓矢町の中を通り、進藤の邸へ近づいていった。武家屋敷の名残りをとどめる土塀にも無残に選挙用のポスターがべたべたとはられてある。

進藤の邸は外から見ると、事件の前と全然変らなかった。塀の一部と門に焼けこげの跡がみえるだけで、その中には相変らずどっしりとした武家屋敷が、来訪者を見下すように豪然とかまえているような錯覚に襲われる。

車を降り、門をくぐって庭内へ足をふみ入れると、いきなり地面をゆする轟音が耳に入った。轟音の主はブルドーザだった。

牧は目をみはった。中には焼けこげた邸の残骸があるものと思っていたのに、そこはただきれいに整地された土地があるだけだった。

かつては苔むした大石が横たわり、松が風雅な影を落としていた内庭も、築山とともにただ平らな土のひろがりに一変している。

牧はしばらく呆然として、そこにたたずんでいた。その前を、西山建設と横腹に書いたブルドーザが牧の感傷をふみくだくように轟々と通っていった。

「あんた、なにか用かね?」

黄色いヘルメットをかぶり、作業衣を着た男が、うさんくさそうに牧を見ながら近づいてきた。

「いや、ここに前にいたことがあるものですがね……」

と牧はあいまいに云った。

「ちょっとのぞいてみたら、あんまり変っているんでびっくりしましたよ」

「ほう、ここを前に見たことがある人なら、びっくりするのもむりないわな」

男は陽に焼けた顔をブルドーザの方へふりむけると、まぶしそうに眼を細めた。

「おれたちでも、この庭をつぶすときには、勿体ないなと思ったもんや。落ちついた、いい庭やったがな。まあしかし、アパートをつくるのに、あの庭はいらんさけにな」

「ここにはアパートが建つんですか?」

「ああ、そうや。もう二、三日中に建物の工事もはじまるやろ」

誰かが大声で男の名を呼び、男はそれに応えて右手をあげるとそっちへ行ってしまった。

牧はきらきらと陽を反射している土くれをみつめていた。それは陽光をはねかえして歩いてゆく由美の小麦色の脚を思いださせた。玄関までの小道の上を、由美は歩いていったのだ。

由美にまつわるすべての思い出がその土の下に埋められてしまったと牧は思った。ここではもう未来が始まっている。しばらくすれば、ここには何棟もの小綺麗なアパートの群が立ち並ぶだろう。人々はその中でそれぞれ幸福な家庭を築くことに熱中し、その建物が墓標のように見える人間もいることには、永久に気づきはしないだろう。

牧は静かにそこへ背を向け、門の外へ歩いていった。

夜になってから、牧はもう一度町へでた。『りんどう』をみつけるのはわけはなかった。小さな街での事件は、すぐにみんなの耳に伝わるのだ。通行人に一度訊いただけで、牧はすぐにステンド・グラスまがいの表面にりんどうの花をあしらったバーの扉を押すことができた。

小さなカウンターにすわって、ハイボールを一杯飲んでから、何気ない調子でバーテンに訊いた。

「ママはまだ来ないかね？」

まだ稚な顔の残っているバーテンは、ちらと時計を見ながら答えた。

「いつもなら、もう来る頃なんですがね」

水色のドレスを着た女がカウンターに寄ってきて、意味ありげに牧をみつめた。

「あら、ママは、警察でさんざんうるさいことを訊かれて、頭が痛くなったんやて。今日はお休みよ」

女の顔は五つほど年齢を若く見せようと苦心した跡が残っていたが、その計画は半分も成功していなかった。

「あんたも、刑事さん？」

小皺がみえるほど顔を近づけて、女が訊ねた。

「いや。ただの弥次馬だよ。おとといの晩ここで殺されたやつがいるって聞いたんで、やってきたんだ」

「いややわ。ここで人が殺されはったんとちがうんどっせ」

女のわざとらしい京都弁が、べっとりと牧の耳にはりついた。牧は耳をぬぐいたいのを我慢して、身を乗りだしてみせた。

「へえ、きみもここにいたのかい？」

「そりゃ、つとめやさかいに」

「どうだい、その時の様子を話してくれないか」

女は急にカン高い嬌声をあげた。

「まあ、この人、ほんまに弥次馬やわ。でも、こんなカウンターではくわしい話はできへんやろ。あっちのボックスへ行て、飲みまひょいな」

すさまじい流し眼が牧の顔にまともにぶつかってきた。牧はカウンターにしがみつきそうになる両手をひきはがして、立ちあがった。

「よし、奥へ行って話を聞こう」

奥のボックスにすわると、女はぺたりと牧の横にくっついた。

「あんた、男前やわ。ちょっと眼がきついけど、現代的な顔してはる」

「わかったよ。眼つきがわるいから刑事と間違えたんだろう。それより、さっきのことを話してくれよ」

「ほなら、のどをしめしてからやわ」

ホステスはバーテンを呼んで、牧のハイボールと自分のカクテルを頼んだ。あっと云う間に、飲みものとオードヴルがテーブルに運ばれた。

カクテルは、縁日のミカン水のようにあやしげな色で、オードヴルは得体の知れない代物が皿の中に転っていた。

女は水っぽいカクテルを、ウォツカでも飲みほすような大げさな表情で飲みほすと、ようやく話しはじめた。

「あの藤岡という男が入ってきたのは、もう十二時近かったわ。藤岡の顔を見るなり、ママがえらい権幕で、怒鳴りつけたけど、あの人は平気でにやにや笑ってるばかりや」

「どうして、ママが怒ったのかね？」

「よう知らへんけど、あたしのにらんだとこではこうやないかと思うわ」

女のあまりよく見えそうもない眼を見て、牧は頼りなく思いながら訊ねてみた。

「どうなんだい？」

「あの藤岡いうのと、ママは良いことしてたんとちがうやろか。だって、『こんなとこへ出てきちゃだめや、家でじっとしてなさい』って云ってたもん。きっと、旦那に内証やったのがバレると思うて、あわてたんよ」

「なるほどね。それでも、藤岡は帰らなかったんだろう？」

「心配ねえよって云ったきり、平気でウイスキーを飲んでたわ。そのうちに、河原組の連中が外からすっと入ってきて、あの人をとりかこんだの」

「やつはどうした？」

「それでも、平気な顔ですわってたわ。すると、河原組の人が、藤岡の耳もとでなにか云うたんよ。まるで、藤岡の子分みたいに腰をひくくして、頼んでるみたいやった。そしたら、藤岡がいきなり怒りだして……」

女は牧の首に手をかけ、頰を寄せてきた。

「ねえ、もう一杯、飲んでもええやろか？」

「驚いたな」

と牧は云った。

「きみは肝心のところへ来ると、ガソリンが切れるらしいな」

うふんと鼻を鳴らすと、女は勝手にカクテルを注文した。カクテルは前よりも早く、テーブルの上に現れた。いろんな酒をミックスしているひまは、とてもなさそうな早さだった。

「きみんところは、カクテルを樽でおいてあるんじゃないか」

と牧は笑いながら云った。

「こうせな、うちらの収入にならへんのよ。ドリンク制やよって」

皿の上にあるあやしげなものを楊子でつつくと、女は牧の鼻先につきつけた。それは、どうみても、なにかの動物の糞としか思えなかった。

「なんだい、こりゃ?」

「タニシのつくだ煮やわ。おいしいえ」

みやびやかな言葉とはおよそ似つかわしくない手つきで、彼女は自分の口の中へそれを放りこんだ。

「タニシのサービスはもう結構だから、先を話してくれないか」

うんざりしながら、牧はうながした。

「藤岡いう人がえらい怒りはったとこまでやったな」

女はタニシの汁のついた指先をなめた。

「それで、大声で文句を云ったんや」

「なんて?」

「約束がちがう云うてはったわ。それなら、おれにも覚悟があるて。それを河原組のお人たちが、一生懸命なだめて、ようよう、藤岡はんを外へ連れだしはったんや」

「すると、ここでは立ちまわりはなかったのかい?」

「あんたには、えらい気の毒やけど、そんな派手なことはなかったんよ。でも、表へ行ってから、また喧嘩をしたんやろな。河原組の人たちが大人しゅうしているのに、藤岡がむちゃなことというさかい、刺したんとちがうやろか」

「なるほどね」

牧はそう合槌をうちながら、藤岡が最後に云ったという言葉にこだわっていた。

藤岡は張間組の田所に命じられて、焼きうちをやった。そして、その後で、田所の世話になっている艶子の家に身をひそめていた。しかし、若い藤岡はいつまでも家に閉じこもっているのにあきあきして、『りんどう』に飲みにやってきた。そこで、以前に賭金の借りのある河原組の伊藤にみつかり、口論になって刺された……。

その最後の推理はどうも気に入らなかった。賭金を貸している方の河原組の連中が下手に出て、借りている藤岡の態度が威丈高だというのはおかしな話だ。しかも、藤岡は約束がちがうとか、覚悟があるとか云っていたという。

これは、むしろ河原組が張間組の依頼を受けて、藤岡を表へ連れだしたとみる方が妥当だった。おそらく、田所は直属の張間組の人間を使って、藤岡と張間組とが一本の糸でつながっていることを警察にたぐらせないために、河原組を使ったにちがいない。

張間組と河原組の間に、どういうつながりがあるのか、それを確かめてみるのが先決だなと牧は思った。

自然に、細いズボンをはき黄色いジャンパーを羽織った男の姿が眼に浮かんだ。

(すぐに、モグラにそのことを訊いてみよう)

そう思いつくと、牧はすぐに腰をあげた。

「あら、もうお帰りになるの?」

色つき水のカクテルですっかり酔っぱらったふりをしていたホステスは、急に酔いがさめはてた声を出して、牧の手にすがりついた。

「ねえ、もっとごゆっくりしていってほしいわ」

女の両手は救命ボートにしがみつく遭難者のように、必死の思いがこめられていた。

「たいした立ちまわりもなかったのに、この上カクテルをおごらされたんじゃ、かなわんからな」

そう云って、牧は片手でポケットをさぐり千円札をぬきだすと、女の胸の間へさしこんだ。

「あら、うれしい」

女はすぐに手をはなし、胸を押えた。

勘定を払うと、牧は扉を開けた。入口まで送ってきた女が、思わせぶりにうしろから牧の肩に頰をのせ、ウインクしながら、「また、来てね」と云った。

舗道へ足をふみだし、牧はほっと一息ついた。店の中から、レコードの音楽が流れてくる。女の声が、"Don't come back again, sweetheart"と呼びかけていた。

牧はその警告を心からありがたく受けとることにした。

その晩は、事務所の近くで見張ってみたが、モグラの姿は見かけなかった。電話も何度かかけてみたが、居所はわからなかった。

翌晩の十一時すぎに、牧は以前にモグラと会った例の川っぷちの小料理屋から、もう一度、常盤会の事務所へ電話をしてみた。

電話に出たのは、若々しい男の声だった。

「グズモグラに用事だって?」

と男は意外そうに訊き返した。

「そうだ」

と牧は答えた。

「あんたは、誰だい?」

「モグラの友達《ダチ》だよ」

「へえ、モグラに友達《ダチ》がいんのかよ……」

「モグラに友達《ダチ》がいたら、どうだって云うんだ?」

牧はやくざっぽい調子を誇張して云った。

「いや、別にどうってことはねえけどよ」

男は電話口でげらげら笑っていた。

「モグラの友達《ダチ》っていうと、ネズミかなんかかと思ってよ」

牧は苦笑した。その通りかもしれなかった。人々から情報を嗅ぎ漁り、うろちょろ、らちもなく走りまわるドブネズミだ。

「ちょっと待ってなよ、今、呼んでやらあ」

男が大声でモグラを呼んでいるのが聞え、それから、くぐもったモグラの声がひそひそと耳に入ってきた。

「おれだよ。牧だよ」

そう云ったとたんに、モグラの息をのむ気配がはっきりとわかった。牧はかまわず続けた。

「この間会った料理屋を知っているだろう。ちょっとおまえに訊きたいことができたんで、そこで待ってるよ」

「お、おれ行けそうもねえよ」

モグラのしぶい顔が眼に見えるような声だった。

「あんたと会うのは、おれ、ちょっとまずいんだけどな」

「冷たいことを云うなよ。なんなら、長田さんに会って、この間のことをしゃべってもいいんだぜ」

「わ、わかったよ、すぐに行くよ」

モグラはあわててそう答えた。

笑いながら電話を切ると、牧は二階の座敷へ戻って、ゆっくり飲みはじめた。三十分もしないうちに、モグラが精一杯不機嫌な顔をつくって、部屋へ入ってきた。

盃をさしても、その不機嫌な顔は直らなかった。

「やっぱり、あんた、長田先生んとこへ行ってこっぴどいめに会わされたんだってな?」

モグラは、牧のことを、もう兄貴とは呼ばなかった。

「さすがに早耳だな」

と牧は云った。

「それで、おれのことを心配していてくれたのか?」

「冗談じゃねえや。勝手に危《ヤバ》いところへ首をつっこむ野郎の面倒なんか見きれねえよ」

モグラはせせら笑いながら、膳の上の肴をつついた。

「ただよ、あの拳銃《ハジキ》を長田先生にとりあげられたのはまずいよ。おれの手から出たことがわかりゃしねえかと、ここんとこ、生きた空はなかったぜ」

「そいつは、わるかったな。おまえを心配させた詫びのしるしに、これをとっといてくれ」

牧はテーブルの上に五千円札をのせた。モグラはしばらくそれを、疑わしそうな眼つきでじっと見守っていた。

「またおれに、なにかやれっていうんじゃねえだろうな?」

「実は、もう少し教えてもらいたいことがある」

牧がそう云うと、モグラはうんざりしたように顔をしかめた。

その新しい紙幣のインクの匂いが、彼の恐怖を追い払ったのか、モグラはぴくりと鼻を動かした。

内ポケットから真新しい五千円札をもう一枚だすと、牧はさっきの五千円札の上に重ねた。

「そいつを教えてくれれば、もう一枚はずむぜ」

「そんなことだろうと思ったよ」

「知っていることを教えるだけでいいのかね？」

牧と紙幣と等分に見比べながら云う。

「おまえなら知っているだろう」

牧はモグラの盃に酒を充たし、安心させるように微笑んだ。

「おまえはこの間、土地のヤクザが関東とか関西の大きな組に吸収されていると云ったな。それなら、藤岡を殺《や》った河原組ってのは、どことつながりがあるんだ」

「河原組っていうのはよ」モグラは舌なめずりをしながら答えた。「大体この辺の興行を仕切ってたんだ。先代の組長の河原大吉って人は大した親分らしかったが、それが今年の春に死ぬと、跡目がいろいろとうるさいことになってね。結局、代貸しをやってた鍬野ってやつと、大吉親分の総領が角つきあって、二派にわかれた。はじめは総領の方が跡目の本筋だし、威勢がよかったんだが、鍬野が張間組のところへ駈けこむと、立場がすっかり逆になったんだよ。総領の方の子分たちはすっかりおじけづいて散り散《ブルカン》りになっちまうし、総領も土地にいられなくて、九州の方へ行っちまったって話だ」

「常盤会はその騒ぎには加わらなかったのか?」

「だってよ、河原組は興行関係の組だし、常盤会《うち》はパチンコ屋のあがりが主だからな。興行関係の縄張りってのは場ちげえのものが下手に手を出したら、もうけるどころか、とんだ火傷《やけど》をしちまわあな。張間組なら興行はお手のものだし、河原組をうまくあやつれるだろうけどよ」

たしかに、張間組の田所は河原組の連中をうまくあやつっているらしい。彼は河原組の役者を使って、藤岡殺しの興行をうってみたわけだ。

「すると、張間組はもうすっかり、河原組を自分の中に抱きこんでいるんだな?」

「そいつは間違いねえな」

モグラは紙幣の方をちらちら見ながら答えた。しかし、話が終るまでは手を出すわけにはいかないとあきらめたらしく、かわりに盃に酒を注いだ。

「けどよ」

盃をあけると、彼は云った。

「張間組ってな、やり方がうめえよ。うちらみてえに、地元のやくざの縄張り《シマ》をとりあげたら、そいつらをないがしろにするんじゃなくてよ、ちゃんとそいつらの顔が立つようにしてやってるんだ。そりゃあ、あがりのピンははねるんだろうが、それでも、以前にてめえたちでやっていたより、ずっと収入《みいり》がよくなるように考えてやるんだから。そいつらにすりゃありがたいわけだ。しかも、他の組と喧嘩《でいり》になりゃ、関西から応援《すけっと》は来るしよ。今までみたいにびくびくしないですむものな」

「なるほど、張間組はそうやって、縄張り《シマ》をひろげてるのか」

「とにかく、麻薬《ヤク》とか女とかってんじゃなくて、興行っていう大っぴらな商売《バイ》から銭が入ってくるから強いやな。興行だけじゃねえぜ。建築や不動産の方も手を出すらしい。現に、西山建設ってとこが、ひどい手形のパクリ屋にひっかかってあやうくだめになるところを、張間組が口を利いて、どうにか持ち直したっていうからな。なあに、はじめっから西山建設をのっとるつもりで、パクリ屋に手形をパクらせたのかもしれねえや。債権取り立て《サルベージ》の方のあがりも、張間組は相当なもんだって話だし……」

「ちょっと待てよ」

牧は緊張した面持ちでモグラをさえぎった。

「今、おまえは西山建設と云ったな」

「そうだよ、西山建設だよ」

牧の耳に轟々という響きがよみがえった。進藤邸の焼けあとを走りまわっていたブルドーザの音だった。カーキ色に塗ったその横腹にははっきりと西山建設と書いてあったのだ。

その西山建設が張間組の手ににぎられているとすれば……。

牧の身体を熱いものが駈けめぐっていた。

「どうしたんだよ、顔が蒼いぜ」

とモグラが牧の顔をのぞいた。

「いや、なんでもない」

盃をとりあげたが、いくらそんなものを飲んでも、酔いそうにもなかった。牧の顔から不気味なものを嗅ぎとったのか、落ちつかなそうに身体をゆすった。

「もう、おれは帰ってもいいかな？」

「ああ、こいつを持っててってくれ」

牧は二枚の紙幣をモグラにわたした。

「こいつはすまねえな」

とモグラはいそいでそれをしまいこんだ。

「じゃ、おれはこれで……」

ぴょこりと頭を下げると、たちまち、モグラは階段をかけ下りていった。

牧はそっちをふり向きもせず、黙って目をすえたまま、盃を重ねていた。いろんな顔が、彼の頭の中で現れては消えていった。それらの人間は手をつなぎあったり、殺し合ったりしてきたのだ。

牧は静かに頭をふった。最後に彼の頭に残ったのは由美とそれを死に追いやった人間の顔だった。

その時、階段から白い顔が浮かび、牧に向ってなにか話しかけた。

「え？」

と牧は訊き返した。

白い顔はこの料理屋の女中だった。

「あの、すみませんけど」

と女中は云った。

「もう看板なんですけど……」

牧は時計を見た。いつの間にかもう一時をまわっていた。立ちあがると、後頭部が急に痛み、思わず足がよろめいた。

階段を降り、外へ出るまで、その痛みは烈しくつづいた。頭の中でなにかが砕け、それが後頭部の傷をひろげたのかもしれなかった。

眼の前の川は、静かな音を立てながら、月の光をすべらせていた。牧は川のふちへ近づくと、その澄み切った水の中へ、胃の中のものを思い切り吐いた。

第九章　勝利と敗北と

翌朝になっても、後頭部の痛みはとれなかった。かすかにうめくと、牧は眼をあけた。何時間かは眠ったはずなのに、一睡もできなかった朝のように、頭が重かった。

まだ眠っている小枝子を起さないように、そっとダブル・ベッドからすべり降りると、カーテンを細目に開け、牧は久しぶりの朝の街に眼をやった。朝靄が黒い屋根瓦をぼうっとかすませている。街はまだ眠りからさめやらぬまま、静まりかえっていた。

一ヵ月余の選挙戦のあとで、ようやくとり返した静けさだった。

「もう起きたの……」

ものうい小枝子の声が背後《うしろ》から聞えた。

「まだ五時じゃない、ずい分早いわね」

そう云いながら、小枝子も起きて、牧の横に並んだ。

「なにを見てるの？」と彼女は訊ねた。

「屋根瓦さ」

と牧は答えた。

小枝子が低い声で笑い出した。

「なにがおかしいんだね？」

「だって、あなたは早起きすると、屋根瓦ばかり見ているんだもの。覚えていない？　Nホテルでも、あなたはそう云ったわ」

「覚えているさ」

忘れられるわけはなかった。あの時、牧はこの屋根瓦の列がみんな焼けてしまえばいいと思ったのだ。焼けてしまえば、そこから新しいものが生れるはずだと……。

たしかに、焼けあとからは、新しいものが生れてきた。それが今奇怪な花を咲かせようとしている。ブルドーザに似た奇怪な花だ。

「もう一度、見ているんだ」

と牧は答えた。

「これを見るのも最後だからな」

小枝子はおびえた眼つきで、牧を見あげた。

「最後ってどういうこと？」

「なにも不吉な意味じゃないさ。きみが待っていたことだよ」

「それじゃ、東京へ行けるの？」

牧はうなずいた。

「ああ、そう思って早起きしたんだ。荷造りをしなくちゃいけないからな」

小枝子の顔はあまりの喜びに蒼ざめてみえた。

「いつなの、いつ行けるの？」

「多分、明日の朝早くだ。その前にぼくはやらなければならないことがひとつだけある。しかし、それも今晩中に片づくだろう」

今晩中に片づくかどうか、自信はなかった。張間組の田所という男は、牧を永久に小枝子のもとへ帰れないようなめにあわせるかもしれなかった。恐怖が固いしこりとなって、牧の胸をむかつかせた。

「進藤さんにも挨拶しにいらっしゃるんでしょう」

無邪気な声で、小枝子が訊ねた。

「ああ、そうしなければならないだろうな」

と牧は云った。

「そんなことが今日中に片づいて、明日は東京に行けるのね」

小枝子はそっと頰をぬぐって、窓の外へ視線を向けた。

「東京へ行っても、楽しいとは限らないぜ」

牧はその横顔に向って云った。

「おれには職の当てもないし、なんの技術も身につけていない。きみの将来はめちゃめちゃになるかもしれないよ」

小枝子はだまって微笑しただけだった。

「おれは忠実な良人にもならないだろうし、今までみたいに家庭には無関心で外をほっつき歩いては、都合の良い時だけ、きみの腕に抱かれるような……」

それ以上言葉をつづけることはできなかった。小枝子が急に牧の口をふさいだのだ。

「いいのよ、それで」

と彼女は云った。

「あなたがあたしと東京へ行ってくれるだけで、あたしは充分だわ。今は、そのことだけしか考えたくないのよ」

自分の唇を牧の唇に軽くあてると、小枝子の頬にようやく血の気がのぼった。

「さあ、今日は忙しいわね。すぐに朝御飯の支度をしなくちゃ」

彼女が台所へ行ってしまうと、牧はふたたび、窓に視線をもどしながら煙草をくわえた。最初の一服が快く胸の中をくすぐり、さっきのしこりを次第にとかしてくれるような気がする。

(死ぬわけにはいかないな)と牧は自分自身に呟いた。

(とにかく、あいつを東京へ連れていってやるまでは、死ぬわけにはいかない)

街は次第に明るさを増してきていた。朝靄の中から、一台の自転車が動きはじめた街の象徴のように現れ、銀輪をきらめかせて通りすぎていった。朝の冷気をつんざくそのベルの音が、牧の耳まで届いてくるようだった。

牧は窓からはなれると、ゆっくり階下へ降りていった。階段の途中で、バサリと朝刊が投げこまれる音がした。

玄関へ降りて、新聞をとりあげ、そのままひろげてみる。

一面の、『本日、国民の審判下る』という見出しが眼についた。牧は、じっとその活字を眺めてから、記事には眼を通さず、新聞を閉じた。玄関の格子戸を開けて表に出る。家の前の道をしばらく歩くと、下水がわりの小川が流れていた。

牧はその中へ、新聞を落とした。

夕方までに、荷づくりをすっかり片づけると、家の中には、再び、荒涼とした気配がただよった。

しかし、小枝子はそんなことにはちっとも気づかない様子で、いそいそと夕食の支度にはげんでいた。彼女の心は、もうここにはなく、東京でつくりあげる新しい巣のことで、いっぱいになっているにちがいなかった。

夕食の途中でふいに箸をとめ、小枝子は首をかしげた。

「あら、変ねえ」

「なにが?」

牧も箸を持つ手をやすめた。

「荷づくりに夢中になってて気がつかなかったけれど、今日はずい分静かだったわね。いつもなら、今頃でも、選挙のトラックがひっきりなしにやってくるはずなのに……」

「今日は投票日だよ。もう選挙はお終いなんだ」

「じゃ、あなた、投票所へ行かなくちゃ。進藤さんに入れてあげるんでしょう?」

「うむ。進藤さんには申し訳ないが、今日はきみと二人きりで過す記念すべき日だからな」

牧は笑いながら答えた。

「あら、ずい分お世辞がいいのね」

小枝子も笑いかけたが、急に心配そうな顔つきになってつづけた。

「でも、あたしのためだったら、心苦しいわ。だって、進藤さんには、あなた、ずい分お世話になっているんだもの」

「いいんだよ」

牧は短く答えて、食事をつづけた。食卓の上には、小さな鯛のお頭つきと、赤飯が並べられてあった。二人の門出を祝うための小枝子の心づくしだった。しかし、牧はその鯛が死体置場《モルグ》に横たわる自分自身のような気がした。これが、最後の晩餐になるかもしれないのだ。

食事が終ると、彼は薄茶色の洋服に着かえた。進藤と上京した時に、由美があつらえてくれたあの洋服だった。小枝子はそのことをまだ知らない。サマーウーステッドの布地がそのささやかな不貞をとがめるように、襟首をチクリと刺した。

家を出たのは八時すぎだった。車を拾い、牧は真直ぐにラ・ロンドへ行った。

ラ・ロンドは盛り場を真下に見下ろす丘の中腹にあった。車が正面につくと、緑色の制服を着たボーイがぶらぶら近寄ってきて、乱暴に車のドアを開けた。そのとたんに、男が一人住いしている夏の夜の下宿部屋の匂いが車の中に押し寄せてきた。

「いらっしゃいませ」

とボーイはなげやりに云った。客を迎える眼つきではなく、街のちんぴらが獲物をねらう時の眼つきだった。

ゆっくりと車を降り、牧は周囲を見まわした。ラ・ロンドは西欧の城郭《シャトー》を俗悪な色彩で塗りたくったような感じの二階建てだった。背後には丘陵がそびえ、前面は車寄せとわずかな敷地があるばかりで、あとは切り立った石垣になっている。石垣の下には、盛り場のネオンが、色盲の庭師の手にかかった花壇のように毒々しい花を咲かせていた。

牧は建物をしばらく検討してみたが、どうやら、入るのも出るのも、正面の入口を使うより仕方がなさそうだった。薄紫色の特殊ガラスの扉が無表情に牧をみつめている。

ボーイが背後から臭い息を吐きかけてきた。

「入るんですか、入らないんですか？」

入る金があるのか、ないのかと訊かれている感じがした。あれば残らずふんだくるつもりなのだろう。

牧はボーイの眼を静かに見返した。その中にどんな危険な色を読みとったのか、ボーイは急に眼を伏せた。

「ここは、田所さんの店だそうだが、彼はもう来ているかね？」

と牧は訊ねた。

「ええ、社長はさきほどいらっしゃいました」

云いにくそうに敬語を使いながら、ボーイは答えた。

うなずいて、牧は扉に近づいた。薄紫色の扉は音もなく開き、たちまち牧を飲みこんだ。入るとすぐにクロークがあり、その横からゆっくりと螺旋状に曲った階段が上へ延びている。周囲の壁には真紅のビロードが鋲で止められ、その影の部分が不気味にくろずんで見えた。階段をのぼりながら、牧は血まみれの腸の中を歩いてゆくような錯覚に襲われた。

階段を上り切ったところは中二階のついたホールになっていて、真中の踊り場とバンドを囲み、キャンドルをまたたかせたテーブルが並んでいる。ホールの中は他人に気兼ねなく隣りの女性の手をにぎれる程度に薄暗かった。客の数はほとんどなく、どういうわけか楽屋独特のニカワと化粧品の入りまじった匂いが、あたりにただよっている。

薄暗い中から、夜の浜辺に打ちあげられた水死人を思わせる白い顔が、ゆらゆらとこっちへやってきた。近づいてくるにしたがって、それがタキシードを着こんでいることがわかった。

「お一人でございますか？」

牧の耳もとに口を近づけ、タキシードを着た水死人はささやいた。

「ああ、一人だ」

と牧は答えた。

普通の声で云ったのだが、それが耳の鼓膜を破ったかのように、ぴくりと眉をあげ、男は非難がましい眼で牧をみつめた。

「さようでございますか、ではどうぞ、こちらへ……」

それから、墓場を歩く足どりで、牧の先へ立ちフロアを案内してゆき、片隅のテーブルへと導く。

「お飲物はなにに致しましょうか？」

「ウイスキーの水割りをくれないか」

と牧は答えた。

「かしこまりました。それで、お相手のホステスはご指名の娘《こ》がございますか？」

フロアの壁際に立っている五六人の女たちの方へちらと眼をやりながら、男は訊ねた。

「いや、いない。ここで、一人で飲んでいてはいけないかね？」

男はまじまじと牧をみつめ、ここで一人で飲むことがいかに不粋なことであるかということを充分に思い知らせてから、哀しそうに首をふった。

「さようですか、ではごゆっくりどうぞ」

男が行ってしまうと、牧はさりげない視線を周囲に配った。このフロアの裏あたりに事務室があるらしく、そこへ通じる扉はフロアの入口にしつらえられたカウンターの横手の『従業員専用口』だけのようだ。その附近には、白服の屈強なボーイたちがたむろしていて、とがめられずにこっそりそこを通りぬけるのは、まずむりと考えねばならなかった。

(田所と会うのには、やはりあの手を使うより仕様がないな）と牧は決心を固めた。

彼は内ポケットから名刺入れをとりだし、一枚の名刺をぬきだした。それには、表に進藤羚之介の名前が刷りこんであり、その横に進藤の筆跡で、『小生の秘書です。例の件、よろしくご配慮願います。この者にお手渡し下さい』と書いてあり、進藤の判が押してあった。

骨董類の代金を受けとるために出張を命じられた時、進藤が渡してくれた何枚かの名刺のうちの一枚だった。

ボーイが飲みものを運んできた時、牧はマネージャーを呼んでくれと頼んだ。間もなく、例の男がひっそりと牧のテーブルに近づいてきた。

「田所さんは、もう来てるそうだね?」

と牧は男に念を押した。

「はあ、社長は先ほど事務室の方へおいでになりました」

と支配人は丁重に答える。

「それじゃ、これを田所さんに渡してくれないか」

牧はその名刺を支配人に渡した。

「これを、お渡しするだけでよろしいんですか?」

「ああ、そうすれば、田所さんは会ってくれるはずなんだ」

そうは云ったものの、確信はなかった。遠ざかってゆく支配人の背中を見てゆくうちに、不安が昂まってくる。牧は気を落ち着けるために、ウイスキーをすすった。鉄火場にのぞんで、自分の持ち金をこうと思う目に全て賭けてしまった時の興奮と空しさが彼を捕え、ウイスキーは水のように頼りなかった。

進藤が張間組の田所となんのかかわりも持っていなければ、あの名刺はすぐにつっかえされてくるはずだった。牧はむしろ、その方を望んだ。

支配人がこっちへもどってくる。背後に広告代理店のサラリーマンみたいにめかしこんだほっそりした男がついてきていた。

「社長がお会いになるそうでございます。秘書が社長室へご案内致します」

相変らず、ささやき声でそう云うと、背後の男にそっと目配せした。男は前に出て、牧にうながすような目つきをしただけで、なにも云わなかった。

牧は立ちあがった。男の後ろに従ってフロアをゆっくりと横ぎる。さっき彼を捕えた興奮と空しさは消え、静かな怒りが彼の全身にひろがっていった。

『従業員専用口』と書かれた扉から廊下へ抜け、その奥へと牧を案内する間、田所の秘書は一言も口を利かなかった。グレイの、少し身体にぴったりしすぎている背広で身を包み、いかにも堅気の風を装ってはいるが、その蒼白い顔は、弱々しさよりもまず不気味さを感じさせる。金のカフスをつけた真白なワイシャツの袖口からのぞいているきゃしゃな両手も、ペンを持たせるより、ナイフを持たせた方が似合いそうだった。

男が奥の部屋をノックすると、すぐに内部《なか》から返事があった。男は扉を開き、先に入れという風に牧に向ってうなずいてみせた。

牧も軽くうなずき返し、部屋の中へ足をふみ入れた。五坪ほどのこぢんまりした部屋の中は、街の金融業者か弁護士事務所といった感じだった。床にはグリーンのリノリウムが敷きつめてあり、正面の壁にはファイル・キャビネットと金庫、その前にはインタホーンと電話をのせたマホガニー色の大きな事務机が置いてある。扉口に近く、来客用の三点セットが並べられてあった。

その事務机にすわって書類に目を通しているのが田所らしかった。もう四十の坂は越えていそうだが、身体のどこもたるんでいそうな気配はなく、いかにも動きやすそうなきびきびした身のこなしだった。田所は牧の顔を見て、しばらくソファにすわって待っているようにと云った。

ソファに腰を下ろすと、壁に飾ってあるさまざまな感謝状や表彰状、それにいろいろなスターたちのサイン入りの写真が目に入った。これらの平和的な記念品とはおよそ似つかわしくない猟銃が二挺、その下の棚の上に飾ってある。この部屋は、事務と感謝と暴力の匂いがするのだった。

もうひとつの静かな暴力——田所の秘書兼用心棒をつとめるらしい例の男が牧の横にすわろうとしたが、その時、田所が立ちあがって手をふり、男を部屋から追い払った。

牧の正面のソファに腰かけると、煙草に火をつけながら、田所は上眼つかいに牧を見た。眼の下の黒い隈《くま》が、その三白眼に気味のわるい効果をそえている。

「進藤さんはなにか勘ちがいをしているのじゃないのかな?」

と彼は云った。

「と云うと?」

探りを入れるつもりで牧は訊き返した。

「いや、こっちにもらうものはあっても、渡すものはないはずじゃないか」

その言葉は田所と進藤のつながりをはっきり示していた。

穴場をみつけ、そこに糸をおろす釣師のように、牧はわきあがる興奮を押えつけ、さりげなく云った。

「しかし、先生はあなたに会えばわかるとおっしゃっていましたがね……」

「そりゃそうだが、こっちは投票日に金をもらう約束はしても、金を渡す義理はないよ。仕事をしたのはこっちだからな。この名刺に書いてある文句を見ると、金をよこせといっているとしか思えんじゃないか」

獲物はそろそろ餌に食いつきはじめたようだった。しかし、この魚はふつうのやり方では釣りあげられそうもない。へたをすると、こっちが餌食になりかねない危険があった。

「そりゃおかしいですね」

と牧は云った。

「先生のお話だと、あの土地の代金を……」

「冗談じゃないぜ、なにを云ってるんだ。邸の土地は加倉井君が買ったんじゃないのかね、おれは知らんよ。おれが云っているのは別の代金だ」

「つまり、例の焼きうちの？」

牧は目をつぶって穴場へ石を投げこんだ。その石が魚にあたればいいが、さもないと、魚はすぐに逃げさってしまうだろう。

「そうだよ」

いらだたしげに、田所は答えた。

「あの仕事ではこっちはいろいろと人も使い金も使い、気苦労も並たいていじゃなかったんだ。三百万ぐらいもらったって合いやしないよ。しかし、おれは進藤さんの男をみこんで、うまくやってやったんだ。これで、彼が当選でもしなかったひには、こちらはアブハチとらずみたいなもんさ。それを今さら、とぼけようっていうのかね？　それならそれで、こっちにも考えがあるぜ」

社長の仮面がはげ、兇暴な地金をちらつかせながら、田所は微笑んだ。

釣りあげた魚の大きさに、牧はよろめく思いだった。これで進藤と田所が手をにぎっている事実を突きとめたのだ。進藤の大きな眼と眼尻に寄せた笑み皺が、眼に浮かんだ。人を魅了せずにはおかないあの微笑が由美を死に追いやったのだ。

電話が鳴った。

田所はすばやくソファから立ちあがり、事務机の上の受話器をとりあげた。

「そう、田所だが……」

と云ってから、急に威丈高になる。

「そのことで、今、進藤さんのところから秘書が来ているがね、大分話がちがうじゃないか。え？　そうだよ。秘書だよ」

牧は聞き耳を立てた。相手は誰だかわからないが、牧の身もとがばれるのももう時間の問題らしかった。

「え？」

田所の眉があがり、じろりと牧の方へ鋭い視線を走らせる。

「なるほど。そうか、それでわかったよ。いや、けっこう。わかった、わかった」

牧は電話の声を聞きながら、ゆっくり立ちあがると、棚の上にかざってある猟銃を手にとった。その水平二連銃は熊を撃つためよりも田所の護身用に置いてあるらしく、いつでも使えるように弾丸が装塡してあった。

受話器の置く音がすると同時に、牧は銃をかまえたままふりかえった。

「おれが誰だか、わかったかね？」

と牧は訊いた。

銃口をみつめながら、田所は唇の端に冷笑をぶらさげていた。

「つまらんまねはよした方がいいぜ、牧さん」

と彼は云った。

「今の電話は加倉井のじいさんからだ。おっつけ金を渡しにここへ来るだろう」

「なるほど、それはおれにとっても好都合だ。二人揃って話が聞けるからな。しかし、その前にあんたから焼きうちの話を聞かせてもらおうか、まあ、そのソファにすわって大人しくするんだな」

牧は銃身をかすかに動かして、田所をうながした。田所は後ろ手に事務机の上に両手を突き、動こうともしなかった。

「進藤の秘書で、勝手に例の事件のことをほじくりまわしている馬鹿な男がいることは聞いていたが、それがあんただったわけか」

声は落ちついた調子だが、油断なく銃口との距離をはかり、ほんのわずかなすきさえあれば、現在の立場を逆転させようと眼を光らせている様子が、牧にはありありとわかった。

「しかし、その男がおれの事務所の中へ入ってきて、おれに難くせをつけるほど馬鹿だとは思わなかったな」

と田所はつづけた。

「今のうちなら、まだ大目にみてやる。それをもとにもどして、大人しく帰れ。こんなところをうちの若い者たちに見られたら、ただではすまなくなるからな」

その言葉がただのおどしとは思えなかった。おそらく、どっちにしても自分は無事な身体では表へ出られまい、そう思うと、恐怖がじわじわと背中に這いのぼってくる。それが全身を侵してしまわないうちに、牧は動きだした。田所に近づくと、いきなり銃口を彼ののどにくいこむほど押しつける。

「おれが若い衆にみつかる前に、あんたがどうなるかも考えた方がいいな。ここへ来たからには、おれも無事に帰れないという覚悟ぐらいはできているさ」

動きだしたとたんに、恐怖ははげしい怒りに変っていた。牧は引金をひきたくなる衝動を必死に押えた。その牧の顔色を見て、恐怖は田所の方へ乗りうつったらしかった。田所の額にうっすらと汗がにじみだし、眼の下の隈が一層くろずんで見えた。

部屋の中を、一瞬、重苦しい沈黙が支配した。

二人の男はにらみ合ったまま、しばらくは化石のように動かなかった。腕時計のかすかなセコンドの音が牧の耳に聞えた。その時、田所が口を開いた。

「わかった。話をしよう」

その声は、銃口を咽喉《のど》もとに押しつけられているせいか、ひどくしわがれていた。

牧が銃口をはなすと、田所はソファのところへ行き腰を下ろした。牧はその正面のソファの背に銃身を置き、立ったまま田所と向いあった。こうすれば、田所がふいをついてきた場合にも、ずっと有利な立場をとれるし、扉口から誰かが入ってきた場合にもすぐに備えることができる。

その用心深さを見て、田所が云った。

「あんたもただの堅気じゃなさそうだな」

「昔はな」

と牧は答えた。

「六年前は常盤会の身うちだった。しかし、今はなんの関係もない」

「常盤会ももったいない男を手離したもんだ」

田所はまんざらお世辞でもなさそうな口調で呟いた。

「今の常盤会の身うちに、それぐらい骨のある男がいれば、おれたちもおちおちしていられないはずなんだが……」

牧は嘲笑った。

「そんなことがいやになったから、足を洗ったんだ。しかし、政治家の秘書になっても、こういうことをやらなければならないとは思わなかったな」

「国会でも真昼間から暴力沙汰のあるご時世だからな」

田所の言葉にも皮肉がこもっていた。

「政治家も腕っぷしの強い秘書が要るんだろうよ」

そう云って、手をポケットに入れかけ、それから、牧の顔をうかがった。

「煙草を吸いたいんだが、かまわんかね？」

「いいとも」

と牧は答えた。

「そのかわり、煙草以外のものをポケットから出したら、容赦なく引金をひくからな」

「ポケットに拳銃なんかしまっちゃおらんよ」

苦笑しながら、煙草をとりだし、田所は火を点けた。

「さて、どこから話をするかな？」

「あんたと進藤さんとのつながりから聞かせてもらおうか」

「実を云うと、おれは進藤さんと直接会ったことはないんだ」

と田所は話しはじめた。

「ただ、加倉井のじいさんとはこの前の選挙のときに知り合って以来親しくしている。そのじいさんと、焼きうちのあった二週間ほど前に街でばったり会った。それでおれは、なにか手伝うことがあったら遠慮なく云ってくれと云っておいた。常盤会が遠井派と手を組んでいることは、うすうす知っていたし、そんなことで、うちの若い連中を手伝わせてもいいと思ったんだ。すると、その翌日、すぐに電話があって、頼みたいことがあるというから、その晩、じいさんと会った」

田所はそこで煙草を吸い、扉の方へちらと視線を向けた。しかし、どうしてもこの場を切りぬけるには話しつづけるほかはないと悟ったらしく、また視線を牧の方へもどした。

「加倉井のじいさんの話を聞いた時には、おれもびっくりしたよ」

と田所は云った。

「なにしろ、邸を焼いてしまう良い方法はないかと云うんだからな。おれはそんなことをしてどうするつもりだと訊ねた。すると、常盤会と遠井派が手をにぎって、ひどいやり方で選挙妨害をはじめたと云うのだ。それで、それを逆手にとってこちらも相手の息の根をとめるようなやり方を、戦術をとるより仕様がないというわけだ。つまり、常盤会というやくざが、選挙にからみ、ついに放火事件を起したというショッキングなニュースで選挙民の耳目を集め、遠井派に非難の目を向けさせると同時に、進藤への同情票をかき集めるという算段なのさ。相手に常盤会がからんでいなければ、おれもそんな相談は頭から断るところだが、遠井派がこのまま当選でもしたら、常盤会がなにかにつけて有利な立場になると思うと、むげにも断れなかった。しかし、なにしろ危険な仕事だ。うちと進藤派が手をにぎったことはもとより、うちの連中がそれをやったこともばれないようにしなければならない。加倉井のじいさんとおれはよく相談した上で、岩淵に白羽の矢を立てた」

牧にはその二人が相談し合っているところが容易に想像できた。加倉井は海千山千の怪物だし、田所はやくざとは思えないほど、頭の回転の早い男だ。二人はおたがいの腹をさぐり合い、自分の利得を計算しながら、恋人同志のように頭を寄せあって、ひそひそ話を続けたことだろう。

「岩淵もやはり張間組の身うちなのかね？」

と牧は訊ねた。

「岩淵が身うちだったら、あいつを使おうとは考えなかったろうよ」

わかりのわるい男だなというふうに、田所は笑った。

「岩淵はおれが軍隊にいた時の上官さ。だから、性質もよく知っている。性格は単純ですぐカッとなり、そうなったら前後のことは考えない男だ。昔から神がかりめいた国粋主義者だった。憲兵のときも、そんな調子で赤がかった人間を目の敵にして追いまわすくせがあってね、軍国主義に対して批判的な言辞を弄したというんで、大学教授なんかを隊内にひっぱってきて、死ぬほど殴りつけることなんかしょっちゅうだったよ。おれはこの眼でそれを見てきているから、岩淵が復員してから皇道報国連盟をつくったと聞いてなるほど彼らしいと思ったものだ。そんな人間がこういうご時世にどんなふうになっているかは、すぐ想像できる。早速、やつのことを調べさせると、案の定、やつが欲求不満のかたまりみたいになっていることがわかった。それで、適当にやつを刺激させる方法を考えついた」

「まず最初に、例の雑誌を匿名で送りつけ、それから、清水と藤岡を訪ねさせたんだな」

と牧が口をはさんだ。

「その通りだ」

どうしてそれを知っているのだというふうに、田所は牧の顔をみやったが、その不審を口には出さず、先をつづけた。

「清水は流れもののやくざで麻薬中毒《ペイチユウ》だから、麻薬《ヤク》を買う金さえやればなんでもやるし、藤岡は常盤会を追いだされて、うちの組へ入りたがっている矢先だった。この二人なら、一応、うちの組とつながりがあるとは思われないだろうからな。二人には、おれから因果をふくめ、その代りやったあとのかくれ家や逃走の面倒はみるし、たとえ、捕まっても、しゃべりさえしなければ、しゃばへ出た時に、顔の立つようにしてやるという約束で、岩淵のところへ行かせた。こちらのもくろみ通り、岩淵はすぐ話に乗ってきた。しかも、自分が焼きうちの采配をとると云いだしたんだ」

「あんたたちはさぞ満足だったろうな」

と牧は云った。

「たとえ、岩淵が捕っても、あの男は自分がこの事件の立役者だと思いこみ、裏で糸をひいているあんた方の存在には気づいていないわけだからな。実際に、警察で訊問された時に、主義に殉じたと云い張っただけだった」

岩淵の強情そうな顎の形が牧の眼に浮んだ。彼も被害者の一人なのだ、そう思うと、あの老人も憐れに思えてくる。

「いや、むしろ、あんたたちは岩淵が捕るように仕組んだんじゃないのか？」

牧はふと心に浮かんだ疑惑を口に出した。

「事件後の逃走の手順を清水と藤岡だけに教え、岩淵を仲間はずれにさせたのだろう」

田所はそれに対してなにも答えず、ただ、にやりと笑ってみせた。それが充分すぎる答だった。

「それで、そのためにあんたはいくらもらうことになっていたんだ？」

と牧は訊ねた。

「着手金として百万、仕事が終ってから二百万だ。その後金は結局延ばされて、投票日までということになった。こっちはそれ以上待てないと云ってやったんだ。進藤さんの落選したあとでは、金をもらいはぐれるおそれがあるからな」

「なるほど」

牧はうなずいて、田所をじっとみつめた。

「三百万でいったい何人の人間が死ぬことになったと思う」

「人間が死ぬのは計画外のことだった」

田所は、新薬の売れゆきがよくないのを苦にしている製薬会社の重役のように、軽く頭をふった。

「進藤さんの奥さんが死んだのは思いもかけぬことだったし、清水が死んだのはあいつ自身の不注意からだ」

「藤岡は？」

「藤岡はうるさいことを云いすぎたんだ。ちんぴらの分際で、身のほどをわきまえず、おれをおどしにかかった。やつがもう少しましなことを考えていれば、死ぬ必要もなかったろう」

「あるいはな」

と牧は云った。

「そして、藤岡と張間組のつながりもばれずにいたにちがいない」

「しかし、それを知っているのはあんただけだよ、牧さん」

自分の指の爪を仔細に点検しながら、田所はゆっくりと云った。しゃべっているうちにすっかり余裕をとりもどしたらしい。

「そのあんたはここからどうやって外へ出る気だね？」

「おれにもその死人の仲間入りをさせてくれるつもりらしいな」

と牧は云った。

「しかし、おれがそうなる前に、あんたが先に仲間入りをすることになるんだぜ」

「もっとおたがいに現実的になろうじゃないか、つまらんはったりを云い合っていたってきりがない。きみさえ、今、おれが話したことを忘れてくれて、ここから大人しく出て行ってくれれば、おれの方も、きみのことを忘れてやろう」

「それがあんたの云う現実的な話なのか」

牧は銃口をあげて、せせら笑った。

「おれにはひどくロマンチックな話に聞えるぜ。そんな手にのって、この猟銃を手から放したとたんに、この部屋はあんたの身うちでいっぱいになるんじゃないのか」

「ばかなことを云うな。おれも男だ。ウソは云わん」

田所は熱をこめた調子でそう云うと、腰を浮かしかけた。

「すわってるんだ！」

鋭い声を牧は浴びせかけた。

「藤岡にも、そうやって男伊達をひけらかしたんだろう。ところが、あいつは殺されてしまった。おれは、あんたの今の話よりもっと現実的なやり方のほうが好きだ」

銃口をぴたりと田所に向けたまま、牧は電話の方へ少しずつ近づいていった。

「警察《サツ》に電話をする気か！」

悲鳴に近い声で田所は叫んだ。

「その通りだ」

と牧は答えた。

「そして、警察がくるまで、おれはここであんたを見張っている」

「電話に近づくな」

田所はソファから立ちあがった。怒りが銃口を無視する勇気を彼に与えたらしかった。

「いいか、電話に手をかけたら若い者を呼ぶぞ。いつまでも、きさまみたいな若僧になめられていてたまるか！」

それは追いつめられた獣の雄叫びに似ていた。

（この男は云う通りにやるだろう）と牧は思った。しかし、今更後へはひけなかった。弱みを見せればこの連中がどんな態度に出てくるか、彼にはよくわかっていた。右手で銃をかまえ、左手をそろそろと受話器の方へ伸ばす。その動きにしたがって、田所も少しずつ牧の方へにじり寄ってきた。

その時、扉をノックする音が聞えた。

呪縛にかかったように、二人の動きがぴたりと停った。次の瞬間、牧は田所をソファの方へつきとばし、扉口に向って猟銃をかまえた。それと同時に、扉が開き、加倉井が部屋の中へ入ってきた。牧は引金にかけていた指をほっとゆるめた。

「加倉井さんか、久しぶりですな。今、田所さんとあなたのお噂をしていたところだ。あなたもそのソファにすわってもらいましょうか」

加倉井は別に驚いたような素ぶりもみせず、相変らず飄々とした足どりでソファの方へ歩いていった。

牧は銃口を二人の方へ向けた。ほんのわずかの油断だったが、それが致命的だった。まだ開いたままになっていた扉から、ほっそりした影が部屋の中にすべりこむと、牧のわきの下に匕首を突きつけた。

「動くな」

と用心棒は云った。

牧はじっとそのまま立ちつくした。きゃしゃな手が横からのび、銃口を田所からそらした。

田所はほっとしたように、顔の緊張をゆるめると、牧に近づき、その手から猟銃をうばいとって用心棒にわたした。

「こいつでこの男を監視していろ。妙なまねをしたらぶっぱなしてもかまわん」

それから、牧の顔を見て、愛想の好い笑みをもらした。

「ながい間立ちっぱなしでさぞくたびれたろう。今度はきみにソファにすわってもらおうか」

牧はソファにすわり、前に並んだ三人の顔を順に見わたした。

「どうやらツキが落ちたようだ。これからどうするつもりなんだ？」

と彼は訊ねた。

「牧君、わしはきみを前途のある男やと思うとった。きみは、こんなうす汚い事件に首をつっこむには惜しい男や。そやさかいに、きみにはなんの相談もせず、事件から一番遠い場所を与えてやったんや。それなのに、自分から首をつっこむとはしょうむないことをしたもんやな」

加倉井が世話のやける息子をさとす口調で云った。

「一番事件と遠い場所だって？」

牧は加倉井に射るような視線を向けた。

「現場にいて、由美さんが殺されるところや、邸中にまわった火を目撃したのはぼくなんですよ、加倉井さん」

「そうやったな」

加倉井はうなずいた。

「けど、あれはやむを得ないことやった。現場の証人としては、わしは誰よりもきみが一番適任やと思った。きみなら事件のことを知らんさかい、うしろめたい思いをせずに、ありのままに警察へ伝えてくれるやろうと考えたんや」

「ぼくはその通りの役割を果したわけだ」

牧は苦い声でいった。

「あんたたちはさぞ蔭で大笑いをしたことだろう」

「いや、笑うどころやなかった。あれから、わしらは大車輪で働いた。おかげで、遠井派を押え、どうやら当選確実の自信が持てるところまで、こぎつけたんや。そういう意味ではきみも功労者の一人や、きみをあざむいたことについてはわしは心からきみにすまんと思うとる」

「生きているぼくには、そうやって頭を下げられるが、死んだ人にはどうやって詫びるつもりなんだ」

牧の声は怒りにふるえていた。その危険な様子を察した用心棒は銃口を牧のこめかみにあてた。銃口はどんな怒りも凍らせるほど冷たかった。

「これは危険な男だ」

と田所が口を出した。

「怒らせるとなにをするかわからん。この男にかまっていないで、早く約束のものを渡してもらいたいな」

「ああ、そうやったな」

加倉井は自分のわきに置いてあったうす汚いボストンバッグから、手の切れるような札束をだして、テーブルの上に置いた。

「はい、これが後金の二百万や」

田所はその札束をつかみ、ざっとあらためると、壁際の金庫のところへ行って、それをしまいこんだ。

「さて、これで一段落や」

と加倉井が首すじをとんとんとたたきながら呟いた。

「選挙のおかげですっかり肩がこってしもうた。わしは今から湯治に出かけるつもりやが、この件については、これであんたの方も文句はなかろうな」

「当選後に進藤さんにおめにかかって、いろいろ相談にのってもらいたいことがあるんですが、その折はよろしく願いますよ」

と田所は云った。

「しかし、湯治とは羨しい話だな。おれものんびりしたいんだが、どうもそのひまがなくってね」

「いや、そんなに羨しい話やないわ」

と加倉井は答えた。

「選挙が終ると、とたんに警察が選挙違反の摘発にのりだしよるんでうるそうてかなわん。今のうちに湯治にでも行っとかな、肩のこりのとれんうちに留置所入りの憂きめを見てはつまらんさかいにな」

「なるほど、それで、この男はどう始末をつけます?」

「そうやなあ」

加倉井はあらためて、牧の方をしげしげと眺めた。

「ほんまに、殺してしまうには惜しい男やけどな。牧君、きみも強情をはらんと、しゃべらんという約束をしたらどうや。それさえしてくれたら、今後のきみのこともみんなでよく考えてあげるさかいに」

「そんなことは考えない方がいいな」

と牧は答えた。

「おれが生きているかぎり、あんたたちは無事でいられない。それが怖かったら、おれを殺すんだな。半殺しぐらいじゃだめだ。確実におれの息の根をとめなければ、後悔することになるぞ」

その静かな落ちついた声音が、かえって牧の決心の固さをあらわしていた。

「しょうがない。あとはよろしゅう頼みますわ」

溜息を吐き、加倉井は田所の方をふりかえった。金庫の前に立っていた田所は、キラリと眼を光らせ、だまってうなずいた。

ふたたび、部屋の中にノックの音がひびいた。

「誰だ?」

と田所が訊ねる。

「警察です。ここに加倉井さんがいるはずですがね」

太い声が扉の外から聞えてきた。

用心棒が蒼白い顔を一層蒼白くして、猟銃の先を扉口に向けようとするのを、田所が目顔で押えた。彼はそれを用心棒の手からとりあげ、棚の上にもどすと、「どうぞ」と声をかけた。

扉を開け、二人の私服刑事が入ってきた。二人は加倉井のそばへつかつかと歩みより、逮捕状を示した。

「加倉井先生ですね。選挙違反容疑で逮捕します。署までご同行下さい」

「やれやれやっぱり来よったか」

加倉井は蒼ざめながらも、さりげない口調で云った。

「とうとう湯治へ行きそこなった」

田所と用心棒はけわしい眼つきで牧をみつめていた。

牧は立ち上ると、ていねいに二人に挨拶した。

「いろいろ面白い話をありがとうございました。いずれまたお目にかかることもあるかと思いますが、今日はこれで失礼します」

そして、にやりと笑い、ゆっくりと部屋を出てゆこうとした。

「牧君、一緒に出ようやないか」

と加倉井が声をかけた。

「刑事さん、逃げもかくれもせん、ここの出口までや、かめへんやろ」

刑事はしぶい顔をしたが、かすかにうなずいた。

牧と加倉井は前後を刑事や警官たちに見守られながら廊下へ出た。

「わしもおいぼれたもんやな。刑事に尾けられておったのを、ちっとも気づかなんだ」

警官たちを見まわして、加倉井はのんびりとぼやき、刑事に訊ねた。

「ところで、進藤さんも逮捕状が出とるんかね？」

「いや、進藤氏の容疑は今のところはっきりしておりませんので、逮捕状は出ておりません」

「家宅捜索は？」

「選挙事務所とあなたの自宅を今捜索しております」

刑事は加倉井の政治歴に遠慮してか、ていねいな言葉使いだった。

「牧君、進藤さんに会いたいやろ。進藤さんは焼けてから大和町の光風荘というアパートにおる。今晩は家に居るはずだよ」

加倉井は牧の心中を見ぬいたようにそう云った。牧は加倉井の気持ちをはかりかねて、じっと顔色をうかがった。しかし、加倉井はすべてをあきらめきった表情で、飄々と歩いているだけだった。

光風荘を探しあてた時は、もう十二時をまわっていた。呼鈴を押すと、進藤自身が扉を開けた。

「やあ、牧君か。こんなに遅くどうしたんだ。まあ入りたまえ」

牧はちょっと頭を下げ、中へ入った。せまい玄関から、ダイニング・キッチンとその奥の書斎兼寝室の二間が見通しになる狭いアパートだった。

進藤は牧を奥の部屋に案内して、畳の上に散らばった本を片づけ、どうにか二人がすわれるほどの空間をつくった。

「どうも、投票日は落ち着かんので、例のやつをやっていたところだ」

進藤が顎をしゃくった方を見ると、碁盤に碁石が並べられてあった。牧は部屋の中を見まわした。いろんな道具が雑然と積み重ねられ、埃りをかぶっている。

「ここへ引っこしたものの、選挙でとびまわっていたもので、ほとんど荷物を解いたなりにしたままになっているんだ。由美がいてくれれば、もう少しましになっているんだろうがね」

進藤はうつむくと、寂しそうに微笑した。思いなし、頬の肉がそげ、眼からもいつもの進藤らしい光が失われているように思われた。

「そう云われても同情はできませんね」

と牧は云った。

「ほんとに、ぼくにはあなたが由美さんの死をいたんでいるとは思えないんだ」

「なにを云ってるんだ、牧君」

進藤は牧の口調に驚いて、顔をあげた。

「今、加倉井さんが選挙違反で逮捕されましたよ」

進藤の視線を受けとめ、牧は静かに云った。

「知っている」

と進藤はうなずいた。

「さっき、事務所から連絡があった。事務所も家宅捜索を受けている最中だそうだ。おれもすぐ行こうと思ったんだが、田辺君がかえって来ない方がいいと云うんで止めたんだ。おれのために、みんなが迷惑をこうむって、まったく申しわけない」

「生きている共犯者たちにはそうやって殊勝にあやまってみせるあなたが、何も知らないで死んでいった人たちに対してはどう思っているのか、それが知りたくて、ぼくはわざわざやってきたんですよ」

「共犯者だって?」

進藤は不審そうな面持ちをつくろうとしたらしいが、それは失敗だった。訊き返す語尾がうすれ、自信がなさそうに消えていった。

「もうなにもかもわかってしまったんですよ」

と牧は云った。

「加倉井さんはどこで逮捕されたと思います? 張間組の田所の部屋ですよ。ぼくがそこで、田所からすべてのことを聞きだした直後にね。由美さんを死に追いやったのは、結局、あなただったんだ」

進藤の顔からみるみる血の気が失われていった。彼はひざに手をつくと、がくりと頭を垂れた。

「あなたは、いつか、頼りになるのは由美さんとぼくだけだと云ったことがありましたね。それを真に受けたぼくを、さぞおめでたい人間だと思ったことでしょう。しかし、自分のおめでたさがわかっただけ、ぼくはまだましかもしれん。自分の良人がどんな人間かも知らないで死んでいった、由美さんにくらべればね……」

牧の言葉の一言一言が鞭のひとふりのように、進藤はそのいかつい肩をかすかにふるわせていた。

「いつか、きみにはすべてがわかってしまうという予感がしていた」

うなだれたまま進藤は云った。その声は深い穴の中から響いてくるようにくもって聞きとりにくかった。

「だから、きみが一人で事件の調査をはじめると云った時、おれはあわてて止めたんだ。しかし、きみの今の言葉を聞いているうちに、なんとなくほっとした気分にもなってきたよ。いつかは、自分のやったことのむくいを受けることはわかっていたんだ。なにもかももうお終いだ」

ゆっくりと顔をあげ、進藤は大きな溜息を吐いた。

「しかし、牧君、これだけは信じてくれないか。おれは誰よりも由美を大切に思っていた。選挙中は忙しさにまぎれてそれほどにも感じなかったが、こうして一段落してみると、それがよくわかる。今日は、おれは朝から一人きりだったんだ。永くてやりきれない一日だった。みんなが投票用紙におれの名前を書いてくれると云うのに、その当人のおれは、寂しくて仕様がないんだ」

ふいに肌寒さを覚えたのか、進藤は浴衣のえりをかき合わせた。そこにはかつての、エネルギッシュな面影はどこにもなかった。牧の前には、自分の罪におびえる、うす汚い中年男が坐っているだけだった。牧は冷ややかにその姿を眺めた。

「今さら泣き言を云うのは、あなたらしくないな。あなたが人恋しさにすすり泣いたりしたら、選挙民が失望しますよ。あなたは仕事に生きる男でしょうが、常に前進をつづける信頼できる政治家――それが進藤羚之介のスローガンじゃなかったんですか。ぼくもそのスローガンにだまされた一人だ。あなたは魅力的な人物だった。自分にはないすばらしい才能に恵まれた人だと思って、ぼくはあなたについてきた。しかし、仕事がすべてじゃないということが、今度の事件を通じてはっきりわかりましたよ」

進藤はそれには答えず、だまって空ろな眼を見開いていた。今まではっきりと見えていたものが、急に灰色の幕に閉ざされてしまったように、暗い眼つきだった。

「ひとつだけ、最後に訊きたいことがあるんですが、教えてくれますか」

と牧は云った。

進藤は空ろな眼を牧の方へ向けた。

「あなたは自分の邸を焼いてしまった。先祖から伝わった大切な邸をだ。ただ、遠井派に対して有効な逆手を決めるためにだけ、焼いたんですか？」

「いや、そうじゃない」

　しわがれた声が進藤の唇からもれた。

「どうしても、選挙資金のめどがつかなかったんだ」

「しかし、焼いてしまっては、邸を売ることはできないでしょう」

「邸があっては、土地も売れなかったんだよ」

　進藤は寂しそうに笑った。

「邸は文化財に指定されていた。文化財となれば、こわすこともできんし、売り払うことも容易じゃない。国からは雀の涙ほどの金がでるだけで、なんの役にも立たんのだ。しかし、あの建物さえ始末がつけば、土地だけなら、買手はすぐに殺到する。それで焼くことにしたんだ。邸が焼けたあとの土地を担保にして、加倉井君が選挙資金を出してくれた」

「そして、そのあとのアパートの建設を西山建設に請負わせた」と牧がつづけた。

「西山建設が張間組に吸収されていることを知って、ぼくはあんたと張間組の関係に気づいたんですよ」

「なるほどな」

　進藤は力なくうなずいた。

「碁で云う打って返しというやつだ。こっちの計画がすべてうまくいったと思った時には、大石が死んでしまっていたんだ。しかしね、牧君、あの時はおれも死物狂いだったんだよ。選挙資金のめどがつかなければ、遠井派に先を越されることは目に見えていた。どう考えても、遠井弥三郎よりおれの方が政治の手腕はあるとしか思えない。そのおれが、たかが金のためにむざむざ破れるのかと思うと、おれは居ても立ってもいられなかった。こんな不合理を、そのまま通してしまうのは、我慢がならなかったんだ……」

「目的のためには手段をえらばない、それもあなたのスローガンのひとつだ」

と牧は云った。

「そいつを、ぼくはあやうくぼく自身のスローガンにしてしまうところでしたよ」

進藤はその言葉が聞えなかったように、自分の手をみつめていた。その手から血と焼け跡の匂いがしてくるのか、彼は太い眉をしかめていた。

牧は静かに立ちあがった。玄関へ向かおうとすると、背後からしわがれた声が聞えた。

「これから警察へ行くのかね？」

「いや」

ふりかえらずに牧は答えた。

「警察には行かないつもりです。もう一度だけ、ぼくは賭けてみますよ。これから、どうすればいいかは、あなた自身が考えて下さい。ぼくは明日の朝、この街を出て東京へ行くんです」

そのまま、表へ出ると、牧は足早に歩いた。あたりはもうひっそりと寝しずまり、暗い舗道に、牧の足音だけが響きわたった。

ふいに足を止め、うしろをふりかえった。光風荘の窓はひとつだけ明りが灯っている。しかし、そこは明りを消したどの窓よりも暗い影におおわれていた。牧は耳をすました。なにかがくだける音が聞えてきたのだ。牧の内部で彼の偶像が砕けた音だった。砕けても、偶像からは一滴の血も流れはしない。血を流しつづけるのは、その偶像のために死んだ犠牲者たちだけなのだ。

「おれはもう偶像のために、血を流したりするのはごめんだ」

と牧は呟いた。

ふたたび足早に歩きだしながら、牧は腕時計を見た。時計の針はちょうど、一時を示そうとしている。

小枝子は起きて待っていてくれるだろうかと牧は思った。

チャイナタウン・ブルース

南京街へ入ると、春の気配がはっきりと感じられた。

煮えたった油の匂い、ツンと鼻をつく四川漬《ツアー・サイ》けの匂い、干し鮑やくらげやふかのひれの匂い、それを飾ってあるウインドウの埃の匂い、それから、甘ったるい香油とカビくさい漢方薬の入りまじった匂い、白檀や夜来香や紹興酒の匂い――それらの、冬の間は寒々ととじこめられひっそりとしていた匂いが、春とともにそれぞれの個性を誇示して歓声をあげながら、いっせいに通りから通りへ、露地から露地へと走りまわる。

私はその匂いの氾濫を鼻先でかきわけながら、ゆっくりと松葉杖を動かした。やがて、それら雑多な匂いの中で、とりわけ生臭い匂いがはっきりと目立ちはじめると、白地に赤い文字で書いた看板が見えてくる。それは通りの中ほどにあるモルタル造りの二階家の窓から突き出た看板で、英字と日本字で『シップ・チャンドラー　アンカー・トレイディング・カンパニイ』と読める。そこが、私のささやかな事務所だ。以前は、古びてはいるが一応事務所と呼ぶにふさわしい社屋を元町通りに持っていたのだが、ある密輸事件に巻きこまれて、ほとんどの財産と大切な部下と、自分の左脚を失ったあげく、私は米海兵隊に追われたベトコンのようにひっそりとここへ基地を移したのだ。

その名誉ある撤退で自分の誇りが傷つけられないように、私はわざと派手やかに看板を赤い文字で飾ったつもりだったのだが、その雄図もむなしく挫折したらしい。赤や青のどぎつい原色に彩られたこの街では、せっかくの心づくしも一向に効果はなく、しょんぼりとかすんで見える。

私は二階家の前で立ち止まり、看板をちらと見あげて溜息を吐いてから、中へ入った。入り口には綺麗に禿げあがった頭に真新しい手ぬぐいではちまきをしめた男が、台の上に並べた鮮魚類にむらがるハエを紙バタキでのんびり追っている。男は私の姿をみとめると、太った身体に似合わぬカン高い細い声で訊ねた。

「オハヨウ、クスミサン。ウェイ・チョクワ?」

『ウェイ・チョクワ?』とは上海語で『飯は食ったか?』という意味だそうだ。

商売不振で不遇をかこっている私には、最初のぶしつけな質問はかなり骨身にこたえたが、現在ではこの挨拶にもすっかり馴れてしまった。この太った禿げ頭の中国人——事務所の家主である魚屋の徐明徳《じょめいとく》氏の説明によると、『飯は食ったか?』という質問はざっくばらんな下町風の挨拶なんだそうで、別に相手を侮辱する意味はないらしい。むしろ、親しい友情の発露と受けとるべきで、大阪生まれの人たちの言う『もうかりまっか?』と同様のニュアンスをふくんだ挨拶なのだろう。そしてまた、『もうかりまっか?』と挨拶された場合、もうかっていても『あきまへんな』と答えるのがしきたりであるのと同様、『飯は食ったか?《ウェイ・チョクワ》』と挨拶されれば、食っていなくても、『食った』と答えるのが礼儀にかなっているらしい。

そこで、今朝トマト・ジュース一杯しか飲んでいず、飯らしいものは口にしてもいないにもかかわらず、私は『食っていないよ《ンメ・チョク》』と言う正直な答を急いで呑みこみ、『食ったとも《チョク・チョク》』と答えた。

私の礼儀正しい答に満足したのか、それとも、私の内部の葛藤を見ぬいたのか、徐はうれしそうにニヤリと笑うと、春先にしては珍しくまるまると太ったハエを紙バタキでたたきつぶした。ハエは徐明徳そっくりの面がまえをしたアンコウの頭の上に白々と卵をまき散らしてあえない最後をとげる。

私はハエよりも、いずれそのアンコウを買ってゆくどこかの客に深い同情を感じながら、階段を登った。

階段を登りきったところ――つまり、私の事務所は淡いグリーンの壁に囲まれた三坪ほどのせま苦しい部屋である。もっとも、その淡いグリーンの色も元はそうだったろうと想像できるだけで、年数を経るにしたがってあいまいな黄色に変色し、壁についたさまざまなシミの間からわずかに顔をのぞかせているにすぎない。窓際にあるかなり大きなマホガニー色のデスクと、その横にあるタイプライターをのせたスチール・デスク、それに、壁際に据えつけたカーキ色のファイル・キャビネットだけがこの部屋を飾る調度だった。

私が松葉杖の音をひびかせながら、マホガニー色のデスクの方へ近づいてゆくと、今までタイプライターの上に新聞をひろげていた三島景子がふりかえった。

「おはようございます」

春先にふさわしい明かるい声で挨拶する。もう二十五に近いはずなのだが、彼女はどう見ても十八以上には見えない。あっさりした化粧の下から健康そうな小麦色の地肌がのぞいていて、ふっくらと盛り上がった頰の上に、いかにも好奇心の強そうないたずらっぽい瞳をきらきらと光らせている。たいがいの若者ならその瞳でまともにみつめられると、ついふらふらと胸のうちを告白したくなるだろう。もう若者とは呼んでもらえそうもない年齢の私にしても、時にはそんな気持ちになるのだが、今朝はそれどころではなかった。ここ二、三日と言うもの、さっぱり仕事の注文がないのだ。この分だと胸のうちどころか、給料の支払いをもう少し待ってくれと彼女に打ち明けなければならない破目になるだろう。

そのことで少しゆううつになりながら、私はマホガニーの机に辿りつき、深々と椅子に身を沈めた。

煙草に火を点け、ゆっくりと一服くゆらせてから、さりげなく訊いてみる。

「どうだい、今朝はなにか注文はなかったかね？」

大した期待はしていなかったのだが、景子の答は私の心にかすかな希望の光を点した。

「天堂号のスチュワードという人から電話がありましたわ。社長と直接話がしたいということなので、あと三十分したらもう一度電話を下さいと伝えておきました」

「天堂号《ティエンダン》？」

と私は首をひねった。

「そんな中華船は聞いたこともないな。また、階下《した》の徐旦那の紹介かな？」

「いいえ、あたしも徐さんの紹介かと訊いてみたんですけど、そうではないと言っていました」

「ふうん。とにかく、電話を待ってみるか」

たとえ、どんな得体の知れない相手でも、現在の状態ではあまりぜいたくに客えらびなどしていられない。うかうかしていると、他の業者にまんまと注文をさらわれてしまう。それほど、今は業界全部に不景気風が吹きまくっているのだ。

シップ・チャンドラーという商売は、いわば海のブローカーだ。航海を終わって港へ入った船は、次の航海に備えて不足した品々を補充しなければならない。食糧、雑貨、船具――そういった補充品を一括して船へ納め、歩合《マージン》をとるのがシップ・チャンドラーである。もちろん、補充品を本船の司厨長《スチュアード》なり機関長《チーフ・エンジニア》なりが直接港で買い集めれば安く品物を手に入れられるだろうが、見知らぬ他国の港で気に入った品物を買い整えるのは大変な手間だから、どの船でもチャンドラーに補充を依頼することになる。

この商売も朝鮮事変の頃は、アメリカの軍需物資輸送船が入れかわりたちかわり入港してきて大変な景気だったが、事変が終わるとばったり不景気になった。それでも、観光船や定期の貨物船をにぎっている大手の業者はなんとかやっていけるが、不定期の貨物船の注文を漁《あさ》っている私のところのような群小の業者はどこも四苦八苦だ。中には苦しまぎれに密輸業者の手先になるものもいれば、ベトナム戦争が拡大することを願って、もう一度朝鮮事変の時のようなゴールド・ラッシュを夢みているものもいる。

私の社は、今までアメリカ船が主な取引相手で、中華船の注文を受けたことなどなかったのだが、この事務所へうつってから徐明徳の紹介で中華船の注文も受けるようになった。徐という男はおそろしく友情に篤く、いったん友達だと認めると、とことんまで面倒を見なければ気持ちがおさまらないらしい。その性分のおかげで大分損することもあるのだが、この南京街はもとより、中国本土や香港、台湾から来る同国人たちには絶対の信頼があるようだ。いわば、華僑の大ボスといった存在なのである。

ただ、彼には大物らしく清濁合わせ呑むといった気風があって、注意しないと濁の方――つまり、密輸の片棒をかつげという船員も紹介してくることがある。そんな場合、私は遠慮なく取引きを断わってしまうが、断わっても徐旦那は自分が紹介したからと言って気を悪くすると言うことはない。

「結局《ケキヨク》、むりしないがいいたよ」

と言うのが彼の得意のせりふで、常にあせらず自然のなりゆきに任せるというのが彼の哲学のようだ。それが大人《タイジン》の大人たる所以なのだろう。

ちょうど、二本目の煙草をゆっくり灰にしおわった頃、卓上の電話が鳴った。景子がそれを例の電話よと言わんばかりにウインクしてみせる。

私は受話器をとりあげた。

「アンカー・トレイディング・カンパニイだな」

まるで、洞窟の中でしゃべっているようなよく響く低音《バス》が聞こえてきた。ほとんどなまりのない流暢《りゅうちょう》な英語だった。

「そうだ」

と私も英語で答えた。

「わたしが社長の久須見だが」

「ずいぶん寝起きのわるい社長なんだな」

向こうの声にかすかな含み笑いがまざった。

「もう十一時半だぞ。あと三十分きみが出社しなければ、他のチャンドラーに電話をするところだった」

「朝寝だけがわたしの唯一の趣味なんでね。ところで、なにか注文ですかな……」

「聞いたと思うが、おれは今Y栈橋の八番に入港している天堂号の司厨長《チーフ・スチュアード》だ。今日の夕方までに食糧を納めてほしい。いいか、今から読みあげるから、間ちがいなく届けてくれよ」

私は向こうの言う注文の品をあり合わせのメモ用紙に書きとめていった。書いていくうちに胸の中の灯がだんだん明かるくなってくる。ふつう、中華船と云えばアメリカ船とちがって、けちくさい注文が多いのだ。せいぜい香港や台湾あたりの短い航海だから、本国で仕入れた食糧だけで充分間に合うと言うこともあるし、アメリカ船みたいにぜいたくな食糧を必要としないということもある。おまけに、彼らは日本の相場をよく知っていて、うまみがない。一度などは、たった五羽の鶏を届けたあげくさんざん値切られて、運んだだけ足を出したと言う苦い目を見たこともあった。

しかし、この天堂号の注文は中華船としてはかなりの大物だった。肉類や野菜類とりまとめて小型トラックにいっぱいになる。この分だと、今月はどうやら景子の月給を遅らせないですみそうだと思いながら、私は筆を走らせた。注文をし終わると天堂号の司厨長は、総額がどのくらいになるかと訊ねた。

「まずざっと三十万ぐらいでしょうな」

と私は答えた。

「ところで、この請求書はどこの船会社に送ればいいんです？」

「いや、船会社に送るには及ばない。おれの方で一時たてかえて、あとでこちらが船会社に請求するよ。三十万でいいんだな？　今日の四時までに現金で届けさせよう」

あんまりうますぎる話なので、私は自分の耳を疑った。現金で先払いしてくれるとは耳よりな話だ。通常の取引きの場合はまず品物を揃えて船へ納め、その送り状《インヴオイス》に司厨長と船長のサインをもらう。そして、送り状に請求書をつけてその船の所属する船会社へ送る。チャンドラーの手に現金が入るのは、それからなのだ。

「ほんとうに現金《キャッシュ》で先払いしてくれるんですかね？」

私は思わず訊き返した。自分でもその声に疑い深い響きがこもっているのがわかった。

「ああ、間違いなく現金で払うよ。あんたはその紙幣の顔を見てから品物を納めにくればいいのだから、こんな確かな取引きはないだろう」

「それで、送り状の総額はいくらということにしておくんです？」

低い声の裏にあるたくらみを察して、私はこう探りを入れてみた。司厨長の中には、請求書を水ましさせて、その差額をふところに入れたり、リベートを業者に公然と要求したりする者がいる。船員たちが司厨長というと軽蔑したり憎んだりするのはそのためだ。こうして彼らは小金をため、高利で船員たちに貸す。そして、陸へ上がれば小綺麗なレストランでも開いて、余生をのんびり過ごそうという寸法だ。天堂号の司厨長もどうやらその類にちがいない。

私はそう察したのだが、意外な答が返ってきた。

「総額はあんたの見積り通りでけっこうだ。それにリベートも要求はしない。おれはチャンドラーのピンハネをするようなケチな男ではないよ。ただ、ひとつだけやってもらいたいことがある。現金をあんたの所へ届ける男をおたくの社員かあるいは荷物を運ぶ人夫ということにして、船まで連れて来てほしいんだ」

「それはできないことはないが、まさか妙な仕事の片棒をかつがせるんじゃないでしょうな……」

「いや、そうではない。おたくに迷惑はかけないよ。その条件さえ承知してくれれば、取引きは成立だ」

「もし、いやだと云えば？」

「いやだと言うのかね？」

相手の声がからかうように高くなった。

「いくら朝寝をしても、こんな良い条件の取引きを断わるほど商売に不熱心な男だとは思わなかったな。あんたに断わられてもこっちは別に痛くもかゆくもない。他にいくらでもチャンドラーはあるからね」

私はもう一度この取引きの条件を心の中で再検討してみて決心した。もし、密輸の臭いでもすればその場で取引きを止めればいい。とにかく、この危急存亡の秋《とき》に、とり逃すには余りにも勿体なすぎる話だ。

「わかりました。五時に本船でお会いしましょう」

そう云って、私は電話を切った。


景子に送り状をタイプさせ、すっかり品物を集めて、店の前の小型トラックに満載したのはもう四時近くだった。

臨時やといの人夫たちを指図して、トラックに縄をかけさせていると、生臭い臭いを漂わせながら徐明徳が近よってきた。

「やあ、すごい荷物だネ。どこの船か？」

彼は久しぶりに仕事にありついた私を祝福するように声をかけた。

「中華船だよ。天堂号というんだが、徐さん知らないか？」

「ああ、香港から来た船だろ。名前知ってるが、トモタチいないよ。でも、天堂号はいい名前だな」

「どうして？」

「天堂言うたら、天国《テンコク》のことだよ。これだけ注文あれば、アンカー・トレイティンクもテンコクだな」

徐は私の肩をたたいて、うれしそうに笑った。

「それが、あまり天国みたいな話すぎるんで気味がわるいんだがね」

私は店の中へ入ると、今朝の話をすっかり徐の耳へ入れた。話を聞き終わると、徐はアンコウに似た顔をくもらせて首をかしげた。

「クスミさん、あんまり話うますぎて、キモチわるいね。なんたか、いやな臭いするよ」

「そうなんだ。ぼくもどうも妙な予感がするんだが、この条件だと別にあやしいところもないしね」

「あやしいとすれば、その現金持って来て、船へ行く男たな。そいつがなにかかくしていると税関うるさいよ。営業停止になるといけないから、連れて行く前によく身体検査することたな」

「うん、ぼくもそうするつもりだった」

「天堂号の司厨長が、とんな男かわたし調べてみるね。仲間に訊けば誰か知ってるたろ。あんた、べつに心配することないよ」

「ああ、そうしてもらえればありがたいんだが……」

徐はニヤリと笑いウロコのついた手で私の顔をなぜた。これが彼の親愛の情をこめたいたわりなのである。私はその生臭い友情をありがたく受けることにした。

四時きっかりに、その男は事務所へやってきた。背が低く、着ている濃紺の背広がはち切れそうに太っているくせに、顔色がひどく悪かった。太っていると言うよりもむくんでいるという印象を受ける。眼の下に黒い隈《くま》があり、頬の肉はたるんで死人そっくりの蒼白さだった。

彼はマホガニー色のデスクをへだてて私の前に立つと、名刺をすべらせてよこした。名刺には泰永貿易公司営業部長　柳原宏と印刷してある。

「天堂号の件で来ました。恐縮ですが本船までご同行させていただきます」

男は立っているのが辛そうに肩で息をしながらそう云った。言葉にはほとんどなまりがなかったが、私はどことなく日本人らしくないものを男から感じとった。男が話すたびにねばっこい息が私の鼻先に漂《ただよ》ってくる。その饐《す》えた臭いの中に、胸がむかむかするような甘ったるい香りがまじっている。多分、阿片かマリファナをやっているのだろう。

「その前に現金を見せていただきたいですな」

と私が云うと、男はのろのろした手つきで内ポケットを探り、白い封筒をとりだすと私に渡した。中には真新しい一万円札が三十枚、きちんと二つ折りになって入っている。数え終わると、私は訊ねてみた。

「実は、さっき司厨長には三十万ほどと言ったのですが、正確な総額は二十八万六千円になります。お釣りは今ここであなたに渡しましょうか？　それとも、本船で司厨長に……？」

「いや、それにはおよびません」

男は赤く濁った小さな眼をしばたいて、頭をふった。

「わたしの運び賃のチップとして、そのお釣りはさしあげますよ」

「どうも、それは恐縮です。チップをいただいた上に、こんなことを申しあげてはなんですが、ご承知の通り、われわれは品物を本船へ運ぶ前に、税関の検問所で身体検査を受けます。その時に、なにか妙なものを発見されると、営業停止を食うおそれがあるのです。それで、大変申し訳ないのですが、念のためあなたの身体を私に調べさせていただけませんか」

彼らがなにかを本船に持ちこむつもりなら、男がきっとこの申し出を拒否するだろうと思ったのだが、男はあっさりとそれを承知した。

「ごもっともです。どうぞご存分に」

私は彼の身体をかなり念入りにさわってみた。靴底までたたいてみたが、マリファナ入りの煙草や阿片のかけらも持っていそうにない。私はなんだか割切れないものを感じながらもほっとした。

男はそんな私の顔色を読みとって、ニヤリと笑った。

「どうです？　お気がすみましたか？」

「いや、失礼しました。これで安心してご一緒できます」

と私は云った。

「しかし、うちの社員としてお連れするわけにはいきませんな。と言うのは、社員だと写真を貼付した身分証明書を税関に見せなければならないんですが、今からそれを用意するのは不可能ですから、うちの臨時やといの人夫ということでお連れしましょう。これなら、責任者他何名という許可証さえ持っていれば乗船できます」

この私の申し出には、もう一つの安全弁がかくされていた。人夫という資格だと、まさか、濃紺の背広という恰好で港へ入るわけにはいかない。ここで、作業衣と着かえてもらうことになる。もし、背広になにかを縫いこんでいたとしても、それを本船へ持ちこむことは不可能になるわけだ。

私は景子に柳原に合うような作業衣を出すように命じた。

柳原はその申し出にも、なにひとつ異議を申し立てなかった。そればかりでなく、景子という妙齢の女性の眼もはばからず、さっさとその場で背広をぬぎすて、カーキ色の作業衣に着かえてみせた。下着だけのハチノコみたいにぶよぶよしたその醜悪な身体があらわになるにつれ、さすがに好奇心の強い景子もへきえきして、トイレへ避難してしまった。

「さあ、これでいいでしょう。出発しますか」

突き出した腹の下からはみだしたシャツのスソを、苦しそうにズボンの中へ押しこみながら、柳原は云った。

税関のチェックもなにごともなく終わり、小型トラックは五時少し前に八号桟橋へ着いた。私は柳原だけを連れて、ひとまず先に司厨長に会いに行った。タラップの上にいる税関吏も許可証をちらと眺めたきりで、なにも云わなかった。

司厨部の部屋は後甲板から居住区へ入った一番最初の船室だった。入ったとたんに、安ポマードとニラとがまざり合った強烈な臭気が鼻孔を刺激した。

司厨長はベッドのわきに据えつけになっているスチール製の小さなデスクに向かって、なにか書きものをしていた。うす汚れたTシャツ一枚の背中は、陽にやけたたくましい筋肉をうき上がらせている。私はその背中に向かって、アンカー・トレイディングの久須見だが、と英語で云った。

「ああ、待っていたぞ」

そう答えながら、くるりと回転椅子をまわして司厨長はこちらに身体を向けた。肩はばが広く腰がしまって、東洋人には珍しくスマートな身体つきだが、その小さな顔一面に硫黄島の戦場の跡みたいな穴が無数にあいている。右の眼が細く、左の眼が大きく、その上、その視点がそれぞれ別の方向を向いているので、なんとなく、暗闇で不意打ちをくらった男の断末魔の表情を思わせる。

「それじゃあ、ちょっとその送り状をみせてもらおうか」

アバタ面でやぶにらみの司厨長は、私の手から送り状を受けとると、赤鉛筆を手に項目をチェックしはじめた。やぶにらみでも送り状をチェックするのは別に不自由を感じないらしい。

「あなたは機関部の司厨長なんですか、それとも甲板部の司厨長なんですか?」

と私は訊ねてみた。

普通の船は甲板部も機関部もなく、船員全体の食糧を一人の司厨長が一括して取り扱うが、中華船だけは甲板部と機関部とそれぞれ司厨長がいて別々に食糧を仕入れ、別々の料理をつくることが多い。中国は料理の国といわれるだけあって、こと食い物に関すると出身地や職業によっていろんな差が出てくるのだろう。

「いや、この船はおれ一人が食糧一切の責任者だ」

と司厨長は答えた。

「もっとも、料理は出身地の代表がそれぞれやっているがね。材料の仕入れはおれの方へかならず申告して受けとることにしている」

「なるほど、それで注文が多かったんですな」

私はようやく中華船にしては注文の多かった理由が納得できた。

「さて、それじゃ品物を冷凍室《アイス・ボックス》に運んでもらおうか」

送り状を片手に司厨長は立ち上がった。

「品物をチェックし終わったら、またこの部屋へ戻ってくる。サインする必要があるし、それにあんたにもうひとつ頼みがあるんだよ、ミスター・クスミ」

やぶにらみの顔が私の方に向き、うすい唇がひきつった。愛想笑いのつもりだろうが、沼の中から爬虫類に微笑みかけられたような気分でぞっとする。

「それから、柳、おまえはどうせ荷物を運ぶ役には立たんだろうから、ここに残れ」

そこまでは英語で言い、あとは中国語で柳原になにかを命じた。どうやら広東語らしく私には一言もわからなかった。とにかく、この柳原と名乗る男が私の予感通り柳という中国人だったことは間違いないようだ。

私の内部で疑惑が頭をもたげ、このうますぎる話の裏側に眼を光らせはじめた。しかし、今のところはその表面からなにもよみとることはできなかった。

(まあ、いいさ)と私は心の中で呟いた。(どうせ、乗りかかった船だ。とことんまでつきあってやれば、今に向こうから正体を現わすだろう)

そう覚悟を決めると、私は司厨長に従って船室から出た。

品物を冷凍室へ運びこむ作業は一時間たらずのうちに終わった。

司厨長の部屋へもどると、部屋には柳ともう一人の男が待っていた。柳と同じぐらいの背恰好で、やはり身体がはちきれそうに太っている。二人並んでベッドに腰をかけたところは双子みたいによく似ていたが、近寄ってみると、その違いがはっきりわかった。

柳の顔色の悪いのにくらべて、その男の頬はピンク色に輝き、いかにも人の好さそうな気弱な笑みが厚い唇の端に浮かんでいる。

「この男は呉さんと云ってね、香港に住んでいる雑貨商の方だ」

司厨長は例の愛想笑いをしながら、男を私に紹介した。呉は立ち上がり、ていねいに私に向かって頭を下げた。

「頼みと云うのは他でもないんだが、この呉さんを柳の代わりにあんたに連れ帰ってほしいんだよ」

回転椅子に腰を下ろすと、司厨長はさりげない調子で云った。

「ちょっと待って下さいよ」

私は司厨長をじっとみつめた。

「つまり、密入国の手助けをしろと云うんですか?」

「まあ、そんなところだ」

やぶにらみの眼がキラリと光り、唇がゆがんだ。

「あんたも永い間チャンドラーをやってきたんだろうから、危ない橋の一度や二度はわたったことはあるんだろう？　現金で前払いなんてうまい話には、これぐらいの危険《リスク》はつきものさ。それに、実際のことを言えば、リスクなんてほとんどない。税関がチャンドラーに眼を光らせるのは、密輸品を持って出ないかと言うことと、入った時と頭数が同じかということだけで、人相まではいちいち覚えてはいないだろう。それに幸い、柳と呉さんは背恰好が同じだ。十中八九、あやしまれずに検問所を通れるのは間違いない」

「十中の十、間違いなくても、わたしはごめんだな」

私はにべもなく答えた。

「これでも堅気な商売が気に入っているんでね。その他のやり方で金をもうけようとは思わないんだ」

「なるほど、そうすると、残念ながらこの取引きは中止ということになるな」

司厨長はわざとらしく私の眼の前で送り状をひらひらさせながら、楽しそうに云った。

「それに、サインをしないと云う気かね？」

と私は訊ねた。

「どうも注文した品数と合わないようだし、品物の品質もわるい。これはキャンセルして持って帰ってもらうより仕様がないな」

送り状と私の顔を見くらべ、司厨長は眉根を寄せてみせた。

「渡した金は帰り次第、柳に返してもらおうか。早速、他のチャンドラーに頼む必要があるからね。一番景気のわるそうなチャンドラーにもうけさせてやろうと思って、あんたのところを選んだんだが、やっぱり、金もうけの下手なやつは度胸もないんだな」

「たしかにうちの社は火の車だがね、うさんくさい仕事に手を出すほど困っているわけじゃない。キャンセルしてもらって結構だ」

私が司厨長から送り状を渡してもらおうと手を出した時、その手をまるまっちい掌が横から押えた。ふり向くと、呉が哀願するような眼をじっと私に向けていた。

「あなたに大変困ることお願いして、申し訳ないです。あたし、頭さげます」

たどたどしい英語でそう云いながら、呉は何遍も頭を下げた。

「でも、あたし、言うこと、すこし聞いて下さい。あたし、二十年前、上海にいました。妻と娘と三人、大変平和に暮らしました。それから、革命軍来る言う話ありました。商売めちゃめちゃなるおどかす人いました。あたし、先に妻と娘逃がしました。それから、しばらくして、あたしも香港へ行きました。妻と娘どこに逃げたかわからない。探したくても、その時、あたしお金なくて探せない。二十年間、いっしょけんめいお金ためました。今はようやく、お金少しだけたまりました。ある人、あたしの娘、ヨコハマにいるとこ見たと言いました。妻は死んで娘だけ一人でヨコハマにいる云います。大変可哀想です。でも、あたし、正式のパスポートありません。日本へ渡ることできません。それで、この船のスチュアードにたのみました。あたし、日本にわるいことしに来たのではありません。娘会うだけです。ほんとに、一眼だけ娘見たいです。あなたなら、それしてくれます。お願いです」

彼の英語はわかりにくかったが、その心情は素直に私の心に伝わってきた。細い眼から涙があふれだし、ピンク色の頬を伝わって床に大きなしみをつくっていた。彼はもう幼児のように手放しですすりあげている。

私の頭に、『出入国管理法違反』という文字と『営業停止』という文字が交互に浮かんでは消えていった。しかしその文字よりも、私の腕をしっかりつかまえている呉の掌の暖かみの方がずっと現実味を帯びて感じられる。私はそっと手を放した。

「わかった。わたしはどうも人の顔を覚えるのは苦手でね。臨時の人夫の顔なんかまともに覚えていられたためしがない。だから、どんな男をここへ連れて来たか覚えていないんだ。呉さん、多分、あんたを連れてきたんだろうよ」

私の真意がわかったらしく、呉はまた大粒の涙をあふれさせながら頭を下げた。

「謝々《シエシエ》、どうもありがとう」

「ただし、身体検査だけはさせてもらいますよ」

私は柳にしたと同じように、呉の身体をさぐった。別にあやしいものをかくしている気配はなかった。

「それで安心したろう」

司厨長が横から云った。

「呉さんを連れて帰って、八時までお宅の事務所にあずかってほしい。八時に泰永公司のものが迎えに行くことになっている。なにしろ、呉さんは横浜の地理に詳しくないんでね。娘さんの家まで案内させることにした」

私はうなずくと、柳の作業衣を呉に着せるようせきたてた。こんなところに長居はごめんだ。一刻も早くこの後ろ暗い仕事を終え、どこかで一杯やりたい気持ちだった。

タラップを降りる時も、呉があんまりのそのそしているので、気持ちがいらだった。太りすぎのせいか、なんだか足もとの頼りなげな歩き方をしている。彼はタラップの途中で二度も立ちどまり、大きな溜息を吐いた。

帰りは人夫たちに知られないよう、呉を運転席の助手席に乗せた。来る時は、私が助手席に乗っていたから、運転手も柳の顔をよく覚えているはずがない。

幸い、もう夕闇がたちこめはじめていた。検問所では係り官が面倒くさそうにくわえ煙草でやってきて、許可証の人数と頭数とを調べ、トラックの荷台と運転席をのぞきこんだ。それから、われわれを一列に並べ、手際よく身体検査をはじめる。呉の順番に近づくにつれて、私の心臓が不規則に波うつのがわかった。呉の顔も心持ち蒼ざめてみえる。

係官は馴れた手つきで、呉の身体を上から下へ、下から上へと探った。その眼がキラリと光り、じっと呉の顔をみつめる。私の背筋に虫の這うような感触が走った。

「おっさん、よう太っとるな。荷物どころか自分の身体運ぶだけで、きついやろ」

にやりと笑うと、係官は呉の突き出た腹を平手で軽くたたいた。

私はほっと肩の力をぬいた。

「よし、次！」


事務所へ帰ったのは七時半だった。

私はそのうす汚れたせまい部屋が天国のように見えた。デスクの上に尻をのせ、ポケットから煙草を出す。その一服が今まで心の中に沈んでいたしこりを心地よく溶かしてくれた。

「まあ、あんたも腰を下ろして、一服したらどうです。迎えが来るまでに、あと三十分ある」

呆然と突っ立っている呉に気づき、私は煙草の先でソファを指しながらそう云った。

「どうも、ありがとう」

呉はもじもじと身体を動かした。ピンク色の頬が蒼白になり、汗に濡れている。

「あたし、ちょっとお腹のぐあいおかしいね。トイレ貸してもらえないか？」

なんだと私は思った。この先生は下痢気味なんで、あんなおかしな歩き方をしていたのか——緊張しすぎると急に便意をもよおすのは誰にもあることだ。

「トイレはそこにある」

私は階段を登りきったとっつきにある便所を教えてやった。

私もトイレに滞在する時間は決して短い方ではないが、呉もその方ではかなりの辛抱強さをもっているらしい。十五分ほどたっても出てくる気配はなかった。

所在なさに、あたりを見まわすと、きちんとおおいをかけたタイプライターの上になにか紙片れが置いてあるのが眼についた。私は松葉杖をとりあげ、景子のデスクに近づいた。

紙片れはタイプ用紙で、その上に鉛筆の走り書きがしてある。

『お帰りになるのが遅くなりそうなので、お先に失礼します。お仕事がうまくいきますよう、心から祈りながら……

もし、このお仕事がうまくいかなければ、あたしのお給料も先へ延びそうですものね。でも、そうなったら、それでもいいわ。そのかわり、その時は社長とタイピストということではなく、男性対女性という立場で一度デイトをしていただきます』

私はどこか稚さの残っている景子の筆跡をみつめながら微笑んだ。残念ながら、デイトは実現しないだろう。たとえ、うしろ暗い仕事でも、とにかく仕事は成功したのだ。

カチリとトイレの開く音がして、呉が手をふきふき出て来た。ようやく頬に元通りのピンク色がもどり、歩き方も大分楽そうになっている。彼はほっと溜息を吐くとソファにゆったり腰を下ろした。

「ほんとに、いろいろお世話になりました。日本の人、親切のこと、よくわかりました」

感謝の色をこめて、彼はじっと私をみつめた。

景子の手紙をポケットにしまい、私は手をふった。

「いや、なに、大したこともできなくって。それより、呉さん、娘さんに会っても、それからの生活をどうするつもりです。こういう形で日本へ上陸しても、おいそれと職はみつからんし、商売するのも容易じゃない」

その言葉を聞くと、呉の顔を暗い翳がおおった。

「そう。そのこと、あたし不安です。でも、いつでも、あたし、一人でなんとかやってきた。香港へ行ったときも、今と同じ。お金もなく、身分もなかった。それから、身体ひとつで商売はじめた。祖国のない人間、いつでもそうです。頼れる人ない」

「もしよかったら、この階下にいる徐という男を紹介しますよ。あんたと同国人だし、えらく世話好きな人でね。きっと徐さんなら、なんとか身の立つよう計らってくれるでしょう」

「ありがとう。あんた、ほんとに親切の人。あたし忘れません。ここへ来たら、司厨長なんとかしてやる云ってくれた。あの人も親切の人だが、少し裏がある。大変欲ばりです。あたし、今までに三千ドルとられた。お金みせる間しか、あの人、信用できない人です。もしなにかあったら、あたしあなたに相談します」

「どうぞ、いつでも相談にのりますよ」

「ほんとは、今、あんたに相談したいことがある……」

そう言って、呉は考えこみ、それから決心したように顔をあげた。

「これ話できる人は、ほんとに信用できる人。あんただから、あたし、話します。実は、ここへ来ることについて……」

呉がそこまで話した時、階段を登ってくる足音がした。ぴくりと身体をふるわせ、呉は話をやめた。それから、そっと立ち上がると私のそばに近よりささやいた。

「迎えの人来ました。くわしい話できません。明日、もう一度、あたし、ここへ来ます。その時、ゆっくり話します」

呉がソファにもどると同時に、二人の男が登り口に姿をあらわした。二人ともネクタイをきちんとつけ、仕立てのいい背広を着こんでいるが、身のこなしにどことなくやくざっぽい匂いがつきまとっている。

「お待たせしました。泰永公司のものですが呉さんをお迎えにあがりました」

それでも礼儀正しい口調で一人が云い、呉の方に歩みよった。もう一人も、同時に呉のわきにぴったりとよりそうように歩みよる。両側からはさまれて、呉は一瞬おびえた表情をみせ、救いを求める表情で私を見た。

「そんなにあわてることはないでしょう。あなた方もゆっくりしていったらどうです」

私が声をかけると、男たちは無表情にこっちを見やった。

「いや、支店長が待っておりますので、これで失礼します」

「それに、呉さんの娘さんも早くお父さんのお顔が見たいそうで……」

二人は異口同音に答えた。ていねいな言葉づかいだが、まるでテープ・レコーダーに吹きこんだように情感の失せた声だった。しかし、娘という言葉がおびえた呉の心をふるいたたせたらしい。彼はようやく重い腰をあげた。

「それじゃ、ミスター・クスミ。ほんとにお世話になりました。また、お会いできれば、と思います」

私はうなずくより仕様がなかった。三人は並んで一礼すると、階段を下りていった。その足音が事務所の天井にこだまするのを私はじっと聞いていた。さっきまで、天国のように思えたこの事務所に、今は墓場のように陰気くさいしめった空気がたちこめているように感じられた。私は景子のいたずらっぽい瞳が無性に恋しくてならなかった。

その晩はウイスキーの力を借りてぐっすり眠るつもりだったが、妙に眼が冴えて熟睡できず、翌朝は八時に自分のアパートを出てしまった。

事務所へつくと、徐明徳がびっくりした顔で近づいてきた。

「クスミさん、どうしたね。春なると独身の男はよくねむれないか?」

「ああ、ゆうべは妙な目に会ってね。どうもさっぱりしないんだ」

「身体の具合わるいんだろう?　わかってるよ」

徐は急ににやにやして私の顔をみつめた。

「あんたが、チがわるいとは今まで知らなかったね。結婚前のカラダだから、ヒミツにするか?」

「なんだって?　チってなんだね?」

「チだよ。わからないかね。ここだよ、ここがいたくなるやつよ」

徐はだぶだぶした自分の尻をおさえて、眉をしかめてみせた。

「なんだ、痔だろ、それは。おれは痔なんかわずらったことないぜ」

私の答えに徐は首をかしげ、それからまたわかったというふうに首をうなずかせた。

「そか。それじゃ、ケイコさんだな」

「三島君がどうかしたのか?」

「あの娘はほんとにきちんとした娘とおもってたがね」

徐はさも情けなさそうに頭をふった。

「やっぱり、近頃の娘はだらしがないな」

「いったい、なにをなげいているんだ」

「今朝、うちのカミさんが事務所のトイレの掃除したね。そしたら、トイレの便器のまわりにいっぱい血がついてたよ。あれは痔の人が入ったか、それとも、娘さんの……」

徐は言葉を切り、わかっただろうと云うふうにウインクしてみせた。

「おいおい、それは三島君にわるいぜ」

と私は大急ぎで言った。

「昨夕トイレに入ったのは、おれのお客さんだよ。どうも歩きぶりがおかしいと思ったら、下痢じゃなくて痔のせいだったのか。そりゃ、あのお客のせいだよ」

「そうだろ。おれもあの景子さんにかぎってとおもったよ」

徐は首をすくめた。

「あの娘に今おれが云ったことないしょにたのむよ。あの娘はいせいがいいから、どなられちまう」

「もう、三島君は来ているのか?」

「いや、あの娘はいつも九時きっかりに来るね」

事務所へ上がって、マホガニー色のデスクに頰杖をついてみたが、景子のいない事務所はなんとなく落ち着かず、私をよそよそしい眼でみつめているような気がした。

九時まで、まだ一時間あまりある。それまでコーヒーでも飲んで時間をつぶそうと思い腰を浮かしかけると電話が鳴った。

「もしもし、アンカー・トレイディングですか」

そのたどたどしい英語はまさしく呉の声にちがいなかったが、それにしてはひどくしわがれて聞きとりにくかった。

「ああ、呉さんですか。久須見です。娘さんには逢えましたか?」

「どうも、ありがとう。会えました。娘も喜んでいます。ほんとにお世話かけました。トイレまでお借りして、あたし、あのトイレを大分よごしましたね?」

私はにやりと笑った。

「おかげで二人ばかり無実の罪を被せられたやつがいます。あなたも早くあの病気を直した方がいいですな」

「すみません。でも、あのトイレ、水の出があまりよくありません。修理した方がいいですね」

そこで言葉を切り、しばらく黙ってからあとを続けた。

「あの……娘があなたに会いたがっています。会っていただけますか? 今日の昼食をご一緒していただければ、大変うれしいです。十一時に迎えにやります。昨日、事務所へ行った人です。わかりますね？　来ていただけますか？」

「ええ、結構です。うかがいましょう」

電話を切り、腰をあげて、階段の方へ行きかけた私はそこで足をとめた。すぐ眼の前にトイレの扉がある。今の電話のことが妙に頭にひっかかっていた。呉はトイレを修理しろと言ったのだ。しかし、その言い方はどうもあの気の弱そうな呉に似合わず、押しつけがましいところがあった。

私は扉を開け、中へ入った。トイレの中は徐の細君が掃除してくれたまま、塵ひとつ落ちていない。白いタイルも汚れはなく、むしろ事務室よりも綺麗なぐらいだ。私は何気なく便器の中をのぞき、ついでに把手をひねって水を流してみた。いつもの通り、水はスムーズに流れる。この便所の水洗がこわれていたという覚えはなかった。しかし、呉は修理の必要があると云ったのだ。私はふと思いつき、便器の後ろにある水槽のふたをとって中をのぞきこんだ。水槽の下に、なにか細長い筒のようなものが沈んでいる。右手をつっこんで私はそれをとりだしてみた。それはビニールの袋に包まれた細いソーセージのような形をしていた。ちょうど太さが親指ぐらいで、長さは四センチ足らずだ。中につまっているものは柔かいパテのようなもので、にぎりしめると固い石ころに似た感触がいくつか掌にさわった。

私は水槽の蓋をしめ、その袋をハンケチでよくぬぐうとポケットへ収めた。

トイレから出るなり私はすぐに階下に向かって大声で徐を呼んだ。徐は相変わらず悠揚せまらぬ態度で階段を登ってきたが、私が例の袋を見せると、だぶついた頬をひきしめて訊ねた。

「これ、とことから出てきたね？」

私は呉の電話の内容と、それがヒントで水槽から袋をみつけたいきさつを残らずしゃべった。

「やぱり、そうか。クスミさん、これ密輸の人がよく使うトウクだよ」

「トウク？——ああ、道具か。うん、おれもちょっと聞いたことがある」

密輸業者が黄金を運ぶ場合によく使う手段だが、黄金塊を細長い延べ棒に仕立て、それを運び屋と称する男たちが、自分の身体の中へ入れて税関の眼をくぐりぬけ陸へ持ちこむのである。

「しかし、これは黄金じゃないな」

「黄金よりもっと値打ちあるもんだよ」

徐は袋をつまみながら、鋭い視線を私に向けた。

「タイヤモントたね、これは」

「ふうむ。すると、あの呉が運び屋だったわけか……」

私の言葉に、徐は眉をあげ肩をすくめた。

「そうかも知れないし、そうてないかも知れない」

「と云うと？」

「運び屋としても、新米たね。そうちゃなければ、あんなにいっぱい血を流さないよ。おそらく、はちめて、運びやったんちゃないかな？」

これで、呉がひどい痔持ちのようにおぼつかない足どりだったわけがわかった。

「クスミさん、あんた一人で、その招待にてかけていくのあぶないな」

徐が心配そうにそう云ったが、私には別の考えがあった。営業停止にされそうな危ない橋を渡らせられたあげく、うまく足をすくわれたのが腹にすえかねたのだ。いやそれよりも、金ぐりの苦しさにバカな踊りを踊ってみせた自分自身がほとほといやになった。その自己嫌悪は相手の面の皮を思うさまひんめくってやるまで消えそうもなかった。

私はその方法をゆっくり徐と相談し合った。

十一時までがひどく永い時間に感じられた。好奇心の強い景子はもうなにか気配を感じたらしく、あの手この手と探りを入れてきたが、それを私はのらりくらりとかわして、ひたすら十一時になるのを待ちわびた。

十一時になり、階段に足音が聞こえた時はあの不気味な若者たちに一杯おごってやりたいような気分だった。

二人は昨日と同じように礼儀正しく、無慈悲で冷酷な気配をあたりに漂わせていた。

私は景子に今日はこれで帰っていいと言い置いて、男たちと表へ出た。表には黒のセダンが横づけになっている。一人が運転席へすわり、もう一人の男はよりそうように私の横の空席に腰を下ろした。セダンは軽々とスタートし、南京街をぬけると海岸通りから磯子へ向かって走った。関門まで来た時、横にすわっていた男が用事があると言って車を降りた。どうせ、私の事務所へもどっていったのはわかっていたが、私はなにも云わなかった。

車が海のそばのハイウェイを通りぬける間、セダンを夢中になって追いかけてくるオートバイ狂の一団があった。いかにもオートバイ狂の若者たちらしく、揃いの白いヘルメットと黒い革のジャンパー姿で、奇声をあげながらセダンの前後を縫うように走りまわる。運転席の男は烈しく舌打ちしたが、私はその中に徐の家へよく来る青年団の若者の顔をみとめ、にやりと笑った。

やがて、オートバイ狂たちの姿は見えなくなり、ほっとした顔つきの運転手は急カーブを切ってハイウェイを逸《そ》れ、山の方へ道路を向けた。しばらくはひどい砂利道だったが、それを何回か折れ曲がると車は山の上のアスファルト道路へ出た。そこからさらに一キロほど走ったところで、もう一度右折し、二百メートルほど走って雑木の林を通りぬけると、正面に緑色の瓦屋根をのせた家が見えてきた。二階建てのかなり大きな洋館で、右手には山の斜面を利用した庭園が下の方まで続いている。

車は玄関の石段の下で止まり、大きく警笛を三度鳴らした。私が車から降りる間に、玄関の扉が開き、黄色いスポーツ・シャツをつけた色の浅黒い中年の男が身軽に石段をつたって私の傍に立った。

「これはようこそ。私は泰永公司の支店長で楊と申します。どうぞ中へお入り下さい」

男は巻き舌の英語で言うと、私を追いたてるようにして、邸内へ招じ入れた。

邸の中は広いわりに調度らしいものもなく、がらんとして埃っぽい匂いがした。

「どうも、男世帯で手入れが行き届かなくって困ります」

楊はそこだけ手入れの行き届きすぎてつやつや光っている頭に手をやり、気取った手つきで玄関のすぐそばにある扉を開けた。

部屋へ入るとすぐ、モザイクの床の上にうつぶせに倒れている男の姿が眼に入った。海岸にうちあげられたくらげのように、水っぽくふくれあがった身体をぐったりと横たえている。呉に間ちがいなかった。

その傍に立って、右手に拳銃をだらりと下げている男がこっちに顔を向けた。

「やあ、あんたか。待っていたよ」

その声も、視点の定まらぬちぐはぐの眼つきも昨日と変わらなかったが、着ているものは汚れたTシャツではなく、しゃれたグレイのウーステッドの背広だった。

背後で扉が閉まり、背中に固いものを押しつけられるのを感じながら、私は部屋の中央へ進んだ。

その動きにつれて、司厨長の右手の拳銃があがり、私の腹のあたりへねらいをつける。私は腹の中に妙なしこりができてくるのがありありとわかった。

「それ以上前へ出る必要はない。そこの椅子に腰かけて楽にしていろ」

司厨長の言葉に従って、私は眼の前の肱かけ椅子に腰を下ろし、何気ない手つきで松葉杖を持ちかえた。

「おい、その男もそのソファに腰をかけさせてやれ」

命令どおり、楊が重そうに呉の身体をかかえ部屋の隅にある古ぼけたソファへすわらせた。横顔にべっとりと床の埃りをつけたまま、呉はのろのろとうす眼を開け、大きく溜息を吐いた。

その眼が私の顔を捕え、一瞬とまどうように大きく見開かれた。

「すみません、ミスター・クスミ。あんたをまきぞえにするの気持ち、なかった」

しわがれた呟きが切れ切れに唇からもれる。そのぶ厚い唇も端の方が裂け、そこから血が糸のように胸にしたたっていた。

「おれの方がバカだったのさ」

と私は言った。

「運び屋の口車にのって、あんな人情話にごま化され、まんまといっぱい食わされたんだからな」

「いや、それちがう。あたし、あんた、だますなかった。娘の話、ほんとだ」

呉は首をふりながら、弱々しい視線を私に向けた。

「ただ、日本へ来て娘に会うとき、少しだけお金ほしかった。あたしと娘と、しばらく暮らせるだけ。それで、司厨長に相談した。そしたら、司厨長、財産、ダイヤに変えてみつからずに運ぶ方法、教えてくれた。あたしその通りにした……」

「まったくへまな運び屋だよ」

マントルピースに背をもたせかけていた司厨長が横から口を出した。

「あの歩きっぷりじゃ、いつ見つかるかとひやひやしたぜ」

「あたし、苦心してダイヤ持ちだした。それ、娘にやるつもりだった。でも、司厨長横どりする計画たてていたんだ。あたし、なんとなくそれ感じて、あんたのとこ、トイレへかくした。

あたしの予感正しかった。娘、日本にいる話、みんなウソだ。司厨長、ダイヤとるのが目的だった。昨日ここへ来てからダイヤのありか白状しろと責められた。あたし、云わない言った。殴られたり蹴られたりした。ダイヤより生命大切思って、あたし、あんたのところにある云った」

「なるほど、それでおれをおびきだし、そのすきにトイレを探るつもりだったわけか」

私は司厨長に向かって言った。

「そう言うわけだ。ダイヤが見つかれば二人は死んでもらう。天堂号は今夜出航だからな。死体がみつかる頃は、われわれは安全地帯にいるわけだ」

司厨長は唇をひきつらせて、例の笑いを見せると、さも寛いだふうにマントルピースによりかかった。

私は彼と自分の距離を計ってみた。まず、三歩以上の間かくがある。とびかかってもとても勝ち目はなかった。なにかのきっかけができるまで待つより仕方がない。たとえば、あとをつけてきたあのオートバイ狂たちがここをつきとめることができれば……。

その時、部屋の扉が開き、さっき途中下車した若い男が飛びこんできた。

「どうした？　ダイヤはあったか？」

と司厨長が訊く。

「いや、それが見つからねえんです。おまけに、探してる最中にひどく威勢のいい女が入ってきて、なにをしてるってくってかかりやがってね。この通りですよ……」

若い男の顔には生々しいみみず脹れがくっきりと浮かび上がっている。景子の爪の威力はかなりの効果があったようだ。おそらく、彼女は自分の好奇心の命ずるまま、いったん社を出てから様子を見に帰って来たのだろう。

「仕様がねえな」

舌打ちした司厨長が、ふと眉をひそめ聞き耳をたてた。

「なんだあの音は?」

爆音に似た音が段々こちらに近づいてくる。消音装置《マフラー》を取り去ったオートバイの音だった。

「ああ、どうもさっきからオートバイに乗った連中がつきまとってきやがったが、そいつらかもしれねえ」

「おい楊、ちょっと外を見て来い。どうもへまをやったらしいぞ」

司厨長の命令で、楊と若い男はつづいて扉の外へ消えていった。司厨長はしばらくマントルピースに倚りかかったままだったが、オートバイの爆音がますます大きくなると、いらいらした身ぶりで身体を起こし、扉口の方へ歩み寄った。その左の眼が私の方をうかがっているように見えたが、それはやぶにらみのせいで、実際の視点は外の方に向いているらしい。

私はその自分の勘に賭けることにした。左手の松葉杖をいきなり、司厨長の脚の間へつっこみひねりあげる。

ふいをつかれて、司厨長は思わずよろめいた。彼の拳銃がこちらを向かないうちに、右手の松葉杖を思いきり横にふる。その先端がちょうどこめかみにあたり、司厨長は床の上にくず折れた。その拍子に右手から拳銃が離れ、床の上へすべっていった。

しかし、司厨長の立ち直り方は意外に素早かった。床の上にしゃがみこんだまま、二、三度首をふると、彼はその姿勢からいきなり強烈な右のロング・フックをふってきた。

私は椅子にすわったままの姿勢で後ろにひっくりかえった。

頭の中が熱くなり、ぼうっとかすんだ視線の中で司厨長がにやにや笑いながら立ち上がり、こっちへ向かってくるのがわかった。

彼が足をあげて私の頭を蹴りあげようとした時、銃声が起こった。

司厨長は抱きつくような形で私の方へ倒れてきた。

私はその死体を横にずらして、ようやく起き上がった。

眼の前に、まだ両手に拳銃をかまえたまま、放心した眼付きで立ちつくしている呉の姿があった。

その時の呉の姿は、事件が落着してからも私の眼の前にちらついていた。私は当分、仕事が手につきそうもなかった。しかし、いつまでも仕事をしないわけにはいかない。

それから三日後、警察や税関からさんざ油をしぼられた午後、私がよろよろと事務所にたどりつくと、徐明徳が春の太陽そのもののような明るい笑顔で私の肩をたたいた。

「呉さんはどうしたね？」

「ああ、今、まだ出入国管理法違反でブタ箱に入っているが、いずれ、本国に送還されるだろう」

「その方か、いいんたよ」

徐はもっともらしく、うなずいてみせた。

「結局《ケキヨク》、むりしないかいいからね。身よりのない日本にいるよりその方がしあわせたよ。それから、あんたのとこも、営業許可たいちょぷたったかね？」

「まあ、なんとかかな、しかし、今度こんなさわぎに巻きこまれればもうおじゃんだろうよ」

「これから、うますきる話には気をつけるたね」

大声で笑いながら、徐が生臭い手で私の顔をなぜた時、私は妙なものに気づいて、その手をつかまえた。

「おい、徐さん、これはどうしたんだ？」

徐の薬指には大粒のダイヤが春の陽を受けてキラキラと輝いている。

「ああ、これね。これ買たよ。キレイたろ」

徐は悠然とダイヤを私に見せびらかした。

「ほんとに買ったのかね？」

われながら疑い深い声で私は徐に訊ねた。

「あのダイヤの袋はあんたに渡したきりで、中に何個入っていたかは調べなかったが、それを警察へ渡した時に一個少なくなっていたんじゃないのか？」

「もし、そうたとしても」

と平然とした声で徐は答えた。

「もう、調べようかないちゃないか、そうたろ?」

彼は生臭い手で、もう一度私の顔を楽しそうになぜた。

淋しがりやのキング

ルイーズ号の司厨長《スチユアード》のオコーナーは深く澄み切った碧い眼をしていた。陽に灼けた大きなあから顔のザラザラした肌《はだ》の中で、それは砂漠《さばく》にぽっかりできた二つのオアシスのように見えた。赤いこわそうな髪、大きな鼻やがっしりした顎《あご》、六フィートを越える身長——どこもかしこも荒けずりでいかにもアイルランド系の大男という印象を与えるが、眼だけが物静かな哀しい光をたたえている。

その眼をオイルの浮かんだどすぐろい海の方へ向けながら、彼は低い声で云った。

「昨夜、エンジン・ルームで火事さわぎがあったんだ。ほんのボヤだったが、それでも修理に一週間はかかりそうだ。一週間もドック・ヤードで停泊していることになると、この間注文した分だけではとても船員の食料が足りなくなる。それできみを呼んだんだ」

「わかりました。リストをいただければすぐに品物をそろえましょう」

そう答えてから、私は微笑を浮かべてつけ加えた。

「あんた方にとっては意外な休暇というわけですな」

オコーナーは私の方へちらと視線を向けたが微笑は返さなかった。毛むくじゃらな大きな掌をのろのろとあげ、寸のつまったソーセージみたいな人差し指で顎の先の割れ目を意味もなく搔《か》いた。

「その休暇がほしいばかりにとんでもないことをやったやつがいるのかもしれん。船は停泊中でエンジンは冷えきっていた。火事なんか起るはずがないんだ」

「放火ですかね?」

「はっきりしたことはわからないが、おれはそうにらんでいる。当直員がちょっと仲間の船室に首をつっこんでポーカーの勝負を見ているうちに、発電機のそばにあったボロ布《ぎれ》を入れておく木箱が燃えだしたんだ。それがオイルに燃えうつって、一時は大変なことになりそうだったが、船に残っていた連中が総がかりでようやく消しとめた。おかげで昨夜はおれも徹夜だったよ」

碧い眼をしばたたくと、彼は小さなあくびをもらした。

「陸《おか》が無性に恋しくなって、ときどきとんでもないことをしでかすやつがいるもんだ。まだ年季の入っていない船員に多いがね……」

「すると、お気の毒に全員上陸停止ですな。この暑さだと船に残っているのは辛いだろうな」

「それがそうじゃないんだ。船長《キャプテン》のやつ、放火だということになって騒ぎが大きくなると自分で責任をかぶらなければならないものだから、機関長と腹を合わせて発電機のショートのせいにして報告書を出したようだ。上陸停止は機関部の連中だけさ」

「それならば、上陸してゆっくり遊べるじゃないですか。わたしが横浜の面白いところをご案内してもいいですよ」

そう云いながら、幇間《ほうかん》じみた愛想笑いを浮かべている自分に私はかすかな嫌悪《けんお》を感じた。私がシップ・チャンドラーという商売に嫌気がさすのはこういう時だ。われわれの商売は、入港してきた外国船の不足した食料や船員の注文を聞き、それを一括して納入することによって成り立っている。司厨長や機関長が直接港で買い集めれば安くつくのだが、品物をいちいち集めるのは大変な手間がかかるし、第一、彼らにはどこの店でなにが安く買えるかという土地カンもなければ、日本語も通じない。結局、われわれシップ・チャンドラー業者に頼む方が割高でも簡単で確実だということになる。

ただし、私の会社のようなちっぽけなチャンドラーが不定期船めあてにむらがる商売敵を押しのけて注文をとるのは容易なことではない。自然、業者の選択権をにぎる司厨長にリベートをやったり、遊びのお相手をしたり、女を世話したりしてご機嫌をとりむすび、注文をうばいあうわけだ。

ベトナム戦争がはじまってから、ルイーズ号はしょっちゅう横浜に入港してくるようになり、私もオコーナーとは顔なじみになった。彼は私が気に入ったらしく、入港すると必ず私の社に食料の注文《オーダー》をくれた。私もこのとっつきにくく無愛想なアイルランド系の大男になんとはなしに親愛の情を抱いている。

もっとも、それも十パーセントのリベートという絆《きずな》が二人を結びつけている上での話だが……。

他の貨物船の司厨長なら、これぐらい交際《つきあい》が深くなって、注文をしょっちゅうくれるようになると、たいがい女を世話しろぐらいのことはほのめかすのだが、彼は今まで一度もそんな要求を私にしたことはなかった。といって、こっちがのほほんとかまえていれば、他の業者がうまい餌《えさ》をぶら下げて注文を横どりしにくるかもしれない。今までにもそういう苦《にが》いめには何度もあっている。

女を世話するのはごめんだが、ご馳走《ちそう》と酒でオコーナーとの親愛の情を深めておくチャンスだと思い、私は彼を誘ってみた。

「ノー・サンキュー」

と彼は無愛想に答えた。

「おれは上陸しないつもりだ。きみにはわるいが、おれは日本という国が好きにはなれない。特に日本人《ジャップ》を見ると胸くそがわるくなる。戦争中、おれはフィリピンにいた。娘と二人で暮していたんだ。そこへ日本兵がやってきて、娘を銃の台尻《だいじり》で殴り殺し、おれを収容所にぶちこんだ。娘は三つだった」

オコーナーのいかつい顔にはなんの表情もあらわれなかった。他人のことを話すような淡々とした口調が、かえって私の胸を突き刺した。

彼は碧い眼を私に向けた。

「しかし、ミスタ・クスミ、きみだけは別だよ。どういうわけかおれはきみが日本人《ジャップ》だとは思えない」

「わたしももとは軍人だったんですよ」

と私は答えた。

「特攻用の潜航艇《サブマリーン》の艇長《スキッパー》だったんです」

「そうかね」

オコーナーはうなずいて、首をふった。

「もう二十年以上も前のことだ。自分でも忘れるべきだと思うんだが忘れられない。娘が生きていれば二十七になっている。きっと結婚して、孫を生んでいただろう」

彼の視線は私から自分の太い腕にうつった。とても五十を越した男の腕とは思えないほどたくましく若々しい筋肉が盛りあがっている。ダンプ・カーでも持ちあげられそうなその腕で、彼は可愛い孫を抱いているところを想像しているのかもしれなかった。

(なぜ、おれにだけ他の日本人のように憎しみを感じないのだろう)

と私は考えてみた。思い当る理由はなかった。強いて理由をみつければ――私が片脚しかないのでオコーナーは同情しているのかもしれなかった。

私は松葉杖《まつばづえ》を動かした。それは甲板の上で乾いた音をたてた。

オコーナーはよりかかっていた手すりから身を放した。

「それじゃ、船室へもどって注文のリストをわたそうか」

二人が居住区の方へ歩きだそうとした時、船員が一人タラップを駈けあがってきた。白い上衣をつけた黒人のサロン・ボーイだった。彼は黒い顔に血走った眼をぎょろつかせ、厚い唇《くちびる》の端に白い泡《あわ》をためていた。

「なにをあわててるんだ?」

足をとめ、オコーナーは静かな声で訊ねた。

「えらいことですよ、司厨長《スチユアード》」

黒人はせわしい息を呑みこみながら答えた。

「エドとチコのやつが立ちまわりをおっぱじめやがったんでさ。昨夜、エンジン・ルームに火を点けたのはチコのやつだとエドが云ったものだから、チコが怒りだして大荒れに荒れて誰もとめようがねえ」

「チコは呑んでいるのか?」

「ええ、ちょっとばかり……」

黒人のボーイは口ごもった。

「ウソをつけ、べろべろなんだろう。仕方のないやつだ」

オコーナーは舌うちした。

「おれがあれほど呑ませるなと云っておいたろう。で、立ちまわりをやっているのはどこだ?」

「メス・ルームでさ」

「よし、すぐ行く」

身をひるがえすと、オコーナーはタラップを駈け下りた。大男にしてはおそろしく身軽な身のこなしだった。

私はその後を追った。

タラップを降り、居住区へ入ると、異様なざわめきが耳に入った。船員食堂《メス・ルーム》の入口には船員が折り重なるようにかたまって首を伸ばし内部をのぞきこんでいる。オコーナーが大きな掌で船員たちを押しのけ、内部へ入っていく姿がちらと見えた。私はメス・ルームに近づき、船員たちの肩ごしに内部をのぞきこんだ。

壁にはりつくようにして一人の男が身がまえていた。クルウ・カットの茶褐色《ちゃかっしょく》の髪、眉《まゆ》がせまり眼が大きく唇のうすい、酷薄《こくはく》そうな感じの二枚目だった。ほっそりした身体つきだが真白なTシャツに浮きでた筋肉はしなやかで敏捷《びんしょう》な身の動きを予想させた。

彼は左手に細長いよく切れそうなジャック・ナイフをかまえていた。それは獲物をさそいこむように静かに上下に揺れている。

「来い《カモン》、チコ」

しゃがれた嘲笑《ちょうしょう》に似た声で云ったとたん、男の左手からナイフはあざやかに右手へうつった。

チコと呼ばれた男はこっちに背を向けていた。山のように盛りあがった肩の筋肉のために少し猫背に見えた。だらりと両わきに垂れた両腕は帆船のマストほどの太さがあり、掌はパワー・ショベルみたいに大きかった。両肩から突きだしたつるつるに剃《そ》りあげた頭だけが妙に小さくアンバランスだった。

部屋の中にはもう一人男がいた。

オイルの染みだらけの青い作業服がはちきれそうに肥満した男だった。唇のはしにがっしりパイプをくわえ、両腕を組んだまま、男はあまりまたたきしない小さな眼で争っている二人をじっと眺めていた。

オコーナーはずかずかと食堂の中へ入っていくと二人に呼びかけた。

「二人ともバカな真似はやめんか」

「放っておけよ、司厨長」

パイプを口から放し、肥った男が口をはさんだ。

「たまには思いきりやらしてみるさ」

「それはどういうわけだ、操機長《ナンバン》」

ふりかえってオコーナーは操機長を見た。

「昨夕火事さわぎがあったというのに、これ以上まだ騒ぎを起したいのか？」

「その火事さわぎが原因なのさ」

操機長はナイフを持っている男の方に顎をしゃくった。

「エドはあんたも知ってるとおり、昨夜の当直員だった。やつがポーカーを見に行く前にチコとすれちがったんだ。船室の扉《とびら》は開いていたからエンジン・ルームの方へ行くやつも帰ってくるやつも見逃すはずはないとやつは云っている。エンジン・ルームから帰ってきたのもチコだけだったそうだ」

「しかし、ポーカーを夢中で見ていたとすれば、他の誰かが通っていってもエドが気がつかないということはあり得るだろう。チコは図体がでかすぎるから気がつかれたのかもしれない……」

「あんたは自分の部下だと思ってチコをかばいすぎるようだな」

操機長はオコーナーの方へ近づいた。突きでた腹がぶつかるぐらいに近寄ってくると、オコーナーの顔をにらみあげる。

「あんたたちは上陸できてうれしいだろうが、おれたち機関部員は放火犯人のおかげで上陸もできず、一週間きりきり舞いさせられるんだ」

「しかし、チコが放火したとはまだはっきり決ったわけじゃないだろう」

「いずれにしても、やつみたいなくせのわるい酔っぱらいはたまにこっぴどいめに合わせてやった方がいいぜ」

「こっぴどいめにあうのはチコの方じゃない」

オコーナーは横眼でにらみ合っている二人を見やった。

「チコはエドをつかみ殺してしまうぜ」

「ほんとうにそうなるか、見ていようじゃないか」

操機長は冷笑を浮かべた。

「いや、いかん」

オコーナーは首をふり、チコと呼ばれる大男の前に立ちふさがった。

「チコ、やめるんだ」

オコーナーとチコはほとんど同じぐらいの背丈だった。

「退いてくれ、司厨長」

チコはうめくように言った。

「野郎、絞め殺してくれる」

その言葉を聞いて、壁にはりついていたエドが叫びたてた。

「誰がてめえみたいなメキシコの牛野郎に絞め殺されるもんか。さあ、かかって来い。咽喉笛をかっさばいてくれるから」

チコはうなり声をあげながら、オコーナーを押しのけようとした。その腕を左手でつかむと、オコーナーは右の拳《こぶし》をかためてチコの顎を殴りつけた。すばやく力強い一撃だったが、チコは二、三歩よろめいただけだった。

「やめないのなら、おれが相手になるぜ」

オコーナーは静かに云った。チコは血走った眼でオコーナーをにらんだ。しかし、彼の碧い瞳《ひとみ》にみつめ返されると哀しげに首をうなだれた。

「わかったよ、司厨長。やめるよ」

彼は唇のはしからしたたった血を掌でのろのろと拭った。

くるりとオコーナーに背を向けると、肩を落とし、いっそう猫背になって、彼は扉口の方に歩いてきた。船員たちはどっと道をあけた。チコの足もとはかなりふらついていた。私の前を通り過ぎようとした時、彼が身体から強烈なアルコールの匂いを発散させているのがわかった。

「どうした、チコ、逃げる気か」

エドはまだわめきたてていた。

「やつがメキシコの王者《メキシカン・キング》だって？　笑わせるじゃねえか。あんな酔っぱらいなんか娘っ子だって片手でひねれるぜ」

チコは私のすぐ前で足を停めた。私は今にも彼が猛然と食堂の中へもどっていくのではないかと彼の顔をみつめた。その浅黒い顔は無数の傷痕におおわれていた。鼻はボクサーのようにへしゃげ、眼は古い打撲傷のために細く腫れふさがっていた。両頬《りょうほお》や顎にも小さなよじれた古傷が点々と光っている。

チコはその場に立ちつくしたままふり返りもせず荒い息を吐いた。細い血走った眼から、信じられないほど大量の涙があふれだし、無数の傷痕を濡らした。私は彼の唇から哀しげな獣のうめきに似た嗚咽《おえつ》がもれるのを聞いた。

「チコ、もどって来い！」

エドの声にかぶさって、オコーナーの鋭い声がひびいた。

「いいかげんにしろ、エド。もう気はすんだはずだぞ」

私は再び食堂へ視線をもどした。ナイフをかまえたまま、エドがじりじりとオコーナーの方につめ寄っていくのが見えた。

「まだ気はすんでいないぜ、司厨長」

エドは形のいい薄い唇をゆがめて笑った。

「こいつは、メキシコ野郎の血をなめたがっていたんだ。なんならあんたが代りになってもいいんだぜ」

おどすようにナイフがつきだされた瞬間、オコーナーは身をひねった。同時に右脚がエドの右手を蹴りあげていた。ナイフはエドの手から飛び、食堂のテーブルへきらめきながらすべりこんだ。

エドは呆気にとられて後退《さが》った。オコーナーの左手が無造作に伸びエドの咽喉首をつかんだ。

「あんまり調子にのるんじゃないぜ、若いの」

低い静かな声が聞えると同時に、オコーナーの右手があがった。それはエドの頬へと二度ふり降ろされた。

「バシッ！　バシッ！」

烈しく肉の鳴る音がつづいた。

オコーナーがゆっくりつかんでいた咽喉首をはなすと、エドの身体はそのままずるずると床の上に崩れ落ちた。

オコーナーは無表情な顔つきで、扉口へ歩いて来た。

「待たせてわるかったな」

私の姿を見つけ、何ごともなかったような口調で云った。

「さあ、部屋へ行こうか」

私はオコーナーの後に従って、松葉杖を動かした。

チコの姿はいつの間にか消えていた。

部屋へ入ると、オコーナーはデスクの上に置いてあった注文書を私に渡した。

「あのチコという男はどういう男なのです？」

注文書を受けとりながら、私は訊ねた。

「どういう男と云うと？」

オコーナーの碧い眼が私に注がれていた。およそ、どんな場合にも、動揺したり興奮の色を見せたりしそうもない眼だった。娘を日本兵に殺されたのを見てから、なにを見ても無感動になってしまったのかもしれなかった。

「いや、あの男の顔が傷だらけだったものですから……」

オコーナーの静かな碧い眼でみつめられると、チコの涙に濡れた顔が妙になつかしい気がしてきた。

「あいつはプロ・レスラーだったんだ」

オコーナーは答えた。

「リング・ネームはメキシコの王者《メキシカン・キング》といって、ずいぶん人気があった男なんだ。日本へもしょっちゅう来たことがあると云っていた。しかし、ひどいアル中になってとてもリングがつとまらなくなり、二年前からこの船に乗るようになった。といっても正式の船員じゃない。コック兼ボーイとして働いているのさ。それでもやつは満足なんだ。この船が日本へ寄港するからなのさ。やつはおれとちがって日本が好きなんだな」

「今でもアル中はなおらないんですか？」

「酒さえ呑まなきゃいいんだ。しかし、一杯呑みだすと止めどがなくなる。ありったけ、とことんまで呑まなければおさまらなくなり、暴れまわる。そうなったら、おれ以外の誰の云うことも耳に入らなくなっちまうんだ。そして、酔っ払った時、自分がどんなことをしたのか一切憶えていない。今日なんかまだましな方だよ。きっとあまり酒がみつからなかったんだろうよ。あいつが本気になって酔っぱらい、見さかいなくつかみかかっていったら、エドなんかひとたまりもなく殺されちまったはずだ。なんといっても以前はプロ・レスラーだからな。エドは運のいいやつさ」

私の耳にはまだあの烈しい平手打ちの音が残っていた。あれはかなり応えたにちがいない。私にはエドがそれほど運がいいとは思えなかった。

オコーナーと握手を交し、私は部屋から出て甲板をタラップの方へ歩いていった。甲板の上には烈しい陽差しが照りつけていた。居住区の横にせまい影ができている。そこへ巨体が寝そべっているのが見えた。近づいてみると、案の定、チコだった。

彼は眼をつぶり唇を半ば開けて眠りこけていた。巨体は陽影から半分以上もはみだしていたが、一向に苦にしている様子はなかった。烈しい陽射しは彼の無数の傷痕の上でチカチカと踊っていた。ふと気づくと、眼尻《めじり》から耳へかけて一滴の涙がまだ乾き切らずに残っている。それは、どうみてもメキシコの王者にふさわしくない寝顔だった。さんざん駄々をこねたあげく泣き寝入りしてしまった赤ん坊にそっくりの寝顔だった。

私がチコに再会したのは、それから一日おいた土曜日の夜遅くだった。

うちの社の荷役を手伝ってくれている木島組の小頭と二人の沖仲仕《ナカシ》たちとを連れて酒場を数軒まわってから、私は伊勢佐木町へ車を向けた。商店街を中ほどまで行くと、右手に『鳴海《なるみ》屋《や》』という屋号の入った大きな赤提灯《ちょうちん》の下っている大衆酒場が見えた。

「『鳴海屋』へも久しく顔をだしてねえな」

助手席にすわっていた小頭がつぶやいた。

「むかしはずいぶん面白がって通ったもんだが……」

『鳴海屋』は日本式の安直な大衆酒場にもかかわらず、日本人ばかりではなく、外国船の船員や水兵やGIたちでにぎわっている奇妙な店だった。そういう客めあてに啞の娼婦《しょうふ》たちが集ってくるのも評判になっていた。彼女たちは焼鳥の串《くし》を横ぐわえにしたり、焼酎《しょうちゅう》を呑んだりしている外人たちを手真似で誘うのだった。

「久しぶりに寄ってみるか？」

私は小頭に云った。

「ええ、いいですね」

と彼はうなずいた。

私は車を『鳴海屋』の横の小路に駐《と》めた。

縄《なわ》ノレンをはじいて内部《なか》へ入ると、すり切れたサックスやテムポのはずれたドラムが八木節を演奏していた。ちぢみの半袖《はんそで》のシャツを着て禿げた頭に手ぬぐいを巻いた老人夫がステージの上で一人めちゃくちゃな踊りをやっていた。

店の中にはデコラ張りの細長いテーブルがあり、そのまわりに木の丸椅子が何脚も置いてあった。客は入れこみで目白押しにテーブルにつき、ごく安直な肴《さかな》と酒にありつくことになっている。黒人のＧＩが焼酎をなめている横で学生がビールを呑み、その横では水兵《セーラー》たちがおでんの皿《さら》を前にさわいでいるといった有様で、もう腰かける場のないほどこみあっていた。

私たちはステージに背を向けた一角にようやく席をみつけ、そこにすわってビールをとった。席につくと同時にバンドは八木節からベイズン・ストリート・ブルースに曲を切りかえた。

ビールを一口呑み、顔をあげた時、ひどくろれつのまわらないわめき声を聞いた。そっちへ視線を向けると、チコがいた。チコは上体をふらふらさせながら、化粧のどぎつい女の肩に手をかけてゆすっていた。私のところからは大分離れた席にいたが、それでも彼が泥酔《でいすい》しているのがわかった。

「おれのキヨミよ」

と彼はわめきたてているのだった。

「おれのキヨミ、なぜ、返事をしてくれないんだ？」

なぜ返事をしてくれないのかといっても無理な話だ。化粧のどぎつい女は啞の娼婦だった。彼女はしきりに手まねでそれをうったえるが、チコは一向に気づかず、すすり泣くような声でわめきつづけた。

「頼む、キヨミ。おれを許してくれ。許すと云ってくれ！」

彼が肩をゆさぶるたびに娼婦の首がぐらぐらと揺れた。

四、五人かたまってそれを見ていたセーラーの一人が立ち上って、チコの方に近づいた。彼の腕をとり、なにか云ったが、チコの耳には入らない様子だった。

セーラーはいきなり拳をかためて、チコの眼のあたりを殴りつけた。チコは女をゆすぶるのをやめ、太い右腕を伸ばすとセーラーの胸を無造作に突いた。セーラーははげしい勢いで後ろにふっとび、あおむけに倒れるとテーブルの角で頭を打ち伸びてしまった。

仲間のセーラーの一人が、そのそばに走り寄って抱きかかえ、他のセーラーはチコの方に歩みよった。

一人が背後からチコをすばやく羽交い絞めにし、他の二人が前にまわった。そのすきに娼婦は店の隅に逃げだした。まわりにいた客はあわてて席を立ち、チコとセーラーを遠まきにして見物しはじめた。

羽交い絞めにされながらも、チコはセーラーたちが眼に入らない様子だった。彼はただ店の隅に逃げた娼婦の方に視線を向け、哀願していた。

「どうして逃げるんだ、キヨミ？　もどってきておくれ……」

彼は娼婦の方へ歩み寄った。羽交い絞めにしていたセーラーはかなり大柄で筋骨たくましい男だったが、何の苦もなくずるずるとひきずられた。

前にまわった二人のうち、一人がチコの前に立ちふさがると左のストレートを放った。すばやい流れるような身体のこなしからみると、かなりボクシングの心得がありそうだった。その一撃はまともにチコの顎をとらえた。チコは足をとめ、首をふり、はじめてセーラーたちに気づいたように眼をまたたいた。

「邪魔をしないでくれ」

彼は大人しくつぶやくように云った。

「そこを退《ど》いて、おれを通してくれ」

「うるさい、メキシコ野郎」

セーラーがどなり返し、いきなり足をあげてチコを蹴った。その靴先《くつさき》があやうくチコの顎をとらえそうになった。チコは顔をそらし、足蹴りをさけると一声うなった。

身体を揺すり、羽交い絞めにされていた両手を難なくふりほどいて、チコは背後の男の腕をつかんだ。そして、ぐいと前へひっぱりだすと、まるで無抵抗のマネキン人形を放り出すように、前にいたセーラーの方へ放りだした。背後の男は勢いよく前にいたセーラーにぶつかり、二人は一緒になって床の上に倒れた。二人ともコンクリートの床にしたたか腰をぶつけたらしく起き上れなかった。

ボクシングのかまえをとっていたセーラーがチコの方におどるようなステップで近づき、右のジャブをつづけざまに腹へたたきこんでから、もう一度左のストレートを浴びせた。どの打撃もまともにくらいながら、チコは倒れなかった。あっという間にそのセーラーをつかまえ、両腕で首を押えると、剃りあげた頭をセーラーの頭にぶつけた。にぶい音がして、セーラーは前のめりに倒れた。

もう誰もチコに向っていくものはいなかった。

彼はあたりを見まわしたが、唖の娼婦は姿を消していた。

「キヨミ、おれを捨てないでくれ」

すすり泣きながら、彼は丸椅子に腰を下ろした。船で見たときと同じように、肩をふるわせ静かに泣いていた。

「ショウチユウ・プリーズ」

彼はいきなり叫んだ。しかし、誰も怖がって近づかなかった。

私は立ちあがり、焼酎の小罎《こびん》を店員からもらうと、チコの方へ歩いていった。

「焼酎だよ、チコ」

私はその罎を彼の眼の前にさしだした。

「ありがとう」

チコはうなずいて罎をうけとった。王冠を歯であけるとあおむけになり、一気にそれを咽喉に流しこんだ。

私が席にもどると、小頭がささやいた。

「久須見さん、あの野郎を知ってるんですかい？」

「いや、知りあいというほどのことはない」

と私は答えた。

「あいつはルイーズ号のコックなんだ」

「へえ、おれもずいぶん修羅場《しゆらば》は見てきたが、あんなに強いやつは見たこともない」

小頭は呆れ顔で云った。

「もとプロ・レスラーだったんだ」

「へえ、それでね……」

「アル中でレスラーをやめたんだそうだ。ああやって呑んでいれば、そのうちに寝こんでしまう」

「寝こんだら、どこかへ運んでやった方がいいですぜ。この辺は倉沢組の縄張り内《シマうち》だ。この店だって倉沢組の息がかかっている。店の中でこんな騒ぎを起したら、組の連中が出張ってくるに決ってますよ。いくら、プロ・レスラーだって匕首《ヤッパ》でずぶりとやられたらおしまいだ」

小頭はそういったが、倒れていた水兵たちが店のものに助け起されてどこかに運ばれると、店の中はなにごともなかったようににぎわいはじめた。チコのまわりだけが空いているだけで、他のテーブルは満席になり、バンドは新宿ブルースを流しはじめた。

チコは壜を一本空けると、しきりに口の中でなにかをつぶやき涙を流しつづけていたが、そのうちにテーブルの上に顔をつけ眠りはじめた。

「どうやら眠ったようだな」

私はささやいた。

「今のうちにルイーズ号に運んでやろう。手を藉してくれないか……」

「ええ、ようがすよ」

小頭は沖仲仕《ナカシ》たちに顎をしゃくった。

「おい、あの野郎を運ぶんだ」

私たちは勘定をすませ、チコの方へ近づいた。

「こりゃよく眠ってら」

沖仲仕たちがチコをかかえあげようとした時、入口から四、五人の男が入ってきた。そろいの黒のダボシャツに黒いズボンというでたちだが、先頭に立った男だけが、この暑いのにきちんとチャコールグレイの背広を着ていた。上衣の袖から一点の染みもない真白なカフスがのぞいている。男たちはチコのテーブルの方へぶらぶらやってきた。

先頭の男はチコのそばに立っている私に気づくと、ゆっくりサングラスをとった。蒼白くむくんだような顔色をした男はどろんとした魚みたいな眼を私に向けた。

「あんたはこの男となにか関りがあるのか？」

「関りがあるというほどのことではないが、この男を船まで運んでやろうと思っているんだ」

「ふん」

鼻を鳴らし、男は指を伸ばしてチコの頭をはじいた。まるで店頭の西瓜《すいか》をはじくような手つきだった。チコは唇を半開きにしたまま眼を覚ます様子はなかった。

「気の毒だが、こいつを運ばせるわけにはいかねえな。こっちでちょっと用があるんでね」

彼は何気ない視線を上衣の襟《えり》に落とした。そこには金色のバッジが光っていた。倉沢組の幹部のバッジだった。

「ちょっと待ってくれ」

私の横から、小頭が首をだした。

「おれは木島組のもんだが、ここんところは眼をつぶってもらえねえか」

「木島組?」

男は遠いところを見る眼つきで小頭を見た。

「沖仲仕《ナカシ》の木島組か?」

「そうだ。なんならうちの組長《おやじ》から、あんたのとこの組長《おやじ》さんに後で話《ナシ》を通させてもいい」

「ふん」

男はまた鼻を鳴らした。

「組長《おやじ》さんに出張ってもらうほどのことはねえ。話《ナシ》ならあんたとおれのサシでこの場でつけたっていいんだぜ」

「にいさん、話がわかるじゃねえか」

小頭は笑った。

「で、いくらで手を打ってくれる」

「これでどうだ」

男は右手を開いてみせた。

「五千円でこの男を渡してくれるそうですが、どうします?」

小頭は私に訊いた。

私は五千円だして男に渡した。それを無造作にズボンのポケットにつっこむと、男はくるりと背を向けた。元通りサングラスをかけ、連れのダボシャツに云う。

「おい、話《ナシ》はついたぜ」

連中はぞろぞろと店からでていった。

「とんだ散財でしたね」

小頭は私に苦笑を見せた。

「まあいいさ」

と私は答えた。

「どういうわけか、おれはこの男が気になってしょうがないんだ」

「へえ、久須見さんももの好きですね。こんな図体のどでかい毛唐のどこが気に入ったんです」

「自分でもわからない。しかし、この寝顔を見ろよ。無邪気なもんじゃないか」

「なるほど、そりゃそうだ。あんなに暴れまわった野郎とはとても思えない」

沖仲仕たちはチコをかつぎあげた。店中の視線が集る中をチコは静々と運ばれていった。バンドはグッドナイト・スイートハートを演奏しはじめた。演奏はおそろしく下手だが、バンド・マスターはセンスのある男らしかった。

ルイーズ号はドックの岸壁につながれていた。私はタラップを上ってゆき、オコーナーの部屋の扉をノックした。

すぐに扉が開き、オコーナーが顔をだした。彼は片手に分厚い書物を持って、太い角ぶちの眼鏡をかけていた。眼鏡をかけると、彼の碧い眼はそんなに目立たなかった。

「どうしたんだ、こんな時間に？」

と彼は訊ねた。

「チコを運んできたんです。酔っぱらって眠りこんでいたのを見つけたものだから……」

私はチコが暴れたことについてなにも云わなかったのだが、オコーナーはすぐにそれと察した様子だった。

「そうか、それは迷惑をかけたな。そういうことにならないよう、あいつは上陸禁止にしておいたのだが、今日は船をぬけだして街へ出ていったのだ。早速こっちへひきとろう」

本をデスクの上に置き、外へ出ようとして、眼鏡をかけたままであることに気づき、オコーナーは微笑しながら眼鏡をはずした。

「もう年齢《とし》だな。老眼なんだよ」

彼の笑顔を私ははじめて見たような気がした。

部屋を出ると、オコーナーはボーイを呼び、チコを船室に入れるように命じた。

沖仲仕たちは、ボーイの先導でチコの身体を一番奥の小さな船室へ運んだ。チコは何も感じないようにまだ昏々《こんこん》と眠りつづけていた。

その船室は簡易ベッドがひとつあるきりでガランとしていた。ベッドの上にチコを転がし、私たちは部屋から出た。オコーナーがボーイになにか云うと、ボーイは走って鍵をとってきた。鍵をしっかりかけ、オコーナーは誰にともなく云った。

「可哀想だが、仕方がない。こうした方がやつのためなんだ」

「ここは規則を犯した船員を閉じこめておく部屋ですか?」

と私は訊ねた。しかし、オコーナーはなにも答えなかった。

「どうだね、おれの部屋でコーヒーでも呑まないかね?」

と彼は云っただけだった。

私は小頭や沖仲仕たちの方をふりむいた。

「どうだ、みんな、コーヒーをご馳走になるか?」

小頭は首をふった。

「コーヒーは苦手だね。われわれは一足先にひきあげますよ。まだちょっと呑み足りない感じなんでね」

「そうか、じゃおれはここに残るから勝手にやってくれ」

私はもう一枚残っていた五千円札を小頭の掌に押しつけた。

「とんでもねえ」

小頭は押しもどした。

「今日はもう充分にゴチになりましたから」

「しかし、妙な荷役をやらしちまったからな」

私はむりやりに小頭に金をとらせた。

沖仲仕たちが行ってしまうと、私はオコーナーの部屋へ行った。部屋の中はきちんと片づいていて、デスクの上には分厚い本が何冊か並んでいた。他の船の司厨長の部屋のようにピンアップ・ガールやヌードの写真が壁に貼りつけてあるようなこともなく、汗くさい臭いもしなかった。

自分はデスクの前の椅子に腰を下ろし、オコーナーは私にベッドを指さした。

「部屋がせまくてわるいが、食堂《メス・ルーム》はもう閉めてしまったんでね」

ボーイが部屋にコーヒーを運んできた。私も彼もそれをブラックのまま呑んだ。分厚い、船特有のカップをかかえこんでコーヒーをすすりながら、二人はしばらく黙っていた。

やがて、カップをデスクの上に置くと、オコーナーは細巻きの葉巻きに火を点けた。彼がくわえると、葉巻はふつうの紙巻き煙草のような感じがした。

「キヨミという女はどういう女なんです」

私はカップをひざの上に置き、訊ねてみた。

碧い眼を光らせ、オコーナーは唇にもっていこうとした手をとめた。

「キヨミ？　誰からその女のことを聞いた？」

「チコからですよ。酒場で啞の娼婦に向ってさかんにそう云っていた。あの啞娘がチコの恋人なんですかね？」

「それは人ちがいだろう」

オコーナーの碧い眼はもとどおり静かに澄み切っていた。

「チコはたしかに日本の女《たち》に夢中になっていた。その女がたしかキヨミという名だったはずだ。あまり性質のよくない女で、おれは何度も切れるように忠告したんだが、やつは云うことをきこうとしなかった。ずいぶん金をしぼられたようだな。ところが、ひと月前ほどから、キヨミという女が行方不明になってしまった。おそらく、しぼるだけしぼって、もうチコからはなにもとれないとわかったので姿をくらましたんだろう。キヨミが見つからないので、チコはますます酒を呑むようになった。だから、おれはやつを上陸禁止にしたんだ。しかし、やつは脱けだしていった。どうせまたキヨミを探しに行ったんだろう。キヨミが見つからず、自棄《やけ》になって呑んでいるうちに、その辺にいる啞の娼婦がだんだんキヨミに見えてきたんだろう。たしか、チコから聞いた話では、キヨミという女は啞なんかじゃなかったはずだ」

「なるほど」

と云って私は立ち上った。めずらしくない話だ。男と女さえいればどこでも起る話だ。女が男から逃げ、男が女から逃げ……。

ことにアル中で図体の大きな深情けのメキシコ人にホレられたら、たいがいの日本の女は逃げだしたくなるだろう。

「それ以上のことを、チコはなにもしゃべらなかったかね?」

とオコーナーは訊ねた。

「いいや」

と私は首をふった。

「どうしてです?」

「別にどうしてということはない。やつがまた船を脱けだしたりした時に、みつけだす手がかりになるかもしれないと思ってね。チコは酔いがさめるとほとんどなにも覚えていないんだ。自分がなにをしたか、なにをしゃべったか……」

「ある意味では幸せな男ですね」

「それはどうかな?」

オコーナーはゆっくりと葉巻きの煙を吐きだした。

「酔った時の記憶がないだけ、さめた時の不安はすさまじい。なにもかも自分の責任のように思えてくる。ところどころ自分のしゃべったことやしたことが記憶に残り、それから先が憶いだせない不安感だ。もっとアル中がひどくなれば幻覚や幻聴があらわれてくる。おれもそうなったことがあるんだ。戦争が終り、収容所から出されて、ようやく酒が自由に手に入った頃のことだがね……」

彼の眼に過去をまさぐる光が宿った。しかし、すぐに彼は顎をひきしめ、立ち上った。

「今日は本当に迷惑をかけたな。ありがとう」

私は自分の掌の二倍ほどもありそうな彼の掌を握った。

「どういたしまして」

「明日、もう一度船へ来てくれないか。肉が少し心細いんだ。注文表をつくっておこう」

それがオコーナーの私に対する感謝のあらわれらしかった。

「わかりました、明日また来ます」

そう答えて、私は彼の手をはなした。

タラップを降り、車に乗りこんでから、私はふとルイーズ号を見あげた。ずんぐりした貨物船は鎖で岸壁につながれたまま重苦しくうずくまっていた。それはなんとなく、せまい船室に閉じこめられたチコのことを思いださせた。


翌日、ルイーズ号へ行った私はオコーナーから注文表をもらい廊下へ出たところで例の黒人のサロン・ボーイに会った。彼は片手に盆を支え、私にさも親しげにニヤッと笑ってみせた。

「チコはどうしている?」

と私は訊ねた。

「すっかりしょげちまってるよ」

彼は唇をとがらせ、肩をすくめた。

「一日中ぼんやりすわりこんだっきり、ものも云わねえし、食事もしない。これから食事を運んでやるところだが、運んだってどうせ無駄だろう」

盆の上の皿に盛られたハンバーグ・ステーキとパンに黒人は視線を落とした。

「ちょっと逢ってみたいな」

私は云った。

「逢ったってなにも云わねえぜ。ときどきとっぴょうしもない時に、ひどい叫び声をあげるだけなんだ。この世の終りみたいな叫びさ」

黒人は救いがたいというふうに首をふった。

「ま、逢うんなら案内してやるぜ」

「頼むよ」

私は黒人の後について廊下の奥へ進んだ。歩きながら、しゃべりかけた。

「司厨長はチコにずいぶん目をかけてやっているようじゃないか」

「一カ月以前ほどまでは、それほどじゃなかったがね、チコがキヨミという女にふられちまってからいやに気を遣うようになったな。きっと酔っぱらってとんでもない事件を起されるのが怖いんだろう。船の中ではひどく親切にして、そのくせ、船から一歩も上陸させないようにしているからな」

黒人はチコの閉じこめられている船室の鍵穴に鍵をつっこみ、にやっと笑った。

「しかし、ここへ閉じこめられちゃ脱けだせないやね」

「チコはそんなことをされても暴れないのか?」

「酒さえ吞まなきゃ大人しいもんさ。気のいいやつでね、おれには白人の船員よりずっと親しくしてくれる。だから、こうして食事を運んでやるんだ」

部屋の扉を開けると、黒人は内部へ入った。私もつづいた。

チコはベッドの上にすわりこんで頭をかかえじっとしていた。肩がまるくなり、ひどく老人じみて見えた。

私たちが入ってきた気配に顔をあげ、私をみとめると、その浅黒い顔に恐怖の色が浮かんだ。彼はベッドからとびあがり、部屋の隅に逃げこんで身をちぢめた。

「おれはなにも知らねえんだ。ほんとに、なにも知らねえんだ、刑事さん」

黒人はチコの様子を見てげらげら笑った。

「なにを云ってるんだ、チコ。この人は刑事《ディック》なんかじゃねえぜ。おまえがこの間酔っぱらって寝こんじまった時、船まで運んでくれたシップ・チャンドラーの人だ」

「やあ、今日は」

と私はチコに呼びかけた。素面《しらふ》の時のチコに逢うのはこれがはじめてだった。表情に生気がなく、眼の下にどすぐろい隈《くま》が浮かんでいた。

「やあ」

力なく答え、彼はようやく立ち上った。

「おれは用事があるから、失礼するぜ。帰る時にはちゃんと鍵をかけて、その鍵をおれに渡してくれ。おれは調理場にいる」

ベッドの上に盆を置くと、黒人は私に鍵を押しつけて部屋から出ていった。出ていきしなに片眼をつぶり歯をむきだした。

「酔っぱらってない時のチコはなにもしないさ。安心していろよ」

そう云われても、黒人が出ていってしまうと私はあまり気味がよくなかった。その気になりさえすれば、チコは一撃で私を倒し、鍵をうばって外へ出て行けるのだ。しかし、今のところ、チコはそうする気力もなさそうだった。

私はベッドの上に腰を下ろすと、彼も私のすぐ横に腰を下ろした。垢《あか》と脂と汗のいりまじった強い匂いが彼の身体から私の鼻先に押し寄せてきた。長い両手をだらりと垂れ、首うなだれているチコは病気になったゴリラそっくりだった。

「キヨミという女を探しているんだそうだな」

と私は云った。

生気のない表情が一瞬明るくなった。

「キヨミを知っているのか?」

チコは口早に訊ねた。

「どこにいるんだ? 元気なんだろうな?」

「いや、キヨミを知っているわけじゃない」

私の答に、みるみる彼の顔から明るさが消えていった。

「しかし、もし行方が知りたいのならおれが探してみてやってもいい」

と私はつづけた。

「外国人のあんたが探すより、おれの方が探しだしやすいだろう。どうだね?」

返事はなかった。

チコはじっと床の上をみつめていた。私も床の上に視線を落とした。信じられないほど大きな油虫がのろのろと床の上をはっていたが、チコの細い目にそれが写っている様子はなかった。

「キヨミはおれにやさしくしてくれた」

ふいにチコはしゃべりだした。

「どの女もおれを怖がったが、キヨミだけは別だった。おれは上陸するたびに、キヨミのアパートへ行った。キヨミと一緒にいる間は酒を呑まなくても、おれは幸せだった……」

彼は顔をあげ、私をじっとみつめた。

「ほんとにあんたはキヨミを探しだしてきてくれるかね」

「それはわからないが、できるだけのことはしてみよう」

私が答えると、チコはズボンの尻ポケットから手帳をとりだし、中を開いて頁を一枚やぶりとって私に渡した。そこにはローマ字が並んでいた。西区西戸部町永楽荘アパートと読めた。そこがキヨミの住んでいたアパートなのだろう。

私はその紙切れをシャツの胸ポケットにしまい、ベッドから立ちあがった。

チコもベッドから立ちあがると、いきなり床の上にすわりこんだ。きちんとひざをそろえ、彼は頭を床にこすりつけた。

「お願いだ。きっとキヨミをみつけて、おれを安心させてくれ」

そのしゃがれた声には必死の思いがこめられていた。

「わかったよ、チコ」

そう云って、私は扉口へ向った。

扉を開け、ふりかえると、チコはまだ私に向ってお辞儀をしていた。そうすることもキヨミから習ったのかもしれなかった。

扉を閉め、鍵をかけ、私は調理場へ行って黒人に鍵を返した。

船から降りるとすぐに、私は車を市中へ向けた。自分がひどくばかげたことにかかずりあっているような気がした。

永楽荘アパートは古びた二階建ての木造アパートだった。アパートはせまい道をへだてて崖《がけ》っぷちに面し、後ろから一突きすれば苦もなく崖下にくずれ落ちそうにかしいでいた。その道には車がとても入りそうもないので、道のはずれにある遊園地に駐車して、私は歩いてアパートまで行った。

玄関の横に管理人室と書いた札の下った扉があった。なにもかも古びているが、その札だけはいやに新しかった。ノックするとなんの予告もなく、いきなり扉が開いて、皺くちゃの老婆が顔を出した。誰かがノックするのを今か今かと待ち受けていたとしか思えなかった。

「なんの用だい？」

老婆は周囲が赤くただれた眼を上げて私をみつめた。獣くささと生ぐささのまじり合った匂いが扉の中からただよってきた。

「このアパートに住んでいた人のことでちょっと訊きたいんだが……」

私がそう云っている間に、一匹の猫《ねこ》が扉の間からすりぬけて外へ出ようとした。老婆はあわててその猫をかかえあげた。

「とにかく早く入っとくれ、猫が逃げちまうから」

老婆にせっつくように云われ、私はあわてて内部《なか》へ入った。入ると同時に獣くさい匂いと生ぐさい匂いの原因がわかった。部屋の中には六匹の猫がいて、いがみあいながらアジの干物を食べていた。

「ミケや、おまえも食べといで」

老婆は抱いていた猫を皿の方へ押しやってにこにこ笑った。

「どうだい。可愛いもんだろう?」

私は黙っていた。六匹もそろってアジを食べているところは、可愛いどころか不気味だった。

「で、どの人のことを訊きたいんだい?」

老婆は私の方に眼を向けた。老婆の顔はどことなく猫に似ていた。今にもその耳がたち、口が耳まで裂けて、私の咽喉ぶえめがけてとびかかってきそうな気がして、私は落ちつかなかった。

「キヨミという若い娘のことなんだがね」

と私は云った。

「ここへ住んでいたんだろう?」

「ああ、あの娘かね」

老婆はうなずいた。

「とても気だてのいい娘で、猫ちゃんたちにもやさしくしてくれたんだけど、ちょっと男出入りがはげしくてね。若いチンピラみたいな男と図体のでかい色の浅黒い外人がよく訪ねてきてたよ。ところが一カ月ほど以前にその外人と出てったきり、帰ってこないのさ。部屋はまだそのままにしてあるけど、もうそろそろなんとか荷物を片づけて部屋をあけようかと思ってるんだよ」

「その部屋を見せてくれないかね？」

「あんた、あの娘を知ってるのかい？　それならどうする気か訊いておくれよ。荷物をひきとりに来るのか、それともまだ住む気なのか？　昨夕《ゆうべ》、外人の方がやってきてなにか訊いてたけど、あたしゃイングリッシュは全然だめでね。それに酔っぱらってるようだし、図体のでかい外人だからなにされるかわかんないと思って、扉をすぐ閉めちゃったのさ。しばらく扉をたたいてたけど、あきらめて帰っていったようだね。あんたが話をつけてくれりゃ、こっちは大助かりだ」

「いや、別に知り合いということもないんだが、ちょっと部屋を見せてほしいんだ」

「そう云えば、あの娘が帰ってこなくなった翌日あたりに、若い男もやってきて、そんなことを云ってたね。あの男はあたしに千円くれたっけ……」

老婆は謎《なぞ》をかけるような眼つきで私を見た。私はしぶしぶ財布から千円とりだして彼女に渡した。チコと知りあってから、私は散財ばかりしているようだ。

老婆はあっという間にその札を猫の毛のいっぱいこびりついたエプロンのポケットにしまいこみ、壁際へ近寄った。そこには十ばかりの鍵がずらりと並んだ釘《くぎ》にぶら下げてあった。その中からひとつをはずすと、老婆は私に手渡した。

「あの娘の部屋は二階の二十二号室だよ。階段を登ってすぐの部屋さ。あたしは猫ちゃんたちの食事の面倒をみなきゃならないから自分で行っておくれ」

私は鍵を受けとり、猫が出ないように用心しながら管理人室から出た。管理人室のすぐ前にある急な階段を登り、右にまがる。二十二号室はすぐわかった。

扉を開けると、カビくさい匂いがした。部屋の中は家具にはうっすらと埃が溜っている。六畳に台所つきのせまい部屋だった。畳の上いっぱいに箪笥《たんす》からひきずりだした衣類が散らばっていた。誰かがここを家探しした跡が歴然と残っている。

家探ししたのはキヨミとつきあっていたという若い男にちがいなかった。老婆の話によればチコは昨夕この部屋に入ってこられなかったはずだ。私はあたりを見まわし、押入れの中やひっかきまわされた箪笥の中をのぞいてみたが、なにも手がかりは見つかりそうになかった。部屋の隅に小机があり、その抽斗《ひきだし》も畳の上にぶちまけてあった。赤い革の手帳が目にとまり、私はそれを拾いあげた。ぱらぱらと頁をめくると、住所録のところが一枚破られていた。その他には別に大したことは書いてなかった。手帳の中にはキヨミらしい女の写真が一枚はさんであった。痩せぎすの勝気らしい眼の大きな女だった。

とりあえず、その手帳をポケットにしまい私は部屋を出ることにした。立ち上った拍子に松葉杖の先が畳に転がっていた写真立てをひっくりかえした。表向きになった写真立てには茶色に変色した写真が入っていた。軍刀のツカに両手を重ねてこっちをにらんでいる旧陸軍の将校の写真だった。私は写真立てをひろいあげ、写真をぬきだしてみた。裏をかえすと、太いペン文字が横に走っていた。

『陸軍少佐峯岸宏一郎《みねぎしこういちろう》』

私は手帳といっしょにその写真もポケットにおさめると、カビくさい部屋から出た。

階段を降り、もう一度管理人室の扉をノックした。

「あの娘がいなくなった晩だけど、たしかに色の黒い図体の大きな外人が連れだしたのかね?」

顔をだした老婆に私は訊ねた。

「間ちがいないよ。はじめ、あの娘が連れだって外へ出るのを見たんだからね。それから、娘だけが夜中に帰ってきて、しばらくすると、また外人が誘いに来たのさ。外人ってのはしつこいんだね。あの娘と大声で喧嘩《けんか》しながら外へ出ていったのをあたしゃちゃんと聞いたんだ。なにを云い争ってるのかわからなかったけどさ。そのうちに、あの娘を殴りつけるような音がしたんで、あたしは扉からのぞいてみたら、白い鳥うち帽をかぶって黒眼鏡かけた外人が娘を抱きあげて外へ出ていくところだった。あの外人が酔っぱらって、そんなさわぎになることはしょっちゅうだから、あたしは別に気にもとめなかったけどね。あの娘がいつか笑いながら云ってたよ。酔っぱらってあの娘に乱暴したあとで、酔いがさめると、ごめんなさいって畳に頭をすりつけてあやまるんだとさ。日本式のあやまり方をあの娘が教えてやったんだって……」

私は床の上に頭をこすりつけていたチコの姿を思いだした。

「あら、大変だ」

老婆の金切り声に私ははっとした。私の足もとを白いものが電光のように駈けぬけていった。

老婆が走りだしてきて、扉をぴしゃっと閉めると私をにらみつけた。

「ほら、妙な話をさせるから、猫ちゃんが逃げだしたじゃないか」

猫の逃げた方に向って走りながら、老婆はおろおろ声で叫びたてた。

「シロや、シロ、シロ。もどっておいで……」

彼女にとっては、アパートの住人の行方を探すより猫の行方を探す方がよっぽど重大な関心事らしかった。


三十分後に、県警本部の捜査一課の応接間で、私は堀崎警部と向いあっていた。警部と私とは、ある殺人事件をきっかけに知り合うようになった仲だった。

「一カ月以前からこっちの他殺死体と事故死体のリストを見せてくれだって？」

警部は厚い肉の中に埋もれそうになった細い小さな眼をじっと私に注いだ。

「いったい、そんなものを見てどうしようというんだね？ また、なにか事件があったのか？」

彼の風貌《ふうぼう》は一見鈍重そうに見えるが、その裏側に鋭いひらめきをかくしこんでいることを私は知っていた。

「事件なのかどうかはわからない。事件になるようなら、なにもかもあなたに話をするよ。おれはなにも事件を追うのが商売じゃないからな」

と私は答えた。

「なにもかも話をする？——あんたがかね？」

警部は意地のわるい微笑をうかべた。

「そんな素直な男じゃないことは、この間の事件で身にしみてわかっているぜ」

「しかし、あの事件にしても、結局、あんたにことの真相を話したじゃないか……」

「全部が終ってからな。おれは素人《トウシロ》みたいにあんたに事件のいきさつから結末までを説明してもらっただけだ。しかも、その時には、何人もの人間が死んでいた……」

「まあ、そう云いなさんな」

「まったく、あんたという人は勝手な男さ」

そう云いながらも、堀崎警部は係官にリストを持ってくるように命じてくれた。

リストには無数の死体の顔写真と現場写真がはりつけてあった。その下に現場の模様と捜査の現況が書きこんである。

一カ月以前から順に見ていって、二週間目に峯岸キヨミと姓名を記した写真があった。彼女の名が警察にわかっていることが私には意外だった。彼女の屍体は山下埠頭《ふとう》の沖あいで水上署の監視艇に発見されたものらしい。写真の屍体はむごたらしくふくれあがり、顔に大きなえぐったような傷があってあまり人相がよくわからなかったが、その下に彼女が生前撮ったものらしい正面を向いた写真がはってあった。手帳にはさんであった写真と同じものだった。私はもし彼女が屍体になっているのだったら、おそらく身許不明の他殺屍体か事故屍体としてとり扱われているだろうと思っていたのだ。

私がじっとその写真を見ていると、堀崎警部がのぞきこんで云った。

「その峯岸キヨミという女は、そこにも解剖所見が書いてあるとおり、完全に溺死《できし》だよ。肺の中に水がすっかり入りこんでいたから間ちがいない。ただ、顔の傷は死後、浮きあがる時に岩角にでもえぐられた傷らしいが、後頭部に生体反応のある打撲傷があったから、あるいは、殴られていったん気絶し、息をふきかえしたところを海に放りこまれたということも考えられる。それと、彼女は密輪ものらしい時計《ケイチャン》を仕こんだ腹巻きを巻いていたんで、密輪組織の仲間われという推定も成り立つから、一応他殺という線で捜査本部を置いた。ところが、屍体は身許が確認できるものはなにひとつ身につけていない。港の底のなにかに衣類でもひっかかっていたのか、浮いてきた時はほとんど腹巻ひとつの真裸だったからな。おそらく、底にひっかかっていたから、死後二週間たっても浮いてこなかったんだろうが……」

警部は煙草をひと息深く吸いこみ、表情の変化をうかがうように私の顔をじっと見ながら話しつづけた。

「身許が確認できたのはつい一昨日のことだよ。新聞に写真の出ていた屍体は姉らしいと唖の娘が出頭してきた。ほらこのとおり、屍体の顔には大きな傷がついていたから、モンタージュをつくってみたものの、あまりこっちは期待せずに密輪組織の内偵《ないてい》をつづけていたところだったんだ。その妹が云うには――ったって、手真似と筆談だが――モンタージュ写真や屍体の写真ではなくて、頭部の真中に一円玉ぐらいの禿《はげ》があるという記事で、もしや、と思ったんだそうだ。しかし、確信がないまま出頭せずにいたところ、一週間に一度、必ず連絡のあるはずの姉からずっと連絡がない。そこで屍体を見に来たってわけだ。屍体を見たら、もうすっかり腐《ふ》爛《らん》しているのに、やっぱり妹だね、すぐに姉だと確認したよ。ところが、その妹は姉がどこに住んでどういう生活をしているか全然知らない。一週間に一度、月曜日に妹のところに現れて生活費をきちんきちんと渡していくだけで、キヨミは自分がどんなところに住み、どんな生活をしているか、絶対に知ろうとしてはいけないと云ったそうだ。それで、この生前の写真を明日の朝刊に出してもらって、公開捜査にふみきろうと思っていたところなんだ。この写真が出れば、彼女の近所に住む人か、アパートなら管理人が出頭してくるだろう」

私はあの猫にかまけている老婆が新聞を読むとは考えられなかった。

「キヨミの住んでいたアパートならおれが知っている」

と私は云った。

「ほう」

警部は眼を光らせた。

「どこだね？」

「キヨミの住所は教えるが、交換条件がある。おれがなぜそこを知っているか、どうしてこの事件に興味を持ったかは訊かないでほしい。それは、いずれ、あんたたちがキヨミの住んでいたアパートの管理人にでも聞けば、すぐにわかることだ」

「なにもかもしゃべった方がいいんじゃないかな。そうしなければ、きみを殺人事件の重要参考人として留置することもできる」

警部の視線が鋭く私に突き刺さった。私はその視線を見返した。

「留置されればなにも云わない。しかし、このままおれを放して明日まで待ってくれれば、明日ここへ来てなにもかもしゃべろう」

警部はしばらく考えていたが、やがてうなずいた。

「いいだろう。あんたがいったんこうと思ったら他人がどう忠告しようと決して耳を傾けようとしない頑固者《がんこもの》だということはよくわかっている。勝手にするがいい」

「ありがたい」

私は永楽荘の住所を警部に教えると席を立った。

県警本部を出てから、私はすぐに、例のリストを見て頭の中にたたきこんでおいたキヨミの妹の住所の方角へ車を走らせた。しかし、やがて、目立たない茶色のセダンが見えかくれ後を尾けていることに気づいた。

私は苦笑した。

堀崎警部のさしがねにちがいなかった。

警部は友情と職務を混同するような男ではない。私の固い口をわらせるより、泳がせて後を尾けさせた方が手がかりがつかめると判断したのだろう。

私はちゅうちょなく車をまわして、自分のアパートの方角に向けた。

アパートの部屋に帰りついたのは六時だった。もう一時間もすれば、あたりは暗くなってくる。その方が尾行している刑事をまくのに都合がよかった。

私は松葉杖を投げだし、ソファに腰を下ろした。なぜかひどく疲れていた。眼をつぶると、まぶたの裏にチコのひざまずいた姿と、キヨミの腐爛した屍体《したい》が交互に浮かびあがった。

『一カ月以前に、その外人と出てったきり帰ってこないのさ』

老婆の声が耳もとで聞えた。

私は起き上った。なんのことはない。私自身がアルコール中毒者のように幻覚や幻聴になやまされているのだ。

『チコは酔いがさめると、ほとんどなにも覚えてないんだ』

また、誰かが耳もとでささやいたような気がした。オコーナーの声だった。

私は立ち上り、松葉杖をとりあげて台所まで歩いていった。棚《たな》の上のウイスキイの壜に手を伸ばしかけたが、頭をふってやめ、コーヒーをつくることにした。注意深く、入念に、なにも考えないようにして濃いコーヒーをつくり、カップに注いで、またベッドへもどった。

ベッドに腰を下ろし、コーヒーをブラックのままちびちびすすっているうちに、私は自然と同じ考えにもどっていった。

(チコがキヨミを殺したのではないだろうか?)

老婆の言葉を信じれば、チコはあの晩キヨミを連れだしたことになる。そして、泥酔してキヨミと喧嘩になった。キヨミは腹を立てて一人でアパートにもどっていった。チコはしばらくして、またアパートへキヨミを誘いに行き、断わられてかっとなり、彼女を殴りつけ抱えあげると表へ出た。埠頭まで彼女を運び、息をふきかえしたところを海へ突き落とした——なにもかも辻褄《つじつま》が合うような気もしたが、なにもかも合点のいかないことだらけのような気もする。

私は涙を流しつづけるチコを思いだした。それに、赤ん坊みたいな無邪気な顔で眠りこけているチコを……。

(あのチコが自分のホレた女を海へ突き落とすだろうか?)

突き落とさないとは断言できなかった。

泥酔したチコがどんな暴れ方をするかは、私も眼のあたりにはっきりと見ていた。彼にその気がなくとも、あのバカ力を発揮したらもののはずみで女ぐらい海に突き落とすのはわけないことだ。

私はあることに思いあたり、はっとした。カップが揺れ、ブラック・コーヒーがズボンを濡らしたが気にするどころではなかった。

(チコには自分がキヨミを殺したという記憶の断片があるのではないか? 彼はその不安に耐えかねて、キヨミの行方を探してくれとおれに哀願したのではないか?)

しかし、すべてが想像にすぎなかった。堀崎警部たちが考えているように、キヨミは密輸組織の片棒をかついでいて、その仲間われで殺されたという可能性もないわけではない。彼女がなんの勤めもせず、チコからもらった金だけで自分と妹の生活費をまかなっていたとは思えなかった。自分の生活を妹に絶対に知らせないよう気づかっていたことから考えてみても、彼女がなにかうしろ暗い仕事に手をだしていたことは容易に想像できた。

(いずれにしても、チコの不安をとりのぞくためには、彼女の死の本当の原因を確かめてやることだ。たとえ、それがチコの手で行われたことがわかっても、今みたいな生殺しの不安にさいなまれているよりましだろう)

私はコーヒーを呑み終り、カップを置きに行ったついでに窓から外をうかがってみた。夕闇《ゆうやみ》はまだそれほど濃くなってはいなかった。

部屋へ視線をもどした時、テーブルの上にトランプのカードが置いてあるのが眼に入った。中年のくせにまだ独身の私は、夜のつれづれをこのトランプで一人占いしながら過すことがある。

カードをとりあげ、私は無意識に切っていた。いつものとおり、カードを並べながら、自分がチコの運命を占おうとしていることに気づいて苦笑した。彼の運命を占おうにも、私は彼の生れた年月日も年齢も知らないのだった。

(かまうものか、どうせ占いなんてあてにはならないんだ)

私はチコのことをただ頭に念じながら、カードを並べた。カードはチコがある男に自分の恋人との仲を裂かれる運命を暗示していた。しかし、恋人を殺すという卦《け》はでていなかった。私は内心ほっとしながら、カードを並べていった。やがて、カードはチコがある男を殺すという運命を示した。

(バカな……)

私はつぶやいてもう一度はじめからやり直した。しかし、何度やってもカードは同じ卦をくりかえした。

(こんなことをしてみても、なんの足しになるものか)

占いにまで頼ろうとしている自分を嘲笑って、私はトランプをしまった。

もう窓の外はすっかり暗くなっていた。

私は松葉杖をとりあげると、こっそり裏口からぬけだし、非常口を降りて通りへ出ると自分の車を使わずにタクシーをひろった。


キヨミの妹――峯岸クルミの住んでいるアパートは同じ木造でも、キヨミの住んでいたアパートより格段に新しく小綺麗《こぎれい》な建物だった。私は一階の廊下の端にあるG室の扉をたたこうとして手をとめた。扉には『ご用の方はこのヒモをひっぱって下さい』と書いた紙切れがはりつけてある。聾唖者《ろうあしゃ》のクルミにはたしかにノックをしても聞えはしまい。私は扉の上に垂れたヒモをひっぱった。

ヒモは来訪者のあったことが見える仕かけになっているらしく、やがて扉が開き、写真のキヨミにどこか面影の似た若い女が顔を出した。私は呼吸《いき》をのんだ。今は化粧気の全然ない素顔のままだが、彼女は昨夜『鳴海屋』でチコにつかまっていた唖の娼婦にちがいなかった。

「ナンノゴヨウデスカ?」

ゆっくり間伸びのした声で彼女は訊ねた。

私がしゃべったものかどうかためらっていると、彼女は微笑した。

「アタシハ、アナタノ、クチビルガヨメマス、ろうあガッコデ、ナライマシタ」

「なるほど」

私も微笑を返した。

「実は姉さんのキヨミさんのことでうかがったのです」

「ドーゾ、オハイリナサイ」

私は部屋の中に通された。キヨミの部屋と同じように六畳一間に台所という間どりだが、部屋の中はきちんと片づいて埃の跡もなかった。

小さな食卓を間に向い合いになると、彼女はその上にノートをひろげた。

『あたしはむずかしいことをしゃべるのは苦手です。筆談しましょう』

すらすらとノートに文字を走らせてから、じっと私の口もとをみつめる。

「わかりました」

私はうなずいた。

「あなたは昨夜『鳴海屋』へ行きましたね。しょっちゅうあそこへ行くのですか？」

『いいえ。警察で姉さんが密輸に関係があるかもしれないと聞き、あそこへ行ってみる気になったのです。聾唖学校のお友だちで美代ちゃんという人があそこで商売をしていて、姉さんが若い男の人や、外人とよく来ると云っていたのを憶いだしたからです。もっとも、美代ちゃんはウソ吐きで、聾唖学校も中途でやめたほどグレた人なのでアテにはしていませんでした。そうしたら、いきなりあの大きな身体の外人に肩をつかまれてゆすぶられ、びっくりしました。こわくてこわくてすぐに逃げて帰りました』

彼女は眼をあげた。その眼は大きく切れ長で澄みきっていた。

「あれはチコというメキシコ人です。アル中ですがふだんは大人しい男なんだ。キヨミさんの恋人だった」

クルミの眼が光った。

『あの人が姉さんを殺したのでしょうか？』

「そうかもしれない」

と私は答えた。

「そうでなければいいと私は思っているのだが……とにかく、そのことをはっきりさせたいんです。あなたは姉さんの生活についてなにもご存知ないそうだが本当ですか？」

『ええ、姉が絶対に知ってはいけないと云ったのです。あたしたち姉妹は父に早く死なれて、母と三人で苦労しました。五年前に母が亡くなってから、姉はあたし一人のためにいろんなことをやってきたのです。聾啞学校を卒業できたのも姉のおかげです。姉は二年前まである商社のBGをやっていましたが、お給料だけでは生活が苦しいのでやめてしまいました。それからすぐに、恋人ができたから、あたしと別れて暮すと云いだしたのです。そう云われてはあたしも反対できませんでした。姉は毎週きちんとあたしに充分すぎる生活費をとどけてくれました。そして、そのたびに自分は今とっても幸せだとあたしに云っていました。あたしは、だから、姉は恋人と幸せな家庭をもっているのかと思っていました。あたしが啞だから、その人に紹介してくれないのかと、少しひがんでいたのです。でも、姉はウソを吐いていたのですね。あたしに生活費をわたすために、危険な仕事を』

そこまで書いて鉛筆がとまった。ノートにポタポタと涙が落ちた。クルミは机の上に泣きくずれた。彼女はそれこそ声もなく泣きつづけた。

私は彼女をそのままにしておいた。これ以上彼女からはなんの手がかりも得られそうもなかった。

私はそっと立ち上った。

その気配に彼女は濡れた眼をあげた。

「失礼します」

と私は云った。

「なにか手がかりがつかめたら知らせに来ますよ」

ポケットからキヨミの部屋から持ってきた赤い手帳と写真をとりだし、彼女の前に置いた。

「これは姉さんの遺品です。ここに置いていきましょう。この写真はあなたたちのお父さんらしいな。お父さんは戦死されたのですか？」

『いいえ』

とクルミはもう一度鉛筆をとりあげてノートに走らせた。

『父はフィリピンで戦犯になったのです。ホリョ収容所長をしていたものですから、ホリョギャクタイの罪で死ケイになりました』

「フィリピンで捕虜虐待……？」

私の頭の中に、ある記憶がよみがえった。

どうしたのかという表情で見あげているクルミに気づくと、私はむりに微笑をつくった。

「お邪魔しました。失礼します」

足早に部屋から出ると、首すじににじみでた汗をぬぐった。歩きながら、よみがえった記憶をもとに、私は推理を組みたてはじめた。

なにもかも辻褄が合ったのは、タクシーを拾い、ドックの岸壁に乗りつけた時だった。

私はルイーズ号のタラップをあがった。松葉杖をいそがしく動かす私の背を冷たい汗が走っていた。タラップを登ると、真直ぐオコーナーの部屋へ行った。扉をノックしたが返事はなかった。

ノブをまわしてみた。扉は鍵がかかっていなかった。

私は部屋の中にふみこみ、あたりを見まわした。以前見たとおり、そこはきちんと片づいていた。ベッドの下に押しこんであるトランクをひっぱりだし、私はふたを開けた。下着やシャツがていねいにたたみこまれているすみに白い鳥うち帽が押しこんであった。そしてその中に、サングラスも……。

「なにをしているんだね？」

背後から静かな声が聞えた。ふり向くとオコーナーの碧く澄みきった眼にぶつかった。

私は立ち上ると、鳥うち帽とサングラスをオコーナーの前にさしだした。

オコーナーはじっとそれをみつめ、深くうなずいた。

「みんなわかってしまったんだな」

彼は静かに云った。

「いずれ、あんたにはわかってしまうだろうという気がした」

「キヨミをなぜ殺したんだね？」

と私は訊ねた。

「あの娘を殺したところであんたの娘が生き返るはずはなかったろうに……」

「はじめは殺す気はなかった。おれはチコが時計の密輸をやっているのに気づいた。あの女のためにちがいなかった。チコに忠告したが、やつは云うことを聞きそうにないので、とうとう女の居所をつきとめ、女にチコと手を切れと云ってやるつもりになった。本当にそれだけだ。殺そうなどとは思わなかった。あの晩、チコの後を尾け、女のアパートをつきとめてから、おれは女の帰りを待った。やがて、女は一人で帰ってきた。それで、おれは女の部屋へ行き、

――そして、写真を見た」

オコーナーは大きく息を吸った。

「夢にも忘れられない写真だ。やつはおれたちの収容所長だった。娘を殺したのはやつの部下だった。その畜生の娘がこうしてのうのうと生きていて、おれの娘が殺されたという事実がおれの胸を突き刺した。おれはチコが港で待っていると云って、彼女を連れだした。階下へ降りたところで、彼女が様子がおかしいと気づき逃げようとしたので殴り倒して、港へ運んだ。自分のドライヴ用に借りておいたレンタ・カーで運んだんだ。埠頭へ着くと、彼女が息をふき返したのがわかった。しかし、女が暴れたってたかが知れている」

彼は自分の大きな掌をじっとみつめた。

「おれはそのまま女を海の中へたたきこんだ。後悔はしなかった。あいつは畜生の娘だし、その上、チコをそそのかして時計を密輸させていたんだ」

「たしかに彼女は密輸組織に入っていた。チコに時計を運ばせ、それを売りつけていたんだろう。しかし、それは唖の妹に生活費をみつぐためだった。チコは彼女に金をやれなかった。みんな自分で呑んでしまったんだ」

私はオコーナーの碧い眼をみつめた。彼ははじめて視線をそらせた。

「それに、あの娘の父親は自分の罪をつぐなっている。部下たちのやった戦争犯罪をひきうけ死刑になった。あんたがあの娘を殺す理由はなにもなかったんだ。おまけに警察はキヨミを殺した犯人を捜している。時計の買取人だった若い男と図体の大きなメキシコ人を捜しているんだ。キヨミのアパートの管理人は白い鳥うち帽をかぶってサングラスをかけたあんたをチコと見間違えた。同じような背丈だし、暗いところでちらと見ただけだから無理もない。老婆の間違った証言でチコは殺人犯に仕たてられるかもしれない。アル中の記憶の中で、もしや自分が殺したのではないかと疑っているチコなら、それだけの証拠をつきつけられれば自分がしたと思いこむだろう。あんたは永久に安全なんだ。しかしおれだけは知っているぜ。あんたが自分で軽蔑《けいべつ》している日本人《ジャップ》よりもうす汚い人間だってことをな……」

「おれはチコに罪をかぶせようとはしなかった。ただ、やつにおれがやったことを知られるのが怖くて上陸させなかっただけだ」

オコーナーは溜息を吐いた。

「それなのに、あいつは気違いみたいに、あの娘を恋しがり、船に火まで点けやがった」

私に背を向けると、彼は扉を開けて出て行こうとした。

「どこへいく気だ?」

と私は訊ねた。

「チコのところへだ。もうやつを閉じこめておくわけにはいくまい」

ふり向きもせず、オコーナーは答えた。

「おれも行こう」

私は彼の後につづいた。

チコを閉じこめておいた船室の扉を彼は静かに開けた。

「チコ」

呼びかけながら中へふみこむと、彼は無表情な顔をチコに向けた。チコはおびえたようにオコーナーと私を見くらべた。

「キヨミを殺したやつがわかったよ」

と私は云った。

チコはベッドからのろのろ立ち上り、まるで罪の宣告を聞くように首を垂れた。

「そいつは誰です」

「おれだよ」

オコーナーが、低い、しかしきっぱりした声で云った。

「冗談でしょう、司厨長《スチユアード》」

チコは首を上げ、まじまじとオコーナーをみつめた。

「冗談じゃないよ。本当だ」

と、私は口をそろえた。

「どうにでもしてくれ。おれはおまえの恋人を殺したんだ」

オコーナーが云い終らないうちに、チコは奇妙なうめき声をあげオコーナーにつかみかかった。チコの大きな掌がギリギリと首に巻きついたが、オコーナーは抵抗しなかった。

「よせ、チコ」

私はチコの腕を押えようとしたが、苦もなくはじきとばされ、床の上に転がった。

「この野郎、絞め殺してやる」

頭の上でチコがわめいていた。私は二人を見あげた。オコーナーの顔色が真赤になり、やがて紫色になった。しかし、身動きもせず、碧い眼をひたとチコの方に向けていた。

（あのトランプ占いの通りになるんじゃないか……）

私がそう思った時、チコが掌を放した。彼は頭をふり、しゃがれ声でつぶやいた。

「駄目だ。おれには司厨長《スチユアード》は殺せねえ」

そのまま、チコは涙を流しはじめた。立ちつくしたまま肩をふるわせてチコは泣いた。涙が無数の傷痕を静かに濡らしていった。私ははじめて見た時のチコを思いだした。

「チコ、おまえに絞め殺された方がましだった」

オコーナーは碧い眼をゆっくりまたたかせた。

「日本《ジャップ》のやつらにまた留置場《ブタバコ》へぶちこまれるぐらいならな……」

広い肩をふり、無表情のまま、オコーナーは船室から出ていった。

「司厨長はどこへ行く気だろう？」

泣きじゃくりながら、チコが云った。

「警察へ自首しに行ったのさ」

と私は答えた。


私が警察から自分の部屋へ帰りついたのは真夜中近かった。永い航海を終えて故郷の港へ帰ってきたような気分だった。

私はぐったりと身体をベッドに横たえた。

ふと、床の上に視線を落とすと、テーブルの下に一枚だけトランプのカードが落ちているのが見えた。それはハートのキングだった。キングの顔はチコの顔にもオコーナーの顔にも似ていた。

私はハートのキングが一枚だけそんなところに落ちているのを不思議に思った。

甘い汁

四十歳に至る今日まで、私は『友情』などというもののお世話になったこともないし、私自身が他人にそれを示した覚えもなかった。私に言わせれば、『友情』とは、まだ精神の未発達の段階において、他人と自分との間になにか共通の心情が介在すると錯覚する甘ったれたセンチメンタリズムにすぎない。とても、一人前の男の——心身共に大人になった社会人のもてあそぶべき心情ではないはずなのである。学生時代ならとにかく、社会へ出てから、いたずらにそんなものにかかずらわっていたら、いいように他人に利用されるだけで、気がついてみると『友情に厚い人間』というより、『間ぬけなお人好し』というレッテルをはられて、落伍者《らくごしゃ》の列に加わっていることになるだろう。

私は現在、五百万ちかい年収をマンションやアパートの賃貸料で得、動産不動産合わせて五千万ちかい財産を所有している。これもひとえに、私がらちもない人情にかかずらわず、また、中学、高校、大学などという、時間的なロスばかり多い教育を一切省略し、小学校を卒業して以来、ただちに社会の中へ飛びこんで、ただひたすらに利益追求の実技に専念したからに他ならない。私には、小学校で得た基礎知識さえあれば充分だという信念のもとに、今まで押しとおしてきた。別に家が貧しいからとか、成績がわるかったせいではない。不必要なものには、たとえ親の金でも惜しんだからだ。

むしろ、次にはなにがもうかるかという鋭い予感を働かせるには、大学を卒業するまでにつめこまれる余計な知識や教養などは邪魔になる。いつでも、この現実の世界に吹き荒れる風の動向を人並以上に鋭敏にキャッチするためには、経験だけがモノを云うのだ。獲物《えもの》がみつかった時には、すぐさま、人差し指をなめ、風がどの方向から吹いてくるかを調べ、その獲物がこっちの体臭に気づいて逃げださないように、こっそり素早く、風下から襲いかからねばならない。こういうことは、自分で体験すればこそ、すぐに応用できることで、大学へ何年通おうが教えてくれはしない。大学出の連中ときたら、こういう場面にぶつかると、すっかり興奮し、大声をあげ、まともに獲物に矢を射かけ、たちまち、せっかくの獲物を逃がしてしまう。その後で、どうすればよかったとかああすればよかったとか、解釈だけは一人前なのだ。

私はそんなバカげた仲間に入るのはごめんだ。私の信用するのは、常に『利益』であり、『現金』であり、『土地』であって、『友情』とか『博愛』『平等』といった、つかみようのないものではない。

私が、飛田参平について、関心を寄せたのは、まさに『友情』からではなく、彼がたっぷり甘い汁を吸いこんだネタを仕こんできたからだった。

飛田参平が私と小学時代の同級生であることを知ったのは、まったくひょんなきっかけからだった。それも、私にとって、まったく愉快な再会というわけではなかった。

飛田が私の経営するアパートを借りていて、しかも、半年にわたってその代金を支払わないというはなはだ怪《け》しからぬふるまいに及んでいることが、帳簿を調べていた私の目にとまったからだった。

「この飛田参平というのは、どうにかならんのかね？」

と私は苦々しげに管理人に云った。

「わたしは慈善事業でアパートを貸しているわけではないんだからね。二ヵ月でも部屋代を溜《た》めたら、早速出ていってもらうようにしたまえ」

「ええ、わたしも社長からつねづねそう云われているもんですから、しょっちゅう催促《さいそく》はしているのですが、この男は妙につかまえどころがなくて、のらりくらりと云い訳《わけ》をしちゃ居すわっているんです」

私より十歳も年上の、すっかり頭の禿《は》げあがった管理人は、さも当惑《とうわく》した表情をみせた。

「なんというか、どうも憎めない人物でしてね、こっちが本気で怒りだすスキを与えないんですな。明日にでも払うようなことを云うかと思えば、その翌日行ってみると、留守にして、一ヵ月ばかりも帰ってこない。やっと帰ってきたかと思うと、自分からわたしのところへ詫《わ》びを云いにやってきて、小切手を置いていったりするんですが、これが不渡りときている。文句を云ってやろうと部屋へ行ってみれば、また留守――こんなことのくりかえしで、半年経ってしまったようなわけで」

「家族はいないのかね？」

「ええ、ときどき、得体《えたい》の知れない女が入りこんでいるようですが、それも、せいぜい一、二週間で居なくなってしまうようです。ああ、留守にしておいちゃ、居つくわけがありません」

「いったい、なんの商売をしているんだ？　そう留守ばかりしているんじゃ、どうせ堅気《かたぎ》の商売じゃあるまい」

「ええ、入居するときは、なんだか一応名の通った鉱山会社の技師というふれこみでしたが、今では、その会社をやめて、一人で鉱山《やま》を探して歩いているんだそうで……。だから、しょっちゅう留守をするのも人のあまり行かない鉱山へ行くせいだと云っていました。見込みのある鉱山《やま》さえ、一発あてれば、たちまち、百万長者というのが口ぐせで……」

「バカバカしい」

私は苦虫を嚙みつぶしたような気持ちになった。

「そんな鉱山師《やまし》の甘い話に、いい年をして、あんたは乗ってしまったのかね。そんなことじゃ、とても、アパートの管理などまかせておけないね」

「いえ、わたしだって、その話をまともに受けやしません。ただ、催促をすると、そんな話でうまくツボをはずされてしまうだけの話で……。そうかといって、留守の間に家具を放りだし、他の人に部屋を貸すわけにもいかないと思いまして」

「そうさな」

私は考えこんだ。

「しかし、そういう人間は甘い顔をしていたら、つけあがるばかりだ。よろしい。もう一ヵ月経って、払わないようだったら、家具をわたしの家へ持っておいで。わたしがあずかってやろう。家具がほしかったら、部屋代全部、耳をそろえて持ってこいってね。わたしが直接、話を聞こうじゃないか……。で、あとはかまわないから、さっさと他の人に部屋を貸してしまうんだ。いつまでも、そんな鉱山師に部屋をふさがれていたんじゃ、こっちの顎《あご》が干《ひ》あがっちまうよ」

「わかりました」

管理人は恐れいって、頭を下げた。管理人には、私がいざとなれば、どんな非情なことでもやってのける男だということはよくわかっているはずだった。得体の知れない鉱山師のために、管理人の職を棒にふったあげく管理人室から追いだされて、路頭《ろとう》に迷うような真似《まね》はいくらお人好しの管理人でもするわけはなかった。

「早速そのように手配致します」

五十歳を越えた、この中学卒業の学歴を持つ男は、自分より十歳も年下で、小学校しか卒業していない私をおびえきった眼で眺め、早々に退散《たいさん》した。

一ヵ月後に、云いつけた通り、管理人は私の家へ飛田の家財道具を運びこんできた。家財道具としても大したものはなく、洋服簞笥《だんす》にテーブル、こわれかけた椅子《いす》、簡易ベッド、白黒のテレビ、電気掃除機に小型冷蔵庫、それに炊事《すいじ》道具といったものばかりで、一切たたき売っても、六ヵ月分の部屋代に足りるかどうかあやぶまれた。その中で、私の眼を惹《ひ》いたのは、小型の金庫だった。カーキ色に塗られた塗料《とりょう》はほとんどはがれ、至るところ傷だらけだったが、持ちあげてみるとバカに重かった。本来はダイヤル式の合わせ錠《じょう》がついていたらしいが、今では、それもすっかり故障して、そのかわりに、蓋《ふた》にはものものしげな南京《ナンキン》錠がかけてあった。

私は、ちょっとためらったが、好奇心にかられて、家にありあわせの鍵をあつめ、南京錠の鍵穴につっこんでみた。いろいろ試みた末、トランクの鍵が南京錠にぴったりであることがわかった。私はかすかな心のときめきを覚えながら、鍵をまわした。

手応えがして、南京錠は外れた。おそるおそる蓋を開けて、内部《なか》をのぞきこみ、私はがっかりした。金庫の中には、土まみれ埃りまみれの石のかたまりが、ぎっしりとつまっているだけだった。もとどおり、金庫に鍵をかけると、私は他の家具類と一緒に物置きの中へ放りこませた。

飛田参平が家へやってきたのは、それからさらに、一週間ほど経《た》ってからだった。

私はわれわれが勝手に家財道具を部屋から放りだし、その部屋をさっさと他人に貸してしまったことについて、おそらく、彼が烈火《れっか》のように憤ってくるだろうと思っていた。今までにそういう経験がないわけではなかった。こういう場合、間借人たちは部屋代を溜めていたというしろめたさを、その怒りですりかえてしまおうとするものだ。部屋代を溜めるぐらいだから、当然、生活に追いつめられた人達が多い。彼らはいろんな憤懣《ふんまん》を押えかねているのだが、部屋代を溜めた上に文句は云えないから、その爆発を押えて、じっと我慢している。それが、いざ、部屋を強制的に追いだされるというときになると、一挙に爆発させるというわけだ。彼らは、もはや怖いものはない。それならば、怒りにまかせて、云いたいだけのことを云ってやれ――

とまあ、こんな計算が働くにちがいない。

彼らは私の前で精一杯怒鳴《どな》りたてる。

しかし、私は一向にこたえやしない。因業《いんごう》だのケチだの鬼だのと云われることは、誇りとこそ思え、侮辱《ぶじょく》だとは感じないぐらいの修業はできている。

どうせ、貧乏人の怒りぐらい、つけ焼刃にきまっている。さんざ怒鳴ってしまえば、自分自身の無力感におしひしがれるのがオチだ。彼らがすっかり怒鳴るだけ怒鳴ってくたびれてしまうと、私はおもむろに条件をもちだす。こっちが押えた家財道具を処分して金をつくろうか、それとも、向うで部屋代をつくってきて、道具をひきとるか、どっちかにしてくれと云うわけだ。

使いふるした電気器具や炊事道具など、私の方で処分してしまえば、それこそ、何ヵ月かの部屋代と帳消しになってしまうのだが、間借人の方にしてみれば、それらの品を新しく買いととのえるということになれば、それこそまた何倍かのもの入りになるのがわかりきっているから、今まで威勢《いせい》がよかったのが、すっかり大人しくなり、どうか家財道具を返してくれと泣きこんでくる。そこで、私は、部屋代を耳をそろえて返しにくるまでは、なにひとつ返せないとつっぱねてやる。それなら、家財道具なんぞ要《い》らねえやとケツをまくるのは、よほどの短気か、金を借りるアテもないやけっぱちの連中で、たいがいは、ここで部屋代を納《おさ》めないと、また、世帯《しょたい》道具一式を買いととのえなければならないと納得がいくから、たとえ無理をしてでも金をつくってくる。

こういうわけで、私は今まで、ほとんど部屋代をふみたおされたことはなかった。

ところが、飛田参平の場合は、怒りもしなければ、哀願もしなかった。

「やあ、どうも……」

ぺこりと頭を下げると、私に向って、初対面のくせに、ひどくなれなれしい笑顔をみせた。小柄な身体のわりに、ひどく頭が大きく、額がせりだしたような恰好《かっこう》になっていた。その額の下に、細くて眼尻の下った人のよさそうな瞳がのぞいている。しょっちゅう戸外で働いている男特有の肌のシンから黒光りしているような陽の灼《や》け方をしていた。

「管理人さんから聞いてきたんですが、こちらであたしの荷物をあずかっていておくんなさったそうで……」

そうつづけて、やつは腰から汚い手ぬぐいを出すと、巨大な坊主頭をくるりとふいた。

（いったい、こいつはいくつだろう？）

と私は思った。

三十代から五十代までの幾つにでも見える顔だちだった。身体は背こそ低いが、胸はばは厚く、手足も太くて、永年筋肉労働をしてきたのがありありとわかった。

「なにもこっちは道楽であずかっているわけじゃないんだ」

と私は云った。

「あんたが部屋代を納めてくれないから、あずかったまでですよ。部屋代を払ってもらえれば、すぐにでもお返ししましょう」

「ああ、部屋代ね」

やつはあっさりうなずいた。

「いくらになるんでしたっけ？」

「一ヵ月二万円の分が半年——十二万円ですな」

「三ヵ月の敷金をさっぴいてもらうと六万円ですな。なんだ、六万円か、わけはない」

参平はヤニだらけの歯をむきだしにして笑った。

「今はないが、明日にでも持ってきましょう。だから、ひとつ、道具は返しておくんなさい」

「お断りします」

参平の人なつっこい笑いにひきずられて、こっちまで唇《くち》もとがゆるみそうになるのをじっとこらえて、私はきっぱりと答えた。

「わたしは目の前の現金しか信じない性質でね。あんたがちゃんと六万円渡してくれるまでは、あんたを信用するわけにはいかない」

「へえ、なるほど……」

さも感心したように、頭をふりながら、参平はじっと私の顔をみつめ、とたんに、素頓狂《すっとんきょう》な声をだした。

「やあ、あんた、八代のハゲじゃねえか。おれだよ。ほら、小学校のときに隣りの席にいたフクスケだよ」

「フクスケ？」

私は参平を見返した。すると、見る見る、参平の身体はちぢこまり、洟《はな》をたらした小学生の昔にかえった。たしかに、そう云われてみれば、やつはフクスケにちがいなかった。頭の大きいところから飛田参平という本名は誰も呼ばず、教師からもフクスケと呼ばれていた劣等生だった。

「ああ、そうか。フクスケだ。まちがいない」

「あんたは、変らねえな。いや、最初見たときから、どこか見覚えのある顔だと思っていたんだが、その横っちょの丸ハゲではっきり想いだした。なつかしいねえ、八代さん」

やつは私の肩をさも親しげにたたいた。

「頭のよかった、あんたのことだから、きっと成功していると思っていたんだが、こんなに立派な財産家になっているとはな。ほんとに親友がえらくなってくれりゃ、おれたちも肩身がひろいというもんだ」

(冗談じゃない)

私は心をひきしめた。

(なにが親友なものか。たまたま、一学期かそこら隣り合わせの席にすわったことはあるかもしれんが、それだけのことで、別に特に親しかった覚えはない。変に友達あつかいされて、利用されるのは真平《まつぴら》だ)

「ところで、飛田くん、今、あんたはなにをやっているんだね?」

私はさぐりを入れることにした。

陽には灼けるが、ふところの方はさっぱりでね」

「すっかり陽に灼《や》けて元気そうだが……」

「いや、どうも。しょっちゅう山歩きをしてるから、陽には灼けるが、ふところの方はさっぱりでね」

参平はくったくなさそうに答えた。

「あんたも知ってのとおりおれは小学生の頃から、鉱石に興味を持っていただろうが……」

私はそんなことは知っちゃいないと思ったが黙っていた。「で、小学校を出てから、すぐに、鉱山会社の給仕に入ったのさ。六年間勤めて、やっと技師の見習いになったところで、兵隊にとられ、復員してきて、またもとの会社へもどって、三年たって技師になったと思ったら、大学卒業したばかりのなんの経験もない若造がどんどん出世しやがるんで、頭へ来てとびだしたんだ。今は、一匹狼の鉱山師《やまし》ってわけだ」

やつは胸をはってみせたが、その姿はどう見ても、一匹狼なんて威勢のいいものではなかった。せいぜい、人の眼をかすめてうろつきまわっている一匹狸というところだ。

「なあにね、今までんところは、大したメが出なかったが、今度こそ、でっかいヤマをどかんとぶちあてたんでね。これからは、おれも気楽に暮せるってわけなのさ」

「そいつはけっこうだな」私の声は、われながら、関心がなさそうに聞えた。

「景気がよくなれば、部屋代も払ってもらえるだろうからな」

「そうなんだよ。六万ぐらいの端《はし》た金はどうってことはない。倍にでも利子をつけて返すよ。小学校時代の親友に損をかけちゃ申しわけねえからな」

参平はぶきっちょなウインクをしてみせた。

「だがね、もう一週間ほどしねえと、金主から金がでねえのさ。昔のよしみで、ひとつ、それまでの間だけ、部屋と家財道具を貸しておいてもらえないかね？」

（ほうら、おいでなすった）

自分の予想通りに話がすすんでいくので、私は思わず、内心ニヤリとした。

（おれを甘くみてやがるな。とんでもない。そんなことで、おいそれと口車にのってたまるものか）

「昔のよしみは昔のよしみ。商売は商売さ。商売に人情は禁物《きんもつ》だよ。わたしも小学校を卒業してから、自分の腕ひとつで世の中を渡ってきたんだ。その間、誰の世話にも恩にもならなかった。だから、他人に恩をほどこすのはごめんだよ」

私は静かに云った。

「はっきり云っておくが、部屋はもちろん、家財道具も六万円耳をそろえて持ってくるまではお渡しできない。あんたにとって、六万円は端た金かもしれないが、わたしにとっては大金だからね」

「えらい！」

参平は大声を出した。

「さすがに商売人だ。しっかりしている。いや、一分のスキもねえ。大したもんだ。それでこそ、これだけの財産ができたんだろうね。おれはすっかり感心しちまった。よし、おれも男だ。

今度、あんたの前に出てくるときは、あんたと対等でつきあえる身分になってくる。それまでは、道具一式あずけておこう。ただし、ひとつだけ、お願いがある。あんたにあずけた品の中で、金庫があったろう。あれだけはこっちへひきわたしてほしい」

「金庫？　ああ、たしかにあった」

私はあの石コロだらけの金庫になんの値うちもあるものかと思った。よほど、それほど頼むのなら、あれだけは返してやろうかと心が動きかけたが、いや、待てよと思いなおした。

「しかし、あれもわたしがあずかった品だ。返すわけにはいかない」

「そうカタいことは云わずに、お願いしますよ。あんなもの、あんたが持っていたってなんの値うちもありゃしない。ところが、おれの方では、どうしても必要な鉱石見本なんだ。あいつがなければ商売あがったりだ。そうなると……」

やつは小ずるそうな眼つきで、おれをちろりと見あげ、そこで勿体ぶった間をおいた。

「おれの方も金をつくるアテがなくなっちまう。あんたの部屋代も払えなくなるが、いいかね？」

「かまわんね」

私は冷たくつき放した。

「わたしの方は家財道具を処分すればすむことだ」

「そう云っちまっちゃ、身もフタもない」

参平は腕ぐみをして、しばらく、考えこんだ。やがて、大きな溜息《ためいき》を吐き、思いきったように話をつづけた。

「よし、わかった。他ならねえ、あんたのことだ。親友のよしみでしゃべっちまおう。しかし、こいつだけは他言は無用ですぜ。しゃべられて、他人にせっかくおれがみつけた鉱山《やま》を荒されたりしたら、泣くに泣けねえからね。あんたにはすっかり教えるから、例の金庫をここへ持ってきてくれねえか……」

私はなんとなく、参平の話に興味を持った。いや、まだ充分に警戒心を解いたわけではなかったが、こっちの損にならないかぎり、やつの秘密をのぞいてみたいという好奇心は動いた。そこで、私は例の金庫を裏の物置きから、応接間へ運んできた。

「ああ、これだこれだ。ありがてえ、もし、これが失《な》くなっていたらどうしようかと思った」

やつは頬ずりせんばかりに、傷だらけの金庫をなでたり、さすったりしていたが、やがて内ポケットから鍵をとりだして、南京錠をはずすと蓋を開けた。それから、中の石ころをためつすがめつしたあげく、その中のひとつをとりあげて、私の眼の前にさしだした。

「おれが必要なのは、こいつだよ。これさえあれば、金主がいくらでもついてくるのさ」

「それがねえ」

私はその石コロを眺めたが、別に大した値うちがありそうには見えなかった。

「わたしには、他の石コロと同じように、土だらけにしか見えないがね」

「ところがどっこい。これはただの鉱石じゃないのさ。おれが目立たないように土をまぶしつけておいたから、そうは見えまいが、こいつを洗ってみれば、すぐにわかる」

やつはおれにその石コロをさしだした。

「ご苦労だが、これをちょっと水できれいに洗ってくれませんかね?」

私はそれをきれいに水洗いしてみた。たしかに、こびりついた泥を落とすと、鉱石は見ちがえるようにきれいになった。石英《せきえい》のような白い脈が走り、その上にいくつも黄金色の筋がまざっている。

「これでいいのかね?」

私は鉱石をやつに返した。

「ああ、これでいい」

参平は細い眼を一層細めた。

「さあ、これで、あんたにもわかるだろう。こいつは金鉱の一部なんだ。こいつをおれが見つけたんだ。こんなにすばらしい金鉱はおれもはじめてだよ。この見本さえあれば、いくらでも金主がつく。本格的に掘れば、どれだけの黄金がとれるかわからないね。それこそ、ゴールド・ラッシュがやってくるのさ。おれと金主と山分けにしても、大変なもうけだ。頼む、八代さん。金主をみつけるまで、これを貸してくれないかね。そうすれば、六万円ぐらいわけなくできる。この鉱石にふくまれている黄金だけで、六万円以上の代物なんだ」

「へえ、これがね」

私は鉱石をつくづくと眺めた。

「この黄金色に光っている筋がそうなのかね?」

「素人はこれだから困るな」

参平は苦笑した。

「いくら黄金がふくまれているからって、こんなに筋になっていちゃ大変だ。この筋は黄金色をしているが、これは黄金じゃない。黄鉄鉱《おうてつこう》さ。黄鉄鉱、硫化鉱物《りゅうかこうぶつ》、石英《せきえい》、方解石《ほうかいせき》、緑泥岩《りょくでいがん》、粘土《ねんど》鉱物などが金鉱にはよくふくまれているんだ。ほんとうの黄金は、それ、その上のところに、ちょっとくすんだ黄金色をして点々とはりついているだろう。それだよ」

「ははあ、これか」

私は内心がっかりした。鉱石の上に、黄金は小さな粒がかすかに光ってみえるだけだった。

「こんなにわずかなものでは、掘りだしても仕様がないだろう」

「冗談じゃない。あんた、金鉱として採算のとれる最低の基準を知らないのかね。岩石一トンの中に黄金が十グラム含まれていればいいのさ。こいつは十グラムどころではない。こういうふうに黄金が表面にあらわれてきているところをみると、埋蔵《まいぞう》されている部分は大変なことになる」

参平の眼がなにかに憑《つ》かれたようにキラキラと輝いてきた。

「一トンに十グラムどころか百グラム以上になるんじゃないかな」

「で、あんたはこれをどこでみつけたんだね？」

私の問いに、参平は困ったように頭をかいた。

「それは、金主以外には教えられないんだ。わるいが、勘弁して下さいよ。とにかく、これで、おれにもうしばらくすれば大金の入ることがわかったでしょう」

「いや、しかし、これがどこから出たかわかるまでは信用できないね」

「というと、これをおれに返してくれないんですか?」

「そうさ。これが六万円以上の値うちがあるかどうか、こっちも調べてみたいしね」

「そんなことをされて、鉱石が専門家の手にわたれば、やつらはたちまち、おれの鉱山を荒しにくる」

参平は悲鳴にちかい声をだした。

「お願いですよ。発掘が開始され次第、きっとお礼は存分にしますから、それだけはやめて下さいよ」

「というところをみると、その鉱山はまだあんたのものじゃないんだな」

私は鉱石のたのもしい重みを掌《てのひら》ではかってみた。もし、やつの云ったとおり、これが本物の金鉱であり、それが自分のものになるとすれば、莫大《ばくだい》な利益が転がりこんでくることになる。

「金主にまずその鉱山を買わせようというわけだろう?」

「そうなんだ。今のうちなら、持主もまだ黄金が出るとは気づいていない。大した値段ではなく買いとれるはずだ。しかし、これが知れわたってしまうと、ものすごい値上りをする。第一、地主が手放すまい」

参平は居ても立ってもいられないというふうに身体をゆすった。

「だから、一日も早く金主をみつけて、とりあえず、土地を買いとらなきゃ。ね、おれの立場もわかってくれよ」

「よろしい。この鉱石はあずかっておく」

と私は云った。

「そのかわり、調べてみて、その話が本当ならば、わたしが金を出そう」

「え、あんたが……？」

参平は呆気にとられて、私をみつめた。

「しかし、あんたみたいにカタい商売の人が、こんな仕事に金を出すんですか？」

「鉱山の仕事だって、調べさえすれば、カタい仕事になるだろう。まず、第一に私はこの鉱石が本物かどうか調べる。その次に、自分でその土地へ出かけていって、そこから出た鉱石がこれと同じものかどうか確かめる。そして、大丈夫だと思えば、私が直接地主と買いとりの交渉をする」

私はゆっくり考えながらしゃべった。

「その上で、必要な金は出してやろう。何千万かかろうと心配しなくてもいい」

「へえ、そいつは豪儀《ごうぎ》だ」

参平はあらためて感心したように、私をみつめた。

「それじゃ、そうしてもらいましょう。しかし、その鉱石を他人に見せられたんじゃ、うっかりすると、先を越されるおそれがある。要するに、その部分がほんものの黄金であればいいわけでしょう？」

「そうだ」

「それなら、その部分だけえぐりだして、鑑定させて下さい」

やつはナイフをとりだすと、黄金の部分をこじりだした。それは他の鉱脈から離れてぽろりととれた。ちょうどうすい小指の爪の先ほどのものだった。それを大切そうにやつは私にわたした。

「さあ、これを鑑定させて下さい」

「他の部分も念のためにとっておこう」

私はもう一片の黄金をほじくりだした。参平の口車にのせられて、彼の都合のいいところを鑑定させられては危いと思ったのだ。

「これでいい、きみは明日またここへ来てくれないか。明日までに調べておこう」

「いいでしょう」

参平はうなずいた。

「そのかわり、あんたの気が変っても、鉱石だけは返して下さいね。他の金主をみつけなければならない」

半信半疑でいたが、参平の鉱石からほじくりだした黄金はまさしく本物にちがいなかった。質屋時代からのつきあいで、貴金属の商売をしている男に鑑定してもらったのだ。もちろん、参平とその男になにかのつながりのあろうはずはないから、その鑑定がインチキであるとは思えなかった。

それは、黄金も黄金、二十四カラットの純金だった。

「これは珍しいもんですな。普通の黄金は二十二カラットがせいぜいで、細工《さいく》物ならば、十八カラットでも値うちものですよ」

と鑑定してくれた男は云った。

「黄金はどうしても、柔かすぎるんでね、いくらかは他の金属をまぜないと、細工できないんです。ところが、こいつはまだこんなに柔かい」

(あたりまえだ)

と私は腹の中でつぶやいた。

(こいつは、今、生れたてのほやほやなんだからな)

翌日、参平がやってきた時、私の腹はほぼ決りかけていた。純金という言葉がさしもにかたい私の心もとろかしはじめていたのだ。

「あれはたしかに本物だった」

私はさりげなく参平に伝えた。

「まあ、わたしも危険は承知で多少の出費はしてみてもいいと思う。ただ、その場所をまだ教わっていなかったな」

「そうくるだろうと思いましたよ」

参平は地図をひろげ、私に秋田県のある山脈を指さした。

「あれは秋田の山奥にあるものです。この隣りの山が今話題になっているP山です。P山のことは知っているでしょう?」

そう云われれば聞いたような覚えもあるが、なんでその山が有名なのか見当がつかなかった。

「仕様がねえな。素人衆は」

つぶやきながら、参平はポケットから、古新聞をとりだした。ちょうど、半年ばかり以前の新聞だった。それには、P山の奥にある渓谷《けいこく》から砂金がとれたという記事が載っていた。そのために、P山へ登る人たちがにわかに多くなり、時ならぬ登山ラッシュににぎわっているという。

「P山はこんなわけでもう駄目なんですよ。大会社が目をつけて、すっかり買いしめましたしね。で、おれはその隣りのQ山に登ってみたわけだ。同じ山脈だから、地質や鉱脈に似通ったところがある。同じ噴火《ふんか》によって隆起したと考えられるわけだ。三ヵ月、おれはくまなく調べたが、ムダ骨だった。よほどあきらめようと思ったとき、ある山小屋の裏の断崖《だんがい》の上からこいつを発見したんです」

参平はゆっくりと思慮《しりょ》深げに話した。もはや、青っ洟《ぱな》を垂らしたフクスケの面影はどこにもなく、山に生き、山のことならなにもかも知りつくしているしぶとい鉱山師の顔がそこにあった。

「あれは朝日がちょうど、断崖の上の岩を照らした時だった。おれは疲れきって、腰をあげるのもいやになっていた。その山小屋に泊らせてもらおうと思って、ようやく、そこまで辿《たど》りついてきたところだった。ところが、朝日が岩を照らしたとたん、その断崖に向いあった部分がキラッと輝いたのが見えた。おれに鉱山師としてのカンがひらめいた。立たなかった腰がひょいと立って、おれはそこへ行き、泥と雪を払ってみた。そして、これをみつけると、無我夢中でこれをけずりとり、誰にも知られないように山から降りてきた」

「山小屋の近くにあって、今までよく見つけられなかったものだな」

私は疑いぶかく訊《き》いてみた。

「そんなにわかりにくいところなのかね？」

「山小屋といっても、普通の登山客にはちょっと登れねえ山奥だからな。それに断崖に面しているから、わかりゃしねえ。いや、たとえみつけても、山小屋の近くにまさかそんなものがあるとは誰も思わねえのさ。そんなものだよ」

参平はにんまりと微笑《ほほえ》んだ。

「おれはそれから何度もそこへ登っているから、間ちがいはねえわさ。山小屋のやつも気づいてはいねえ。その辺の土地は、調べたところによると、その山小屋の持主のものなんだそうだ。だから、そこを買いとるには、いかにも山小屋ごと買いとりたいような顔をすることだ。あんなところの土地だけ買いたいといえば、あやしまれて、金鉱の在《あ》り場所を教えてやるようなものだからね」

「よかろう」

私は決心した。

「それでは支度のでき次第、現地へ登ってみよう」

言葉ではそう簡単に云ったものの、いざその山へ登ってみるのは一苦労だった。それから、三日後に、私は参平の案内で、ようやく山小屋に辿りついた。若い時から、さまざまな仕事できたえた私も、四十歳という年齢には勝てず、頭から汗びっしょりになり、心臓は口からとびだしそうになるほどはげしく鼓動《こどう》し、足は豆だらけだった。山小屋に転がりこんだときには、欲も得もなくへばってしまった。熱いインスタント・コーヒーで口をうるおし、一時間ほど身体を休めると、どうにか、日頃の欲がもどってきた。

「小屋主はあの男ですよ」

と参平が耳うちした。

真赤に燃えたダルマ・ストーブの前に股をひろげて、おそろしく大きな男が煙草《たばこ》を吸っていた。身の丈は二メートル近く、破れた部厚いセーターを着ていても、その下にかくされた筋肉の見事な盛り上りがはっきりとわかった。

「どうだね、早速、話をしてみるかね？」

そそのかすように云う参平を私は押えた。

「いや、待て。この間もいったとおり、わたし自身が鉱石のサンプルをもって、鑑定してもらってからでなくては、まだ話はできない」

「ずいぶんカタいんだね」

参平はあきれたようにつぶやいた。

「カタいのもけっこうだが、早いところ手をうたなきゃ、他人にさらわれちまいますぜ」

参平のいらだつのもむりはなかった。私自身も目の前に金鉱があるかと思えば、気もそぞろになってくる。しかし、ここで念を入れておかないから、他人に甘い汁を吸われて泣きをみるやつが多いのだ。大学出の他人を信用しやすい甘ちゃんならとにかく、私はそんな間ぬけではない。

私は参平に鉱石のある場所へ案内させた。その岩は断崖につきでたようになっていた。鉱石をけずるのにも、かなり手を伸ばし、断崖に落ちないように注意しなければならない。参平はさすがに馴れていて、器用にバランスをとり、私の目の前で鉱石をけずりとってくれた。

私はそれを大切にポケットにしまいこんだ。これを東京にもってかえり、鑑定させた上で、この前のサンプルと同様、純金がまじっているようなら大したものだ。それこそ、一攫《いっかく》千金のチャンスが私の手の中ににぎられている。私は頬を切り裂くような山の冷気の中で身体が火照《ほて》ってくるのを感じた。

私と参平が小屋へもどろうとすると、小屋主が入口に立ちはだかるように立っていた。

「どこへ行ってなさった?」

と大男が訊ねた。

「えらくうれしそうでねえか」

「いや、別に……」

私はうろたえた。

「この辺の景色はすばらしいですな。わたしも、こんな空気の澄んだところで、のんびり暮したいと思いましてね。もう東京の汚れた空気は真平だ。できれば、こういう山小屋を買いたいと思ってるんですよ」

「こんな小屋が気に入ったかね。そりゃ、風変りなお人だ。おれなんざ、すっかりあきあきしてるよ。できれば、東京へ行って、面白いことをして遊んで暮したいね」

「ほう、それならばこの小屋を売ってもいいんですか?」

「いや、この小屋は売れないね」

　大男は首をふった。

「これはおれと死んだおやじが苦心してつくった小屋だからね。貸すのならいいが、売れねえ。いくら金をつまれたって駄目だ」

（なにを云ってやがる、山男め）

　と私は腹の中で毒づいた。

（えらそうなことを云っているが、札束を眼の前に積んでやれば、気が変るだろう）

　しかし、それ以上とやかく云うと、こっちの足もとを見すかされそうなので、私は沈黙することにした。すべては、この鉱石が本物かどうかたしかめてからのことだ。もし、本物ならば、何百万かけても、この小屋の周囲の土地を買いとってやる。

　私は早々に山を降りた。

　東京へいったんもどって、サンプルからけずりとった黄金を鑑定させると、これも間ちがいなく純金だった。

「いったい、こんな純金をどこから手に入れたんです?」

貴金属商の男は羨ましそうに私に云った。

「これだけの量でも、十万円はかたいな。どうです。いい話があったら、ひと口のせて下さいよ」

その言葉で私はあの小屋と土地を買いとることに決めた。貴金属商をうまくごまかして自宅へとんでかえると、ありったけの貯金をおろしてふところにねじこみ、参平の待っている秋田へ直行した。

それでも、まだ、私はすぐには小屋を買いとる交渉にとりかからなかった。あの土地の値段を調べておく必要があった。できれば、それ相応の値段で安く買いたたくにこしたことはない。

「あそこらへんは、まあ、値段のないようなもんだね」

というのがおおよその答えだった。

「あんな山奥じゃ、畠もつくれねえし、そうかといって木が生えてるわけじゃねえ。たまに登山客を泊めるだけが現金収入だからね。まず、ふんばって山小屋をふくめて百万円というところかね……」

それだけの予備知識があれば充分だ。私は参平の案内で再び山小屋へ向った。ところが、例の山男は一筋ナワではいかないシブトさを示した。

「こないだも云ったとおり、ここは売れねえよ」

血走った大きな眼玉で私を見すえ、山男は首をふった。

「貸すならとにかく、売るのは真平だね」

「ここに百万円ある」

私はポケットから一万円札をつかみだした。

「これで、ひとつ、手をうちませんかね」

「百万円ねえ」

山男はゆっくりまばたきした。

「この山小屋をふくめてかね。いや、とても、そんなことでは売れねえやね?」

「じゃ、その倍では?」

私の眼の前でもう百万円つみあげた。

「この山小屋だってもう修理が必要だし、二百万円なら、オンの字のはずだ。ここを気に入ったわたしだから、大損覚悟でこう云っているのです。これだけあれば、あなたもこの間云っていたように、東京で遊びたいだけ遊べる」

「しかし、死んだおやじに申しわけないからね」

心残りの風情をありありと見せ、しばらく考えていたが、山男は札束を押しやった。

「やっぱり、売ることはできねえ」

「それなら、もう百万」

私は眼の前が見えなかった。もう一押しで金鉱が手に入る。三百万の買物ならば大もうけだ。

もちろん、発掘《はっくつ》をはじめれば、いろいろと出費がかさむだろうが、たとえ全財産をなげだしたところで、何億という純金になって返ってくるのだ。

「さあ、これで精一杯だ。おそらく、こんなバカげた値段で買おうという人間は、あなたの一生でてできませんよ」

「そうだなあ。それもそうだ」

ようやく、山男は部厚い掌でがっしり札束をつかみとった。

「しかし、あんたも本当にもの好きだ」

「ありがたい」

そう云ったきり、私はあとの言葉はでてこなかった。身体中の力がぬけて、私はへたへたと腰をぬかした。


帰りの汽車の中で、私は一睡《いっすい》もせず、サンプルの鉱石をためつすがめつ眺めていた。内ポケットの中にはすでに登記をすまして、あの土地が私のものになったことを証明する書類が入っている。鉱石の重みは私の輝かしい未来をたのもしく約束してくれていた。

今はもう誰にかくす必要もない。土地は私のものなのだ。あの土地には何人《なんびと》も一指だにふれることはできない。

参平は私の横で疲れきって眠りこけているが、私は眠るどころではなかった。

左の掌の上に石をのせ、右手でその表面をなでていると、向いの席にいた眼鏡をかけた神経質そうな男が声をかけてきた。

「失礼ですが、だいぶ貴重なもののようですな」

「貴重ですとも」

と私はうなずいた。

「これは金鉱のサンプルなんですよ」

「ほう、金鉱の……」

男は眼鏡をずりあげて、身体をのりだした。

「南アフリカかどこかで手に入れられたのですか？」

「いや、これは日本産ですよ」

私は男の鼻の先にサンプルをつきつけた。もう確実に自分のものとわかれば、誰に対しても気兼ねなく自慢できる。

「ほら、この部分が黄金でしてね。ここの筋は一見黄金みたいにみえるが、実は……」

「黄鉄鉱ですね。こう見えても、わたしも鉱山技師なんですよ」

男は微笑を浮かべ、ポケットから名刺をぬきだすと私に渡した。それには、一流の鉱山会社の名前が刷《す》りこんであった。

「大学を卒業してずっと鉱山の発掘を手がけてきたが、まだ金鉱にはぶつかったことはない。どれ、ひとつ、拝見させてくれませんか」

「いいですとも」

私は男に石をわたした。

「大学でだって仲々お目にかかれないでしょう」

「そうですな。もし、これが日本で発掘されたとすると、大変なことだ」

男は鋭い眼でサンプルをみつめ、ひねくりまわした。

「こんなふうに黄金が露頭しているなんて、まったくすばらしい」

「そうでしょう」

私は鷹揚《おうよう》な笑みを浮かべて、煙草を口にくわえた。

「本式に掘りだしたら、どれぐらいの金がでてきますかね？」

「そりゃ、このとおりの黄金が地層にまで入っていれば、莫大な埋蔵量だが、待てよ……」

男はなおもしばらく、石をみつめていたが、やがて、軽蔑したように唇をゆがめた。

「やっぱりそうだ。こんなことはあり得ないと思ったが……」

「いったいどうしたんです？」

私はふと不安になった。

「そのサンプルはどこかおかしいのですか？」

「いや、鉱山師《やまし》が素人をだますときによく使う手ですよ」

男は苦笑しながら、サンプルを指さした。

「ほら、かなり黄金が岩の中にくいいってはいるが、内部にまでは及んでいない。これはニセモノですよ。人工的につくったサンプルです」

「なんですって」

私は金切り声をあげた。

「あんた、ケチをつける気かね。これが純金だということは証明ずみなんだ」

「そりゃ、黄金はたしかに純金でしょう。しかし、金鉱のものではない。いいですか、鉱山師のたちのわるいやつは、純金で散弾《さんだん》をつくるんです。それを銃にこめて、黄金が埋まっているようなところ――つまり、石英や黄鉄鉱のある岩の表面に近づけて発射する。すると純金の弾丸はやわらかいから、ばらばらになって岩の表面にこびりつく。すると、いかにも黄金がまじっているように見えるんです」

男は気の毒そうに私を見た。

「専門の技師なら、すぐにわかるんですがね。たわいないトリックですよ。黄金の部分だけ調べたって、それはほんものだから、わかりゃしない。サンプル全体を見せなければ……」

「あっ、畜生！」

私には、なぜ参平が他人にサンプルを見せず、黄金の部分だけをほじくりだして見せろと云ったのか、はじめてわかった。

「この野郎」

隣りに寝ていたとばかり思っていた参平がそのとたんにむっくり起きあがって、座席からとびだして、後部の列車へ走りはじめた。

頭から足の先まで怒りで熱くなった。あの山男と参平がグルになって、とんでもない山小屋を三百万で私に売りつけたのだ。私も、たちまち、参平の後を追って列車の中を走りぬけた。二輌目のデッキでようやく彼をつかまえた。

「よくもおれを、だましやがって……」

私はやつの首すじをつかまえ、列車の扉を開けた。

「なにが小学校の親友だ。なにがなつかしい幼なじみだ。この野郎、さあ、返せ。三百万、耳をそろえて返しやがれ……」

頭の中を三百万の札束がクルクルまわっていた。そのことを考えると、私は気が狂いそうだった。いや、ほんとは気が狂っていたのかもしれない。私は死んでもいいと思った。参平のえり首をひっつかむと、デッキから外へ突き出した。三百万をこのまま失くしちまうくらいなら、こいつと心中しちまった方がいい。私の真剣な表情に怖れをなしたのか、参平は必死にデッキの鉄棒をつかむと、悲鳴をあげた。

「か、勘弁してくれ」

やつは冷や汗を流していた。

「あ、あんたをだますつもりじゃなかった。ほんとだ。カモはほかにいたんだ。サ、サンプルを返してくれと頼んでいるうちに、あんたが乗ってきちまったんで、つい、気が変って、あんたをカモにしちまった。わ、わる気はなかった……」

「ふざけた云い訳をするな……」

云いかけて、ふと、私はわれに返った。ちょっと待てよ、こいつをこのまま列車からつき落としたところで、三百万は返ってこない。ましてや、自分までこいつと心中してしまったのでは、モトもコもないというものだ。それよりも……。

「おまえ、いま、妙なことを云ったな。他にカモがいたって？」

「ああ、そうだ」

ようやく私が力をゆるめたので、参平はどうにかデッキの方へ身体をもどし、溜息を吐いた。

「ほんとうはそいつをひっかけるつもりで、段どりをつけておいたんだ」

「ふうむ。そいつは今からでも、例のサンプルをつかえば、なんとかなりそうなのかね？」

「まあな。多分、うまくいくと思うが……」

「よしきた。それでいこう」

私はにやっと笑って、参平の肩をたたいた。

「おまえはそいつをうまくひっぱってこい。おれは山小屋で待ちかまえていて、そいつに山小屋を売りつけてやる」

「なるほどね」

参平は頭をふった。

「あんたもスミに置けねえや」

あたりまえだ。これが生活の知恵というやつさ。だまされたら、今度はその経験を利用して誰かをだましてやる。こんなことは大学じゃ教えてくれないし、大学出の連中には、こんな変り身の早さは真似できないだろう。

ぶ厚な虫喰いセーターにコールテンのズボン、ぶっちょう面をして山小屋にがんばっている自分の姿を、私はちらと思い浮かべた。

せいぜい、山男らしくふるまえるように、練習しなければならんな……。

血が足りない

倉庫の中はうす暗く、しめった空気がよどんでいた。壁に沿って、埃をかぶった色とりどりのパチンコの機械が、うず高く積みあげてあり、その上に、明りとりの窓がひとつ、白々しい午後の光りを、むきだしのコンクリートの床に投げかけている。

かすかに扉がきしみ、その間から、白と茶のコンビの靴が、すいと音もなく倉庫の中へ忍び入ってきた。靴はコンクリートの上で、居心地わるそうにしばらくじっとしていた。

入ってきたのは、白っぽいサマー・ウーステッドの三つ揃いをぴたりと身につけた、長身の若い男だった。眉が太く、顔色は小麦色に陽焼けしていかにも健康そうだが、眼の色は冬の運河のように暗く冷たかった。男はそこに立ちつくしたまま、眉をひそめ、あたりへ眼を配った。ようやく、眼がなれてくると、男の唇に微笑が浮かんだ。ゆっくりと、しかし、しなやかな歩き方で部屋の隅へ行き、そこにすわっていた中年の男へ声をかけた。

「どうです、調子は？」

中年の男は答えなかった。

若い男の方をふりむきもせず、テーブルの上に載っているものをみつめている。テーブルに載っているのは、銃身が長く、妙にアンバランスな拳銃だった。

若い男はその方へ、なんとなく顎をしゃくってみせながら云った。

「サマはよくないが、けっこう役に立つって評判ですぜ」

うす暗い倉庫の中で、肉のつきすぎた中年の男の顔は、白っぽく浮いて見えた。その頰がふるえ、かすれがちの重い声がもれた。

「使ってみなくちゃ、なんとも云えねえ」

中年の男は顔をあげ、耳をすませた。顔をあげると、肉に埋もれた小さな眼がキラリと光った。若い男も耳をすませる。遠くから、かすかに、重々しい響きが伝わってきたかと思うと、それはたちまち頭上にせまった。この倉庫の上を通る高架線の電車の音だ。

倉庫が小きざみにゆれ、電車が頭上を通過しようとする瞬間、中年の男の、顔に似ぬたくましい腕がすばやく伸びて、拳銃をすくいとった。

電車の音と拳銃の発射音が重なり合って、コンクリートの壁をふるわせ、しめった空気が、ゆれ動いた。

中年の男は掌の拳銃を眺め、しばらく考えこみながら、二度三度、にぎり直してみる。それから、傍に立っている若い男をふりあおぎ、顎をしゃくった。

若い男はすぐ倉庫の向こう側へ行って、そこに立てかけてあった角材の切れはしを持ってきた。六分ほどの厚みのある、その角材の真中にめりこんだ弾のあとを、入念に指先で探りながら、中年の男ははじめてかすかな笑みをもらした。

「ちょっと左にそれるくせはあるが、まあわるくないな。こんなものを、ここらのチンピラはふりまわしているのか？」

「西部同志会には、この手の拳銃がまあ二十はあるそうですよ」

「なるほど、こいつを専門につくってるやつがいるんだそうだな。どんなやつだ？」

「会ってみればがっかりしますよ」若い男の頬に軽蔑しきった薄笑いが浮かんだ。「まだ青っぽい十九のチンピラでね、西部の幹部級《あにいかぶ》だと自分じゃ思ってるらしいが、それも拳銃《ハジキ》を作れるから立てられてるだけ――三下にも馬鹿《コケ》にされる度胸のねえ男ですよ」

「名前は？」

「みんな、ケンって呼んでます。本当はなんて名だか、おれも知らない。本当の名前なんかどうでもいいケチな野郎でね……」

「ケチな野郎かどうかは知らないが、とんだ器用な真似をするじゃないか」

中年の男は、もう一度、拳銃を持ち変え、輪胴《シリンダー》の中をのぞいてみた。玩具《おもちゃ》の拳銃を改造したものらしく、銃身と他の部分の金属が違った光り方をしている。

「なんでも、おやじがこういう玩具の下請工場をやってたって云うんですがね、やつの家には古ぼけた機械があって、そいつをいじくりまわしちゃ、こいつを作るのがケンの道楽なんですよ」

「おまえにゃわかるまいがな」中年の男は拳銃の撃鉄をあげ、カチリと引金をしぼりながら云った。「こいつはちゃんと銃腔に腔綫《ライフル》がきざんである。それで射程距離が長いんだ。手製の拳銃にしちゃできすぎてるぜ。こんなものをふりまわされちゃ、とんだ迷惑だ。そのケンとか云うやつを、ここへ連れてきてもらおうか……」

若い男はうなずくと、足早に倉庫から出て行った。


「人間ってもなア、いつなんどき、どんなめに合うか知れやしねえ」

ケンは熱気がこもり脂がべとべとする布団の中で、居心地わるそうに両手を伸ばし、大きなあくびをもらすとそう呟いた。これがケンの口ぐせなのだ。この言葉を呟く時だけ、ケンはかすかに死んだおやじを思いだす。酒好きなおやじは酔っぱらうたびに、まわらぬ舌でこればかりをくりかえしたものだ。ケンの母親が家出してからは、なおさらそのくせがひどくなった。

もっとも、おやじが心臓麻痺で道ばたにひっくりかえった時、この口ぐせをもらすひまがあったかどうかは、ケンも知らない。四年も前のことだ。昨日のことさえ、ケンは覚えている気はなかった。どうせ考えるなら、今日の楽しみのことを考えた方がいい。

「なあ、ター坊、そうじゃねえか？」

雨戸の破れから射しこんでくる明るい陽射しに眼を細め、ごろりと起き直ると、ケンは隣に寝ている男の子に声をかけた。

三歳ぐらいのその男の子は、口をぽかんとあけ、じっとケンをみつめていた。垢だらけで愛くるしいところはなく、知能の遅れがはっきりとわかる虚ろな眼をしている。

「ああ、むう、むう」

子供は呟いて、布団の端を噛んだ。

「腹が空ったのか？　待ってなよな。今日はあんちゃんが金《ナマ》をごってりもらって来てやるからな」

そう云い聞かせながら、垢だらけの子供を抱き起こす。ケンの腕に子供の体重がやわらかく伝わってきた。いい気分だと思う。なぜいい気分なのかはわからなかったが、ター坊を抱くといつもそう思うのだ。

ター坊は知能の遅れているかわりに、大人しいのがとりえだった。なにひとつケンにさからわず、されるまま、全身をケンにゆだねている。ター坊に対する時だけは、仲間たちに対する時のようなかけひきはいらない。ただ、こうして抱いてやればいいのだ。そうすれば、ター坊は安心している。そして、その安心がケンの胸の内の、ギラギラしたもの、トゲトゲしいもの、不安やあせり、恐怖、欲望、すべてを甘いゆったりした気分に溶かしこんでしまう。

（麻薬《ヤク》を打つと、こんな気分になるかなあ）とケンは時々思う。愚連隊仲間の麻薬中毒者《ペイチユウ》に云わせると、麻薬を打ったときは、最高にイカした気分になり、うっとりするそうだ。ター坊を抱くことは、最高にイカしたとは思わないが、うっとりすることはたしかだ。うっとり平和な気分になる。

「おめえとこうしている方が、女《スケ》なんか抱いているより御機嫌《ゴキ》だよな」

ケンはそう云って、ター坊の指を口にくわえた。しゃぶると甘酢っぱい味がする。ター坊は大人しくされるままになって、信頼し切った目をケンに向けた。もう一方の手でケンのあごの下をまさぐっている。このまま食べてしまいたいような衝動が、ふいにケンの胸をつきあげた。

（ガキってやつは、どうも妙な気分にさせやがんな）

子供をゆすりあげながら、ケンは思った。高くゆすられて、ター坊は初めて子供らしい笑顔をみせ、キャッキャッと声をあげる。ケンは自分でもおかしいなと思うぐらい、何度もそれをくりかえした。何度も何度も。

全身汗みずくになり、腕がいたくなって、ケンはそれをやめた。ケンもター坊もぐったりして、しばらくは、ぽかんと呆けた顔を見合わせる。

「おれとおまえは、最初《ハナ》っから気が合ったんだものな」とケンは満足そうにつぶやいた。ター坊をひきとったのは、ケンが十六の時だった。ひきとった――というよりは、押しつけられたといった方が当たっている。

その年の夏、ケンは愚連隊仲間といっしょに、公園の中で女子高校生を襲った。その娘は妊娠し、親がそれに気づいた時には、もうおろすには手遅れになっていた。襲った仲間は四人だったが、両親に問いつめられると、娘は顔見知りのケンの名だけ口にだした。

女の父親が怒鳴りこんできた時は、ケンも面くらった。そんなことは、とっくに忘れていたのだ。忘れているだけにかえって度を失い、怒鳴られ放題に怒鳴られた。父親はケンの垢じみた家の中や、チンピラ愚連隊そのものといったケンの様子を見ると、はっきり気持ちを固めたらしかった。警察沙汰にはしないでおくと父親は云った。そのかわり赤ん坊をひきとれ、むろん、娘を嫁にやるわけにはいかない――。

どうにでもなれ、と思い、赤ん坊を連れてきたら尻《ケツ》をまくってやるか、とも考えていたケンだったが、現実に、赤ん坊を連れてきた父親が十万円の養育費を出すと、気が変わった。十万円は、ケンにとって生まれてはじめての大金だった。ケンは泣きわめいている赤ん坊を父親から受けとった。ケンの手にうつったとたん、赤ん坊は泣きやんだ。

「やっぱり父子はあらそえない」

その時だけ、父親もしんみりしてそんなことを云った。その言葉のせいか、ケンは抱きとった赤ん坊に、なんとなくそんな重さを感じた。翌日から、ケンとター坊は気の合った仲間になった。

ケンが赤ん坊を押しつけられたと聞いて、愚連隊仲間は大笑いだった。

「バカだなあ、おめえは。金《ナマ》だけいただいてよ、ガキは一週間もあずかったら、返しにいきゃいいじゃねえか。ごたごた云いやがったら、おどかして銭をとるんだよ。なんなら、おれが話《ナシ》をつけてきてやろうか？」

仲間たちがそうすすめたときは、ケンはもうター坊を離す気はなかった。

「しょうがねえじゃねえか」と彼は気弱な微笑を浮かべて云った。「いつかは、だれだってガキができるんだからよ」

それでも、十九の身空でとうちゃんと呼ばれるのは気がさすらしく、ケンはター坊に自分のことをあんちゃんと呼べと教えた。しかし、三つになっても、ター坊は片言さえ満足にしゃべらず、「ああ、むう、むう」と云うだけだった。

ケンはター坊のおむつをとり変えると、背中に背負って、家を出た。露地を角まで出ると、真向いに駄菓子屋があり、すすけたガラス戸の向こうでやせこけた女が、ぼんやり店番をしているのが見える。

「おばさん、ター坊をたのむぜ」

ケンは手荒くガラス戸を開け、女に声をかけた。

「いいよ」女は少し斜視の眼をケンに向けた。「でも、これで三日、あずかり賃をもらってないね」

「わかってるよ。ここんとこ、仕事にかかりっきりだったから、ゼニが出るばっかしだったんだ。でも、今日はものをわたして、金をもらって来るよ」

「へえ、またピストルをつくったのかい？」

女はター坊を受けとりながら、何気なく云った。

「おい、妙なこと云いやがると、タダじゃおかねえぞ」ケンは目をむいて、女をにらみつけた。「警察《サツ》にでも知れたら、危《ヤバ》いじゃねえか……」

にらまれても、女はあまり驚かなかった。

「なに云ってんだよ。この辺の人はみんな知ってるよ。だいいち、あんたみたいなチンピラは警察《サツ》も相手にしないとさ」

「ふざけやがって、へんなことばかり云いふらすより、ター坊をしっかり頼むぜ」

ケンは女の手に抱かれたター坊のうす汚れた頬っぺたをつついた。

「いいかい、あんちゃんはすぐ帰ってくるからな、おとなしく待ってなよ」

「ああ、むう、むう」とター坊は答えた。

それからすぐ自分の家へとって返すと、ケンは工作場へ入った。今にもくされ落ちそうな工具置場の隅に手をつっこみ、ぼろ布にくるんだものをとりだす。そっと大切そうにそれをひらくと、機械油と鉄の匂いが、快《こころよ》く鼻をくすぐった。出てきたのは、作りあげたばかりの拳銃だった。

冷たい武器の感触は、身体中をひきしめ、ケンに自分が男であることを教えてくれる。彼は輪胴《シリンダー》を力一杯まわしてみた。それは、カラカラとリズミカルな音をたててまわった。引金と用心金の間に指を通し、くるりと拳銃をまわすと、腕を伸ばして空間に狙いをつけ、引金をしぼった。

「ズダーン」

と口の中で云ってみる。

ケンの頭の中で、男が一人、銃弾を腹にぶちこまれ、はじかれたように地面に転がる。

にやりと笑って、腕を下ろし、ケンは拳銃をみつめた。暗い工作場の中でそれは蒼く誇らしげに光っていた。西部劇の英雄をまねて、銃口をフッと吹いてから、内ポケットにしまいこむ。ずっしりとした重味が、彼に猛々《たけだけ》しい自信を与えていた。

ケンはゴム草履をつっかけると勢いこんで家を出た。

どの家も鉄錆色にくすんでみえるスラム街の入り組んだ露地を抜け、盛り場にさしかかると、ケンの心ははずんだ。ただ商店が並び、夜になるとネオンがともるだけで、高級なバーや喫茶店すら見えない場末の盛り場だが、十九歳のケンには、いつもここは未知の誘惑に充ちあふれているように思われた。ここを通るとき、性の歓びに似たうずきが、若々しい肉体を走りぬけるのだ。

六月にしては烈しすぎる陽射しが、通りのアスファルトをぎらぎら照らしつけ、身体から熱っぽい脂をじりじりと滲みださせる。ケンは指先で額の汗をぬぐった。

両側の商店街が白昼の娼婦のように、けばけばしく肩を寄せ合い、その間を、拡声器の声がざらついた媚態を示しながら通りすぎてゆく。すべてが荒々しく粗雑だったが、ここにはケンを酔わせるリズムがあった。そのリズムに合わせて肩をふりふりケンは歩いていった。

ふいに、拳銃が胸にかたい感触をつたえ、ケンはかすかな戦慄を覚えた。

ケンの身内に凶暴な自信が湧き起こった。

(どんな野郎だろうが、ぶっとばしてみせるぜ)

獲物を探す眼で、彼はあたりを見まわした。一人だけ気に入った獲物がいた。小柄でやせ細り、にやけきった高校生だ。そいつは、学生服の上のボタンをあけ、緑色のスカーフをこれ見よがしにのぞかせている。

「おい、おめえ、どこの身内《もん》だ?」低い声でケンは訊いた。

高校生は眼を外らし、もじもじと身体を動かした。

「おれ、別にそんな……」

「おい、おれにガンヅケしやがって、挨拶なしで行くつもりか。ちょっと、こっちへ来てもらおう」

ケンは高校生の肩をつかむと、うむを云わさず、すぐそばの横丁へひきずりこんだ。高校生は抵抗もせず、血の気の失せた顔に、おどおどした表情を浮かべていた。

「すみません、おれ、別にあにきにガンヅケしたわけじゃなくって……」

不良じみているのは服装だけで、高校生はからきし意気地がなかった。

「うるせえや」ケンは手足の先まで凶暴な力が充ちてくるのを、うっとりと感じていた。

「おれはな、西部のもんだが、てめえはどこの学生《セイガク》だよ」

「あの……、学校はR校だけど……」

「そうかよ、R校あたりのガキに、この辺をデカい面されちゃ顔向けできねえや。一匹どっこいで、片をつけようじゃねえか」

ケンはすっと右手を内ポケットに入れ、拳銃をとりだした。弾丸はこめられていないが、ケン自身もそんなことは忘れていた。拳銃を見ると、高校生はますます血の気を失い、そこに立っているのがようやくという顔つきだった。

「かんべんして下さい。おれ、なんでもするから……」

ふるえ声で云い、頭をさげる。

「そうか。じゃ、いくらか詫び料《オトシマエ》をつけてもらおうか」

ケンは左手をさしだした。高校生はあわてて財布を出し、中の銀貨をケンの掌にあけた。

「しけてやがんな、それだけかよ」ケンは銀貨を勘定しながら云った。「もし、かくしたりしてやがったら、ただじゃおかねえぞ」

拳銃を左手に持ちかえ、右手を高校生のポケットにつっこむ――その時、うしろから、不遠慮な声がかかった。

「なんだよ、そんなガキを恐喝《カツアゲ》して、どこが面白いんだよ」

ふりかえってみると、しゃれた身なりをした三十ぐらいの男が二人をのぞきこんでいた。浅黒い顔に暗い翳をはりつけたまま、男はほとんど表情を変えなかった。

「大きにお世話じゃねえか」男から、不気味な気配を感じとりながら、ケンは肩をそびやかした。

「ここは西部の縄張《シマ》りだ。へたな口出しすると、怪我をするぜ」

「させてみなよ」

男はすばやい動きを見せた。ケンが拳銃を向けるひまもないうちに、もう肩先をがっしりと摑んでいる。急所を押えられたらしく、左腕がしびれるような痛さだった。

「チンピラはチンピラらしく、大人しくするんだな、そんなことを、うちの親方が云って聞かせたいんだそうだ。面をかしてもらおうか……」

単調な声でそう云われると、さきほどまで身体中に燃えさかっていた火が、たちまち消えてゆくような気がした。ケンは心細げに、男をみつめた。

「あんた、どこの身内だい？」

「降竜会」

男は短く答えた。その言葉の重みが、相手に与える効果を知りつくしている声音だった。

「降竜会だって……」ケンの声は驚きにうわずった。彼は右手に拳銃を持ちかえ、消えかかった炎をかきたてようとした。「よしてくれよ。降竜会のヤツとつきあったと知れたら、仲間達《ダチコウ》に面を向けられない」

「そんなこと、おれの知ったことか」男はにべもなくそう云い放つと、ケンの右腕を無造作にねじりあげた。ケンの手から拳銃が落ち、乾いた音を立てた。男はそばで立ちすくんでいる少年をじろりと見た。

「坊や、いつまでもそこにいると、やっかいなことになるぜ。早く帰って、アメでもしゃぶりな」

高校生は呪縛から解き放されたように身体をふるわせ、ぺこりと頭を下げると、露地から駆けだしていった。

その姿が見えなくなると、男はいきなりケンの身体を石塀にたたきつけた。息がつまり、ケンははげしく咳こんだ。その衝撃で、自信の最後のかけらまでが四散していた。

「なにすんだよオ、おれがなにをしたって云うんだよオ」

泣き出しそうに顔をゆがませ、ケンは愚痴っぽくなじった。

「なぜ、むかってこねえんだ」男は顔を近づけ、ささやいた。男の熱い息が、ケンの頸すじをおびやかした。「おめえもヤクザのまねごとをしているつもりなら、死ぬ気でおれにかかってこい。てめえみてえな腑ぬけ野郎が、いっぱしヤクザ面をしてやがるのをみると、ほんとに胸がむかつくぜ。親方が呼んでこいといわなかったら、てめえなぞ、ここでふみつぶしてやるところだがな……」

男の手に力がこもり、骨がぎくりとしなって、ケンは思わずかすかな悲鳴をもらした。

「わかった、わかったよ、兄貴。ついてゆくよ」

ケンの声には、男に対する怖れと媚びが、べっとりとまつわりついていた。

「けど、兄貴の親方《オヤジ》さんは、おれになんの話があるんだろう?」

男はケンの胸ぐらをとって、石塀からひき放した。

「よけいな口を利くな。だまって来りゃあわからせてやる」

手荒くケンの身体をつきとばすと、歩けというふうに顎をしゃくった。

倉庫の中へ入ったとき、中年の男は眠っているように見えた。扉の音にゆるゆると眼をあけ、ケンの姿をみつめた。だらしなくもみあげを伸ばし、ポマードをべったりなすった頭から、ゴム草履をはいた爪先まで、まばたきもせず、じっと見上げ、見下ろす。垢が真黒にかたまったケンの足指の先へ眼が動いた時にだけ、かすかに眉根を寄せた。

「あんたがケンさんかね?」

しかし、その声はケンの耳にやさしくひびいた。

「これをつくったんだってね、大したもんだ」

笑いながら、中年の男はテーブルの拳銃を持ちあげてみせた。笑うと眼尻に幾重にも皺《しわ》が重なり、愛嬌のある顔つきになる。

ケンはほっと安心して、鼻をすすりあげた。

「遠慮することはないぜ。もっとこっちへ来ないか」

中年の男はケンを手招きした。ケンがもじもじしていると、若い男の憎々しそうな声がうしろではじけた。

「もたもたするんじゃねえ。ヤクザならヤクザらしくしろ」

「そうがみがみ云ったってしようがねえさ」中年の男はやさしく云った。「なにもここで、喧《ゴ》嘩《ロ》をまこうってわけじゃなし」

重そうな腰をあげると、ケンの肩に手をかけ、今まで自分がすわっていた椅子に腰かけさせた。その手は荒々しくはなかったが、うむを云わさぬ力強さがこめられていた。

「なあ、ケンさんよ」と彼は云った。「この拳銃《ハジキ》は気に入ったぜ。それでちょっと相談があるんだ。別に大したことじゃない。これからは西部のやつらに、こいつを渡さないでもらいたいのさ。拳銃《ハジキ》ってやつは持ちつけねえやつが持つと怪我をする。ガキの玩具じゃねえんだからな、そうは思わないか?」

ケンは中年の男をふりあおいだ。男の顔には、あい変わらず微笑が浮かんでいたが、その眼の底に不気味な光がまたたいていた。

「けど、おれ……」ケンは眼をそらし、おずおずと云った。「仲間達《ダチコウ》にそう約束しちまってるから……」

「約束をやぶるのはよくねえことだ」中年の男は、ふいに微笑を消し、独り言のようにつぶやいた。

「しかし、どうしても、この相談にはのってもらわなくちゃならない。わしはもう、バンチョウあがりのチンピラに、この縄張り《シマ》ででかい面をされるのはあきあきした」

「まったくね」

若い男は、ケンの前のテーブルから、目に見えぬごみをていねいに吹きとばし、そこへ浅く腰をのせた。

「こんなケチな盛り場《ショバ》は、今までならどうってこともねえ。だがな、ここへ新しい駅ができるってことになれば話は別だ。土地はすぐにでも倍にはねあがるし、商店《みせ》や水商売もさかるようになるだろう。とてもチンピラをのさばらしておくにゃ、もったいねえってわけだ」

「それじゃ、降竜会がここへ乗りこむんですか……」

ケンは息をのんだ。この市でもっとも大きな勢力を持つ降竜会がここへ本腰を入れてくれば、ケンたちのハイティーン・グループなどひとたまりもない。

「西部の連中は、いまに愚連隊あつかいもされなくなるぜ」

若い男は静かな声で、そううそぶいた。

「まあ、その時はその時として、おたがい人死《ひとじ》にがでてもつまらねえ」中年の男はたしなめるような口調で云った。

「同志会の倉島って会長は、年こそ二十そこそこだが、大した度胸だって話だ。こっちがいくら云い聞かせても、大人しくひっこむ相手じゃない。それに警察にでも嗅ぎつけられちゃやっかいだ。わしも、この年になってまで、ごたごたを起こしたくないからな。とにかく拳銃《ハジキ》がからむとろくなことはないのさ。それで、あんたに頼みたいんだが……」

中年の男と若い男は、云い合わせたように、ケンをじっとみつめた。坐っている椅子が急に硬く感じられ、ケンはもじもじと身体を動かした。

ケンは口を開きかけ、また閉じた。

倉島の顔がふと頭に浮かんでくる。唇が薄く、残忍な若さにいろどられた顔だ。筋肉質のくせに、いつも蒼白で、血に飢えているような暗さを感じさせる。会の規律《きりつ》が乱されるたびに、そのひきしまった鞭《むち》のような手が動き、何人かの男たちが血を流したことも、ケンは忘れていなかった。

「やっぱり、あんたたちに拳銃《ハジキ》をわたすと、まずいことになりそうだな……」

ケンは頭をふった。

「そうか、まずいことになるのか。気の毒にな」

中年の男はケンをあわれむように見下ろし、若い男に手をふった。

その打撃は、いきなりケンの後頭部を襲った。頭の中が真赤になり、前のめりになったところを、若い男の右の拳は、容赦なくケンの胃にくいこんだ。ケンは床に這いつくばり、胃の中のものを吐いた。そうしているうちにも、脇腹をするどい靴の先が襲っている。

打撃と苦痛がかわるがわる、的確にケンの急所を捕えた。一分とたたないうちに、ケンは床の上にぐったりと横たわり、情けないすすり泣きをもらしていた。

「それぐらいにしておけ」

中年の男の声が、遠い所から聞こえてきた。

「どうだい、決心を変える気になっただろう！　ケンさん」

床に倒れたケンの髪の毛を無造作につかみ、自分の方へねじむけながら、中年の男は云った。

「あんまり強情をはると、とんだことになるぜ。拳銃はこっちへ渡すだろうな？」

ケンは眼をつむったまま、かすかに首をうなずかせた。

「そうか、わかりが早いな。ケンさんを椅子に坐らせてやれ」

声とともに、ケンの身体はぐいと持ちあげられ、椅子の上へボロ屑のように放り出された。

テーブルの上に顔をふせ、ケンはおいおい泣きじゃくった。

「泣いてばかりいないで、話をしようじゃないか、え？」

中年の男がいたわりのこもった手つきで、ケンの肩をたたいた。ケンは涙に汚れた顔をあげ、しめった声で云った。

「拳銃を渡したら、おれにいくらくれるんです？」

「これは驚いた」

若い男を見返って、中年の男は大きな笑い声をあげた。

「今泣いた烏が、今度は金をくれとさえずってるぜ。今どきの若い連中は、こんな時にクソ度胸がすわるんでやりきれんよ。まあ、その方がドライで話がしやすいがね。それで、ケンさん、今までは仲間にいくらで渡してたんだ？」

ケンは痛む脇腹をさすりながら、すばやく計算した。今まで倉島に渡していたのは一挺八千円の値段だった。しかし、それをそのまま教える手はない。

「今まではよ、なにしろ、仲間《ダチ》相手だったから、一万円だったけどよ……」

「けど……？」

中年の男にじっとみつめられ、身体がふるえてきそうになるのを必死にこらえながら、ケンは口早にしゃべった。

「今度はあんたの方から渡してほしいって云いだしたんだし、おれも危《ヤバ》い橋を渡らなくちゃならねえんだから、いくらかイロをつけてもらいたいな……」

「この野郎、調子にのりやがって！」

若い男が右手を伸ばそうとするのを、中年の男は笑いながら止めた。

「まあいいさ。ケンさんの云うのももっともだ。で、いくらならいいんだね？」

「そう、一万二千じゃどうです……？」

冷汗がじっとりと背筋をつたわってゆく。

「この拳銃が一万二千じゃ高いとは云えないだろう。それじゃ、こうしようじゃないか。これから拳銃はみんなこっちへ渡してもらう——それと、わしたちが今ここで相談したことは、当分、外へは云わないでもらう。この二つの条件をふくめて、一万五千はずもうよ」

中年の男は、内ポケットからしゃれた黒革の財布をとりだし、その中から真新しい五千円札をすいと抜くと、ケンの前のテーブルに放った。札は乾いた気持のいい音をたてながら、ケンの目の前に重なる。

「どうも、すみません」

ぺこりと頭を下げ、目を輝かしながら、ケンはその札を拾い集めた。札の一枚がテーブルに貼《は》りついて、なかなかはがれなかった。ケンのあわてた様子を見て、二人は声を合わせて笑った。

「札は逃げて行きゃしねえ、ゆっくり拾いな」

そう云いながら、中年の男は両手に拳銃を載せ、くらべてみるような目つきをした。

「やっぱり、いくらかちがうようだな。拳銃《ハジキ》を作るんなら、どれも同じ性能、同じバランスの製品《もの》を作るようにしなくちゃいけねえ。いずれ、おまえさんが、うちの身内になるようだったら、もう少しましなものが作れるよう、金を出してやろう」

ケンは札をしまうと、椅子から立ちあがって、もう一度頭を下げた。

「それじゃ、おれ、帰らしてもらいます」

いいでしょうか？　という表情を中年の男の方へ向ける。

中年の男はうなずいた。

「ああ、約束は守るんだぜ。わしとの約束はな」かすかな笑みが、皮肉に唇をゆがめる。

「わかってます。おれ、こう見えても、仁義は守る男ですから……」

「なるほどね、仁義は守るか……」

二人がまた大声で笑いだすのを背後に聞きながら、ケンはそそくさと倉庫から出て行った。

通りのまぶしい陽光の中へ出ると、今までのことが悪夢のように思えた。ケンは顔を撫で、思わずつぶやいた。

「人間ってもなア、いつなんどき、どんなめに合うかしれやしねえ」

さいわい、顔はどうにもなっていなかった。あの若い男は、顔だけをたくみに避けて、人目につかない急所を効果的に痛めつけたらしい。その痛みは、今でも、身体の各所で、愚痴っぽく若い男を罵りつづけていたが、内ポケットの真新しい三枚の五千円札のことを考えると、幾分、痛みもうすらいでくる。

（二万五千とは豪気じゃねえか）とケンは思った。（これからは、一挺ごとにそれだけの金が入るんだ）

一カ月に四挺つくるとすれば、六万になるわけだ。六万あれば、なんだって出来る。彼が今、通り過ぎてゆくここの盛り場の、どんな秘密めかした未知の世界でも、存分にのぞけるにちがいない。ケンの身内はうずいた。

（まあ、あわてることはない。まず、ター坊のあずかり賃を払って――これが一日三百円だから、千円でお釣りがくる。そのあとは厄払いに派手なところへくりこんで……）

ケンは考え考え自分の家の方へ足をはやめたが、ふと、心の底によどんでいる不安に気づき、眉をひそめた。

（いけねえ、倉島のあにきの方には、どう云い訳したものかな……）

倉島には今日中に拳銃を届けると伝えてある。もし、約束を違えれば、短気な彼がどんなに不機嫌になるか、ケンにはよくわかっていた。もっとも、今までにも、約束が延びて、殴られるようなことはしょっちゅうだった。殴られるぐらいなら、御の字だが――。

殴られるぐらいじゃすまないだろう――不安はそう囁きつづけている。裏切者に対する倉島の憎悪と残忍さは、会員の誰の胸にもしみこんでいた。

ケンは内ポケットに入れた五千円札を、お守りのようにそっと指先でさわってみた。五千円札は拳銃とはちがった力を、与えてくれるような気がした。

盛り場のはずれまで、ケンの不安はおさまらなかった。しかし、ついにそこまで、愚連隊めいた人影と会わずに通ってくることができた。ようやく胸をなでおろし、ケンは入り組んだ露地を家の方へと急いだ。

駄菓子屋の店先では、女のかわりに、くたびれたジャンパーを着た男が、落ちつかない顔つきで店番をしていた。男はケンの顔を見ると、恐れと安堵の入りまじった表情をつくった。

「ケンさん、あんたをずいぶん探したんだぜ」と、男は急《せ》きこんで云った。「大変なことになってね……」

「大変なこと？」

ようやく胸底に押しこんだ不安が、またもやひろがってきそうな気がして、ケンもあわてた。

「いや、それがまったく申しわけないんだ、ター坊が怪我をしちまって……」

男はケンの顔色が変わったのを見て、口ごもった。

「ター坊が怪我しただと？」

ケンの顔に険悪な怒りがひろがった。

「女房のやつがター坊をおぶって買物に行ったんだけどね、ほら、角に横断歩道があるだろう、あそこのとこでバイクにひっかけられたんだ。女房は左手を折るし、ター坊は背中からとびだして、バイクの先で背中んところを深く切っちまってね……」

「この野郎！」ケンはやにわに胸ぐらをとった。「あずかり賃をふんだくりやがって、てめえたちはとんでもねえやつらだ。ター坊が死にでもしてみろ、きさまたちも生かしちゃおかねえぞ！」

ギリギリとくいこむケンの両手を必死に押さえ、男はどもった。

「い、いや、ほんとにわるかったよ。でも、いきなりバイクが出てきたんで避けるひまがなかったんだ。女房も怪我してることだし……」

「てめえの女房《かかあ》なんか、どうでもいいや。ター坊はどうなんだよ？」

「さいわい、すぐ近くの病院に運びこんだから、生命にかかわることもなさそうだけど、ただ……」

「ただ、どうしたんだよ！」

ケンはいらだって、男の首を絞めあげた。

「たのむよ、そんなに絞めちゃ、話もできやしない」男は土気色の顔をゆがませて、泣くような声をあげた。「ター坊は出血がひどくて、弱ってるんだ」

「血が足りねえのか？」

「そうなんだ。それで大至急輸血をすることになって……」

「それじゃ、てめえたちの責任《せい》なんだから、女房《かかあ》とおめえの血を採ってもらやいいじゃねえか。なぜ、そうすると云わなかった？　血を売るやつは、おれの仲間《ダチ》にもたくさんいるが、別に死にゃしねえぜ」

「もちろん、おれたちの血でよけりゃ、採ってもらうさ。でもね、輸血するには血液型が合ってなくちゃいけないんだ。おれたちのはター坊には合わないんだそうだ……」

「血のつながりのあるやつならいいわけか？」

「ああ、肉親なら血液型が同じことが多いんだそうだが……。医者は血液銀行から用意すると云っていたよ」

「冗談じゃねえ」ケンは首をふった。「おれの仲間《ダチ》なんかの薄汚ない血の入ってる血液銀行《バンク》の血なぞ、ター坊の身体に入れられてたまるかよ。おれの血をター坊にやればいいんだ」

「しかし、ター坊はね」男は云いにくそうにケンの顔をうかがった。「あんたの本当の子じゃないかも知れないから……」

「うるせえっ！」

ありったけの声で怒鳴ると、ケンは男を力いっぱい殴りつけた。

「もう一度、そんなことを云いやがったら、ぶっ殺してやるぞ！」

ター坊の入院した外科病院の所在を聞くと、ケンは自分の家へ走りこんだ。ター坊の下着だけを持って、病院へかけつけるつもりだった。

土足のまま畳にあがりこむと、たったひとつしかない箪笥の抽斗《ひきだし》を手荒くぬきだし、中身をぶちまける。

「なにをそんなにあわててるんだよ？」

鼻のつまった若々しい声が聞こえ、ケンはふりかえった。

部屋の隅の壁によりかかり、すり切れて白っぽくなったブルウ・ジーンズをはいた若者が二人、長い脚をもてあつかいかねたように抱えこみながら、こちらを向いてにやにや笑っていた。西部同志会の副頭領格の柴本と、三下の井上だった。二人はのっそりと立ちあがると、だらしのない歩き方で、ケンの方へやってきた。

柴本はケンと同じ十九歳だが、背の高さも肩はばも、それから胸の厚さも、大人と子供ぐらいの違いがあった。鈍重そうな顔つきは倉島と対照的だが、なにしろ力《りき》があるので、副頭領におさまっている。夏でも冬でも、うす汚れたTシャツ一枚に黒皮のジャンパーを着こみ、いつも犬小屋のワラみたいな匂いをさせていた。

井上はその腰巾着で、まだ幾分あどけなさの残っている顔つきのくせに、思い切ったことをやるのでみんなに気味わるがられている十六歳の少年だ。

「まさかおめえ、ここから逃《ズラ》げするつもりじゃねえんだろうな」

脂がぎらついているふとい首すじを、人さし指でこすりこすり、柴本が訊ねた。

「どうしておれが逃《ズラ》げしなきゃならねえんだよ？」

ケンは声がふるえないように気をつけながら、訊き返した。

「どうしてだか知らねえがよ、そんな気がしたんだ」

柴本は鈍重そうな顔に得体の知れない笑みを浮かべている。この男がこういう笑い方をしている時は、きっとなにかいわくがある時にきまっていた。

「なんだよ、どうしたんだよ？」

ケンの背筋をなにかがゆっくり這いのぼってゆく。降竜会の一件がうしろめたい傷となって、不安な液を滲《にじ》みだしていた。

「さあねえ、おれはなんにも知らねえよ。ただ、倉島のあにきがおめえを呼んで来いって云っただけさ」

「なあ」と云うように、柴本は井上の方をみやった。井上もうなずいて、ケンを眺めている。他人がひどいめに合うのはちっともかまわない。それどころか、けっこうなお楽しみになるといった顔つきだった。

「拳銃《ハジキ》のことなら、もうちょっと待ってほしいんだ。明日にはできあがるからよ。そうあにきに云っといてくんないかな」

ケンはなに気ない様子をつくろって、そう云った。

「なぜ、自分であにきのところへ行ってそう云わないんだ?」柴本が訊いた。「あにきはおめえがそんなことを云ったら、きっと喜んでくれるぜ」

「そうさ。ケンあにいはいつも役に立つって云ってるものな」

井上までなめきった口調でそんなことを云う。

「今はまずいんだよ。ター坊がバイクにひっかけられてよ、おれ、これからすぐにひとっ走り病院まで行かなくちゃならねえんだ」

「ほうそうかい」柴本は肩をゆすって前へのりだした。

「てめえはなにかい、自分のガキがバイクにはねられりゃ、あにき分でも使い走りに使うのかい?」

「とんでもねえ、そんなつもりはねえよ、あにき。とにかく、病院の帰りにはかならず顔を出すからよ、それまで、かんべんしてくれるように、口ぞえしてほしいんだよ」

「おれはかまわねえが、倉島のあにきはどう思うかな」柴本はまた井上の方をふりむいてみせた。

「あにきはえらくアツくなってたよな」

「ああ、カッカきてたぜ」井上は少年らしい残酷さで、にべもなく答えた。

彼はター坊の下着をつまみあげて、無邪気にくるくるふりまわしている。

「それがよ、輸血しなきゃ死んじまいそうなんだよ、おれの血じゃねえとだめなんだよ、よう、行かしてくれよ、たのむから……」

ケンの声は涙ぐみ、悲鳴のようにカン高くなった。

「うるせえ、みっともねえぞ、ケン。度胸《ハラ》をきめて、一緒に来な。さもないと、てめえが今度は病院に入らなくちゃならなくなるぜ」

柴本の表情が変わり、熱っぽい視線がケンをみつめていた。こういう眼つきをした柴本がどんなことをやるかは、ケンにもよくわかっていた。

ケンはうなずいた。

「わかったよ、あにき、一緒に行くよ」


西部同志会の溜り場は、盛り場の裏手にある『ゆかり』というバーの中二階にあった。三人がそこへ入ると、四坪ほどの部屋の中は、煙草の烟と、ビールと、少年たちの発散する脂っこい体臭でどんより濁っていた。

部屋の中にいた七、八人のハイティーンたちが、いっせいにこちらを向いた。どの顔も精力をもてあまし、連れられてきた犠牲者を舌なめずりして待ちかまえている顔つきに見える。

倉島は部屋の奥にあるすりきれたソファの上に腰をおろし、両手を軽くのばして、足を組み、身動《みじろ》ぎもせず天井を眺めていた。ダークブルウの薄手の上着に、ふちどりのついたシャツを着て、花ぐもりの空を思わせる淡いグレイのズボンに、モカシンの靴をはいている。

見たところは、神経質でおしゃれ好きの青年にしか見えないが、いったん事が起こると、たちまちその物憂そうな表情がひきしまり、鋭く敏捷な若者に変貌するのだ。それは、ボタンを押され、パチリと刃をむきだしにした時のジャック・ナイフに似ていた。

「なにか、おれに用があるって、あにき?」

ケンはさもなんでもないという風を装って倉島に近づいた。

倉島は天井から視線を下ろし、ケンの顔をみつめた。

「なんの用だと、おれに訊くのか?」

すがれた老人を思わせる声だった。

「それより、自分の胸に訊いてみな」

ケンの額にはうっすらと冷汗がにじみだしてきた。しかし、ケンは首をふった。

「おれには、なんのことかわかんねえな」

「そうか、わからねえか」倉島はまじめくさって、何回もうなずいてみせた。「じゃ、わかるように話してやろう」

部屋の中は、しんと静まりかえった。倉島は音もさせずに立ちあがり、ケンとまともに顔を見合わせた。

「拳銃《ハジキ》を持ってくるのは今日じゃなかったのかい?」

「いや、あにき、申しわけないけど、手間どっちまって……明日はきっとなんとかするからよ」

「今日中にもう一挺つくれたらの話だろう?」

「なに云ってんだよ、あにき」

ケンは身体がそのまま沈んでゆきそうな恐怖を覚えた。

「おれをなめる気かよ、ケン！」

いきなり空気を切り裂くような声で、倉島はケンをおびやかした。

「とぼけたってわかってるんだ。おまえは今日、降竜会のやつらに拳銃を渡しただろう。新しい駅ができるんで、やつらはこの縄張《シマ》りに目をつけやがったんだ。それで、まず手はじめに、旭通りにパチンコ屋を出した。この店を根城にして、だんだん手をひろげ、おれたちを追っ払おうってはらなんだよ。おれもくせえと思ったから、あの店を探らせておいた。そうしたら、今日の午《ひる》すぎ、おまえが降竜会のやつと連れだって、裏の倉庫に入ったって知らせがあったのさ。あそこへいっておめえがどんな話を決めてきたのか、みんな聞きたがってるぜ」

心臓がとまり、このまま倒れるのではないかと思った。ケンの眼の前で、倉島の姿が左右に揺れた。

「でも、おれ、別になんの話も……」

その声は自分の声とは思えないほど、弱々しく聞きとりにくかった。

「なんの話もなかったかどうか、こいつの身体を調べてみな」

倉島がそう云い終わらないうちに、柴本がケンの両腕をつかみ、井上がポケットの中身をサイド・テーブルの上に遠慮なくぶちまけはじめた。真新しい五千円札が出て来た時、部屋の中には声にならないどよめきが起こり、井上は低く口笛を吹いた。

「この金はどうしたんだ？」倉島がゆっくりと訊ねた。

「おばさんの遺産でも入ったのか？」

「いや、そうじゃない」ケンは必死に知恵をしぼった。「さっきも柴本のあにきに云ったけど、実は、ター坊がバイクに引っかけられてよ、それで、金が要るんで機械を売ったんだ。拳銃《ハジキ》がつくれなかったのも、そんなわけで……」

「往生際のわるい野郎だ。こっちは生き証人がいるんだぜ。もっとも、もうあんまり生きがいってわけじゃねえが……」

せせら笑って、倉島は部屋の隅にある大型の戸棚を指さした。そばにいた若者が戸棚を開け、中から一人の男をひきずりだした。

顔中があざだらけにふくれあがり、はじめは誰だかわからなかったが、やがて、降竜会の若い男だとわかった。ケンの顔色が変わった。

男はうめき、頭をふりながら起きあがって、ケンの姿をみとめると瞳をじっと据えた。「おめえか……」はれあがった顔をゆがませて、男は笑った。「チンピラのどぶねずみめ」

ケンは立ちすくんだまま動けなかった。

倉島がケンを突きとばし、男の方へ顔をねじ向けた。

「遠慮することはねえ、挨拶してやんな。こいつは、おめえの新しい仲間《ダチ》だろう? おめえにゃわるかったが、こいつがここは降竜会の縄張り《シマ》でございって、でかい面をしてこの辺まで出張ってきやがったから、ちょっと思い知らせてやったのさ。こいつとどんな取り決めをしたか、はっきり云ってみろ!」

倉島の声に、男はよろめきながら、胸を張った。サマー・ウーステッドの上衣も血と埃で真黒になり、コンビの靴の片方がぬげて靴下だけだった。

「うるせえぞ、チンピラども、てめえたちがでかい面できるのも、今のうちだけだ。せいぜいイキがってろ……」

血のまじった唾《つば》を床に吐きちらして、男は罵った。

倉島がすいとその男に近づき、きれいなストレートを顎にぶちこんだ。男が床に倒れると、モカシンの靴で念入りにその顔をふみにじる。

「あにき、かんべんしてくれ」

悲鳴をあげたのはケンの方だった。

「おれがわるかった。あんまりおどかされたもんだから、拳銃《ハジキ》を売ったんだ……」

「ほう、泣きが入ったぜ」倉島はにやりと笑って、ケンの額を人さし指ではじいた。「拳銃《ハジキ》を売ったってことは、仲間《ダチ》を売ったってことだ。覚悟はできてるだろうな」

柴本がケンを背後からぐいと絞めつけ、倉島のよくしなう手が、ケンの眼と唇と、胃袋の上に突き刺さった。

柴本が手を放すと、ケンはだらしなく床の上に手をついた。その上に、軽蔑しきった倉島の唾が飛ぶ。

それが合図だったかのように、待ちかねていたハイティーンの群は、犠牲者の上に殺到した。

「ああ、むう、むう」

ター坊がしきりに自分を呼んでるような気がして、ケンは眼をあけた。真暗だった。うめきながら手をあげようとしたが、あがらなかった。しびれている。両手を前にしっかりと縛《しば》られていたのだ。

真暗な中で、痛みだけがいやにはっきり身体中を駆けめぐっていた。重く鈍い痛みだった。

「畜生め！」

そう罵ってみたが、その声は力なく、はれふさがった口から曖昧な音となって外へもれた。なんとか身体を起こそうとしてバランスを失い、ケンはいやというほど壁にぶつかった。その壁がはずれ、身体が広いところに投げだされる。壁と思ったのは戸棚の引戸だった。やつらは縛りあげた上に戸棚へぶちこんで、酒でも呑みに行ったのだろう。

部屋の中にも夕闇がたちこめていたが、戸棚の中のように真暗ではなかった。あたりを見まわしたが誰もいなかった。仲間達も、それから、あの若い男の姿も見えなかった。

（外へひっぱりだして、殺《バ》らしやがったか……）

背すじを冷たいものが走る。それが全身を犯し、ケンは心細さにふるえた。そのまま床の上に大の字に転がると、彼はおいおいと大声を出して泣きはじめた。五分もそうやって泣いていると、ようやく気がおさまった。ふと泣きやんで、耳を澄ます。自分の泣き声にター坊の泣き声が重なって聞こえてきたのだ。気のせいとは思えなかった。

（そうだ。早く行ってやらなきゃ、血がなくなってター坊は死んじまうぞ）

ケンは起きあがってあたりを見まわした。戸棚の横についている抽斗《ひきだし》に目がとまる。今は使っていないが、ずっと以前、仲間が武器庫と呼んでいた抽斗だ。不自由な両手を使ってそれをぬきだすと、自転車のチェーンがひと巻きと錆びた果物ナイフが隅の方に転がっていた。ケンは果物ナイフをとりあげ、足の間にそれをしっかりはさみこんで、両手の縄をごしごし切りはじめた。

途中で何度も息を切らし、手を休めたので、それが切れるまで途方もなく長い時間がかかったような気がした。ようやく最後の一筋が切れ、ほっと一息ついて額の汗をぬぐおうとして、ぎょっと手をとめた。自分の顔とは思えないほど顔中がはれあがっている。さわった手にはどす黒いものがついている。血だ。

「畜生め！」

ケンはまたつぶやいた。こんなところで無駄使いする血があったら、少しでもター坊にわけてやらなくちゃいけない。

気があせり、急に痛みが遠のいてゆくような気がした。彼は部屋の扉のところへ行ってゆさぶってみた。案の定、扉はびくともしなかった。外から鍵がかかっているらしい。

（やつらはおれをここへ置き去りにしといて、あとでゆっくりまた痛めつけるつもりだな）

仲間たちのやり口はよくわかっていた。逃げるとすれば、やつらが帰ってくるまでの間だ。

扉がだめだとわかれば、逃げ道は窓しかない。ケンはさっきの抽斗からチェーンをとりだすと右手にぐるぐると巻きつけた。さらにその上に、上衣をぬいで巻きつける。ケンはその拳《こぶし》を窓にたたきつけた。

ガラスは下に落ちて、チャリンと冴えた音をたてた。ケンはびくりとして、周囲の様子をうかがった――しかし、誰かが走り寄ってくる気配はなかった。

窓わくは広く、ガラスをきれいに外せばなんとかくぐり抜けられそうだった。いつもなら、楽々とそれができたのだろうが、今はそう楽な仕事ではなかった。汗をびっしょりかき、苦痛に歯を喰いしばりながら、ケンはそれをくぐりぬけた。だらしなく手がふるえ、あっと云う間に身体は中二階から地面へずり落ちた。どさりという音を気にするどころではなかった。はあはあと息を切らし、彼はしばらくそこにじっと横たわった。

横になったままあたりを見まわすと、この袋小路から盛り場の通りへぬけるところに、ひょろ長い影が通りを向いて口笛を吹いていた。

張番《はりばん》の仲間にちがいない。

ケンの胸が恐怖にしめつけられ、部屋へひきかえそうかと思ったが、ター坊のことを考えると、やけくそな勇気が湧いてきた。右手にチェーンを持ち直し、ケンはそっと通りの方へ忍びよった。

見張りの男は、呑気そうに低く口笛を吹き続けている。

しかし、その真後ろまでケンがせまった時、なにかの気配を感じとったかのように、口笛はやんだ。男は怪訝な顔を後ろにふり向けた。ニキビがいっぱいに吹き出たその顔は井上だった。井上はケンをみとめ、驚いたように口を開けた。その瞬間、ケンは右手のチェーンを力いっぱいふりおろした。

「ぎゃっ」という声をあげ、井上は土の上にのめりこんだ。しかし、ケンはあまりに近づきすぎていたらしい。のめった拍子に井上はケンにぶつかり、その右手の拳銃がにぶい音をたてた。ケンはうしろにはねとばされた。

チェーンをにぎった右手は感覚がなかった。そちらに目をやると、肩先から絶え間なく血が吹きだしていた。井上はうつ伏せに仆《たお》れたまま、身動きしない。

「おれの拳銃《ハジキ》で、射ちやがったな」

左手で身体を支え、ケンはよろよろと立ちあがった。血が右手をつたい、ぽとぽと地面にしたたり落ちる。それを見ていると、身体からたちまち力が抜け落ちてゆくような気分がした。気が遠くなり、ふらふらと地面に倒れそうになったが、ようやくふみとどまった。

ひざががくがくして、立っている感じがしない。頭だけが大きくふくれあがり、その中は血でいっぱいで、ター坊の顔だけを鮮明に浮かびあがらせている。

(そうだ、ター坊にはやいとこ血をわけてやんなくちゃ……)

ケンは頭をふった。左手で傷口を押えると、肉のはじけているのがわかった。しかし、しびれたように痛みはあまり感じない。ケンはター坊の入院している外科病院の方へ歩きはじめた。

傷口から血が吹きだす。

(血がなくなる。ター坊にやる血がなくなっちまうよう)

ケンは心にそうくり返しながら歩いていった。気はあせり、涙が頰を流れ、嗚咽がこみあげてくる。通りを行き交う人々は、血みどろになってわあわあ泣きわめきながら、よろよろ歩いてゆくケンの姿に、みんな足を停めた。向こうから来た二人連れのオフィス・ガールが顔色を変え、すぐ横の店へとびこんだ。

誰かがケンの腕をつかまえ、ひきもどそうとした。

「おい、あんた、大変な怪我じゃないか、歩いちゃだめだよ」

ケンは泣きわめきながら、その手をふり払った。

「うるせいや、はやく行かなきゃ、間に合わねえんだ」

自分ではそう云ったつもりだったが、人々の耳に聞こえたのは、異様に昂まった泣き声だけだった。足がもつれ、また意識がうすれる。ケンはあせった。とても、外科病院まで保《も》ちそうにない。その辺の医者にたのんで血を採ってもらい、ター坊に届けるより仕様がねえかなあ、遠のいてゆく意識の中でケンはそう考えた。

視点の定まらぬ眼であたりをみわたすと、二、三軒先に医者らしい看板が目に入った。それを確かめもせず、ケンはそっちの方へひょろひょろと歩いていった。

誰かが大声で、「お巡りを呼んで来い！」と叫んでいたが、遠い世界の出来ごとのようにしか思えなかった。

その家にたどりつき、身体をよりかけながら、ケンは呼鈴を押しつづけた。やがて、片手に新聞を持った白衣の男が、扉を開けた。男は血みどろなケンが倒れかかるのをあやうく支え、顔色を変えた。

「どうしたんだ、きみは？」

「あんたは、お医者さんだね」もつれた舌で、ケンは訊ねた。

「医者といっても、ぼくは歯医者だが……」

「なんだってかまわねえ、おれ、たすけてほしいんだ」

「いいから、こっちへ入るんだ」

歯医者はケンを抱えるようにして中へ入れ、診療室へ運びこんだ。黒皮ばりの治療用の大きな椅子へ、ケンは倒れこんだ。口をあえがせ、眼をつぶっている。

しかし、医者が診療室を出ようとすると、また眼を開き、呼びとめた。

「あっちへ行かねえでくれ。ここで、すぐ、血を採ってくれ」

「おとなしくするんだ」と医者は云った。

「とにかく、ぼくの手には負えそうもない。とりあえず、止血とカンフルの注射だけして、あとは外科の医者《せんせい》をすぐ呼ぼう」

「そんなひまはねえんだ」ケンはゆっくりと頭をふり、力のない眼で医者をにらんだ。

「あんたは医者だろう？　それなら、おれからはやく血を採ってくれ」

「バカなことを云うなよ、血を採るどころか、はやく輸血しなきゃ死んじまうぞ」

ケンはかすかに手を動かした。

「おれは血はいらねえんだ。ター坊がいるんだよ。よお、はやく血を採って、ター坊のところへ持ってってくれ」

「むちゃなことを云うなよ」

「なにがむちゃだ。はやく血を採れ、云うことをきかねえと、ぶっとばすぞ」

そのタンカはもうきれぎれにしか、ケンの口から出てこなかった。彼はぎこちなく自分の傷口をのぞき、弱々しい泣き声をあげた。

「みろよ、どんどん血がなくなっていかあ。勿体ねえよお、早くしてくれよお、ター坊が死んじまうよお……」

ケンの声はだんだん、不明瞭に聞きとりにくくなった。

医者は立ちあがると、あわてて診療室をとびだし、廊下の電話へ走りよった。

「せんせい！」

玄関口から医者を呼びとめる声がした。ふり返ると、警官が二人、玄関に立っていた。

「今ここへ、血だらけの男が入っていったと云うんですが、どうしたんですか？」

「ああ」と医者は云った。「大変なんだ。死にかけている。早くどこかの外科へ連絡して下さい」

警官の一人がすぐ表へ飛びだしてゆき、年輩の方の警官は医者といっしょに診療室へ入ってきた。

ケンはもう泣いてはいなかった。血も止まっているように見えた。椅子にぐったりともたれたまま、眼を閉じていた。

医者がそのそばに近より、瞳孔《どうこう》を調べ、首をふった。

「もう死んでいる。出血多量だろうな」

「そうですか」警官は事務的にうなずいた。

「こいつはこの辺のチンピラ愚連隊でね、どうせ仲間同士のいがみ合いでやられたんでしょう。つまらんことだ」

「しかし、妙なことばかり云ってた」医者は首をかしげた。「早く血を採ってくれって云うんですよ。自分が出血多量で死にかけているくせにね」

「へえ」警官はあきれたように首をふった。

「どういうつもりなのかな。近頃の若いやつらの云うことは、もうさっぱり見当もつきませんよ」

二人はもう一度、ケンの方を見た。眉根をかすかによせて、眠っているようなケンの死顔は、少し老《ふ》けて見えた。

夜も昼も

1

あたしがステージへ上っていった時、クラブの中は華やかなムードに上気していた。すぐ前に演奏していた、ラテン・バンドの陽気な明かるいリズムの破片《かけら》がまだフロアやテーブルのあちこちにひっかかっていて、客の腰や肩を浮きたたせ、熱っぽくさせているみたいだった。

照明が消えた中を、あたしは静かにステージへ上っていった。興奮した客席のざわめきが小波《さざ》のようにあたしを押しつつんでいる。ステージの中央に進み、マイクの前に立ったまま、そのざわめきが消えるのを待った。

今夜は自分の思うとおりに歌うつもりだった。そのために司会者にもあたしを紹介するのをやめてもらった。バンドの前奏もない。あたしの歌が直接お客たちに語りかけるのだ。そういうことをしたら、客たちがどういう反応を示すか?――それを計算して演出したわけではなかった。ただ、あたしはそうしてみたかった。それが歌手としてのあたしの夢だった。

そして、今、あたしの夢をかなえようとしているのだ。結果はどうでもいい。これがあたしの最後の歌になるわけだから……。

暗い天井からするすると白い照明が降りてきて、ステージの上のあたしをとらえた。客席のざわめきが消え、期待のこもった眼差しが自分に集中するのがわかった。しかし、あたしはまだ歌いださなかった。

客席の熱っぽさがすっかり冷え切って静かな暗い海のようになるまで待つつもりだった。眼をつぶり、あたしは呼吸をととのえた。

客席はシンと静まりかえった。

暗い海の中にたった一人ボートをこぎだすようなつもりであたしは歌いだした。静かに、低く……。

『ジャングルの影が落ち、トムトム太鼓の音が鳴りひびくように……』

『夜も昼も《ナイト・アンド・デイ》』の歌いだしだった。

『壁の時計がチクタク時を告げるように──夏の夕立ちが過ぎて雨だれがポタポタと滴るように……』

あたしは客たちのハートにひそやかに語りかけた。

『あたしの身内の声がこうくりかえしている──あなたを──あなたを──あなたを！』

そこではじめてバンドの演奏がはじまった。

『夜も昼も──あなただけを……』

これは自分の恋人を想いこがれつつ歌う歌にちがいなかった。それをあたしは自分流に、自分がもっとも愛していたものに、さよならを告げる気持ちで歌いつづけた。あたしがもっとも愛していて、今別れを告げようとしているのは、あ、た、し、の、歌にだった。

これがあたしの最後のステージだった。明日になれば、あたしは久慈幹夫と婚約してしまうのだ。

　五年間の歌手生活のさまざまな想い出が頭の中で揺れ動いた。なにもわからずただ夢中でジャズ喫茶の舞台に自分の心を動かすリズムを吐きだしていた十七歳のあたし。放送局のオーディションですっかりあがってしまい、みじめな気持ちで雨に濡れながら一晩中歩き明かした十九歳のあたし。仕事をもらうために邪魔にされながら芸能プロダクションのうす汚ない事務所の片隅で一日中待ちつづけた二十歳のあたし。

　あたしは歌いつづけ、ようやくこうして今は二流のナイトクラブのステージに立つことができるようになった。この辺があたしの歌手としての行きどまりにちがいなかった。

　自分の歌は他の一流歌手にひけをとらぬという自信はあったが、スターになるために実力以外になにかが必要なのだということは裏道ばかり辿ってきたあたしには身に沁みてよくわかっていた。

　結局、あたしは敗北者なのだ。歌という自分の恋人に裏切られつづけ、それでも未練をすてずにその華やかな面影を追ってきた女だ。

『ただあなただけを、夜ごと日ごと想いつづける……』

　なんとあたしにふさわしい歌詞ではないか？

　だから、あたしは、これを最後の歌にえらんだのだ。五年間の未練の思いのたけを心にこめてあたしは歌い終わった。

『あなたがあたしの愛を受けとめるまで、あたしの苦しみは消えることはない――昼も夜も

――夜も昼も――……』

しかし、あたしは自分で苦しみを断ち切った。スターの座や歌う歓びへの未練をふりすて、平凡な主婦の座におさまろうと決心した。もうあの苦しみに夜も昼もさいなまれることはない。

そう決心したはずだったが、歌い終わった時には涙があふれた。あたしは静かに頭を下げステージを歩きはじめた。

一瞬、シンと静まりかえった客席が爆発した。すばらしい拍手の嵐だった。

その中をゆっくりあたしは歩きつづけ、ステージを降りた。ステージの裏へまわり、楽屋口へ行こうとすると、興奮した声があたしを呼びとめた。

「ちょっと待って下さいよ、青江さん」

クラブの支配人がフロアからあたふたと駆けよってくる姿がふりかえったあたしの眼にうつった。

「すごい。すごい受け方だ。アンコールを頼みます」

あたしの耳にも客席のどよめきが伝わってきた。

「うちのクラブでこんな受け方をしたのははじめてだ。客がアンコールを求めたこともあまりないのです。とにかく、静かなムードだけを楽しもうってお客さんばかりだからね。ところが、今はちがう。みんながあんたの歌に酔っぱらってしまっている。お願いだ。もう一度ステージへ出てやって下さい」

あたしは客席のどよめきに耳を傾けた。そんなことは、あたしにとってもはじめての経験だった。あたしの語りかけた歌がお客さんのハートをふるわせ、それがまた大きなどよめきとなってあたしのハートへ返ってきている。

「うれしいわ」

とあたしは云った。心からそう思った。

「じゃあ、アンコールしてくれますね」

クラブの支配人は息をはずませた。

しかし、あたしは首をふった。

「うれしいけど、それはできないの。支配人だってご存知でしょ、さっきの歌があたしの最後の歌だってことは？　だから、あたし、自分の好きなとおりに歌わせてもらった……」

「それは知ってますよ。あんたがどんなに堅い決心をしたかということはね……。でも、あんなにうけてるんだ。あんたの演出があたったんだ。歌手として、こんなにすばらしいことはないじゃありませんか？」

「ええ、歌手としてはね。でも、さっきステージを降りたときから、あたしは歌手じゃなくなったのよ。アンコールに応えることはできないわ。それに、さっきと同じ気持ちで歌うこともできない」

「やっぱり駄目ですかねえ。なんとかお願いできませんかねえ……」

「支配人には申し訳ないけど、堪忍してちょうだい」

彼にクルリと背を向けて、あたしは楽屋へ入っていった。

あたしの部屋は廊下の一番手前にあった。小さな部屋だけど、二流のクラブでは一応あたしをスターなみに個室を与えてくれている。

扉を開けると、部屋の隅のソファに浜村耕平が腰かけていた。あたしの方に向けた彼の目はとろんとして、そのくせ妙に熱っぽい光を帯びていた。

「すばらしかったよ」

ぽつりと云った。

「ありがとう」

あたしは答えて、そのまま鏡の前にすわった。

「ほんとにすばらしかった」

しゃがれ声で浜村はもう一度云った。それからふらふらと立ち上がると、メイキャップをおとしているあたしの背後に近寄ってきた。ゆらゆらと揺れる彼の上体が鏡にうつり、背後から押し寄せてくる強烈なアルコールの香りをあたしは嗅いだ。

「呑んでるのね」

とあたしは云った。

「ああ、呑んでいる」

彼は土気色の瘦《や》せこけた頰を右手で意味もなくこすった。

「とても呑まずにはいられないじゃないか。この二年間、おれはきみに賭けてきた。きみの歌がおれの生き甲斐だった。それがもう失われてしまうんだ……」

「ごめんなさい」

鏡にうつった彼の顔を見あげ、あたしは云った。

「あんたにはお世話になったわ」

「やめてくれ」

彼は顔の前で両手を大げさにふった。

「やめてくれ。きみは今おれの生命を絶とうとしている。おれの首にロープをかけながら、そんなやさしいことを言ってみたってはじまらないぜ……」

彼はうなだれ、首をふった。

「すまない。こんなことを云うつもりじゃなかったんだ……」

あたしはふりかえり、彼の手をにぎった。

「いいのよ。あたしはそう云われても仕方がないんだもの。あたしはたしかにあなたを裏切ったわ。二年前の雪の日にあなたに約束したことをふみにじって……」

「そうだ、あれは寒い晩だった……」

彼はつぶやいた。どんよりした彼の瞳の中をなにかが通りすぎた。それがなにかは、あたしにはわかっていた。

2

二年前の雪の日、あたしは北陸の小さなキャバレーで歌っていた。一着きりないあたしの衣裳はうすく、ふるえがとまらなかった。ストリップ・ショウの前座で、客席はざわめき、誰もあたしの歌を聞いてくれなかった。あからさまに、歌をやめてショウをやれという声がかかった。

ジャズのスタンダード・ナンバーのわかる客種《きゃくだね》でないことも、バックの演奏がめちゃめちゃに音階のはずれるのもかまわず、あたしは『セント・ルイス・ブルース』を精いっぱい歌った。

歌い終わった時、おざなりの拍手がまばらに鳴った。

ストリップ・ダンサーと入れこみの楽屋へもどり、自分の服に着かえ、すりきれたオーバーをまとっている間に寒さがあたしの心まで凍らせた。スーツケースを持ってキャバレーの裏口から出た時、チラチラと粉雪の舞う中で一人の男がたたずんでいるのが見えた。

「ジュリイ・青江さんですね」

と男はあたしに声をかけた。男の顔は蒼《あお》ざめていたが、眼だけが鋭く光っていた。

「あなたの歌を聞かせてもらった。テクニックには疑問があるが、フィーリングがすばらしい」

そう云って、男はちょっと言葉を切った。それから押しつけがましい口調で云った。

「どうです、東京へでてきませんか？　あなたなら、すばらしい歌手になれる。あなたの身柄をぼくにあずけてみませんか?」

その男が浜村耕平だった。

浜村耕平の名はあたしも知っていた。男性歌手倉石淳を育てあげスターダムにのしあげたのも彼だし、各楽団からえりぬきのジャズ・メンをひきぬき、四重奏団《カルテット》『キャッツ・アイ』を結成し、芸能界をあっと云わせたのも彼だった。彼の主宰する浜村プロには彼が創りあげ演出し世に出したタレントが一ダース以上もいた。しかし、いつの間にかその一人一人が次々と浜村プロからぬけだしていった。浜村耕平が麻薬中毒でタレントの出演料《ギャラ》を費《つか》いこんでしまうからだ、という噂がささやかれた。そして事実、間もなく麻薬の密輸容疑で浜村が逮捕されたという記事が新聞に報道された。

それ以来、浜村の名は芸能界から消えた。

浜村は麻薬密輸をしているわけではないとあたしに語った。仕事で神経をすりへらし、麻薬を打ってその恍惚《こうこつ》感の中で音楽を聞く時にだけ心が安まる気がしたので密輸麻薬を買っただけなのだ。

麻薬密輸の容疑は晴れたが、中毒がなおるまで病院に強制的に入院させられて、半年前にようやくでてきた。なにもかもやり直す気だった。彼は全国を旅行しながら、そこのクラブやジャズ喫茶で無名のジャズ・メンの演奏や歌を聞いた。麻薬中毒はなおっていたが、麻薬を打ったときに聞いたあの心の底までしびれる陶酔は忘れていなかった。

「あの陶酔はぼくの幻影だったにちがいない。しかし、ぼくはその幻影を麻薬によってではなくつかみたかった。しかし、どこをまわっても、ぼくが幻影を創りだす手がかりになるようなプレイも歌もなかった。ぼくは絶望的になった。いっそ、あの陶酔と幻影をとりもどすために麻薬を打とうかとさえ思った。そんな時、きみの歌を聞いたんだ。きみはすばらしいフィーリングを持っている。きっと今にぼくの幻影を実現してくれる歌手だ……」

そう云われて、あたしは浜村に歌手として自分の将来を任す気になった。かつての浜村耕平の名――『スターづくりの名手』という名にあたしはひかれた。彼の夢はあたしの夢でもあった。

東京へもどったが、彼の夢もあたしの夢もなかなか実現しそうになかった。彼がとってくる仕事はあまり目立たないクラブのステージの仕事だった。そのクラブにはまだチャンスをものにできないけれど腕だけはたしかなプレイヤーや、耳の肥えた客たちがいた。その中で、あたしの歌は磨かれていった。しかしあたしはやはり大きな舞台、大ぜいの前で歌うチャンスがほしかった。

そのことを云うと、浜村は首をふった。

「そんな花形歌手なんて意味はないぜ。スターなんて土偶《でく》人形みたいなもんだ。やつらはつくられた泡みたいなものの上に立って、ニセモノの虹を見せているだけだよ。泡が消えればみじめなもんさ。そんなことより、きみの歌は本当に歌のわかる人たちのために歌うべきだ」

彼の云うこともわからないではなかったが、あたしは不満だった。たとえ、つくられた泡の上に現われる虹でも、あたしはそれを大ぜいの人たちに見せてやりたかった。それに、あたしはクラブに出入りするジャズ・マンたちから浜村に関するイヤな噂を聞いた。

「ハマさんにくっついているとロクなことはないぜ、ジュリイ」

彼らは云った。

「やつはそりゃ昔はすごい羽ぶりだった、しかし、今はちがう。一度麻薬《ヤク》をやったやつは怖《こわ》いぜ。いつまた麻薬を打つようになるかわかりゃしねえ。麻薬をやれば、金が要る。だから、一流のクラブやテレビ会社はそんなやつを絶対に信用しないのさ。ハマさんはもうカムバックはむずかしいよ。あんたもうまく離れないと、しまいには出演料をすっかりもっていかれることになるぜ……」

あたしは彼らの言葉で浜村に疑問を持つようになった。彼がスターなんか問題じゃないというのは云いわけではないのか？

ほんとうは、彼自身あの事件以来スターを育てあげるチャンスを永遠にとりあげられてしまったのではないか？

それでは、スター歌手になることなんか、あたしは永遠にできないのではないだろうか？

しかし、浜村のあたしに——というよりもあたしの歌に対する異様な執着と熱意を知っているあたしは、疑問を浜村に打ちあけようとは思わなかった。

ただ、少しずつあたしは歌に対する自信を失くしていった。なんのために歌っているのかわからなくなった。

浜村はそんなあたしに不満らしかった。何度もステージを降りたあとで、あたしは浜村にこっぴどく罵られた。あの雪の日に歌った時のフィーリングが消えてしまったというのだった。

そう言えば、あの日以来彼があたしの歌を賞《ほ》めたことはなかった。

あたしと浜村の間に溝ができた。実際にはあたしの歌と浜村との間に……。その溝を埋めてくれたのが久慈だった。あたしは久慈の熱意に負け、結婚を承諾し、歌を捨てる決心をした。

3

「ジュリイ……」

浜村はうめくように云った。

「きみはほんとにあの金持のドラ息子と結婚してしまうのか?」

浜村の傷ついた心をわかっているあたしは、そのぶしつけな言葉を責めなかった。

「そうよ。あたしはドラ息子のドラ女房になるのよ。そして、子供をいっぱいつくって……」

「なんてことだ」

浜村は白髪のまじった頭をかきむしり、熱い息を吐いた。

「きみみたいな何千人もの人間のハートをゆすぶることのできる歌手がたった一人のドラ息子のハートの犠牲になるなんて!」

彼はひょろひょろとソファにもどり、どさっと腰を落として両掌で顔を押えた。

「あたしには何千人もの人たちのハートをゆすぶることなんてできないわ。ハマさん、あんた一人のハートをしびれさせる歌も歌えなかったじゃないの？」

あたしの言葉に、彼は顔をあげた。

「そうじゃない。そんなことあるもんか、さっきの客席のどよめきを聞いただろう？　きみは歌えるんだ。さっきの『夜も昼も』のような歌が歌えるんだ……」

「皮肉だわね」

あたしは微笑した。

「あの雪の日以来、あなたがやっと賞めてくれたのが最後の歌なんてね……」

「だから」

彼はあたしをじっとみつめた。

「おれはあの『夜も昼も』をきみの最後の歌にしたくはないのだ。きみは歌いつづけるべきだ」

「結婚してからも、歌いつづけろというの？」

「残念ながら、そいつはむりだ」

彼は哀しそうに首をふった。

「これはおれだけの考えかもしれんが、家庭的な幸福の中からジャズのフィーリングは生まれて来はしない。自分の傷ついたハートを抱きしめて歌うものだけがジャズを歌う資格があるんだ」

「あたしは傷ついたハートを抱きしめるのなんかもう沢山だわ。あたしは平凡に幸福に暮らしたくなったの。何千人のハートをふるわせるために自分をみじめにしておくのはいやだわ。これからは、ジャズを楽しむ方にまわるわ……」

「それはまちがいだ、きみはきっと後悔するぜ。きみは歌うためにだけ生まれてきた女だ。そういう何万人、何十万人に一人の歌手だ。おれがそれを一番よく知っている」

「だめよ。あたしは、もうだめ……」

鏡の方に向き直ってあたしはメイキャップをおとしはじめた。

「きみはスターになりたいと云ったな？　おれはきみを泡みたいなスターにしたくなかったから、今までそのチャンスをつぶしてきた。しかし、どうだい？　もし今ここでスターになるチャンスがあるとしたら、結婚はあきらめるかい？」

「そんなこと信じられないわ」

「ところが、あるんだよ、東洋テレビのディレクターの花島という男が今このクラブへ来ている。昔のおれの仲間だった男だ。そいつがきみの『夜も昼も』を聞いて、ぜひ会いたいと云っているんだ。これから会ってくれないか？」

「でも……」

あたしは口ごもった。

「でも、あたし幹夫とホテル・ベルヴュウで食事をすることになっているのよ。それから幹夫の家へ行ってお父さまやお母さまにも紹介されることに……」

浜村はいつの間にかまたあたしの背後に立っていた。アルコールくさい熱い声があたしの耳にかかった。

「どうだい？　スターになれるチャンスなんだぜ……」

あたしはじっと鏡の中の自分の顔をみつめた。さっきの客席でのどよめきが頭の中で鳴りひびいていた。

「いいわ」

とあたしは云った。

「幹夫には電話しておくわ」

化粧をなおし、あたしは電話をしに行った。

「どうしたんだい？　もうこっちへ来られるんだろう？」

坊っちゃんらしくいらいらした幹夫の声が受話器の中で響いた。

「それが、わるいけど、もう三十分だけ待ってちょうだい。いろいろ後始末があって……」

「三十分か。仕様がねえなあ。でも、なるべく早く来てくれよ。パパやママに紹介する時間があまり遅くなるとまずいんだ。十一時と云ってあるんだからね」

「わかっているわ。なるべく急いで行くわ」

後ろめたい思いをしながら受話器を切ると、あたしはフロアの方へ出ていった。

フロアの隅のテーブルで浜村が髪を短く刈った色の黒い精悍そうな感じの男と話しているのが見えた。あたしはそっちへ近づいていった。あたしの姿をみつけると、男はさも親しげに片手をあげた。

「やあ」

彼は無造作に自分の隣の椅子をひき、かけろというふうな身ぶりをした。あたしはそこに腰を下ろした。

「ハマさんの云うとおりだった。昨日ハマさんから電話があった時は半信半疑だったんですがねえ、まあ実のところ無駄足のつもりでここへやってきて、さっきの歌を聞いて驚いたね。すばらしいフィーリングだ。あんなフィーリングを日本人がだせるというのは全く驚きだよ」

花島は眼をキラキラ輝かせてたてつづけにしゃべりまくった。

「ハマさんはいい人を紹介してくれたよ。実はですね、早速本題に入りますが」

マティニをがぶりと飲みほしてから、花島はせっかちに言葉をつづけた。

「うちでは、深夜の大人むけの番組で『夜のビート』というやつを来月からやることになっているんです。ま、いわば、本格的なジャズ・ファンを日本に定着させようというねらいで、アメリカから『ザ・ローグズ・クワルテット』を呼んで、その演奏を看板に日本のヒット・シンガーを組み合わせていくわけですが、『ローグズ』のバックでひけをとらずに歌える歌手で、しかもあまり名の知れない人をレギュラーにして、これを看板として売るというのが、ぼくのたてた企画なんです。それでこの間から、方々手をつくしてスカウトしたが、これといった歌手がいない……。ぼくはもうほとんどあきらめていたんだが、やっぱりいるんだなあ」

大げさに花島は浜村の方をふりかえった。

浜村はニヤリと笑っていた。

「世の中は広いよ」

「どうです、あなた、やる気はありませんか?」

あたしはあの『ローグズ』の図太い、胸にしみこむような演奏を何度もレコードで聞いていた。その演奏で歌えることはあたしの夢だった。

「ええ」

とあたしは答えた。

「やってみますわ」

「それじゃあ、早速明日うちの局へ来て下さい。『ローグズ』の連中はもう来日してきてるんです。肝心の歌手がみつからなかったんで、報道関係にもまだ発表していませんが、こいつを発表したら大変なさわぎになるでしょうな。とにかく、明日局で歌ってみてください。『ローグズ』の連中の演奏でね。うちの部長たちや広告代理店関係、それに製薬会社のスポンサーが来るはずですが、なあに、あんたなら一発で文句なしですよ。ぼくが保証します……」


花島の熱弁が終わったのは一時間も過ぎてからだった。あたしはようやく解放されると、いそいそと表へ走りでてタクシイを拾った。

シートにすべりこむと、あたしの後からつづいて乗りこんできたものがいる。浜村だった。

「心配だからな」

彼はあたしの方を横眼で見て云った。

「なにが心配なの?」

「あの坊やの熱意にきみが負けてしまうことだよ。また強引に押しきられて結婚する気になられたら、せっかくのチャンスが台なしになる」

「大丈夫よ」

そう答えたものの、あたしにも自信がなかった。一本気な幹夫がこのあたしの裏切りをどんなに怒るか、それははっきりとわかっていた。

ホテルの食堂はもうしまっていて、幹夫はその横のバーの中にいた。彼はもう大分酔っぱらっているように見えた。

「いったいどうしたんだい?」

けわしい眼つきが、あたしと並んでいる浜村に向けられると一層けわしくなった。

「なんだいきみは?　この男とは縁が切れる約束じゃなかったのかい?　ぼくと結婚するのにマネージャーは必要じゃないぜ」

「それが幹夫さん」

あたしはどう云えばいいかわからず、その場に立ちすくんだ。

「おれが説明しよう」

ふらふら上体を揺るがせながら、浜村が前に進みでた。

「ジュリイはテレビに出ることになったんだ」

「テレビに?」

幹夫はストゥールから立ち上り、あたしをにらみつけた。

「きみは歌手をやめるはずじゃなかったのか？　え？　はっきりぼくにそう約束したじゃないか！　だからこそ、ぼくはパパやママを説きつけ……」

「そうよ。あたしがわるいの、許して、幹夫さん。あたしには今までにないチャンスがめぐってきたの。歌手として、あたしはどうしてもそのチャンスを……」

「もうきみは歌手じゃない！」

幹夫は大声で怒鳴った。

「うす汚ない芸能界なんかに見切りをつけたとはっきり云ったはずだろう！」

「ところが、ジュリイは歌手なんだよ」

浜村があたしと幹夫の間に立ちふさがった。

「きみはパパやママに食わしてもらわなきゃならない半人前の坊やだ。ところが、ジュリイ・青江は一人前以上の歌手なんだ。十万人に一人の歌手だ。その彼女をきみだけにくれてやれるもんか！」

幹夫はいきなり浜村の顎を殴った。浜村は一発で床の上にうち倒された。それを見返りもせずに幹夫は出ていった。

「幹夫さん！」

あたしが声をかけたがふりむきもしなかった。

浜村は顎をさすりながら起き上ってきた。

「あんなにひどいことを云わなくてもいいのに」

とあたしはなじった。ゆっくり顎をさすりながら浜村は答えた。

「こういう手術は思い切ってやっとかないと、後がやっかいだからな……」

4

翌日、テレビ局で行なわれたオーディションは花島が保証したとおり、大成功だった。あたしは『夜のビート』の看板歌手としてスタートすることにした。

久慈幹夫と後味のわるい別れ方をしたことがあたしの心を傷つけてはいたが、その痛みを深くかえりみる余裕もないほどの多忙な毎日がつづいた。記者会見や、テレビ・スポットの撮影やらの合間に、『ローグズ』のメンバーをまじえた製作スタッフの打ち合わせ……。

一週間は息つくひまもなく過ぎていった。

そしてある日、打ち合わせの終わった後、花島がロビイの片隅にあたしを呼び寄せていった。

「困ったことになったよ、ジュリイ。実はハマさんのことなんだがね……」

いつもの饒舌に似合わず、彼の声は途切れがちだった。

「実は、スポンサーの方からハマさんがきみのマネージャーだというのは困ると云ってきたんだよ。ほら例の麻薬の一件さ。あれを吹きこんだやつがいるんだな。製薬会社だけにもしそんなことが世間に知られたら社のイメージがめちゃめちゃになってしまうというわけさ……」

「でも、今さら浜村さんにマネージャーをやめてくれとは云えないわ。そういうチャンスをつかめたのはあの人のおかげですもの。とても、あたしの口からは……」

「それはわかるよ。それでおれも大弱りなのさ。しかし、このままじゃ、せっかくの企画がつぶれちまう。とにかく、その話はおれがハマさんにつけるよ」

花島は大きな溜息を吐いた。

「きみはただそのことを了承しておいてくれればいい。しかし、まったく因果な商売だよ……」

そう云うと、彼は首をふりながらロビイから出ていった。

その夜の十二時近く、あたしの部屋の扉を誰かがノックした。あたしは誰だと訊ねた。

「浜村だよ」

ロレツのまわらないような声が聞こえた。

あたしは扉を開けた。

浜村は倒れこむようにして部屋へ入ってきた。彼はあたしのベッドに腰を下ろし、トロンとした眼つきであたしを見た。

「花島に話を聞いたよ」

彼は云った。

「畜生め、寄ってたかっておれとジュリイを離そうとしやがる。ジュリイをここまで育ててあげたのはおれだ。そうだろう？　ジュリイ。せっかく育てあげた実《み》をやつらは甘いところだけ食おうと云うんだ。おれは絶対にジュリイを手離さんぞ。おれは花島にそう云ってやった。誰が手離すもんか……」

彼のロレツはますますあやしくなってきた。

「酔ってるのね。真面目な話をする時に酔ってちゃダメよ。今、水を持ってきてあげる」

あたしは台所へ行ってコップに水を入れて持ってきて、浜村に呑ませた。

浜村はうまそうに咽喉《のど》を鳴らして一気に呑みほした。

酔っているはずなのに、前みたいなアルコールの匂いはしなかった。ふと下を見ると、あたしのハンドバッグが彼の足もとに転がっていた。何気なくそれを拾いあげ、あたしはテーブルの上にのせた。

「花島のやつはきみがおれをクビにすることを了承したと云った。とんでもないやつだ。そうだろう？」

彼の上体はふわふわと一瞬もじっとしていなかった。

あたしは鋭く云った。

「浜村さん、あなた、お酒を呑んでるんじゃないのね」

「あなた、また、麻薬《くすり》を打ったんじゃない？」

「わかるかね？」

浜村はゆがんだ微笑を浮かべた。

「実を云うと、きみがあの坊やとどうしても結婚すると云いはじめた時に、おれはまた麻薬《ヤク》をやるようになった。きみという生き甲斐を他人に盗まれて、ほかにどんなものがこのおれに残されているんだ。きみをすばらしい歌手にしたてて、幻影を実際の夢にしたてあげることができなければ、麻薬の幻影を追うしかないじゃないか……」

「花島さんはあたしにあなたがマネージャーをやめることを了承してくれと云ったわ。でも、あたしは返事をしなかった。なんとかして、あなたにマネージャーをつづけてもらうよう、明日花島さんと話し合ってみるつもりだった。でも、今は気持ちが変わったわ。あたしはあんたと縁を切ります」

「なんだって？」

浜村は立ち上がろうとしてよろめいた。

「それじゃ、きみはおれを追っぱらう気なのか？　ここまで育てあげたおれを追っぱらって、自分だけスターにのしあがろうというのか。おれだけ——このおれだけ除《の》けものにするんだな？」

「除けものにする手術をしたのはあんただわ。あんたは幹夫をあたしから追っぱらって、手術は思いきってする方がいいと云ったわね？　今度はあなたの番よ。あなたが自分で自分の手術をする番だわ」

「畜生、きみはひどいことを……」

浜村は立ったまますすり泣きはじめた。四十歳にちかい男がすすり泣いている姿はあまり見っともよいものではなかった。

「誤解しないでよ」

あたしは静かに云った。

「手術をするのはあたしじゃなくて、あなた自身なのよ。あたしはあなたが云うように自分だけがスターになろうとは思わないわ。マネージャーが麻薬中毒者の歌手なんて、とてもスターになんかなれっこないじゃないの。少なくともあなたがもう一度その中毒をなおしてくるまで、あたしはチャンスをあきらめます」

「すると、つまり、きみは……」

浜村は呆然《ぼうぜん》としてあたしをみつめた。

「そうよ」

あたしはうなずいた。

「明日、花島さんに話してあたしもオロしてもらうわ。そして、あなたが退院してきて、もう一度出直してあたしにチャンスをつくってくれるまで、スターになるのは待つことにするわ」

「そうか、そうなのか。すまない……」

浜村はそのままへたへたと床の上にしゃがみこみ、首をうなだれた。

「あたしの歌をあなたほど理解してくれているマネージャーは他にはいないわ。だから、あたしは歌手として自分をすべてあなたに任せるのよ。あなたが早く退院してくればくるほど、あたしにチャンスがくるのも早くなるわ」

「おれはとんでもないバカだった」

浜村は涙にびしょ濡れの顔をあげた。

「実を云うと、おれはきみがおれから離れていくだろうと思っていたんだ。あれほど花形歌手になりたがってたのだから、きっとおれを追いだすだろうと……。あの坊やのようにな。おれはどんなことをしてでもそれをやめさせようと決心した。そのためには、きみの今度のチャンスをつぶすしかない……」

彼は立ち上り、テーブルの上からあたしのハンドバッグをとりあげた。そしてその底から紙包みを出すと、中を開いた。そこには白い粉がキラキラ輝いていた。

「ヘロインだ」

と彼は云った。

「きみがさっきおれに水を運んできてくれる間に、こいつをバッグに入れた。そして、おれは警察に密告するつもりだったんだ。きみが明日、ここから出て行けば麻薬捜査官につかまる。そして、麻薬所持の現行犯で連行されればしめたものだ。おそらく、すぐに事実がわかってきみは釈放されるだろうが、きみが麻薬所持でつかまったというニュースが流れただけで、今度のきみのチャンスはおじゃんになる。そうすれば……」

彼は顔をゆがませ、首をふった。

「そうすれば、きみはスターになれず、またおれと仕事ができると思った。バカな考えだ。まったくバカげた考えだ。おれは二年もきみの歌ばかり聞きつづけてきただけで、きみ自身というものがちっともわかっていなかった。きみにそんなやさしさがあることなんか……」

白い紙包みをポケットに入れると、彼はくるりと背を向けた。

「きみの云うとおりにするよ。おれはこれからすぐ警察へ行ってくる。しかし、ほんとうにありがとう」

「おたがいさまよ」

あたしはそのとがった肩に声をかけた。

「あの雪の日に、どうしようもなくなっていたあたしにすばらしい夢を与えてくれたのはあなただったわ」

とがった肩がふるえ、それから扉がそれをすぐにかくしてしまった。

あたしは窓ぎわに寄って外を眺めた。

アパートの入り口から浜村が出てくるのが見えた。彼は背をのばし、真直ぐに歩いて行った。しばらく通りを歩いてから、ポケットに手をつっこんでなにかをとりだし、両手でばらばらにして舗道に投げすてた。実際には見えるわけはないのだが、ヘロインがパッと舗道に散るのがあたしにははっきりと見えた。彼がそのまま真直ぐ警察へ行くことはまちがいなさそうだった。

その肩がとがり、風采の上がらぬ後ろ姿をあたしはじっとみつめた。胸の中に熱いものがこみあげてくるのがわかった。驚いたことに、あたしはそのみすぼらしい麻薬中毒の中年男を以前から愛していることに、今、気づいたのだった。

あたしの歌に聞き入る時の彼のキラキラ光る眼を、あたしのフィーリングがなってないと語る時の興奮のあまりふりあげる白く細長い指を、ジャズについて語る時の熱っぽい声を、それから、自分自身の幻影にとりつかれて、他人の云うことに耳を傾けようとしないひねくれた心を……。

（待っているわ）

とあたしはつぶやいた。

自分自身の不幸のはじまりを待つような気がしたが、それでもかまわなかった。

彼の姿は通りから消えていった。

あたしは窓際からはなれ、ベッドの端に腰を下ろした。さっき彼が腰を下ろした場所へ……。

あたりはシンと静まりかえっていた。その静寂をやぶって、かすかに水の滴る音が聞こえた。

さっき彼に水を運んできたとき、しめ方がゆるかったせいで、水道から水がしたたっているのだった。

「ポタッ……ポタッ」

それはリズミカルに静寂をやぶった。あたしはしばらくその音に聞き入ってから、やがて歌いだした。静かに低く……。

『ジャングルの影が落ち、トムトム太鼓の音が鳴りひびくように……。壁の時計がチクタク時を告げるように……』

水道の水だけがあたしの伴奏だった。

『夏の夕立ちがすぎて、雨だれがポタポタと滴るように……』

あたしは彼の心に語りかけるつもりで歌いつづけた。

『あたしの身内の声がこうくりかえしている。あなたを——あなたを——あなたを！』

あたしの声はむせび泣いているようにかすれていた。

『夜も昼も、ただあなただけを……』

浪漫渡世

「なあ、おまえ、おまえは葉村修一を知っているだろう?」

今まで、ホステスの腰のあたりを、いたわるごとく、愛撫するごとく、微妙な手つきでさすっていた先輩作家の押木《おしき》鋭一郎《えいいちろう》が、ふいに、こちらに顔をふり向けていった。

駈けだし作家の来島龍治《きじまりゅうじ》は、先輩作家にならって、自分の隣りにいたホステスに手をだそうかだすまいかと、さんざん思案したあげく、大決心して、右手をひざにのばしたところへ、いきなり、声をかけられ、ぎょっとした。そのショックで思わずぐいと腕がのび、右手がずぶりとホステスの両ひざの間へ入ってしまう。

「ギャッ!」

悲鳴をあげて、ホステスは立ちあがった。

「すまない、ついはずみで……」

あわててあやまりながら、来島はおろおろとあたりを見まわした。バーにいた客のすべてが今のただならぬ悲鳴に驚いて、こっちをふりかえっている。非難のこもった視線の箭《や》に射すくめられて、来島は身のちぢむ思いだった。

「よしてよ、エッチ!」

罵声を浴びせて、ホステスはツンと横を向き、隣りの席からさっさと他のボックスへうつっていく。

「バカだな、おまえは……」

押木は、ヒクッ、ヒクッ、という感じの笑いをたてた。どうにもその笑いが、ありありと軽蔑をあらわにしていて、いっそう来島の気分を滅入らせる。

「おさわりはこういうぐあいにするもんだ」

先輩作家は例の微妙な手つきを示してみせた。

「そんなに、おまえみたいに、いきなり突撃してはいけませんよ。いくらバーが女の戦場だからといっても、ふいに塹壕《ざんごう》の中にとびこまれたんじゃ、ホステスの方だってびっくりしちまう」

なるほど、そういわれてみると、押木の隣りにいてそのおさわりなるものを受けているホステスは、まるで顎の下をなでられている猫みたいに、気持ちよさそうにうっとりして、ゴロゴロ咽喉《のど》をならさんばかりの表情だった。

来島はいまいましい思いで自分の両隣りをみやった。あの悲鳴がたたったのか、他のホステスも彼のところに近づこうともしない。

（いいや、いいや）

ヤケっぱちになって、そんなに呑めもしないチンザノ・ロックのグラスを、ぐいとあおり、自分を慰めた。

（どうせ、このバーにはろくなホステスはいやしないんだ。押木さん好みの女ばかりなんだか

らな）

押木好みの女性というのは、ちょっとひとくせあって、いわゆる大美人というタイプではない。文壇でも、美男作家のほまれたかい押木鋭一郎に云いよる美人はたくさんいるはずだが、あまり美人にモテすぎて食傷してしまったというか——そういう美人とのつきあいはすっかり卒業して、やや変型タイプに興味を示すようになったというか、とにかく、アンバランス美人に食指を動かすという定評がある。

その評判を知っているホステスなら、押木鋭一郎に、

「ちょっとこの娘《こ》はいいな」

とほめられると複雑な表情になるはずだ。

ベテランのホステスだったら、溜息まじりにこういう。

「押木先生にほめられるなんて、あたしも、もうおしまいね。自殺したい心境だわ」

（このバカ、なんにも知らねえな）

来島は押木の隣りにちんまりおさまり、グル、グル咽喉を鳴らしているホステスに心の中で罵りかけた。

（新米ホステスめ。おまえは、アンバランス美人なんだぞ）

「おい、大丈夫か、そんなに呑んで……？」

押木はにやにやしながらいった。来島はひどく酒に弱く、酒カスを食べても酔っぱらう体質である。噺家がよくまくらにふる『酒屋の前を通っただけで顔が赤くなる』というタイプなの

だ。

「そんなに無茶な呑み方をしてひっくりかえっても知らんぞ」

「いいんですよ、放っておいて下さい」

たちまち、身体中がカッと火照《ほて》ってくるのを自覚しながら、来島は強がりをいった。

「それより、さっき、なにをしゃべりかけたんです?」

「ああ、そう、そう」

押木鋭一郎は心もち身体を前にのりだした。

「あれはな、おまえにこう訊いたんだよ。葉村修一を知っているだろうって?」

「知ってるどころの段じゃありませんよ。ぼくが清水《きよみず》書林の編集者をしているときの、編集局長でしたからね」

来島は作家になる前に、七年間、編集者を経験していた。

「その葉村さんがどうかしましたか?」

「いや、その葉村先生が、さる大学の講師となって、アメリカへ行ったんだそうだ。推薦したのは、某女流作家でな。彼女は葉村修一の詩のファンなんだ。しかも葉村先生は数々の翻訳書があるだろう? それでてっきり、英語はペラペラだと思いこんでしまった」

押木は眼を細めて、一種独特のやさしい微笑を浮かべながらしゃべりつづけた。女殺しといわれている微笑である。来島には、先輩作家がしゃべりながら、あいかわらず微妙な手つきでおさわりをくりかえしているのが気になって仕方がないが、黙って聞くことにした。

「ところが、あの葉村先生なるものは、会話は全然駄目なんだってな。サンキューしかしゃべれないらしい」

「それなら、押木さんだって似たようなもんじゃないですか」

いまいましさのあまり、来島はすっぱぬいた。

「バンコクのことを思いだしてごらんなさい」


数年前の四月、来島は押木鋭一郎と、それから、目下大型新人作家として注目されている逸見《へんみ》兵介《ひょうすけ》と三人旅でバンコクへ出かけたことがあった。

押木鋭一郎は東大英文科中退であり、しかも、機内では、ヘンリイ・ミラーの翻訳のゲラ直しなどに悠々と手を入れていたりしたから、来島はてっきり、英語はペラペラなのだと思いこんでいた。英会話にまったく自信のない彼はホテルその他で英会話が必要な場合は押木にすっかり面倒をみてもらえるとほっとしていたのだ。ところが、バンコクへ着いてみると、これがとんだ大あてちがいだったことがわかった。

ホテルの部屋で電話が鳴ると、たちまち、押木は恐怖状態をあらわにして、ただもう、電話機を指さして、おろおろと叫ぶだけなのである。

「おい、電話が鳴ってるぜ。どうすりゃいいんだ？　誰かはやく用件を訊いてくれ」

「だって、押木さんは英語にツヨいんでしょう？　だったら、押木さんが出てくださいよ」

「だめだめ」

押木はあわてて首をふった。

「おれは英語を読むことはなんとかできるけれど、会話は全然だめなんだ。来島、おまえ出ろ」

仕方がなく来島がたどたどしい英語で用を弁じた。

それから一週間のバンコク滞在中、英会話というと、押木鋭一郎は一種のアレルギー症状を示した。バンコクにはポンビキがうようよいて、その連中が片言の日本語と英語まじりに、さかんに話しかける。

一人が押木になにか云うと、押木は例のやさしい微笑を浮かべながら、握手をするように右手をさしだして答えた。

「イエース・イロクロイ・トモダチ」

つまり、三人ともバンコク灼けで色が黒くなっていたから、タイ人と同邦であるという意味なのであろう。

相手が面くらいながらも、押木ととにかく握手をかわし、しゃべっている言葉をよく嚙みしめてみると、来島はどうもポンビキの云わんとするところが、押木の解釈とちがうような気がしてきた。

「押木さん、こりゃちがいますよ。イロクロイじゃない。シロクロと云ってるんだ。シロクロ・エクサイティング・ムーヴィはいかがと訊いている。要するにシロクロ・ショウやブルウ・フィルムをみせるってんですよ」

「ははあ、なるほど」

押木はしたり顔でうなずいた。

「そう云われれば、そのように聞えんこともないな……」

今、その話をもちだすと、先輩作家は来島の言葉をあわててさえぎった。

「それは、わかっておる。今は、小生の話をしているのではないのだ。葉村修一について話しておる」

「わかりました。押木さんの英会話についての話はやめましょう。とにかく、募集の東大英文科中退ですからな」

ニヤッと笑って、はじめて、来島は復讐の快感を味わった。募集の東大——というのは、これは特別な意味があって、押木や来島は、やはり先輩作家の本堂公太郎と麻雀の卓をかこむことがよくある。三人ではメンバーが足りないから、本堂が常宿にし、かつまた、麻雀を戦わせる場としてもよくつかう赤坂の『小和味』という旅館の女将《おかみ》がこれに加わる。『小和味』の女将はかつて柳橋で名妓とうたわれた芸妓だったそうで、もう四十なかばだが、昔は、さぞかしという凄艶さを、いまだにとどめている。この女将が雀闘中の押木のはしゃぎぶりを——まあ、これは、押木らしいサービス精神も多分に加味されているが——つくづく、呆れたふうに見て云ったものだ。

「押木さんて、ほんとに東大に入ったことがあるの？」

「あるのって？——そりゃ、どういう意味だ？　中退はしたが、ちゃんと試験を受けて入ったんだぞ」

大仰にムッとした顔つきをしてみせて、押木は答えた。

「小生は東大中退でアール」

「ほんとかしら、ウソでしょう?」

小首をかしげ、やがて、女将はぽんと小ひざをたたいた。

「あ、わかった。その頃の東大ってのは募集だったんでしょ」

つまり、女将の解釈によれば、その頃の東大の試験は現在の公団住宅申しこみみたいなもので、受験者は番号札をもらい、運のいいやつは、めでたく大当りで入学というぐあいだったろうというのであった。

それからは、麻雀仲間では、押木鋭一郎は募集の東大中退ということになっている。

「いやなやつだな。今は、おれの話をしてるんじゃないったらないのだ」

押木は来島をにらんでみせた。

「葉村修一の話だ。黙って聞け」

「わかってますよ。聞いてますよ」

そう答えて、来島は『チンザノ、お代わり!』と大声で叫んだ。まわりにかまってくれるホステスがいないのだから、カウンターの中のバーテンに届くほどの大声を発するより仕方がない。お代わりがくると、そいつをちびちびすすった。どうせ、こうモテないのなら、ここの勘定は押木のおごりになるのは当然である。

「その葉村さんがアメリカへ行って、どうなりました?」

「うむ、葉村はとにかく、サンキューしか云わんのだ。それで、毎日、大学の研究室へ行って隅のソファにごろりと寝転んでいる。それがあんまりつづくものだから、しまいには、そのソファに葉村修一なりの寝型がついてしまった」

「そりゃ、葉村さんらしいや」

来島はふきだした。長身瘦軀の葉村が終日ごろりとソファに寝そべってウツラウツラしている姿が目に浮かぶようだった。あの葉村なら、あり得ることだ。

押木の話は来島にたちまち、十数年前のことをありありとよみがえらせた。


十四年以前——昭和三十一年四月に、来島龍治は清水書林に入社した。

ひどい不況の頃で、ろくな就職口はなかった。特に、来島のように、私立大学の英文科出身でしかも低空飛行でやっと卒業した連中は入社試験の資格をとる前に失格してしまい、どこにも就職できなかった。朝鮮事変の終結とともに、特需景気も消え失せて、むしろそのひずみが不況をもたらした。いずれ現在の高度成長、人手不足の時代がくることなどは夢物語としか思えない時代だった。

来島は昭和三十年に大学を卒業したものの、ちゃんとした会社には入れず、ある美術評論家が顧問になっているデザイン・センターにもぐりこんだ。今でこそ、デザイン業やイラストレイターは時代の花型の感があるが、当時は、こういうインダストリアル・デザインやイラストレイションを企業化するには、十年早すぎた。いわば、その会社自体が浮草のようにはかなく頼りない存在だったのである。

来島はまさにお先真暗という感じで一年間その会社に辛抱した。なにしろ、社長を除くと、来島ひとりという会社だったから、来客や社長のお茶汲みから掃除すべての雑用はもちろん、広告、ポスターのデザインの注文とりから、ウインドウ・ディスプレイや展示会の現場に徹夜で立ちあう仕事までやってのけた。

そこで知りあった画家の一人が、そういう来島をよほどあわれに思ったのか、清水書林が新しい雑誌を創刊するらしく、その編集部員を募集しているが、応募してみる気はあるかと訊ねてくれた。

清水書林は大出版社とは云えないが、しゃれた翻訳書や、『ペイパア・バック・ミステリ』のシリーズを出版していて、来島には、むしろ高嶺の花という感じのするほどスマートでイキな出版社に思えた。

「お願いします」

彼は一も二もなく、その画家に頼んだ。

「せめて、入社試験だけでも受けさせて下さい」

「それほど云うのなら、ぼくがきみの履歴書を届けてあげるけど……」

清水書林のミステリ・シリーズの表紙を描いていた画家は口ごもった。

「あまり、期待してはいけないよ」

その言葉を来島は、入社できる可能性がないというふうに受けとった。

「いいんです。とにかく、試験だけ受けさせて下さい」

「そうかい、それじゃ……」

画家は親切に履歴書や必要な書類、写真等を届けてくれた。

やがて、受験日の知らせがやってきて、受験の当日、来島は胸おどらせて、清水書林の門をくぐった——と書きたいところだが、清水書林には門などなかった。神田駅前の店屋や仕舞《しも》た屋や小さな印刷工場や製本屋がぎっしり軒を並べた一画に、それはあった。ゆがんだ二階家で、普通の住みあらし古びた住宅という感じである。

来島は何回もその前を通りすぎたあげく、そのガラス戸の横にかかげられたほとんど読めないほど墨色のにじんだ『清水書林』という看板を発見してがっかりした。それは、およそ、『清水書林』の出版物がもっているスマートなイメージとはほど遠いうす汚れた社屋だった。がたぴしするガラス戸を開けて中へ入ると、階下は暗い土間に机を並べた事務室というふんい気で、これが営業部。右手のひどく急傾斜の、階段というより、梯子《はしご》といった方がふさわしい木造のいやな音のする段々をあがったところが編集部で、ここが入社試験室になっていると教えられた。

来島は靴をぬいで、階段を登りながら、心細い気分だった。二階は十畳ほどの和室を畳をひっぺがし、机を並べてとりあえず編集室にしたてたらしい。その奥に四畳半ほどの畳を敷いた部屋がある。

編集室のまわりはすべて本棚になっていて、さすがに洋書がぎっしり並んでいた。机の上も向いあったもの同士が見えないくらい洋書の山が築いてある。

「受験者は机におつき下さい」

部屋の隅に立っていた長身痩軀の男が低い声で云った。鼻が高く、唇許がしまり、眼に鋭さがあって、シャープな編集者というタイプである。いかにも切れ味のよい仕事熱心な感じだった。

その男の姿を見て、来島ははじめて身のひきしまるのを感じた。うす汚れた社屋から受けたいやな印象が消え、『清水書林』に対してもっていたスマートなイメージが復活した。

男の声で、十人ほどの受験者が机についた。試験は校正直しと英文のペイパー・テストだけで、しごく簡単なものだったが、来島は自信がなかった。

二時間ほどで試験は終り、受験者たちは解放された。

表へ出た来島は、もう一度、傾きかけた社屋をふりかえってつぶやいた。

(こんなところだったら、入社できなくたっていいや)

それは試験に対する自信のなさからくる、反撥もあったが、本音でもあった。ただ、あのシャープな背の高い編集者の印象がつよく、彼の頭にこびりついていた。その男には、なにか、他人とかけはなれたユニイクな持ち味があった。

(あれが編集長だろうか?)

と来島は考えた。

(あの編集長の下でなら、さぞきびしくしごかれるだろうが、働き甲斐もあるだろうな)

それだけが、入社をあきらめた彼にとっていささか心のこりだった。

意外なことに、四、五日すると、来島の自宅に、ペイパー・テストに合格したから、面接試験に来社するようにという通知が郵送されてきた。

来島はあっけにとられた思いだったが、当日はとにかく、ふたたび『清水書林』の門――ではなく、ガラス戸をくぐった。

二階の編集室で、彼は例の長身痩軀の男と向いあって、面接を受けた。型どおり、趣味や自分の性格、それに家族のことなどを訊かれ、来島はこちこちに緊張して答えた。

「ミステリはよく読んでますかね?」

最後に、男はバスとバリトンの中間ぐらいの、やさしさと明るさのこもった低い声で訊ねた。

「実は、あまり、外国のものは読んでないんです。ガードナーやクリスティやクイーンぐらいでしょうか。日本のものはかなり読んでいるつもりです」

来島は正直に答えた。

「それも外国作家のものは原書ではなくて、翻訳もので読んだのがほとんどです」

「ほう。まあいいでしょう」

その男は来島の顔をまじまじとみつめていた。その鋭さのこもった表情は、来島にシェパードを思わせた。俊敏で血統のいいシェパードである。きりっとひきしまったそのシェパードは、陽光を浴びながら巌頭に立ち、今にもなにか獲物に向ってとびかかろうとかまえている。

来島は自分がその獲物であるような威圧感をおぼえた。

「ところで、きみはW大の英文科卒業でしょう？　卒論はなんでしたか？」

「スウィフトです」

「へえ、スウィフトねえ。それは、ちょっとかわったものをえらんだな」

はじめて、男は微笑した。

「どうやら、きみは風変りな文学青年らしいな」

「風変りかどうかは知りませんが、文学青年ではないつもりです」

と来島は答えた。

「学生時代には同人誌をやったこともあり、自分で小説らしきものも書きちらしましたけれど、もう、自分の才能にはみきりをつけています。当分、小説は書きません」

「そうですか。とにかく、きみを採用することに決めよう」

男はあっさり云った。あんまり、簡単な云い方なので、来島の方が拍子ぬけがした。

「ぼくは葉村修一。編集部の総まとめの役をやっています。ここの仕事は楽じゃないが、まあ、一生懸命おやんなさい」

「葉村修一というと、あの詩人の……？」

来島はびっくりした。葉村修一は、日本語の盲点をついたバタくさくて、フレッシュな発想の詩を発表して、詩壇に新風を吹きこんだ詩人として一部で注目されていた。その奇妙な美しさを持った詩のいくつかは、来島も心を魅かれている。

「そうでしたか。あなたが葉村さんですか……」

「そんなことはどうでもよろしい」

葉村はぶっきらぼうに答えた。

「階下で社長が待っている。逢ってきなさい」

来島は立ち上がり、ていねいに頭を下げて、階段を降りていった。なにやら、得体の知れない興奮が身内でうずいていた。葉村を一眼見たときに感じたあの鋭敏そうな印象が的を射ていたこと——自分の人を見る眼に狂いのなかったことが、彼をわくわくさせていた。そのおかげで、急傾斜の階段をふみはずし、ドドッと階下まですべり落ちた。

営業部の中央にデスクをかまえていた社長——清水澄《きよみずとおる》は、どう見ても、出版社の社長にふさわしからぬ風貌をしていた。まるまると肥り、腹がつきでていて、唇のあたりと下がった眼が野卑《やひ》な印象をつよめている。土建屋の親方か、中小企業の主人といった感じで、少なくとも、しゃれた本を出版している出版社社長という風貌ではない。

「ここで、辛抱できるかな」

値ぶみするような眼つきで、清水はデスクの前に立った来島を見あげた。

「給料は税こみ八千円。交通費は自弁だ。それでいいかね?」

「はあ」

来島は考えてしまった。現在、働いているところでも、一万円はもらっている。八千円の給料で交通費自弁では、横浜から通っている彼にとって税ぬきの手どりが六千円ぐらいしかないということになる。

「いいです。勤めさせていただきます」

結局、そう答えた。どうせ、父のスネをかじらなければ生活できない身だった。それよりも、あの葉村修一の下で働ける魅力の方が給料の安さを我慢する決心をさせた。

「そうか、じゃ、早速、明日から来たまえ。出社時刻は十時。遅刻は絶対に困る」

肥った身体に似合わず、社長の口調はせかせかしていた。

「あまり、遅刻すると、給料からさしひく場合もあるよ」

なんだか、うつろな気分で、来島は二階にもどった。

「どうした？　いやにぼんやりしているな？」

葉村が声をかけた。

「ファッツに逢ったんだろう？」

「ファッツ？」

「そうだよ。社長のことさ。きみ、『ハスラー』という映画を観なかったか？　あれに出てくるだろう、ミネソタ・ファッツというのが——社長はどことなく似てないかい？」

「そう云えばそうですね」

来島はそのプロの玉突きを描いた映画を想いだした。ポール・ニューマン演ずる凄腕のプロの相手になる、やはり玉突きの名人がミネソタのでぶ《ファッツ》という男だった。なんという俳優かは忘れたが、中々しぶい、いい演技をしていた。社長にはあれほどのしぶみと貫禄はないと思い、そのことを口に出すと、葉村はケッケッと怪鳥のような笑いを発した。どうも、今までのシャープな印象にそぐわない笑い方だった。

「おまえさんも、なかなか口がわるそうだな。ま、それぐらいの元気が最初はあった方がいい。そのうちにだんだんなくなる。おたがいに地獄の底で、仲よくやろうや」

その言葉を聞いているうちに、来島は足の下に深く暗い穴がぽっかり開いているような気がしてきた。

『夏でも、冬でも、牢屋はくらい……』

いつか観た『どん底』の芝居の中でうたわれていた唄が、頭のどこかでか細く長々と鳴りひびいていた。


翌朝、十時二分すぎに息せき切って、社へたどりついた。充分余裕をみて自宅を出たつもりだったのだが、途中、電車の事故があり、おかげで、予定より三十分近く遅れてしまったのだ。入口のガラス戸は社屋自体がゆがんでいるせいか、力いっぱい引かないと開きやしない。えいとばかりにひっぱると、けたたましい音をたて、遅刻したうしろめたさにおびえきっている来島にとっては、家鳴り震動という感じで、思わず首をちぢめた。

うすぐらい土間へ入っていくと、中央のデスクにどっかと腰をすえていた社長がじろりと横眼でこちらを見た。来島はびっくりした。だいたい、出版社の出社時刻はルーズなものだという噂を聞いたことがあったから、十時出社というものの、実際に社員がでてくるのは午ちかくではないかとタカをくくっていたところがあった。とにかく、入社第一日めだから、真先に出社して、掃除などしておかなければなるまいと心がけ、早めに家を出たのである。

ところが、社員はもちろんのこと、社長までが全員定時に出社しているではないか。

出社した社員は出勤簿に印鑑を押すことになっている。その出勤簿——というより、要するに、古ぼけた大学ノートだが——は社長のデスクの上に置いてあった。社長の眼をごまかして、こそこそと編集室に駈けのぼるなどという真似のできないシステムになっているらしい。

来島はおそるおそる社長のデスクの前へ進みでた。社長はこの世の終末を見たような情けない表情を示し、それから、わざとらしいそぶりで肥った身体をそらせ、自分の真うしろにある壁の上をみやった。そこには、なんともバカでかい時計がかかっている。どっしりとして、何百年たってもこわれそうもない。外国小説によくでてくる『おじいさんの時計《グランドファーザー・クロック》』というやつである。

「きみい、困るねェ。あんなに念を押しておいたじゃないか」

社長《ファッツ》は唇をひんまげ、カン高い声で云った。

「遅刻は絶対にいかんよ。これからは厳重に注意してくれたまえ。特に、きみ、新入社員の分際でそんなことじゃ、これからが思いやられる」

「申しわけありません」

来島はふるえる手で出勤簿に印鑑を押した。

「明朝から注意します」

口を利くのもけがらわしいといった顔つきで清水は返事もせずに、赤鉛筆で来島の印鑑のところにぐいと赤線をひいた。これが、遅刻をしたんだぞ——というチェックらしい。

来島もさすがにむっとして、頭を下げると、早々に編集室に上がっていった。

おどろいたことには、編集室にも、ほとんど全員がすでに机についていた。営業部員はとにかく、編集部員はもっと出勤がルーズなのではないかと思っていたのだが、ここではそんなことは通用しないのだということがわかった。

「おい、ファッツになにか文句を云われたろう?」

編集室の奥のデスクから、葉村が笑みをふくんだ声で訊いた。

「いやな眼でにらまれなかったかい?」

「ええ」

来島は憮然として答えた。

「二分遅刻しただけなんですがね……」

「何分だろうが、ファッツにとっては、大打撃なんだ。とにかく、一分でも自分のふところから社員が給料をくすねたという感じが痛切にひびくんだな。そういう性格であることを心得ておいた方がいい。そのかわり、一分でも早く来てくれれば、ものすごくご機嫌がいいぜ。実に楽天的な声で『おはよう』と声をかけてくれる。その声を聞きたさに、おれはいそいそとこのボロ社屋へ出かけてくるのさ。あの声と、にこやかな顔は、宿酔《ふつかよい》によく効く」

葉村は例の怪鳥の笑いを、ケ、ケ、ケッともらした。

「ところで、おまえさんの机を決めなくちゃいかんな。その真中のやつがそうだ」

三つ並んだ机の真中に、傷だらけで、ニスがはげ、茶色に変色した机があった。新入社員なのだから、新しい机と椅子が用意されていると思っていた来島は、やれやれと思ったが、もはや、それほどのショックは感じられなかった。

いちいち、そんなことにショックを感じていたのでは、とても、この社に長つづきしそうもないと覚悟をした。

「ファッツが古道具屋でおん自ら探しだしてきたものだぜ。値をたたかれて、古道具屋も泣いただろうな。まあ、社長がきみのためにそれだけ気をつかってくれたのだから、感謝しなければいけませんよ」

葉村はのっそり立ちあがった。一メートル八十センチはたっぷりありそうな上背で、そのかわり、ほとんど肉らしい肉はついていない。頰のそげたふうな俊敏な顔がやや猫背の肩の上に乗っている。

来島は度胆をぬかれて、葉村の立ち姿を眺めた。

彼はしみだらけの袷《あわせ》の着流し姿だった。

かつて、新聞記者、雑誌記者が和服姿で取材したり、出社したという話は聞いたことがあったが、それは明治、大正の頃か、せいぜい昭和の初期までで、戦後の今ごろに着流しで出社する編集者がいようとは思えなかった。

しかし、その着流し姿は、まことに、葉村修一ににつかわしかった。そこには、編集長、葉村修一ではなく、詩人、葉村修一が立っていた。来島はそのあたりに浪漫的なムードがただよい流れるのを感じた。

「あの……、ファッツ——いや、社長はそんな恰好で出社してきてもとがめやしないんでしょうか?」

と訊ねてみた。

「そんなことは平気さ。社員がどんな恰好をしてこようと、それは、自分でまかなうことで、ファッツのふところが痛むわけではないからな。自分のふところにひびかないかぎり、彼はまことに寛容な男だよ」

葉村は立ったまま、骨ばった手で、来島に向っておいでおいでをした。なにか、幽鬼が亡者を招きよせるような手つきだった。

「きみは、なぜ、この社に採用されたか知っているかね?」

「いいえ、知りません」

葉村の机のそばまで行って、来島は答えた。

「試験に受かる自信はまったくなかったんですがね」

「あたりまえだ。きみのペイパー・テストの結果はまあまあ程度だった。英文の翻訳にやや語感のセンスのよさがあるのは認められたがね。なにしろ、きみ、わが社が正規の入社試験を行ったのは今回がはじめてで、しかも、驚くなかれ、四十五人の応募者があったのだ。不況なんだねえ」

葉村はゆらゆらと首をふって、驚きを示した。その彼の顔がひどく血色がよく、やや充血した眼がきらきらと輝いているのに来島は気づいた。ゆらゆらと首をふるたびに、熟柿くさい臭いがプンとした。

「きみはその四十五人の中から選ばれた、たった二人の採用者の一人なんだぜ。どうだね、感想は？」

「なんというか……」

来島は口ごもった。

「奇蹟としか思えません」

「だろうね」

ニヤッと笑って、葉村は机の上にある来島の応募書類に貼付《ちょうふ》してある彼の写真を指さした。

「実は、きみを入社させたのはこの写真さ。これはきみ、ひどいじゃないか。修正するにもほどがある。この写真によると、きみは由緒正しき家に生れた育ちのいい美青年という感じであるが、実際に試験にあらわれた本人はふてぶてしくてどたっとした印象だったぜ」

「そうですかねえ」

来島は自分の写真をあらためて見下ろした。

「写真屋が修正したことは事実ですが、それでもそんなに本人と変りがないと思うんですがねえ」

「そうそう、そういうところが実にいい」

葉村は首をのけぞらせて大笑いした。咽喉仏がとびだしているのが、ひどく目立ち、それが笑いとともにヒクヒク動いている。

「きみのその図々しさが、おれは気に入ったんだ。他に、もっと優秀そうなのが応募者にはたくさんいたんだが、おれはそのふてぶてしさを買って、きみを強力に推したんだ。なにしろ、ひよわなんじゃ、この社は勤まらんからねえ」

来島は憮然として、沈黙を守った。なんとも返事の仕様がない。

「いいかね、わが社は名門の子弟しか採用しないことにしておるんだ」

いかにも重大な秘密を打ちあけるように、顔を寄せ、いたずらっぽい眼つきで、葉村はささやいた。

「とにかく、名門の子弟じゃないと、うちの社の給料だけじゃ食っていけっこないからね。その点、きみは名門ではないにしろ、生活の方は両親がみてくれるんだろう?」

「ええ、まあ……」

答えて、気が滅入りそうな自分を、来島ははげました。

(なんとかなるさ。せっかく、入ったんだ。我慢しろ)

社長が『きみに辛抱できるかな?』と云った本当の意味が、今、しみじみと身にしみた。

「まず、出版社へ入ったなどとは思わんことだな。わが社は、要するに商店――つまり、お店なんだよ。われわれはその店員さ。丁稚小僧に番頭、手代さ。ゆめゆめ、社員だなどと思ってはいけませんよ。あるいは、女郎屋に売られた女か、置き屋の芸妓という覚悟でいたまえ」

しゃべるたびに、葉村の口からもれる熟柿くさい臭いはだんだん強くなってくる。

来島が妙な顔をしているのに気づいたのか、葉村は口に手をあてた。

「おい、酒くさいか？」

「はあ、少々……」

「ううん、やっぱり、まだ残っているか。昨日は遅くまで呑んでいたからな。帰ったのは明け方の五時だった」

宿酔にしては、葉村は元気がよかった。いや、宿酔というより、まだアルコールがぬけきっていないという感じである。

彼は来島と、もう一人の新入社員を、他の社員にひきあわせてくれた。

来島は、その日から、新しく創刊される『キヨミズ・ブラック・マガジン』という翻訳雑誌の編集スタッフの一員として仕事にとりかかることになった。

一週間ほどするうちに、来島には、社内の事情がだんだん呑みこめてきた。

『キヨミズ・ブラック・マガジン』は、当時としては斬新な翻訳誌だった。表紙には思いきってアブストラクトの暗い感じの絵を使い、カットといろんな線をところどころはめこむだけで、挿絵は一切なし。内容は外国のミステリの傑作を並べ、その解説と、しゃれたコラムで構成する。紙は思いきって真白な質のいいものを使った。そうでなくては、カットと線が映えなくなる――それが葉村を中心とする編集スタッフの意見であった。

雑誌については同人誌しかやった経験のない来島にとって、そのスタイルは新鮮な驚きだった。

それはまさに、かつて、来島自身が持っていた『清水書林』のスマートさにふさわしいしゃれた雑誌であり、こんな、時代を先どりしたようなイキな雑誌が、このボロ社屋から生れようとは信じられなかった。

『清水書林』の編集スタッフの優秀さがはっきりわかり、その驥尾《きび》にふすことができたということで、来島は、はじめて、入社の喜びを感じた。

「あの社長がよくこんな思いきった雑誌をだすことに賛成しましたね?」

と彼は葉村に訊いてみた。

「そこがファッツのいいところさ」

葉村は細長い骨ばった指で首のあたりをかいた。

「あの人は編集とか企画とかということは一切わからない。従って、それには口を出さん。金さえかからず、もうかればいいんだよ。こっちがこの辺さえ納得させられれば、企画はすいすいと通る。その意味では仕事がやりやすいとも云えるな。なまじ、半可通で、編集に口を出したがる社長より、よほどましだよ。ただし、金についてはこまかいぞ、今にわかる」

そう云われなくても、来島にはだいたいわかっていた。どこかへ外出する場合には、タクシイはもちろんつかわせてくれない。それどころか、そこへ行くまで、どういう交通機関をつかい、どう歩いていけば、安くあがるかまで、社長自ら嚙んでふくめるように教えてくれるのであった。

そして、たとえ十円でも余分に交通費がかかると、その請求伝票に印鑑を押すまで、くどくどとお説教がはじまる。伝票の決済は、編集長である葉村の承認の判をもらい、さらに、それを社長にみせるという二重の手間がかけられた。葉村の判をもらうのはごく簡単だが、社長にそれを承認してもらい金を受けとるまでがうんざりするほど時間がかかる。

いちいち、お説教を聞かされるたびに、来島は人生のたそがれに似たものを感じた。

『キヨミズ・ブラック・マガジン』は、編集長の葉村を除くと、三人の専任スタッフしかいなかった。中井淳という編集主任と、来島、それに女性の編集者が一人――校正は校正部が別に眼を通してくれるにしても、その三人で、原稿を依頼し、受けとり、割りつけをし、進行させて雑誌を創りあげるのは容易なことではなかった。

来島の直接の上司は、中井淳で、この男は来島とほとんど同年輩にもかかわらず、古今東西の推理小説《ミステリ》に関しては、驚くほど該博《がいはく》な知識の持主だった。いわば、ミステリの虫ともいうべき存在で、外国のものは、原書で、ハードカヴァーはもちろんのこと、パルプ・マガジンのたぐいに至るまで、ありとあらゆる長短篇を読破していた。

彼自身のミステリに関する蔵書も数千冊に及んでいる。新しい雑誌に掲載する作品を選んだのも、この中井であり、来島が入社した時には、すでに三号分までの作品リストがつくりあげてあった。

来島は、自分と同年輩のこの天才に圧倒される思いだった。

中井は色が白く、女性的な顔だちで、眼鏡をかけている。もの云いもやわらかく、気が弱い——というより内向的な性格で、やや愚痴っぽかった。

彼は終日机に向って原書をひろげ、ミステリに読みふけっている。彼のやるべき仕事はいい作品をえらびだすことと、その翻訳をしかるべき訳者に依頼することだった。

あとのことは一切、自分ともう一人の女性編集員でやるのだと云いきかされて、来島は気が遠くなった。

ズブの素人の自分がそんなことをいっぺんにできるわけがない。彼はそのことを正直に葉村や社長に申しでた。

葉村からは、なに、なんとかなるもんだよという楽天的な返事がかえってきただけだった。

社長はむずかしい顔をして、来島の顔をしげしげと見た。

「今さらそんなことを云っちゃ困るね。きみはそういう仕事に馴れているという画描きさんの紹介だったから採用したんだよ」

その顔には、ありありと八千円の給料では高すぎたという表情が浮かんでいた。

「とにかく、はやく仕事をおぼえるように努力したまえ」

来島は無能力者の烙印を捺された思いですごすごと編集室に帰ってきた。

それからは、必死の努力で雑誌ができあがるまでの進行過程を覚えた。先輩の編集者に訊いたり、印刷工場や製本工場をまわったりもした。校正の技術も身につけた。

幸い、スタッフの一人である女性編集部員が高校を卒業してからすぐに、編集の仕事をやっていたので、自分よりも若い彼女に助けられながら、来島は一カ月ほど経つうちに、台割り表をみて、校了にしていく技術をなんとか呑みこみ、それから、印刷、製本へと進行していく過程もほぼわかった。

わかったことは、他にもあった。

あの俊敏で、いかにも働きもののようにみえた葉村修一が、実は、稀代の怠けものであることがわかったのである。

彼は企画者として、天才的なひらめきを持っていた。アイデアに関しては抜群の発想を示す。しかし、それを実行にうつす段階になると、まったく、役に立たなかった。実務の才は皆無である。

アイデアがひらめくのも、前夜のアルコール分がやや身体に残っている間だけである。正午すぎになり、アルコールが切れてしまうと、急にぐったりしてしまう。ただ、ぼんやりと机に向っているか、一番ぶ厚い原書をえらびだすと、奥の畳の敷いた部屋へ行き、それを枕にごろりと横になり、じっとしている。

ある日、来島がせまってきた創刊日にそなえて、必死に原稿の割りつけをやっていると、奥の部屋で横になっていた葉村がぶらりと出てきた、背後で大きな伸びをした。

「おい、おまえさん、あれをみろよ」

ポンと来島の肩をたたいて、窓の外を指さした。

「すばらしい天気じゃないか」

ふと顔をあげると、初夏の陽光が窓からキラキラとさしこんでいた。仕事に熱中していた来島は、そんなことは、一向に気づかなかったが、葉村の指さすところには、向いの家の屋根に截りとられた青々と澄みきった五月の空がのぞいていた。

「こんないい天気の日に、あんまり働きすぎると、神さまのバチがあたるぜエ……」

あくびまじりに、葉村は云った。

別の世界をのぞきみる思いで、来島はその青空をしばらくほれぼれと眺めやった。

雑誌の創刊日が近づくにつれて、来島はさらにきりきり舞いをつづけた。素人の哀しさで、割りつけやら進行表のミスが重なり、もう一度はじめからやり直しという、苦いめを何度も味わった。

連日、帰宅する時間は、夜の十一時をすぎていた。それでも、残業手当ては一円もでない。ときどき、社長がご苦労さんと声をかけ、近くの呑み屋へ連れていってくれる。しかし、酒の呑めない来島にとって、それはむしろありがた迷惑だった。葉村も仕事はしないが、社にいることはいて、呑みに行くのも一緒に行く。

彼は社長の下手くそきわまる駄じゃれに大いに笑い、さも愉快そうに呑んだ。

そして、帰り際に、来島と二人きりになると、そっとつぶやくのだった。

「おい、あの駄じゃれにうまくタイミングを合わせて笑ってやるのはシンが疲れるぜエ。どうだ、呑みなおさないか?」

「いやだめですよ、ぼくは家が横浜だから、今からつきあったら、終電がなくなっちまう」

「いいじゃないか、終電がなくなれば、おれの家へ泊めてやるぜ。その方が、明日の朝、横浜から出てくるより、よっぽどラクだろ?」

「そうだな」

来島は社長と呑むのは苦手だったが、葉村とならつきあってもいい気がした。この奇矯な才人の内面をうかがいたいという好奇心が動いた。

「じゃいいですよ。つきあいましょう。そのかわり、ほんとに泊めて下さいますか」

「ああ、泊めてやる。おれの家はもと待合だったから、おまえさん一人が泊るぐらいの部屋はいくらでもあるさ」

葉村は通りすがりのタクシイを停めた。車に乗ってから、話の先をつづけた。

「清水書林には名門の子弟しかとらないという不文律のほかに、もうひとつの不文律があるのを知ってるかい? 結婚は絶対できないし、結婚したやつは別れるっていうんだよ。とにかく、嫁さんを養える給料じゃねえからなア」

「じゃ、葉村さんは結婚してたんですか?」

と来島は訊いてみた。三十二、三歳にみえるが、どうにも妻子を養っているというふうにはみえなかった。

「そう。別れたくちだ。いい嫁さんだったがね、これが、娘を残して他の男と結婚したよ」

淡々とした口調で答えた。

「これがいい娘で、母親似なんだな。今におれを養ってくれるだろうと楽しみにしている。今は、おれが娘を養っているわけじゃないよ。清水書林の給料じゃ、呑み代にも足りない。うちのおふくろが下宿屋をやって、みんなを食わせているんだ」

「へえ」

若い来島には葉村の気持ちは理解しがたかった。

「で、葉村さんはいつまで、編集者をやっているつもりですか？　詩は書いているんでしょう？」

「おい、おそろしいことを云うなよ」

葉村は大げさにおびえた声を出した。

「詩の話なんてやめてくれ。ゾッとするよ。とにかく、当分は清水書林にいて、そのうち翻訳でくえるようになったら、やめるさ」

「それより、なぜ、社長にもっと給料をあげるように云わないんです？　社員はみんなぶつぶつ云ってるようですよ」

「わかっているさ。しかし、おれはファッツみたいなタイプは大の苦手なんだ。向い合うと、なにか巨大なナマコみたいなどよんとしたものが眼の前にあるような気がして、ぜんぜん会話が通じないって感じがする。絶望的になっちまうんだ」

ひょろながい手をふり、溜息を吐いた。

「おれはあの江戸ッ子ってやつが、どうにも性にあわないんだね」

「社長が江戸ッ子？」

落語にでてくるいなせな職人風な印象を、『江戸ッ子』という言葉から受けていた来島は首をひねった。

「あんなにケチなのが江戸ッ子ですか？」

「そうさ。あれがほんものの江戸ッ子だよ」

葉村は真顔でうなずいた。

「ファッツは神田で生れて神田で育ったんだからな。芝で生れて神田で育つというチャキチャキではないが、江戸ッ子さ。おまえさんはケチというが、あれはふつうのケチとはちがうぜ。たとえば、呑みにいったりすると、妙に見栄をはるだろう。ところが、日頃は小心翼々として小金を溜める。だいたい、昔の江戸ッ子なんてそんなものさ。見栄っぱりで日常生活はみみっちいんだ。ファッツはその生きのこりだな」

（そう云われれば、そうかな）

と来島はなにか納得できるような気もした。

（すると、浪漫派対江戸ッ子の取り合わせということになる。なるほど、これでは、浪漫派に分がなさそうだ）

葉村が社長の云うなりになっているのも、出社時刻だけはきちんと守るのも、どだい最初から会話の通じない相手と絶望した上でのことだったのか……。

「おい、そこでいいよ」

葉村は運転手に命じて、大塚の駅の近くでタクシイから降りた。

「この三業地は、おれのおじいさんが開いたものでね、ちょっとした顔なんだ」

長身をこごませるようにしてすいすいと歩いていくのに、来島はついていった。

「ここで一杯やろう」

一軒の待合の前で足をとめた。

「おまえさんにも、若いぴちぴちした妓を拝ませてやるよ」

呑めない来島にとっては、たしかに、その方がありがたい。彼はいそいそと葉村のあとに従った。

ところが、玄関を入るなり、小肥りの、眼つきに険のある女将に、いきなり、葉村はとっつかまった。

「葉村さん、ちょっと、今夜は話をつけてもらいますからね」

きびしい口調で云うと、女将は玄関わきの四畳半に押しこんだ。仕方なく、来島も葉村の横でかしこまった。

女将の云い分は、要するに、溜った勘定をいつ払ってくれるかという催促だった。葉村はなんとかのらりくらりと云い逃れるが、女将は承知しない。来島はそのやりとりをかしこまったきり聞かされて、うんざりした。若いぴちぴちした妓を拝ませてもらえるどころか、水一杯でてきやしない。

二人がようやく解放されたのは、二時間ほど経ってからだった。来島はすっかり足がしびれてしまった。

「今のは失敗だった。今度こそは大丈夫だ」

一向に女将の説教がこたえた様子もなく、葉村は至極楽天的な口調で云った。

「この近くのバーをのぞいてみるか」

「もう、よしましょうよ」

来島は必死になって、葉村の袖にとりすがった。

「お願いだから、帰って、眠らせて下さい」


創刊二週間前、そろそろ校了態勢に入ろうとした頃、大事件が起った。編集主任の中井淳が出社してこなくなってしまったのである。内向的な性格の中井は、給料の安いことや必要な資料を会社が買ってくれないことで、ぶつぶつこぼしていた。気の弱い彼はそれを直接社長と話しあうのがおっくうになり、サボタージュを決めこんだらしい。

激怒した社長は、中井をただちにクビにすることに決めた。

泡を食ったのは、来島である。

このぎりぎりになって、中井に蒸発されたのでは創刊のめどが立たない。

そのことを葉村に訴えた。

「大丈夫だよ。もう作品のリストはできてるんだろう？　原稿もあつまるさ。ま、おまえさん一人でなんとか雑誌を出すんだね」

むりだとは思ったが、来島はとにかくやってみることに決心した。

女性編集者をたよりに、彼は悪戦苦闘をはじめた。なんとか原稿は集まり、割りつけもすまし、印刷所に放りこんだ。

葉村はあいかわらず、午すぎになると、奥の部屋でうとうとしていた。時に、彼がぱっと起きだして、自分の机に向い、しかつめらしく原書や校正ゲラに眼を通しているふりをすることがある。

そういう時は、必ず、社長が階下の営業部から編集室に上ってくる場合にかぎられていた。社長は妙な特技を持っていて、その巨体にかかわらず、きしみやすい階段を音もなくこっそり上ってきた。

ふいを襲って、編集者たちがちゃんと働いているか監視するのが目的らしかった。

はっと気づくと、背後に社長が立っていて、仕事ぶりをのぞいているということがしょっちゅうだった。

葉村はその気配をいちはやく察するらしく、社長が上ってきた時には、ちゃんと机に向っている。そのカンのよさといい、社長のこっそり上ってくる特技といい、まさに虚々実々のかけひきを眼のあたりにする思いだった。

編集室にやってきた社長は、口やかましく社員に指図した。一度、関西のコラムニストに電話をしようとして、三分の砂時計を眼の前に置かれたときは、清水書林の吝嗇《りんしょく》的社風にすっかりなじんだつもりの来島も唖然とした。

「長距離電話のときは、これを見ながら話すといいな」

社長は来島の表情などにおかまいなく、得意そうに云った。

「三分以上になると電話賃がかさむからね」

コラムニストと話し終ってから、来島は席を立って、葉村の机の方に立った。

「ぼくはとてもこの社には勤まりません」

思いつめた気分だった。

「私用の電話を厳禁するのはまだわかります。しかし、ぼくが今かけていたのは、社用の電話です。三分の砂時計とにらめっこでは、仕事にならない。ぼくは辞めさせていただきます」

「まあ、そうむきになるな」

困惑した顔つきで、葉村はなだめるような手つきをした。

「おまえさんはまだ若いんだから、辛抱してくれ。そのことは、おれからファッツに話しておく」

しかし、葉村が社長に話した気配はまったくなかった。

その後、何回来島は社を辞めようと思ったかわからなかった。残業したあげく、電車がなくなり、つい印刷所から社までタクシイをつかった額が二週間に五百円になったのを請求した時もそうだった。五百円はつかいすぎだから、なるべく歩いてこいという社長の返事だった。そういう場合、帰宅する電車は当然なくなっているから、来島は横浜までのタクシイ代は自弁して社には請求していない。

手どり六千円程度の給料からそれを払うのは、身を切られるような辛さだった。

毎月の給料を受けとるとき——それも、社長自ら恩きせがましく手わたされるときは、屈辱感にふるえる思いだった。当時、来島の同窓生たちは、安くて一万二千円、高い給料の社にっとめている者は一万五千円ぐらいもらっていた。しかも、彼らには、その上に残業手当てがつく。

連日、十一時まで働いて、六千余円——おれは半人前だと痛切に思い知った。

それでも、歯をくいしばって勤めつづけた。葉村の不思議な魅力が社から離れがたくしているのがひとつの理由で、もうひとつの理由は、自分が創りつつある雑誌に愛着を感じはじめていたことだった。

彼は、どの編集者もが落ち入る雑誌づくりの喜びというどろ沼に、すでに足をふみいれていた。

葉村は来島のそんな痛切な思いを知ってか知らずか、まことに気楽そうな日々を送っていた。ただ、彼の存在そのものが、暗くしめりがちな編集室に明るさを与えていた。

たとえば、女性編集者が外出から帰ってくると、彼は気軽に声をかける。

「Sちゃん、男の人から電話があったぜ」

「あら誰からかしら?」

女性編集者は小首をかしげる。

「用はなんだと云ってました?」

「このあいだ貸した金と、童貞を返してくれとさ」

にこりともせず、葉村は答えた。

「童貞の方はあとからでいいから、お金は先に返してくれといってたぜエ」

そういうやりとりを聞いていると、来島はこう思うのだった。

（もう少し我慢しよう。この人のいるかぎり、もう少し我慢しよう）

『キヨミズ・ブラック・マガジン』はこうしてようやく創刊号を発刊した。売れゆきは好調で、二号、三号と出すうちに来島もようやく、雑誌づくりのすべてをのみこんだ。多少のミスに、どぎまぎしない度胸もできた。

三号めからは、中井淳にかわって、中井と同じくらいミステリ通といわれる宇津井市夫が編集主任として入社してきた。宇津井のおかげで、四号以後の作品の選択も心配はなくなった。

三号めの校了間ぎわに、葉村が来島に声をかけた。

「おい、もう出張校正だろう。一緒に行こうや」

「葉村さんに来てもらっても、あまり役に立たないんだがな」

苦笑して、来島は答えた。

「ただ、印刷所で寝ているだけだから……」

「そう云うなよ」

葉村は片眼をつぶった。

「ファッツの顔をみないですむところで、横になっていたいんだ」

案の定、小さな印刷所に着くと、校正直しをしている来島の横で、葉村はながながと体をのばして横たわった。

それは、疲れきった老犬が陽なたぼっこをしているのに似ていた。

入社当時、なぜこの人物が、巌頭に立ち、陽光を浴びながら、獲物をねらっている俊敏なシェパードのようにみえたのか、来島は不思議に思った。

「なあ、おまえさん、おれは今年いっぱいで清水書林をやめることにしたよ」

ごろりと寝がえりをうつと、葉村がふいに云った。

「この辺が潮どきだと思うんでね」

「そうですか」

来島は複雑な心境だった。今では、雑誌に対する愛着が彼を清水書林にしばりつけている。

「そいつは残念だな。実をいうと、ぼくは葉村さんがいたから、辛抱できたんだ」

「好意はありがたいが、おれもくたびれたよ。おまえさんはまだ若いから、当分、辛抱しなさい」

そう云うと、また向うにごろりと寝がえりをうった。

「葉村さん」

と来島は呼びかけた。

「あなたとお別れするについて、狂歌《ざれうた》をつくってみたんですが、見てくれますか?」

「へえ、狂歌ねえ。どんなんだい?」

向うを向いたまま、葉村は来島の方へひょろながい手を伸ばした。

来島は校正用紙の裏に書きつけて、その手に渡した。

『清水《きよみず》の流れははやく、澄み澄みて、底のケチ奴《め》が顔をミステリ』

社長——清水澄《きよみずとおる》とミステリをひっかけた狂歌だった。

「こいつはいい」
ケ、ケ、ケッと笑い声をあげ、葉村はそれを着流しのふところに押しこんだ。
「こいつは記念にもらっていくぜ」


(あれから十四年か……)

来島はチンザノに火照った頭で考えた。

(その間に、筆の立つ連中は、みんな清水書林をとびだしてフリーの翻訳家や作家になってしまった)

来島自身も昭和三十八年——七年間の編集者生活に終止符をうち、今ではあやしげながらもの書きのはしくれとして生活している。

「どうしたんだ? うん? えらく、深刻な顔つきをしてるじゃないか?」

真向いの席で相変らず、ホステスに微妙な愛撫を加えていた押木鋭一郎が訊ねた。

「まさか、欲求不満でムッとしているのではあるまいな」

「いや、葉村さんのことを考えていたんです」

と来島は答えた。

「葉村修一は、押木さんと似ているところがあると思って……」

「どういうところがだ?」

訊かれて、来島はとまどった。

(怠けものであるところ。才人ではあるが事務処理がおそろしく下手でおっくうがりなところ。それに、なんとなく浪漫派最後の末裔《まつえい》という感じのするところ……)

そう答えようと思ったが、面倒くさくもあり、照れくさくもあってやめた。

「翻訳ができるにもかかわらず、英会話が全く駄目というところがですよ」

とだけ答えた。

「葉村さんの下訳の直しは抜群にうまかった。たとえば、ロアルド・ダールの小説ですがね、ぼくが『彼は眼の隅からじろりと眺めた』と訳すとする。それを葉村さんはこういうふうに直すんです。『彼は眼のコーナーからチロリとみやった』と……。それだけで、ダールの原文の意地のわるさとユーモアがありありと浮かんでくる」

「なるほど、なるほど。そういう直しのうまさでは、小生も抜群であるぞ。葉村のセンスのよさがそれでわかった。まことに小生によく似ておーる」

幾分照れぎみにそう云うと、押木鋭一郎は隣りのホステスのお尻をぽんとぶった。

「さあ、本日のサービスはこれでおしまい。小生はくたびれた。この辺で、おひらきにしよう」

「いいですよ」

立ちあがると、チンザノのヤケ呑みのせいか足がふらついた。

「もちろん、ここは押木さんのおごりでしょうね」

「バカを云ってはいかん。おまえは近頃麻雀で小生からがっぽりまきあげたではないか」

押木はにやにやした。

「ここはワリカンといこう」

「え、ワリカン?」

来島はいっそう足がふらついた。

「そっちはおさわりの上に、水割りガブガブでしょう。それでワリカンですか?」

「あたりまえだ。おまえは日頃から、先輩を先輩とも思わんと放言しておる生意気なやつだ。同輩なら、ワリカンが当然というものだ」

(まあ、いいや)

と来島はつぶやいた。

(今でも清水書林でこきつかわれていると思えば、ここの払いぐらいは安いもんだ)

とにかく、葉村修一が帰ってきたら、一度逢ってみたいと思いながら、彼はしぶしぶ財布をとりだした。

宝物

大沢在昌《おおさわありまさ》

初めて生島治郎《いくしまじろう》さんにお会いしたのは、一九七九年の春だった。生島さんは四十六歳で、二十三の私は年齢差以上の貫目《かんめ》を感じたものだ。まして中学生のときにファンレターを書き、ご返事をいただいて、その手紙を宝物にしてきた身である。まともに目も見られないほど緊張していた。

神楽坂の料亭だった。私が第一回の受賞者となった新人賞の授賞式がわりの席で、他に藤原《ふじわら》審爾《しんじ》さん、海渡英祐《かいとえいすけ》さんという二人の選考委員も同席しておられた。

編集者にひき合わされ、挨拶し、お三方から訊かれるまま、ぽつぽつと問いに答えた。

やりとりで覚えているのは、受賞作の冒頭にビリヤードのシーンがあったので、藤原さんから、

「君は何本くらい突くんだ?」

と腕前を訊かれたことくらいだ。後に知ったが藤原さんはビリヤードの名人だった。

ハードボイルドが好きなのかと訊かれたような気もするが(必ず訊かれた筈だ)、実際どう

だったのか記憶にない。緊張しすぎていたのだろう。

だが散会する直前、勇気をだして生島さんに、

「僕、中学生のときに生島さんにお手紙をさしあげ、ご返事をいただきました」

と告げた。生島さんはギロリと私をにらんだ。このギロリは、生島さんの癖で、特に不機嫌でも何でもないのに、鋭い目で一瞥《いちべつ》して相手を畏縮させてしまう。ときには、

「なに？」

という言葉が伴う。なに、の発音は「なあに？」というかわいいニュアンスではなく、「なに、やるのか、貴様」という響きがある。にらまれ、「なに？」といわれると、たいていの人は、「何でもありません！」と答えたくなるほど恐い。

神楽坂でのギロリのあと、つづいた言葉は、

「ありえんな。俺はファンレターに返事はかかない」

だった。

憧れの作家にそういわれ、私が意気消沈したことはいうまでもない。証拠の手紙をもっているなどとは、とてもいえる雰囲気ではなかった。

したがって、この後、日本推理作家協会に入会するにあたって、推薦理事と会員には、佐野《さの》洋《よう》さんと小林久三《こばやしきゅうぞう》さんになっていただいた。今は、ミステリ系の新人賞受賞者は推薦を必要としないが、当時はまだ必要だったのだ。生島さんに推薦人になって下さいとは、とうてい頼めないと思った。

初めてお会いして二年後、二作目の書きおろし長篇が刊行され、多少なりとも自信のあった私は、悩みに悩んだ末、生島さんの自宅に電話した。推理作家協会の会員名簿に電話番号は載っていた。

「はい」

よけいなことは一切いわず、ハードボイルドな応答があった。私は頭の中で考えていた言葉を一気にまくしたてた。二冊目の本がでたので、さしあげたい。送ってくれ、といわれたらそれきりだったろう。一瞬の間《ま》のあと、

「じゃあ飯でも食うか」

と生島さんはいった。後日、帝国ホテルのカフェテラスを指定され、私はサインした本を手にでかけていった。

期待に胸がふくらんでいた。今考えるとアホみたいな話だが、生島さんがその場で私の作品を読み、褒めてくれるのではないかと思っていたのだ。長篇を、それもデビューしたての新人のものを、その場で読む者などいない。生島さんはパラパラとページをめくっただけで、本をしまい、

「いくぞ」

と立ち上がった。連れていかれたのは鮨屋だった。その後、「眉」「数寄屋橋」「まり花」と当時の代表的な銀座の文壇バーを引き回して下さった。

一九七〇年代、梶山季之《かじやまとしゆき》氏が編集長をつとめた「噂《うわさ》」という文壇誌があり、作家に憧れてい

た私は愛読していた。その中に文壇バーの記事があり、今をときめく作家たちが集まる店として、これらの名があげられていた。「眉」をでて、

「もう一軒いくか」

と生島さんがいったとき、

「『数寄屋橋』ですか」

と私は訊ねた。

「いったことがあるのか」

「『噂』で読みました」

その「噂」には生島さんと五木《いつき》寛之《ひろゆき》さんの「あーむずかしい日本のハードボイルド」というタイトルの対談が載ったこともある。

「『噂』か」

いって生島さんは顔をほころばせた。

「梶さんはいい人だったな」

梶山氏は一九七五年に四十五歳で早世されていた。

生島さんはほぼ下戸だった。飲んでもチンザノのスイートをロックで一杯。それでも顔が赤くなる。バーではコーヒーを飲むことが多かった。煙草はラークのヘビイスモーカーで、コーヒーとラークのない土地にはいかない、とよく口にしていた。

その夜は、打ちとけて話すことができた。話題はほとんど海外ミステリについてだった。

ハードボイルド以外にも、本格やサスペンス、冒険小説などについて話した。

「若いのに、よく読んでるな」

といわれ、嬉しかった。が、ファンレターの返事の件については、一貫して「ありえない」だった。

ここまできて、初対面のときの会話をもうひとつ思いだした。

「生島先生」

と私が呼びかけると、

「もう君は同業者だ。先生はやめなさい」

いわれたのだ。生島治郎を先生と呼ばなくていいなら、私が先生と呼ぶ人はいない。銀座での夜から少しして、麻雀のメンツに駆りだされ、吉行淳之介《よしゆきじゅんのすけ》氏にお会いしたときも、「吉行さん」と呼びかけた。後になって、

「お前が初対面なのに、吉行さんていうからあわてたぞ」

といわれたものだ。もちろん吉行さんはそんなことで機嫌を損ずる方ではなく、その後何度も卓を囲ませていただいた。

一向に売れはしなかったが、生島さんのおかげで、多くの編集者に私は認知されるようになった。陰でいろいろいう人もいたらしいが、私はまったく気にしなかった。

レイモンド・チャンドラーと生島治郎の作品に出会わなければ、私はもの書きになっていない。そんな人の謦咳《けいがい》に接する機会を、一度たりとも失ってたまるかという気持だった。

パーティがあり、終わり頃に近づくと、私は必ず生島さんの目の届く場所にいるようにしていた。そして、

「いくか?」

と訊かれれば、尻尾を振る小犬のようについていったものだ。

いっしょにスコットランドを旅行していたとき、

「卒論はスウィフトだ」

と聞いて、驚いたことがある。ヘミングウェイやチャンドラーではなかったのだ。

「スウィフトって『ガリバー旅行記』の、ですか」

「そうだ。日本じゃ子供の読みものみたいにいわれているが、そういう作家じゃない」

ぽつりと生島さんはいった。

生島さんとは麻雀、ゴルフ、ミステリ談義と、かわいがっていただいた。

電話が鳴り、「はい」ととると、「あー」といったあと一拍おいて、「生島だがね」と名乗る。「あー」で、すぐに生島さんとわかり、胸が躍ったものだ。

中学生のときに憧れ、ファンレターをさしあげた作家とこれほど親しくなれる幸運に恵まれるとは夢にも思っていなかった。

ファンレターのご返事を、かなり親しくなってから、私は麻雀の席にもっていった。生島さんは啞然として、「俺の字だ」とつぶやいた。

「だからいったじゃないですか。ご返事をいただいたって」

勝ち誇って私はいった。中身を一読し（それは日本でハードボイルドを書いていく上での、私の質問に懇切《こんせつ》に答えて下さったものだった）、生島さんはいった。

「お前、もう作家になったのだから、この手紙はいらないだろう。返せ」

「冗談じゃないです」

私はあわてて手紙を奪い返した。

「これは僕の宝物です。何があっても返しません」

その後会うたびに、「返せ」「返さない」のやりとりはお約束になり、私が直木賞を受賞したときには、お祝いに「手紙を返せ」というエッセイまで書いて下さった。

ある日、私が生島邸に遊びにいくと、にやにや笑いながら、

「おい、いいもんを見つけたぞ」

といわれた。だされたのは、中学三年生の私が送った手紙だった。茶封筒で鉛筆書きという、失礼にも程があるだろうという代物だ。

私は絶句した。なぜそんなものが捨てられずにとってあったのか。

「交換しようぜ、俺の手紙と」

私は即座に首をふった。

「そんな田舎の中学生が書いた手紙と、生島さんの手紙の価値が同じわけないじゃないですか」

「発表してもいいのか」

「覚悟はします」

交換も発表も免れることができた。

生島さんが亡くなったとき、私は葬儀委員長をつとめた。そして私の書いた手紙は柩の中におさめ、いっしょに旅立っていただいた。

生島さんからのご返事は、今も私の机の中にある。

便箋八枚にも及ぶ、そのお手紙は、終生私の宝物である。

解説

北上次郎《きたがみじろう》

　二冊の対談集がある。『反逆の心をとり戻せ』『眠れる意識を狙撃せよ』だ。ともに、一九七四年一一月一日発行。版元は双葉社。ホストは生島治郎《いくしまじろう》だが、対談ゲストが錚々《そうそう》たるメンバーである。前者は、野坂昭如《のさかあきゆき》、森村誠一《もりむらせいいち》、吉行淳之介《よしゆきじゅんのすけ》、戸川昌子《とがわまさこ》、田中小実昌《たなかこみまさ》、井上《いのうえ》ひさし、佐《さ》野洋《のよう》。後者のゲストは、五木寛之《いつきひろゆき》、小松左京《こまつさきょう》、都筑道夫《つづきみちお》、丸谷才一《まるやさいいち》、田村隆一《たむらりゅういち》、高木彬光《たかぎあきみつ》、結《ゆう》城《き》昌治《しょうじ》。対談一本あたりが三〇～四〇ページあるので、読みごたえがある。この対談について、生島治郎はのちに次のように書いている。

「私の対談では、あえて、その構成者の手を煩わさないことにした。登場していただく人物をあますところなく読者に知ってもらおうという意図で、二時間の対談をそっくりそのまま誌面に載せてしまおうというのである。もちろん、数ページでおさまりきれるものではなく、数十ページに及んでしまうが、こういうむちゃくちゃな企画は今までなかったから、やってみたら面白いんじゃないかと私がそそのかしたら、そこの編集部が乗ってしまった。

　その結果、雑誌そのものが売れたかどうかはわからないが、登場していただいた十余人のキ

ャラクターとその小説観というようなものがかなり詳しく読者にはわかっていただけたのではないかと思う」[注1]

その雑誌とは小説推理のことだが、対談集の冒頭で、生島治郎はその意図について次のように書いている。

「私がこの対談をはじめた動機は、娯楽小説としてのミステリーを、なるべく広い読者に楽しんでもらいたいという願望があったからである。（略）この対談は『小説推理』というミステリー専門誌に連載したものだが、あえて、私がミステリーとは関係のない方たちに登場をお願いし、ミステリー談義をしていただいたのは、そういう視野の広さを読者も、私自身を含めたミステリーの書き手も認識し合おうじゃないかという呼びかけに他ならない」

『死者だけが血を流す』
講談社版単行本（1965年2月）

生島治郎が『追いつめる』で直木賞を受賞したのは一九六七年であるから、意気軒昂のころである。この二つの対談集は書名も勇ましいが、中身もなかなかに挑発的で勇ましい。新しいエンターテインメントを開拓しなければ、という熱い思いが漲《みなぎ》っているのだ。生島治郎が編集者であったことを実感できる書といってもいい。いま読んでも面白いが、[注2]膨大な内容を含んでいるので、ここではハードボイルドに限って振り

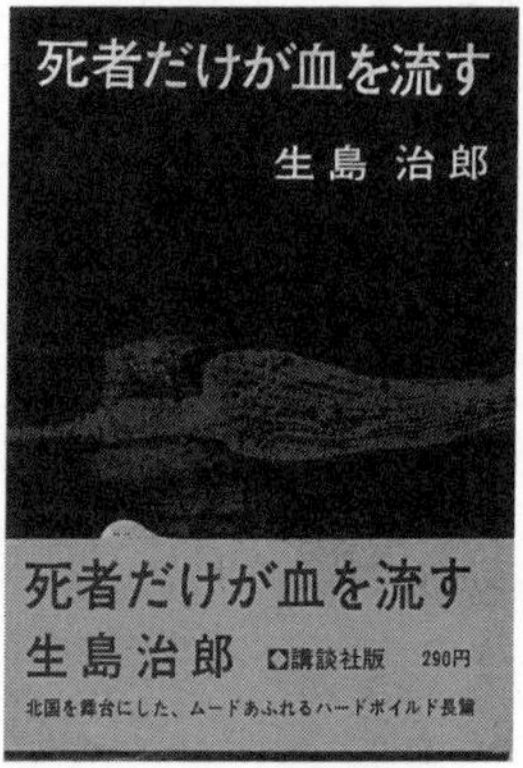

『死者だけが血を流す』
講談社版単行本（1967年9月）

返ろう。

　吉行淳之介との対談で、ミッキー・スピレーンの作品を「ハードボイルドというふうにいわれているけれども、あれはタフガイ・ストーリイ」と断じているのがまず目につく。[注3] この二冊の対談集に何度も出てくるが、生島治郎にとっては、ハメット、チャンドラー、マクドナルドと続く正統派こそがハードボイルドなのである。[注4] そういうものが早く日本に生まれ、根づいて欲しいというのが生島治郎の長年の夢であったといっても過言ではない。『反逆の心をとり戻せ』『眠れる意識を狙撃せよ』とは、生島治郎のその宣言にほかならない。

　そうか、一つ忘れてた。ミステリー好きで知られる福永武彦《ふくながたけひこ》がなぜチャンドラーのような作品を書かなかったのか、との生島治郎の質問に、『眠れる意識を狙撃せよ』で「彼（引用者注・チャンドラー）らの作品が文学に近づいているからだよ」と結城昌治は答えている。チャンドラーも娯楽小説に含めていいじゃないかというのが生島治郎の一貫した考え方なのだが、周囲とのギャップを含めてなかなか興味深い。

　日本のハードボイルドはどこから始まったのか、ということにも少し触れておく。

高城高《こうじょうこう》全集第一巻『墓標なき墓場』の解説で、新保博久《しんぽひろひさ》は「本邦ハードボイルドの嚆矢《こうし》はやはり高城高で、東北大学英文学科在学時代、『宝石』懸賞に当選した「X橋附近」（引用者注・のちに「X橋付近」に改題）に起点をおくべきだろう」と断言している。

高城高のデビューが一九五五年、大藪春彦《おおやぶはるひこ》のデビュー（もちろん、「野獣死すべし」だ）が一九五八年、河野典生《こうのてんせい》が『陽光の下、若者は死ぬ』でデビューしたのが一九六〇年。たしかに、高城高がいちばん早い。日本ハードボイルドの発生時にいたのはこの三人で、高城高自身も「私の作家生活は江戸川乱歩《えどがわらんぽ》氏にはもちろん、ハードボイルド三羽烏といわれた他の二人、大藪春彦、河野典生の両氏にも、また推理作家と名のつく誰にも会うことなく終わった」と書いているし、河野典生も「小生と大藪さんは、ともに一九三五年（昭和十年）生まれであり、二十代前半、学生生活からそのまま作家稼業に入ったという点でも共通している。高城高さんと三人で、日本ハードボイルド派の代表と目されていた時期もあったから、いうならば同期の桜である」と書いているから、[注5] 高城高、大藪春彦、河野典生が、日本ハードボイルド派の第一世代であったというのは、どうやら共通の認識のようだ。

『死者だけが血を流す』
青樹社版単行本（1970年4月）

ここでは、この三人が同じ年に生まれたこと

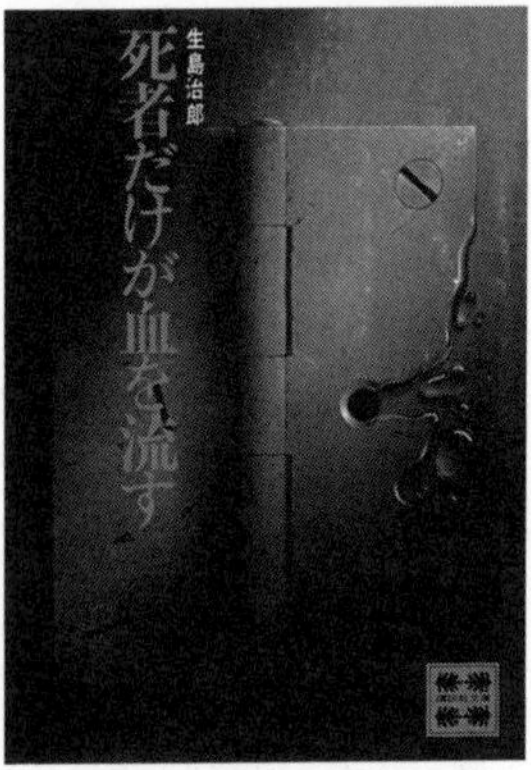

『死者だけが血を流す』
講談社文庫版（1975年5月）

に留意したい。高城高が一九三五年一月一七日、河野典生が一九三五年一月二七日、大藪春彦が一九三五年二月二二日。ほぼ同じころと言っていい。高城高が「X橋付近」で宝石の懸賞小説一位になったのが一九五五年、つまり二〇歳のときだ。大藪春彦の「野獣死すべし」が宝石七月号に載ったのは一九五八年。大藪が二三歳のとき。河野典生の短編集『陽光の下、若者は死ぬ』が刊行されたのは一九六〇年、二五歳のときである。つまり、高城高、大藪春彦、河野典生の三人が、日本ハードボイルドの第一世代であったとするなら、それは「若者の文学」であり、「反抗の文学」であったことになる。

大藪春彦と河野典生が、若者の文学であり、反抗の文学であるという点については、「野獣死すべし」と『陽光の下、若者は死ぬ』で明らかだが、高城高はどうかとの疑問が生じるかもしれない。しかし、デビュー作の「X橋付近」に、映画館で袋の鼠となった不良少年グループを描く「火焔」（一九五六年発表）を並べれば、その第一世代の特徴がここにもあることがうなずけるだろう。

逆に都筑道夫が「ハードボイルドは、若者の文学ではない。じじいの文学だ」と言ったのも、[注6]これは推測にすぎないが、あるいは日本ハードボイルドの出発点を意識した発言なのかもしれない。その意味で、都筑道夫と生島治郎は、同じ側に立っていたことになる。『眠れる意識を狙撃せよ』に入っている二人の対談を読むと、細かなところでは考え方が異なっているのだが、ハードボイルドの大きな地図を描くならば、都筑道夫と生島治郎はそれほど離れた場所にいるわけではない。

生島治郎が早川書房の編集者時代に手がけた「日本ミステリ・シリーズ」の問題も、これらのことを一方に置けば解ける。一九六一年一一月から全一〇巻で刊行したこの書き下ろし叢書について、生島治郎は『浪漫疾風録』注7の中で次のように書いている。

「この『日本ミステリ・シリーズ』は越路の企画どおり、本格推理小説、アリバイ崩し、倒叙ミステリ、サスペンス、クライム・ノベル、スパイというふうにいろんなジャンルのミステリの書き下ろしの長篇を揃えることにあった」

『死はひそやかに歩く』
東京文芸社版（1969年6月）

その内訳は以下。①佐野洋『第六実験室』、②高橋泰邦《たかはしやすくに》『衝突針路』、③多岐川恭《たきがわきょう》『孤独な共犯者』、④結城昌治『ゴメスの名はゴメス』、⑤樹下太郎《きのしたたろう》『自殺協定』、⑥鮎川哲也《あゆかわてつや》『翳ある墓標』、⑦日影丈吉《ひかげじょうきち》『移行死体』、⑧河野典生『群青』、⑨陳舜臣《ちんしゅんしん》『割れる』、⑩三好徹《みよしとおる》『風は故郷に向う』。この十作だ。

この叢書で、ハードボイルドを水上勉《みずかみつとむ》に依頼

『死はひそやかに歩く』
徳間文庫版（1982年1月）

したくだりが『浪漫疾風録』に出てくる。「水上勉は引き受けてくれたものの、多忙で書けそうになかったし、まだ日本にはハードボイルドはむりだろうという意見が多かった。のちに、結城昌治や河野典生が秀れたハードボイルド作品を書くのだが、大方の出版関係者はこの日本の湿った風土に、ハードボイルドは馴染まないと考えているようだった」

つまり、生島治郎は「日本ミステリ・シリーズ」にハードボイルドはなかったと言っているわけである。で、仕方なく、こうなったら自分で書いてやろうかと文章は続き、『傷痕《しょうこん》の街』を書くまでに繋がっていく。ここで立ち止まるのは私だけではあるまい。この「日本ミステリ・シリーズ」には、前記したように、河野典生『群青』という巻がある。これは、ハードボイルドではないのか。

『群青』がのちに角川文庫に入ったとき、そのカバー見返しにはこう書かれていた。

「オイルタンカーで働く、ハイティーンの、異常な犯罪心理を描いた、河野典生のハードボイルド野心作！」

ところが「日本ミステリ・シリーズ」の第八巻として刊行された『群青』には、「クライム・ノベル」と銘打たれていた。どうして異なるのか。

後年になって河野典生が書いた興味深いエッセイがある。

「今から考えてみると、氏がレイモンド・チャンドラーを最高の作家であることを力説してやまなかったことが、かえって、ひねくれ者のぼくの反撥を呼んで、それならあちら種でない日本製ハードボイルドを書いてやろうと決心させたようだ。そうしてぼくは三十八年三月に「群青」を出した。考えてみると氏はきっと内心、この話の分らぬチンピラめ（氏もやはり四歳年長者である）と思っていられたのだろう、ぼくが「あとがき」でぼく流のハードボイルドだと書いているその作品のサブタイトルは「クライム・ノベル」であり、「ハードボイルド」ではなかった[注8]」

のちの角川文庫の編集者は「ハードボイルド」としたが、生島治郎にとって、この『群青』は、ハードボイルドとして認めがたかったのである。この小説を「クライム・ノベル」としたのはそのためだ。『生島治郎自選傑作短篇集』（読売新聞社・一九七六年）の巻末に寄せた「私の推理小説作法」の中で、この「日本ミステリ・シリーズ」に触れ、「ただ、ハードボイルド・ミステリだけは、このシリーズに入らなかった」と断言したように、その考えは終生変わらなかった。生島治郎のハードボイルドは、ハメット、チャンドラー、マクドナルドという正統派以外になかった。高城高も大藪春彦や河野典生も、彼にとってはハードボイルドではなかった。第一世代とは違うところに、日本ハードボイルド派の発生を夢見ていた。

その夢の実現のために、会社をやめ、書き上げたのがデビュー作の『傷痕の街』である[注9]。出版されたのは一九六四年三月である。この本を貸本屋の棚に見たときのことはまだ覚えている。

私が高校三年に進級する春休みのことだった。その二年前から貸本屋に通い始め、手当たり次第に娯楽小説を読んでいた時代だが、『傷痕の街』はなんだかいつもの本とはちょっと違うぞ、という気がした。小説だというのに、本文中に写真がたくさん入っていたのだ。これは港町を舞台にした長編小説だが、運河の写真、夜のネオン街の写真、露地の写真、貨物船の写真などが入っていて、全体の雰囲気を盛り上げている。本の帯には大きく、「本格長編ハードボイルド」とあった。なんだか新しい小説の息吹を感じた。[注10]

シップ・チャンドラー（入港中の船に不足した食料や船具を納入してマージンを稼ぐ海のブローカー）という主人公の設定と、朝鮮特需で沸いた時代は遠くに去った昭和三七年の横浜を舞台にしたことがいい。そこに松葉杖の中年男が登場するのだ。これが生島治郎が理想とするスタイルで、いま読むと少々古臭い箇所はあるが、[注11]当時は新しかったことを証言しておく。

『死者だけが血を流す』は、この『傷痕の街』の翌年、一九六五年二月に書き下ろしで刊行した第二長編だ。金沢らしい北国の街を舞台に、元やくざの牧良一（三一歳）が政治家の秘書となって選挙戦に挑む物語である。この長編のポイントは、主人公が一三歳のとき、大陸から引き揚げてきたとの設定である。これは作者自身の体験が投影されているが、[注12]どこにも帰属できない淋しさが物語の底を流れていることに留意されたい。

この長編はタイトルが素晴らしい。死者が血を流す、というのは、普通に考えればおかしい。そんなことはありえない。血を流すのは生者であり、死者はただ眠っているだけだ。それを逆にすることで、物語に奥行きが生まれることに注意。滅んでいくものに心を寄せる主人公の感情が、このタイトルから立ち上がってくる。

本書に収録の短編についても少しだけ触れておく。

「チャイナタウン・ブルース」

「淋しがりやのキング」

この二編は、『傷痕の街』の主人公、久須見健三を主人公にしたもので、この男を主人公にした中編を著者は十数編書いている。その意味では愛着のある主人公だったようだ。「チャイナタウン・ブルース」は、事務所の家主である魚屋の徐明徳と、タイピストとして雇っている三島景子がいい味を出している。

「淋しがりやのキング」では、戦争の影がまだ残っていることが印象的だ。

「甘い汁」

人を信用せず、ひたすら金をためてきた主人公が家賃を払わない男を問い詰めると、「おいしい話」を持ちかけられる——というストーリーで、人間の欲望を描いた短編と言える。これがはたしてハードボイルドなのかと言われると少し困るところはあるが、生島治郎の多彩な面を表す短編として採った。

「血が足りない」

拳銃を密造している青年の災難を描く短編で、哀切なラストが秀逸だ。この短編が小説現代に載ったときの喜びを、『浪漫疾風録』続編の『星になれるか』で「(なんとかこれで一人前のもの書きになれそうだ)」と書いているが、前掲の「私の推理小説作法」ではもっと具体的に説明している。[注13]

「夜も昼も」

北陸のキャバレーで歌っていたジャズ歌手の、その後の人生を描く短編で、作者は「私の推理小説作法」で次のように書いている。

「ミステリであるかどうか、読者は疑問を持たれるかもしれないが、人物の設定と結末にミステリの手法を生かしたつもりである」

『自選傑作短篇集』に選んでいるくらいだから、愛着のある作品だったようだ。

「浪漫渡世」

別冊小説現代一九七〇年四月号に載った短編で、早川書房時代を描いたもの。つまりは、『浪漫疾風録』の原型といっていい。『浪漫疾風録』とは違って、こちらの人物はすべて仮名になっているが(早川書房は清水書林となっている)、誰をモデルにしているのかはすぐにわかるだろう。

注1　『名探偵ただいま逃亡中』（集英社・一九九〇年）所載の「謎とトリックの関係について」。ちなみにこのくだりに続いて、次のような論が書かれているので引いておきたい。当時の生島治郎の考えが明確に語られている箇所だ。
「まだ若かった私は、本格推理小説を頂点とし、タテの列に作品を評価する風潮を苦々しく思っていた。海外の作品にはいろんなジャンルのすばらしい傑作群がある。それらはいろんな手法を使い、いろんな切り口で料理されていて、それぞれが独得な味わいを持っているのである。本格推理小説もその他のジャンルのミステリも、その意味では同列である。だから、タテの系列で見ているかぎり、日本の推理小説はすぐにまた行きづまらざるを得ないし、新しいタイプの作品は生まれないであろうと考えた」

注2　たとえば五木寛之は『日本沈没』の構想の素晴らしさを認めた上で、文章は戦前の久《ひさ》生十蘭《おじゅうらん》のほうが遙にいいと発言。当時の五木寛之は、別の対談（『大藪春彦の世界』新評社・一九七九年）で大藪春彦に向かって「普通、小説を書いていると、しだいにうまくなるものですが、大藪さんはうまくならない」と言ったりするから大胆不敵。さすがに大藪春彦も「自分ではある程度、うまくなってると思ってるんですけどね」と苦笑。もちろん、そのあとで、文章はうまくなっていないが、処女作にあったギラギラしたものや、ごつごつしたものがいまだに残っているのがいいと補足してはいるのだが。そう

いえば、吉行淳之介も『反逆の心をとり戻せ』で、「木々高太郎《きぎたかたろう》はバカだからさ、自分の書いてるものが文学だと思っちゃってるわけだ」と発言。このころはみんな、遠慮がなかったのか。もう一つは、丸谷才一がゲストの回。そこで丸谷才一は、「エンターテインメント」と「リトルマガジン」という語はぼくが輸入したと発言している。前者は昭和二〇年代だというのだが、まだそのころは一般に流布はしなかったと思う。

注3　「書くとしたらぼくはトリック重視ですね。前代未聞の大トリック、途中まで考えたけども、挫折した」と発言する吉行淳之介に対して、「それは絶対にダメですよ。（略）大トリックというものを書いていったら必ず失敗しますよ」と止めた生島治郎も、ずっと後年になって、あれは止めなければよかった、と語っている。そうだよ、止めるなよ、と多くの人が思ったに違いない。

注4　『傷痕の街』には、小説としては珍しく、あとがきが付いているが、それを引いておく。「ハードボイルド小説と云えば、非情と荒っぽさが売りもののようだが、ダシェル・ハメットやレイモンド・チャンドラーの作品には、こういうやさしさがふいと顔をのぞかせることがある。

ただ、タフで非情なモラルを身につけていなければ、生きていけない立場に追いつめられた主人公たちは、そのやさしさを心の奥底にしまいこんで、容易に表に出さないだけなのだ。彼らは傷だらけの心に、かたい鎧を着せ、無表情に街を横切ってゆく――こう書くと、どうにも感傷的すぎるようだが、ハードボイルドの世界からは、そういう匂いがただよってくるような気がしてならない」

注5　『大藪春彦の世界』所載の「大藪さんとの青春」。興味深いのは、河野典生がこのくだりの次に、石原慎太郎《いしはらしんたろう》について「作品に登場するヨットや高級車や別荘などの生活に、奥深い不快感を持って接していたのだ。だから、大藪さんが、不器用で泥くさいが、いかにも青春のロマネスクのすべてをぶちこんだような『野獣死すべし』で登場して来たとき、きわめて魅力を感じたのである」と書いていることだろう。

注6　『推理作家の出来るまで』（フリースタイル・二〇〇〇年）下巻二二二ページ。このくだりの少し前に、田中小実昌の興味深いハードボイルド論が載っているので、これを引いておく。田中小実昌は都筑道夫にこう言ったというのだ。「ほら、絵にあるでしょう。蜘蛛の巣みたいな線を、でたらめに、ぐるぐる、ぐるぐる書いていっているうちに、白く残ったところが、なにかのかたちになる。そういう絵みたいなものだ、と思うんですよ、ハードボイルドってのは」「読者につたえたいのは、まんなかの白いところなんだけど、言葉でいってしまうと、どうも嘘になる。だから、関係がないようなことを、いろいろいっているうちに、まんなかの白い部分が、わかるようにしよう。それが、ハードボイルドじゃあ、ありませんかね」

注7　一九五六年から一九六四年まで、生島本人がモデルの越路玄一郎を主人公に早川書房時代を振り返る自伝的小説で、抜群に面白い。上司であった田村隆一の破天荒さが群を抜いているが、その他にも都筑道夫は一カ月間、下着を替えなかったとか、サムライた

ちの素顔が描かれるので大変に興味深い。もともとは小説現代に連載したものだが、二〇二〇年五月に中公文庫で復刊されたのでいまは読みやすくなった。ただし、その続編である『星になれるか』も同文庫から復刊されたが、こちらは吉行淳之介、長部日出雄《おさべひでお》と出かけたバンコク旅行のくだりが長く、最後のイラン旅行のパートも冗長で、ファン以外にはおすすめ出来ない。

注8　現代推理小説大系16『南條範夫《なんじょうのりお》　三好徹　生島治郎』（講談社・一九七三年）月報「三好、生島さんのこと」より。氏とはもちろん生島治郎のこと。興味深いのは、引用した文のあとに、「同年九月、ぼくの「殺意という名の家畜」が他社から発行されたときは、きっと複雑な気持ちでいられただろう」と書いていることだ。この短文を、河野典生は次のように締めくくっている。
「ぼくの「殺意……」は第十七回推理作家協会賞をいただき、日本最初の正統ハードボイルドの作者たる光栄だけはかろうじて保つことができたのだが、翌年氏は「傷痕の街」でさっそうとデビューされ、以後の活躍はごらんの通りである」

注9　『浪漫疾風録』によると、『傷痕の街』の生原稿を最初に読んだのは結城昌治で、「ある一流出版社」に推薦までしてくれたものの、実らなかった。このことについて、「『いや、この作品がわるいんじゃないんだよ。おれが前に推した作品の売れ行きが今いちだったんだ』」と結城昌治は慰めてくれたという。次に生原稿を読んでくれた佐野洋が講談社に強く推してくれたので出版が決まったが、そのくだりで「講談社は佐野洋に対す

る義理からだろう」と生島治郎は書いている。
注10　中には意味不明の写真もあって、九一ページのライターのアップはどうか。主人公が熊笹をかきわけて進んでいく箇所で、たしかにライターをつけて進むのだが、それがライターのアップ（しかも背景は山ではなく、たぶんスタジオ）では芸がない。
注11　冒頭近く、久須見健三が、バーのママ斐那子と会話するくだりに「桜井の別れ現代版というところだな」と久須見が言うシーンがある。ちなみに、「桜井の別れ」とは、楠《くすの》木《き》正成《まさしげ》、正行《まさつら》父子が決別する逸話で、「太平記」の名場面の一つ。戦前の修身の教科書には必ず載っていたという。この小説が刊行された一九六四年なら、戦前教育を受けた世代がたくさんいただろうから、これで十分に分かっただろうが、今となっては注釈をつけなければ理解されないだろう。
注12　尾《お》崎《ざき》秀樹《ほつき》は『旧植民地文学の研究』（勁草書房・一九七一年）の中で次のように書いている。「五木（引用者注・五木寛之）たちは引揚げてきたものの、内地では、あくまでも異邦人であり、住む家も耕す土地もない根なし草にすぎなかった。これはなにも五木だけの体験ではなく、上海生れの生島治郎にも、平壌から引揚げてきた林青梧《はやしせいご》にも、新義州で敗戦を迎えた大藪春彦にもみられるものだった」
　生島治郎もこう書いている。
「そうまでして着いた内地、日本は、上海で描いていたイメージからは、全くほど遠いものであった。いつ上海に帰れるか、そのことが内地での苦しい毎日の中での夢であり、さらに終戦後、上海に帰ることができないと知ったときの、上海こそが故郷だというおもいは、この夢とかさなってよりいっそう強くぼくのものとなっていった」(『続・新戦後派』毎日新聞社・一九六九年)

注13「私の短篇が初めて月刊誌に掲載された思い出深い作品であり、ハル・エルスンやエヴァン・ハンター等が書いている、いわゆるチンピラもののジャンルを日本でも実験してみようと考えて筆をとった作品である」

初出・底本一覧

死者だけが血を流す
初出：講談社（一九六五年二月）
底本：講談社文庫（一九七五年五月）

チャイナタウン・ブルース
初出：〈推理ストーリー〉一九六五年七月号
底本：『愛さずにはいられない』三一書房（一九六七年八月）

淋しがりやのキング
初出：〈別冊文藝春秋〉一九六七年十月号
底本：『鉄の棺』ケイブンシャ文庫（一九八六年一月）

甘い汁
初出：〈オール讀物〉一九六九年八月号
底本：『犯人ただいま逃亡中』講談社文庫（一九七五年二月）

血が足りない
初出：〈小説現代〉一九六四年七月号
底本：『鉄の棺』ケイブンシャ文庫

夜も昼も
初出：〈女性セブン〉一九六七年七月二十六日号
底本：『鉄の棺』ケイブンシャ文庫

浪漫渡世
初出：〈別冊小説現代〉一九七〇年四月号
底本：『危険な女に背を向けろ』旺文社文庫（一九八三年十一月）

本文中における用字・表記は明らかな誤りについてのみ訂正し、原則としては底本のままとしました。また、難読と思われる漢字についてはルビを付しました。
現在からすれば穏当を欠く表現がありますが、作品内容の時代背景を鑑みて、原文のまま収録しました。

（編集部）

編者紹介

北上次郎（きたがみ・じろう）**【本巻責任編集】**一九四六年東京都生まれ。明治大学卒。評論家。二〇〇〇年まで「本の雑誌」の発行人を務める。主な著書に『冒険小説論』『感情の法則』『書評稼業四十年』などがある。

日下三蔵（くさか・さんぞう）一九六八年神奈川県生まれ。専修大学卒。書評家、フリー編集者。主な著書に『日本ＳＦ全集・総解説』『ミステリ交差点』、主な編著に『天城一の密室犯罪学教程』〈中村雅楽探偵全集〉〈大坪砂男全集〉などがある。

杉江松恋（すぎえ・まつこい）一九六八年東京都生まれ。慶應義塾大学卒。書評家、ライター。主な著書に『路地裏の迷宮踏査』『読み出したら止まらない！海外ミステリーマストリード100』などがある。

著者紹介　1933年上海生まれ。大学卒業後、早川書房に入社しミステリの編集に携わる。64年に『傷痕の街』でデビュー、67年には『追いつめる』で第57回直木賞を受賞した。その他の代表作に『黄土の奔流』『片翼だけの天使』など。2003年没。

検印
廃止

日本ハードボイルド全集1
死者だけが血を流す／
淋しがりやのキング

2021年4月23日　初版

著者　生《いく》島《しま》治《じ》郎《ろう》

編者　北上《きたがみ》次郎《じろう》・日下《くさか》三蔵《さんぞう》・杉江《すぎえ》松恋《まつこい》

発行所　（株）東京創元社
代表者　渋谷健太郎

162-0814／東京都新宿区新小川町1-5
電話　03・3268・8231-営業部
03・3268・8204-編集部
URL　http://www.tsogen.co.jp
暁印刷・本間製本

乱丁・落丁本は、ご面倒ですが小社までご送付ください。送料小社負担にてお取替えいたします。

ISBN978-4-488-40021-7　C0193

ミステリと時代小説の名手が描く、凄腕の旅人の名推理

RIVER OF NO RETURN◆Saho Sasazawa

流れ舟は帰らず

木枯し紋次郎 ミステリ傑作選

笹沢左保／末國善己 編

創元推理文庫

◆

三度笠を被り長い楊枝をくわえた姿で、
無宿渡世の旅を続ける木枯し紋次郎が出あう事件の数々。
兄弟分の身代わりとして島送りになった紋次郎が
ある噂を聞きつけ、
島抜けして事の真相を追う「赦免花は散った」。
瀕死の老商人の依頼で家出した息子を捜す
「流れ舟は帰らず」。
ミステリと時代小説、両ジャンルにおける名手が描く、
凄腕の旅人にして名探偵が活躍する傑作10編を収録する。

収録作品＝赦免花《しやめんばな》は散った，流れ舟は帰らず，
女人講《によにんこう》の闇を裂く，大江戸の夜を走れ，笛が流れた雁坂《かりさか》峠，
霧雨に二度哭《な》いた，鬼が一匹関わった，旅立ちは三日後に，
桜が隠す嘘二つ，明日も無宿《むしゆく》の次男坊